UNE SAISON À LONGBOURN

Jo Baker est née dans le Lancashire. Elle a étudié à Oxford et à la Queen's University, à Belfast. Elle a écrit pour la BBC Radio 4 et a été la directrice artistique du festival littéraire de Belfast entre 2001 et 2003. *Une saison à Longbourn* est son quatrième roman, le premier publié en France. Elle vit aujourd'hui à Lancaster.

JO BAKER

Une saison à Longbourn

ROMAN TRADUIT DE L'ANGLAIS PAR SOPHIE HANNA

STOCK

Titre original :

LONGBOURN

Tous les exergues sont extraits d'*Orgueil et Préjugés* dans la traduction de Sophie Chiari (Le Livre de Poche, 2011).

ISBN : 978-2-253-06850-1 – 1re publication LGF

À Clare, que je remercie pour
son attention, sa tolérance et sa patience

Quel plus beau compliment peut-il y avoir
que celui qui est fait par un domestique intelligent ?

VOLUME UN

CHAPITRE I

Le majordome…
Mrs Hill et les deux femmes de chambre…

Il était aussi impossible de porter des vêtements sans les avoir blanchis que de sortir sans vêtements, en tout cas certainement pas dans le Hertfordshire, et en septembre. Et pourtant, l'inévitable jour de lessive, cette purification du linge de la maisonnée, n'en demeurait pas moins chaque semaine une horrible perspective pour Sarah.

L'air était cinglant à quatre heures et demie du matin quand elle commençait son travail. La poignée en fer de la pompe, glacée sous ses mitaines, ravivait ses engelures tandis qu'elle tirait l'eau du trou noir puis la versait dans un seau. La journée s'annonçait longue et n'en était qu'à son début.

Tout semblait calme. Sur le flanc du coteau, les moutons se blottissaient les uns contre les autres ; les oiseaux se nichaient dans les haies, ébouriffés comme des chardons ; des feuilles mortes bruissaient au passage d'un hérisson ; la rivière capturait la lumière des étoiles, ses cailloux étincelaient. En bas, à l'étable, l'haleine des vaches formait des nuages et, dans la porcherie, la truie s'agitait, les porcelets pelotonnés contre son ventre. Tout là-haut, dans leur minuscule mansarde, Mrs Hill et son mari dormaient, épuisés, d'un sommeil vide. Deux étages plus bas, dans leur grande chambre, Mr et Mrs Bennet ressemblaient à des gisants. Les cinq jeunes demoiselles rêvaient, quant à elles, de tout ce à quoi on rêve à cet âge. La lumière froide des étoiles resplendissait dans le ciel, miroitant sur les toits d'ardoise, la cour dallée, le cabinet d'aisances, les arbustes, la petite étendue sauvage de l'autre côté de la pelouse, et sur Sarah, l'une des deux femmes de chambres de Longbourn, qui, les mains douloureuses à cause du froid, baissa la poignée de la pompe, remplit un seau, le poussa sur le côté puis plaça l'autre seau sous le bec avant de répéter son geste.

Sur les collines, à l'est, le ciel se teintait d'un indigo transparent. Sarah leva les yeux, les mains enfoncées sous les aisselles pour les réchauffer, son souffle se transformant en buée, et rêva des terres sauvages derrière l'horizon, là où le jour brillait déjà ; lorsque sa journée serait terminée, le soleil resplendirait sur d'autres contrées, la Barbade, Antigua, la Jamaïque où les hommes noirs travaillaient à moitié dévêtus, les Amériques où les Indiens vivaient presque nus, où il n'y avait pratiquement pas de vêtements à laver ; un jour, elle irait là-bas, et elle n'aurait plus jamais à s'occuper de blanchissage.

Elle songea même, tandis qu'elle fixait les anses des seaux sur le joug, s'accroupissait puis se relevait en chancelant, que personne ne devrait jamais avoir à laver le linge sale des autres. Les jeunes dames pouvaient se comporter comme si elles étaient aussi lisses et immaculées que des statues d'albâtre sous leurs habits, mais, une fois dépouillées de leurs camisoles souillées, celles-ci aussitôt emportées, elles redevenaient des créatures de chair, de sang et de sueur. C'était peut-être pour cette raison qu'elles lui donnaient leurs ordres dissimulées derrière leurs tambours à broder ou leurs livres ; Sarah avait frotté leurs taches, celles laissées par leurs menstruations, elle savait qu'elles n'avaient rien d'anges éthérés, aussi elles ne pouvaient la regarder droit dans les yeux.

Elle traversa la cour en titubant sous le poids du joug, un peu d'eau s'échappant à chaque pas. Elle approchait de l'office quand son pied glissa. Elle perdit l'équilibre. Au cours de cet instant qui lui parut très long, elle eut le temps de voir ses seaux s'envoler, et se renverser, réduisant ses efforts à néant, et de comprendre que sa chute serait douloureuse. Les récipients rebondirent par terre, provoquant un raffut qui fit sursauter les freux dans les hêtres. Sarah tomba lourdement sur les pavés de pierre. Son nez confirma ce qu'elle avait déjà deviné : elle avait glissé sur des excréments de cochon. La truie était sortie hier, ses porcelets à ses trousses, et personne n'avait lavé derrière eux ; personne n'avait eu le temps. Les journées de labeur se succédaient sans répit, rien n'était jamais terminé, on ne pouvait jamais dire, voilà, c'est fait, j'ai fini. Ce que vous n'aviez pas fait traînait, pourrissait et vous guettait pour vous tendre un piège au petit matin.

Après le petit déjeuner, Lydia, assise à même le sol près du feu, se plaignit à Mrs Hill tout en sirotant son lait sucré :

— Vous ne savez pas la chance que vous avez, Hill, d'être ici, à l'abri de tout, bien au chaud !

— Si vous le dites, Miss Lyddie.

— Oh, oui ! Vous pouvez faire ce que vous voulez, personne ne vous tourne autour pour vous surveiller. Dieu ! S'il me faut encore une fois entendre les sempiternels tu-ne-dois-pas de Jane… alors que je ne faisais que m'amuser un peu…

À côté, Sarah, penchée au-dessus d'une planche à laver, frottait l'ourlet d'un jupon qui avait traîné dans la boue. Même après l'avoir laissé tremper dans l'eau toute la nuit, le savon n'avait pas effacé les taches et mordait maintenant ses mains gercées et couvertes de croûtes. Si Elizabeth avait dû s'occuper elle-même de ses jupons, il y avait fort à parier qu'elle se serait montrée beaucoup plus soigneuse.

Le chaudron fumait, un paquet de linge bouillant à l'intérieur. Sur les carreaux couverts de buée, des gouttes ruisselaient. Sarah passa prudemment du caillebotis près des éviers à celui de la cuve, enjambant une flaque glissante sur le sol de pierre. Elle plongea le jupon dans les remous de l'eau grisâtre, prit le bâton à linge, enfonça le tissu tout en le piquant pour faire sortir l'air, puis l'agita. On lui avait dit, et elle était bien obligée de le croire, qu'il était nécessaire de redonner toute leur blancheur à ces jupons même s'ils devaient être salis aussitôt portés.

Polly, les bras enfoncés jusqu'aux coudes dans l'évier d'ardoise, remuait les cols de Mr Bennet dans l'eau de rinçage, puis les soulevait un par un avant de les tremper dans la bassine d'eau de riz froide pour les amidonner.

— On en a encore combien à fairc, tu crois, Sarah ?

Celle-ci évalua la situation d'un coup d'œil parcourant les cuves où les étoffes trempaient, les paquets de linge mouillé à divers degrés de blanchissage. Certaines maisons faisaient appel à de l'aide les jours de lessive. Mais pas Longbourn. Ici, on lavait le linge sale entre soi.

— Il reste les draps, les taies d'oreiller et nos chemises aussi..., compta Polly sur ses doigts, remarquant alors leur couleur qui avait viré au rose vif.

Elle les considéra avec curiosité, comme s'ils étaient dignes d'intérêt mais lui étaient étrangers.

— Tu oublies les serviettes, la reprit Sarah.

On était à ce moment fâcheux du mois où toutes les femmes de la maison s'étaient montrées plus irascibles, maladroites, et proches des larmes que de coutume. Les serviettes baignaient maintenant dans un récipient séparé qui dégageait la même odeur inquiétante et âcre que l'échoppe d'un boucher. On les ferait bouillir en dernier avant de vider l'eau des chaudrons.

— Je pense qu'il nous reste encore cinq tas à faire.

Sarah poussa un long soupir et tira sur la couture de sa manche, sous le bras. Sa robe, qu'elle avait en horreur, était trempée de sueur. Elle en détestait le tissu, une popeline vert pâle qualifiée par Mrs Hill d'eau de Nil* aussitôt rebaptisée par Sarah eau de

---

* Tous les mots suivis d'un astérisque sont en français dans le texte. (Toutes les notes sont de la traductrice.)

bile*. La couleur, affligeante, importait peu puisqu'il n'y avait personne pour la regarder, mais la coupe était affreuse. La robe qui avait appartenu à Mary avait été taillée pour des bras tendres, des travaux d'aiguille, le piano-forte, pas pour des muscles en mouvement. Sarah ne la portait que parce que son unique tenue, une tiretaine informe, attendait, trempée, après avoir été épongée, tamponnée, sur la corde à linge que sa puanteur s'évaporât.

— On va échanger, tu remueras et je frotterai.

Cela épargnera tes pauvres petites mains, songea Sarah, en regardant les siennes déjà tout abîmées.

Elle retourna près des éviers, pêcha un col à l'aide des pinces à linge et le regarda s'égoutter.

Tout en tournant le bâton dans la cuve, Polly mordilla sa lèvre inférieure. Elle avait encore les yeux rougis après s'être fait réprimander par Mrs Hill sur l'état de la cour. Le matin, elle avait dû allumer les feux, apporter l'eau, préparer le repas du dimanche. Puis ils avaient mangé, et puis la nuit était tombée, et qui peut ramasser le fumier dans le noir ? Et n'avait-elle pas eu les casseroles à récurer ? Tiens, elle avait même le bout des doigts tout usé par le sable. D'ailleurs, si l'on y réfléchissait bien, la faute ne revenait-elle pas plutôt à la personne qui avait mal fermé le loquet de la porcherie de sorte qu'un bon coup de groin avait suffi à l'ouvrir ? Ne devrait-on pas blâmer – elle baissa la voix pour que le vieil homme ne l'entendît pas – Mr Hill lui-même qui était en charge de l'entretien des cochons et non la pauvre Polly dont tout le monde profitait ? N'était-ce pas à lui de nettoyer derrière ces bêtes ? À quoi donc servait ce vieux loqueteux ? Il n'était jamais là quand on avait besoin de lui. Il leur faudrait une autre paire de mains, n'était-ce pas ce qu'ils disaient tous ?

Sarah continua de hocher la tête en marmonnant quelques mots de sympathie bien qu'elle eût cessé d'écouter depuis un bon moment déjà.

Quand l'horloge du vestibule sonna quatre heures, Mr et Mrs Hill servaient déjà aux membres de la famille réunis dans la salle à manger la collation froide des jours de lessive – les restes du rôti du dimanche –, tandis que les deux femmes de chambre étendaient le linge dans l'enclos. De la vapeur montait des vêtements humides dans l'air automnal. Sarah s'aperçut qu'une de ses engelures avait crevé. Occupée à sucer le sang pour éviter de tacher les vêtements, absorbée par les sensations variées de sa langue brûlante sur la peau froide, le sang salé, ses lèvres chaudes, elle crut apercevoir – elle ne regardait pas vraiment, et pouvait se tromper – un mouvement sur le chemin qui coupait le coteau en face et reliait l'ancienne grand-route qu'empruntaient les troupeaux en direction de Londres à la récente barrière de péage de Meryton.

— Polly, regarde… ! s'exclama Sarah. T'as vu ?

L'enfant saisit la pince qu'elle tenait entre ses dents puis accrocha une camisole sur la corde à linge avant de se retourner.

Le sentier serpentait entre deux haies anciennes. Les troupeaux venus du nord descendaient par là. On entendait les bêtes avant de les voir, les vaches émettant un sourd grasseyement, les oies un couinement grincheux, les petits appelant leurs mères laissées derrière. Ils passaient en face de la maison en une longue file blanche, menés par des paysans rustiques aux voix étranges qui disparaissaient avant même qu'on n'ait pu les identifier.

— Je ne vois personne, Sarah.

— Mais si…

Il n'y avait maintenant pas d'autre mouvement que celui des oiseaux qui sautillaient le long des haies vives épaissies par des feuilles de hêtre fanées couleur du thé, picorant des baies, non loin du noisetier par endroits dénudé. Polly déterra un caillou du bout du pied.

— Rien.

— Mais il y avait quelqu'un.

— Eh bien il n'y est plus.

Polly ramassa le caillou et le lança comme pour apporter la preuve de ses dires. Il tomba loin du chemin et ce geste parut mettre fin à la discussion.

— Oh, tant pis !

Une pince dans la main, une autre entre les dents, Sarah accrocha une chemise sans cesser de regarder du même côté. Ce n'était peut-être qu'une illusion d'optique, de la brume montant dans le pâle soleil automnal, Polly avait sans doute raison après tout… Elle s'arrêta soudain : elle avait de nouveau vu quelque chose derrière un massif d'arbustes dépouillés. Il était là. C'était un homme, elle en était sûre. Elle avait entraperçu un manteau gris-noir, une démarche souple, celle d'un individu habitué à parcourir de longues distances. Elle se dépêcha d'ôter la pince de sa bouche et agita la main.

— Là, regarde ! C'est un « Écossais[1] », pour sûr !

Polly marqua sa désapprobation en levant les yeux au ciel, puis se tourna quand même pour examiner la route.

Il avait disparu derrière les prunelliers. Cependant Sarah l'entendait encore, un bruissement comme si l'homme – ce colporteur avec son bâton de comptage et son baluchon rempli de babioles et de colifichets – sifflotait. Un air à peine audible, étrange, qui semblait venir de l'autre bout du monde.

— Tu as entendu, Pol ? murmura Sarah.

Polly pivota et lui lança un regard furieux.

— Ne m'appelle pas Pol, tu sais que je n'aime pas ça.

— Chut !

Polly tapa du pied par terre.

— Et d'abord, c'est la faute de Miss Mary si on m'appelle comme ça.

— Tais-toi !

— Tout ça, parce que c'est elle la demoiselle, et pas moi, mais je m'appelle Mary, pas Polly.

Sarah lui fit signe de se taire tout en scrutant le sentier. Elle était accoutumée aux colères de Polly, en revanche, ça c'était nouveau : un homme qui marchait sur les routes avec un sac sur le dos et une chanson sur les lèvres ! Quand les dames en auraient terminé avec sa marchandise, il descendrait dans la cuisine vendre ses babioles les moins coûteuses. Oh, si seulement elle avait eu quelque chose de plus joli

1. Les premiers colporteurs étaient des montagnards originaires de l'arc alpin ou des Highlands écossaises.

à porter que sa robe de tiretaine tout aussi vilaine que son eau de bile*... Les brochures, les ballades, les rubans, les boutons et les bracelets en fer-blanc qui laissaient des traces vertes sur les bras en une quinzaine de jours... Oh ! quelle joie représentait la visite d'un marchand ambulant dans cet endroit isolé, figé pour l'éternité.

Le chemin s'éclipsait derrière la maison, on ne pouvait plus rien voir ni entendre. Elle suspendit la camisole sur le fil, saisit la suivante, et l'accrocha d'un geste nerveux.

— Allez, Polly, si tu y mettais du tien ?

Mais la fillette quitta l'enclos d'un pas furieux et alla s'appuyer contre le muret. Elle appela les chevaux qui paissaient librement dans le champ voisin. Sarah la vit fouiller dans la poche de son tablier et tendre des fruits tombés aux bêtes tout en leur parlant et en caressant leurs naseaux. Puis Polly se hissa sur le muret et s'y assit, battant des pieds, la tête basse, les yeux plissés sous le soleil pâle. Elle semblait perdue dans son monde, comme si des fées lui murmuraient à l'oreille.

Sarah, attendrie – les jours de lessive sont vraiment épuisants, surtout si vous n'avez pas fini de grandir et si vous n'êtes pas tout à fait bien disposée à l'égard des corvées – décida de finir le travail seule, laissant la petite musarder et s'amuser à lâcher des brindilles dans la rivière ou ramasser des noix.

Lorsque Sarah rentra, le dernier panier de linge vide sous le bras, il faisait déjà nuit. Personne n'avait lavé la cour. Elle y déversa l'eau grise des baquets et laissa la soude décrasser les dalles.

Mrs Hill n'était pas à prendre avec des pincettes, comme souvent les jours de lessive ; elle s'était retrouvée seule toute la journée à la merci des sonnettes, les Bennet faisant peu cas du manque de personnel quand les femmes de chambre étaient occupées au blanchissage.

Lorsque Sarah réapparut, après avoir rangé l'office, le dos et les bras raides, Mrs Hill dressait le couvert. Elle posa d'un geste brusque sur la table un plat de fromage de tête froid en dardant un regard furibond à Sarah comme pour lui dire : *Tu me laisses tomber ? Eh bien voilà le résultat. Tu ne peux t'en prendre qu'à toi-même.* Sarah contempla avec dégoût le pâté mariné gris-rose qui tremblotait, bien pratique lorsqu'on ne pouvait pas cuisiner, tandis que Mrs Hill coupait le pain.

Mr Hill les rejoignit. Derrière lui, dans la cour, Sarah aperçut un des laboureurs de la ferme voisine qui agitait la main en guise de salut tout en remettant son foulard.

Elle alla chercher de la moutarde dans le cellier, des noix marinées, du beurre noir, du raifort poivre, puis, armée de ces condiments qu'elle posa à côté du sel et du beurre, reprit sa place à table.

Polly rentra dans la pièce d'un pas tranquille, les joues rosies par le froid, l'air innocent comme si elle avait travaillé aussi dur qu'on pouvait raisonnablement l'espérer de sa part. Elle s'assit, saisit sa fourchette et sa cuillère et les reposa aussitôt en voyant Mr Hill plonger son visage grisonnant entre ses mains croisées. Sarah et Mrs Hill l'imitèrent et marmonnèrent de conserve tandis qu'il récitait le bénédicité. Un cliquetis de couverts en marqua la fin. Le pâté crissa en tremblant sous le couteau de Mrs Hill.

— Alors, il est là-haut, m'dame ? demanda Sarah.

Mrs Hill ne leva même pas les yeux.

— Hum ?

— Le colporteur, il est encore là-haut avec les dames ? Je pensais qu'il aurait fini.

Mrs Hill fronça les sourcils d'un air impatient, puis balança une tranche de pâté dans l'assiette de son mari et une autre dans celle de Sarah.

— Que dis-tu ?

— Elle croit avoir vu un Écossais, expliqua Polly.

— Je l'ai vraiment vu, de mes yeux.

— Non, tu aurais juste bien aimé le voir.

Mr Hill leva la tête, la mine sinistre, et contempla tour à tour les deux jeunes filles. Sarah n'insista pas et poussa le fromage de tête sur le bord de son assiette. Polly, devinant sa victoire, avala sa part avec un sourire. Mr Hill retourna à ses affaires.

— Personne n'est venu, finit par répondre Mrs Hill. Pas depuis la visite de Mrs Long ce matin.

— J'ai vu un homme… sur le chemin.

— Ce devait être un garçon de ferme.

Mr Hill mangeait bruyamment, ses mâchoires effectuant un mouvement de va-et-vient, comme celui des vaches, pour utiliser au mieux ses dents saines. Sarah essaya de ne pas y prêter attention ; une performance qu'elle devait répéter à chaque repas. Non, aurait-elle voulu rétorquer, ce n'était pas un ouvrier agricole, elle en était certaine. Elle avait vu un étranger. Elle l'avait même entendu siffloter. Elle refusait l'idée qu'il fût un de ces garçons décharnés où un de ces vieillards qui passaient le plus clair de leur temps assis sur un échalier à tirer sur une pipe.

Mais il était inutile d'insister face au mutisme de Mr Hill, à l'air cassant de Mrs Hill et à l'humeur contrariante de Polly. L'intendante, cependant, se radoucit lisant sa déception. Elle se pencha pour glisser une mèche de ses cheveux sous son bonnet :

— Finis ton dîner, ma chérie.

Sarah esquissa à peine un sourire avant de couper un morceau de pâté, de le couvrir de moutarde, puis de raifort, de le tremper dans le beurre noir, de piquer un cerneau de noix mariné et de placer le tout prudemment entre ses lèvres. Elle se dépêcha d'avaler la gelée avec ses horribles morceaux recouverts de la douceur du beurre, de l'amertume du vinaigre, de la peau de la noix et du piquant de la moutarde. Malgré tout cet appareillage, elle sentait encore la consistance caoutchouteuse et le goût de la cervelle en conserve. Elle fit descendre le tout en buvant une gorgée de sa petite bière. La seule bonne nouvelle de cette journée, se dit-elle, c'était qu'elle tirait à sa fin.

Après le dîner, elles demeurèrent toutes trois assises, muettes de fatigue, et se passèrent un pot de graisse d'oie à tour de rôle. Sarah prit un bloc qu'elle ramollit en le frottant doucement du bout des doigts. Puis elle en couvrit ses mains irritées, fléchit et étira ses doigts dont la peau était désormais plus souple.

Mr Hill, par bonté envers elles, se chargea de la vaisselle qu'il fit dans l'office à sa manière brusque, avec force clapotements et tintements. Mrs Hill grimaça, craignant pour sa porcelaine.

Plus tard, Mr B., installé dans la bibliothèque, sonnerait pour qu'on lui apporte sa tranche de gâteau et son vin de Madère, réveillant en sursaut un Mr Hill grognon qui se présenterait en traînant les pieds. Environ une heure plus tard, Mrs Hill irait chercher l'assiette remplie de miettes, et le verre taché, tandis que Sarah débarrasserait la vaisselle du souper de ces dames. Et ce serait tout. Les jours de lessive, les plats pouvaient attendre l'eau du lendemain. Sarah trop fatiguée pour lire un des ouvrages empruntés à Mr B. ouvrit son exemplaire du *Courier* daté de trois jours plus tôt, et en commença la lecture à voix haute mais pas trop fort pour ne pas déranger la petite Polly endormie, ni le vieil homme somnolent. Le courrier rapportait les nouveaux espoirs d'une victoire rapide en Espagne : Bonaparte, désormais déstabilisé, se retrouverait bientôt acculé.

Un bruit soudain interrompit Sarah qui lâcha le journal :

— Vous avez entendu ?

— Hein ? s'écria Mrs Hill qui s'était assoupie.

— Je ne sais pas… C'est dehors…

Un léger hennissement suivit puis le bruit sourd des chevaux qui s'agitaient dans leurs box.

— Il y a quelqu'un dans la cour.

Sarah posa le journal et souleva la tête de l'enfant sur ses genoux.

— Ce n'est rien, fit Mrs Hill.

Polly se redressa en se frottant les yeux. Mr Hill marmonna, puis se leva soudain en s'essuyant le menton.

— Que se passe-t-il ?

— J'ai entendu quelque chose.

Ils tendirent tous l'oreille.

— C'est peut-être des gitans, se hasarda Sarah.

— Que viendraient-ils chercher ici ? s'interrogea Mr Hill.

— Les chevaux, bien sûr.

— Les gitans s'y connaissent en chevaux. Ils ne sont pas idiots.

Ils se concentrèrent de nouveau. Polly posa sa tête sur l'épaule de Sarah en fermant les yeux.

— Ce n'est rien, sans doute un rat, conclut Mrs Hill. Puss s'en occupera.

— Dans ce cas, au lit, dit Sarah, tandis que Polly s'étirait.

Après avoir délacé son corset dans une semi-obscurité, Sarah, en chemise, ouvrit le rideau pour contempler la cour inondée de lumière. La pleine lune brillait, immense et jaune. On y voyait presque comme en plein jour. Aucun mouvement dans les bâtiments silencieux. Rien. Pas de gitans, pas même la course furtive d'un rat.

Se pourrait-il que ce soit le colporteur ? Comptait-il coucher ici avant de partir incognito à l'aube ? Son baluchon vide, qu'il remplirait bientôt sur les marchés ou dans les villes manufacturières. Ce devait être quelque chose de vivre ainsi. De ne jamais rester nulle part plus longtemps qu'on ne le voulait. D'errer sur les chemins étroits et les larges rues des villes. Peut-être jusqu'à la mer. Demain, qui savait, il pouvait être à Stevenage ou Londres même.

Sa bougie vacilla dans le courant d'air. Elle souffla sur la flamme, lâcha le rideau, et se glissa dans le lit à côté du corps chaud de Polly. Allongée, les yeux fixés sur la fenêtre éclairée, elle savait qu'elle ne pourrait pas fermer l'œil, pas cette nuit. Pas avec cette lune, sachant que le colporteur était peut-être là, quelque part. Onze heures sonnèrent. Sarah était jeune, debout depuis quatre heures et demie, elle avait travaillé sans répit. Sa respiration ralentit, et elle sombra bientôt.

CHAPITRE II

Tout ce qui tient de la tromperie est méprisable.

Ils avaient de la chance de l'avoir. Voilà ce que Mr B. déclara tandis qu'il repliait son journal. Avec la guerre en Espagne, et tous ces individus valides recrutés par la marine, il y avait tout bonnement pénurie d'hommes.

— Pénurie d'hommes ? répéta Lydia, paniquée, scrutant le visage de ses sœurs pour se voir confirmée cette épouvantable nouvelle. Serait-ce possible ? L'Angleterre était-elle à court d'hommes ?

Son père leva les yeux au ciel. Sarah regardait Mrs Hill bouche bée : un nouveau domestique allait les rejoindre. Un valet ! Pourquoi Mrs Hill ne lui en avait-elle rien dit ? Celle-ci, agrippant la cafetière, lui fit de gros yeux qui signifiaient : *Tais-toi, et ne t'avise pas de poser la moindre question !* Sarah lui répondit par un imperceptible hochement de tête, serra les lèvres puis reporta toute son attention sur le service et proposa son plat de jambon froid : tout s'éclaircirait en temps voulu. On ne posait pas de questions. Cela ne se faisait pas. On ne parlait jamais à ses maîtres, sauf s'ils s'adressaient à vous. Il valait mieux feindre d'être sourd comme un pot et incapable de se forger la moindre opinion.

Miss Mary saisit la fourchette à servir et embrocha une tranche.

— Papa ne voulait pas parler de tes galants, Lydia, n'est-ce pas, Papa ?

Mr B. s'écartant afin que Mrs Hill pût lui verser son café, reconnut qu'en effet, il n'était nullement question de cela, que les galants de Lydia semblaient former une réserve inépuisable. Cependant il y avait une véritable insuffisance de main-d'œuvre, aussi avait-il prestement conclu affaire avec ce garçon, ajouta-t-il tout en jetant un regard d'excuses vers Mrs Hill qui alla remplir la tasse de son épouse, bien que l'on ne fût pas tout à fait à la Saint-Michel[1], époque habituelle pour engager et congédier les domestiques.

— Vous ne voyez aucune objection à ce choix hâtif, je pense, Mrs Hill ?

— Bien au contraire, je suis très contente de l'apprendre, Monsieur, si cet individu est convenable.

— Il l'est, Mrs Hill, je vous l'assure.

— De qui s'agit-il, Papa ? Vient-il d'une de nos fermes ? Connaît-on sa famille ?

Mr B. souleva sa tasse avant de répondre :

— Il s'agit d'un garçon tout à fait comme il faut, d'une bonne famille. J'ai reçu d'excellentes recommandations à son sujet.

— Moi, en tout cas, je me réjouis que nous disposions d'un jeune homme pour nous conduire, déclara

1. Le 29 septembre, époque du paiement des loyers agricoles.

Lydia. Pauvre Mr Hill, perché en haut du cabriolet, on dirait un singe apprivoisé qu'on aurait rasé et coiffé d'un chapeau.

Mrs Hill alla poser la cafetière sur le buffet.

— Lydia ! s'écrièrent en même temps Jane et Elizabeth.

— Quoi ? Mais c'est vrai ! Un singe-araignée comme celui que la sœur de Mrs Long a ramené de Londres.

Mrs Hill contempla le dessin qui ornait une assiette vide sur le buffet. Trois personnages minuscules traversaient un pont, un bateau rampait comme un perce-oreille à travers la mer de porcelaine miniature, et tout y était calme, inchangé et parfait. Elle inspira profondément. Miss Lyddie ne pensait pas à mal, jamais, et elle avait raison sur un point, même si elle s'exprimait sans considération pour autrui : ce changement était le bienvenu. Mr Hill avait brutalement vieilli. Le dernier hiver avait presque eu raison de lui : à force de longues courses, de nuits interminables passées à attendre que les dames eussent fini de danser ou de jouer aux cartes, un soir, il avait pris froid et avait tremblé pendant des heures près du feu à son retour, son souffle faisant un bruit de gorge dans sa poitrine. Les bals de cet hiver auraient pu l'achever. Un charmant jeune homme pour conduire le cabriolet et participer aux tâches domestiques, ce ne pouvait être qu'une bonne nouvelle.

Mrs Bennet avait entendu dire, expliquait-elle maintenant à son époux et à ses filles, que, dans les meilleures maisons, on ne voulait être servi que par des valets car tout le monde savait que leurs gages étaient élevés et qu'on devait s'acquitter d'un lourd impôt pour les garder, parce que les hommes en bonne santé étaient appelés aux champs et à la guerre. Quand on apprendrait que les Bennet avaient engagé un jeune valet pour servir à table et ouvrir les portes, le voisinage ne manquerait pas de s'émerveiller de ce fait remarquable.

— Je suis sûre que nos filles vous seront grandement reconnaissantes de nous faire ainsi apparaître à notre avantage, Mr Bennet, ajouta-t-elle. Vous êtes si plein d'égards. Et quel est, je vous prie, le nom de ce garçon ?

— Il s'appelle James, et a un nom très commun, Smith.

— James Smith ?

Ce ne fut qu'un murmure dans la bouche de Mrs Hill, mais il fut accueilli par un silence glacial. Jane souleva sa tasse et but une gorgée. Elizabeth haussa les sourcils sans quitter des yeux son assiette. Mrs B. jeta un regard à son intendante. Sarah vit le cou de Mrs Hill s'empourprer. Tout était si nouveau, si étrange que l'intendante en perdait son sang-froid. Puis Mr B. toussa pour s'éclaircir la voix :

— Oui, comme je le disais, un nom tout à fait ordinaire. J'ai dû agir avec une certaine célérité pour m'assurer ses services, voilà pourquoi vous n'avez pas été informée, Mrs Hill. J'aurais, bien sûr, préféré vous consulter.

Les joues brûlantes, elle inclina légèrement la tête.

— Puisque vous occupez les quartiers des domestiques avec votre mari et les femmes de chambre, je lui ai dit qu'il pouvait dormir dans la soupente au-dessus de l'écurie. Pour le reste, je vous laisse régler les détails pratiques. Il sait qu'il doit s'en référer à vous.

— Merci, monsieur, dit-elle à voix basse.

— Bien.

Mr B. reprit son journal, le déplia et conclut :

— C'est donc entendu. Je suis content que tout soit arrangé.

— Oui, reprit Mrs B. Ne dites-vous pas toujours, Hill, que vous avez besoin d'une autre paire de bras ? Cela va alléger votre fardeau, n'est-ce pas ? Et celui de tout le monde.

Elle dessina un geste de sa main potelée englobant Sarah, puis Mr Hill qui se trouvait dans la cuisine, et Polly qui, à cet instant, remontait l'escalier avec une pile de draps de bain mouillés.

— Vous devriez être très reconnaissante à Mr Bennet de sa considération, je suppose.

— Merci, monsieur, dit Sarah doucement.

— Merci, monsieur, renchérit Mrs Hill.

Mrs Bennet ajouta une nouvelle couche de confiture sur son ultime morceau de muffin, puis l'engouffra, et le mastiqua lentement avant de reprendre, la bouche pleine :

— Ce sera tout, Hill.

Mr B. leva les yeux de son journal pour les poser sur sa femme puis sur l'intendante.

— Oui, merci beaucoup, Mrs Hill, ce sera tout pour l'instant.

CHAPITRE III

Lorsque Mr Bennet s'était marié, l'idée de faire des économies avait d'abord été considérée comme parfaitement inutile…

Sarah sortit sur le palier, le pot de chambre des Bennet à la main, et se dirigea vers l'étroit escalier de service, d'un pas prudent, la tête tournée sur le côté. Heureusement, il ne contenait que du liquide, aucune horrible déjection.

Il pleuvait à verse. Confinées à l'intérieur par le mauvais temps, les jeunes dames faisaient trembler les murs de la maison par leur vacarme. Là-haut, Mary s'entraînait au piano, et de manière plutôt plaisante, jugea Sarah malgré son oreille assez peu avertie, un tas de notes se succédant avec justesse et vélocité. Lydia éclatait de rire ; des pas furieux accompagnaient la colère de Kitty – « Trop de gens dans cette maison ! Beaucoup trop ! » –, suivis des appels à la paix d'Elizabeth, et les déclarations conciliantes de Jane. Enfin le calme revenait. Jane éteignait comme toujours les disputes les plus ardentes.

Sarah rejoignit le rez-de-chaussée et poussa la porte donnant sur le vestibule d'où elle put entendre le murmure familier de Mr B. installé dans la bibliothèque. Il lui arrivait souvent de parler tout seul ou avec son livre : la seule façon, avait-il coutume de dire, de s'assurer d'une conversation à peu près convenable dans cette maison.

Mais Sarah s'arrêta net. Quelqu'un venait de lui répondre. Et ce n'était pas le livre. Il s'agissait d'une voix de femme, sur un ton si bas qu'elle ne put distinguer tout à fait les paroles. Mais elle reconnut aussitôt l'interlocutrice. C'était Mrs Hill. Et elle semblait avoir beaucoup de choses à dire.

Sarah recula d'un pas. La porte de la bibliothèque était close, le bois verni, les poignées en cuivre rutilantes, tout respirait l'ordre habituel. Et pourtant la pièce lui sembla fermée d'une manière particulière, déterminée.

Le pot de chambre se faisait lourd, elle entendait la pluie siffler, les gouttières ruisseler, et Mrs Hill ne cessait de parler d'une voix sourde, urgente, insistante, sans que Sarah puisse saisir un traître mot. Elle savait qu'écouter aux portes constituait un grave péché. Mrs Hill avait beaucoup insisté sur ce point. Mais l'événement sortait de l'ordinaire. Sarah posa le pot par terre, et s'avança lentement vers la bibliothèque en retenant son souffle.

Une main posée sur le chambranle de la porte, elle écouta le murmure persistant. Elle ne parvenait toujours pas à entendre ce qui se disait. Donc ce n'était pas vraiment espionner, n'est-ce pas ? Pourtant Mrs Hill ne cessait de discourir, et plus elle parlait, plus Sarah trouvait cela bizarre. Mr B. pouvait vous prêter un livre, mais il ne voulait pas entendre ce que vous en pensiez. Il vous remerciait toujours sans vous regarder. Comment pouvait-elle avoir tant de choses à lui dire, et pourquoi, voilà qui était encore plus inexplicable, l'y autorisait-il ?

Soudain quelque chose changea. Trois mots, jetés comme des pierres : « Vous pouvez disposer. » Sarah courut sur la pointe des pieds vers l'escalier de service. Le cœur battant, elle s'accroupit pour récupérer le pot de chambre puis se retourna, perplexe. Personne n'était sorti. Telle l'écume furieuse d'une bière dc gingembre qui aurait fait sauter son bouchon, Mrs Hill déversa toute sa colère. Sarah écarquilla les yeux. Comment Mrs Hill pouvait-elle s'emporter de cette façon ? Comment osait-elle se le permettre ?

Sarah manqua lâcher le pot de chambre, Mr Bennet ne congédia pas Mrs Hill, mais, bien au contraire, haussa le ton à son tour. Leurs voix se mêlèrent, de plus en plus fortes, en une spirale ascendante, puis déclinèrent, suivies d'un sifflement rageur qui s'interrompit brusquement, comme une corde tendue à l'extrême que l'on aurait coupée. Il y eut des bruits de pas, un tâtonnement sur la porte et la poignée tourna. Sarah, qui s'était déjà esquivée, referma derrière elle, et affronta la pluie. Elle ne vit pas Mrs Hill quitter la bibliothèque, les joues en feu, sa poitrine se soulevant par saccades, le souffle comprimé par son corset alors qu'elle tentait de recouvrer son calme.

Sarah traversa la cour sous une pluie lourde et drue. Elle entendit Mary travailler son piano, une nouvelle querelle éclater entre Kitty et Lydia. Dans un instant, Jane et Lizzy interviendraient. Sarah poussa d'un coup d'épaule la porte du cabinet d'aisances et se pencha pour vider le pot dans la sombre fosse puante. Tout était comme avant et pourtant tout avait changé.

À sept ans, le cœur brisé, seule au monde, Sarah avait découvert avec crainte la figure imposante de Mrs Hill dans son tablier impeccable, son bonnet blanc et sa vaste cuisine. L'intendante avait poussé dehors sans ménagement le responsable des pauvres de la paroisse, claquant la porte derrière lui en maugréant qu'on avait confié la garde des poules à un renard. Elle avait ensuite hissé la petite fille sur un tabouret devant la table de la cuisine avant de sortir du pain et de verser du lait dans un joli bol de porcelaine bordé de bleu sur lequel elle avait gratté du sucre. Puis elle s'était assise et avait regardé Sarah manger. Sa timidité dissipée, l'enfant, qui débarquait tout droit de l'hospice pour indigents, ne s'était pas fait prier. Elle vida sa tasse en un rien de temps. Mrs Hill, faisant claquer sa langue, secouant la tête, avait dénoncé la façon criminelle dont on affamait ces petits bouts. Elle avait remplit le bol de bon pain et de doux lait crémeux et l'avait reposé devant l'enfant après avoir gratté un peu plus de sucre dessus.

Et en souvenir de ce second bol de pain et de lait sucré, pour toutes les années de gentillesse qui avaient suivi, dont elle puis Polly, lorsque celle-ci les avait rejoints – avec les mêmes yeux grandis par la faim – avaient bénéficié, Sarah estima que Mrs Hill méritait mieux que cela. Péché ou pas, elle se promit de ne plus écouter aux portes. Rien de bon ne pouvait en sortir.

CHAPITRE IV

… L'entrée du valet…

Sarah entendit des bruits dans la cour, de vieux meubles qu'on déplaçait et qui raclaient sur les dalles, le tout accompagné d'un léger sifflotement. La pluie avait cessé et le nouveau s'affairait à vider la soupente de l'écurie. Sarah crut distinguer un air familier. Il voletait autour d'elle, comme un papillon, l'empêchant de se concentrer sur son travail.

Sa tâche n'exigea pas une attention particulière pourtant. Sarah lavait la vaisselle dans l'office, les bras immergés jusqu'aux coudes dans l'évier en ardoise. La buée perlait sur la citerne en plomb, le robinet gouttait et l'eau, froide et graisseuse, avait tourné au gris. Polly, après avoir séché une pile d'assiettes se dirigea vers la cuisine, chargée de son fardeau. Sarah l'entendit tirer un tabouret sur lequel elle grimpa pour la ranger sur les étagères hautes. Pendant tout ce temps, une seule chose occupait son esprit : l'inconnu dans la cour.

Elle n'avait qu'une maigre expérience des hommes. Elle se tenait à l'écart de Mr Hill. Vieux, exténué, il n'avait rien à offrir. Elle avait peu de relations avec

Mr B. qui, après tout, n'était qu'une présence. Elle gardait ses distances avec les ouvriers agricoles. Il était plus charitable de les ignorer, car il suffisait de leur dire bonjour et ils se mettaient à rougir et à bredouiller en essuyant leurs mains sur leurs culottes, détournant les yeux comme si quelque chose de passionnant venait de se produire à l'horizon.

Sarah plongea dans l'évier la poêle qui avait servi à faire des œufs et regarda le blanc pâlir et se détacher. Jane se débrouillait bien avec les hommes, avec les gentlemen. L'un d'eux lui avait même écrit des poèmes. Comment obtenait-on cela d'un homme ?

Dans ce genre d'occasion, Jane s'asseyait avec distinction, souriait, écoutait la tête savamment inclinée, répondait poliment lorsqu'on s'adressait à elle, et donnait toujours le sentiment d'être contente de converser et de danser quand on l'invitait. Mais Jane était réellement ravissante, une beauté disait-on – et elle avait affaire à des *gentlemen*, pas à des *hommes*. Une fille ordinaire comme elle, songea Sarah, prendrait des risques si elle appliquait ce genre d'approche – elle redressa les épaules, sourit, inclina la tête – à un homme ordinaire. Seuls les gentlemen avaient du temps et le loisir de consacrer de longues heures à vaincre la pudeur d'une femme.

Sarah baissa les yeux sur ses mains abîmées qui sentaient la graisse, les oignons et le savon de cuisine, puis sur sa robe couleur de bile qui pendouillait. Voilà, ce devait être ça son odeur, où qu'elle aille, quand ce n'était pas pire. Sarah n'avait aucune confiance en elle, elle ne se pensait pas, mais pas du tout, jolie.

Elle souleva la poêle du jambon et la plongea dans l'eau qui bouillonna par-dessus le bord cuivré et l'inonda.

— Ça, c'est fait ? demanda Polly.

— Oui, tu peux les emporter.

Elizabeth, de son côté, se montrait bien plus active dans ses relations avec les gentlemen. Sarah avait pu le remarquer lors des dîners et soupers-parties de cartes, tandis qu'elle faisait le service, un plateau de toasts aux anchois à la main. Elizabeth avait toujours à disposition un de ses, comment disait-on, un de ses *traits d'esprit*. Les yeux pétillants, vive, charmante, elle faisait rougir et bégayer les jeunes hommes, et sourire les vieux messieurs qui regrettaient de ne pas avoir la moitié de leur âge et des reparties plus tranchantes.

Lydia et Kitty, que Sarah avait parfois du mal à considérer comme deux personnes distinctes, lui faisaient plutôt l'effet d'une créature à quatre membres et deux têtes se déplaçant dans un frou-frou de robes et de rubans, toujours pressées d'une nuée d'hommes qui bourdonnaient autour d'elles. Une boucle qu'on repousse d'un geste coquet, un regard hardi : ce n'était pas difficile à imiter, conclut Sarah qui s'y essaya. Elles se jetaient à la tête du premier célibataire de moins de quarante ans qui se présentait à elles, ce qui donnait lieu à des parties de cartes et des danses tapageuses. Leur méthode n'exigeait rien d'autre que de l'enthousiasme, de l'endurance, et du culot. Mais franchement, à quoi cela menait-il ? N'importe quel homme, gentleman ou pas, se montrerait certainement sourcilleux avant de s'attacher à une femme qui avait déjà flirté avec toute la gent masculine du comté.

Sarah souleva la casserole à lait en cuivre, l'inclina et observa son reflet se déformer : une tête de crapaud, un corps fuselé ; un corps gonflé, une tête rétrécie. Elle rapprocha l'ustensile et se contempla comme à travers un œil-de-bœuf. Quel profit y avait-il à paraître à son avantage quand on n'était rien qu'un pauvre chiffon essoré.

Elle ne pouvait guère plus prendre modèle sur Mary qui n'était pas encore prête à quitter le nid, tel un oisillon vilain dont le plumage n'aurait pas fini de pousser.

Mr et Mrs B. alors. L'amour conjugal. Rien de bon là-dedans. La maîtresse n'entendait rien à son mari. Elle persistait à vouloir l'affronter alors que, comme chacun le savait, il valait mieux avec lui prendre un chemin de traverse, contourner les obstacles.

Les Hill présentaient quant à eux un meilleur modèle d'intelligence entre sexes opposés. Mrs Hill manifestait une attitude calme et douce envers son mari, et Mr Hill se montrait respectueux, s'en remettant toujours à l'avis de son épouse quant aux questions matérielles, insistant pour que les autres lui témoignent déférence et considération. Sarah avait été souvent réprimandée par l'un et l'autre, mais ne les avait jamais entendus se disputer. Peut-être en allait-il toujours ainsi quand on était mariés depuis si longtemps : tout était aussi paisible et lisse que la surface d'une mare.

Elle comprit qu'elle devait se débrouiller seule, sans modèle ni guide.

Le mieux – se dit-elle, et la solution semblait d'une simplicité attrayante – était de se montrer courtoise.

Aimable, polie, chaleureuse. Rien ne valait les bonnes manières, avait-elle entendu Miss Elizabeth dire.

Elle le saluerait d'un « Bonjour ». Ce serait un bon début.

Elle effaça la buée sur les carreaux et contempla le soleil bas. Une lumière blonde se reflétait sur les dalles mouillées et les faisait briller. Elle l'aperçut soudain. Il était maigre, d'une taille moyenne, et il effectuait son travail avec une énergie plaisante, les manches relevées sur ses avant-bras tannés. Sa chemise, terne et usée, avait dû être blanche un jour, supposa-t-elle. Il avait attaché ses longs cheveux noirs en une queue-de-cheval. Elle remarqua tous ces détails avec un ravissement croissant.

— Polly, appela-t-elle, Polly, viens voir !

La petite revint dans la cuisine en s'essuyant les mains. Elles se penchèrent toutes les deux sur l'évier et scrutèrent la cour à travers le rond essuyé sur le carreau embué.

— Oh, mon… !

Sarah passa un bras autour de la taille de Polly qui posa sa tête sur son épaule.

— Voilà au moins une corvée que nous n'aurons pas à faire, déclara Sarah.

Elles contemplèrent avec une joie muette le nouveau venu qui balayait la cour.

Lorsqu'elle sortit – coiffée d'un bonnet propre, les joues pincées, les dents frottées avec un bout de son tablier – pour nourrir les volailles, elle l'entendit s'activer dans les écuries. Elle hésita à s'y rendre et à le saluer d'un « Bonjour » crié du bas de l'échelle. Alors il lui répondrait peut-être ou la rejoindrait et elle pourrait le remercier de tout ce qu'il avait fait, et cela ferait un bon début de conversation.

Mrs Hill quitta la maison, très agitée. Sarah baissa les yeux sur le bol qui contenait les restes, encore plein. Elle n'avait aucune excuse pour traîner là. L'intendante était cependant trop occupée pour remarquer son désœuvrement. Elle portait un tas de vieux vêtements sur le bras, et tirait le séchoir derrière elle. Elle le mit en place d'un coup sec puis se prépara à lutter contre ses barreaux de bois pour le déplier.

— Je peux vous aider, m'dame ?

— Je vais me débrouiller, merci, Sarah.

Mrs Hill posa sa pile sur un banc de pierre, puis souleva une première veste, la secoua, et la retourna pour l'inspecter. Elle la fit claquer de nouveau et l'accrocha sur le barreau supérieur. Comme Sarah s'attardait encore, elle lui lança :

— Faudrait voir à nourrir ces poulettes, jeune fille. Allez, dépêche-toi !

Sarah employa le reste de la matinée à traverser la cour. Il ne pouvait rester éternellement dans l'écurie, se dit-elle, il fallait bien qu'il sorte à un moment ou à un autre, et là, elle lui dirait « Bonjour » et il lui répondrait « Bonjour », puis elle le remercierait d'avoir balayé la cour et il lui dirait « De rien », et petit à petit, ils feraient connaissance.

S'il apparut au milieu de cette journée, elle le rata. Elle huma cependant une odeur de linge frais, et, de temps en temps, elle l'entendit siffler.

L'après-midi s'étira comme un long catgut[1]. Elle crut qu'il viendrait à la cuisine quémander une tasse de thé. Elle hésita à lui en apporter une, mais cela supposait qu'elle demandât à Mrs Hill de faire chauffer l'eau. Les préparatifs du dîner battant leur plein, cette dernière n'accepterait pas de bonne grâce qu'elle s'interrompe au beau milieu de son travail juste pour mettre la bouilloire sur le feu.

Tout en jouant avec cette idée, Sarah, employée à couper le fenouil au parfum prononcé d'anis sucré, se mordillait la lèvre. Mrs Hill vidait une carpe, Puss, le chat, s'enroulait autour de ses chevilles, exigeant son attention. Elle lui lança les viscères. Pendant ce temps, Polly actionnait le soufflet devant le feu et contemplait les bûches qui flamboyaient et crépitaient. On pouvait entendre Mr Hill se cogner dans la cave où il était occupé à choisir le vin. Mrs Hill empoigna son couteau à écailler pour gratter les flancs argentés du poisson quand elle s'écria soudain :

— La tarte aux pommes !

— Quelle tarte ?

— Je l'ai complètement oubliée !

— Je croyais qu'elle était aux groseilles.

Sarah avait vu Mrs Hill préparer la pâte la veille au soir ; elle-même avait équeuté les groseilles sur lesquelles Mrs Hill avait gratté du sucre.

Mrs Hill agita sa main.

— Comment ai-je pu être si distraite ?

— Qu'est-ce qu'on va faire ?

1. Anglicisme. Fil en boyau d'animal utilisé pour les sutures.

— Cours me cueillir des pommes pendant que je fais la pâte.

Sarah se précipita vers la porte sans laisser le temps à Polly de comprendre ce qui se passait et de se porter volontaire pour une escapade dans le verger à la place de son aînée.

— Il vous en faut combien ?

Mrs Hill baissa les yeux sur ses mains, courbant un doigt puis l'autre dans un calcul maladroit. Mais elle dut être alertée par leur état, rouges, enflées, huileuses, parce que les chiffres continuaient à lui échapper.

— Tu n'as qu'à prendre des reinettes, elles cuisent vite et elles sont mûres. Elles iront très bien.

Sarah défit son tablier et attrapa la corbeille sur l'étagère basse près de la porte. Elle était presque dehors quand Mrs Hill lui cria :

— Et merci, mon cœur. Je ne sais pas ce qui m'arrive aujourd'hui.

Le panier sur le bras, Sarah quitta l'agitation et le confinement des cuisines pour la fraîcheur de l'automne. Elle traîna près de la porte des écuries ; des particules de poussière dansaient dans l'air imprégné de l'odeur citronnée du blanc de chaux. Le battant supérieur de la porte était ouvert. Elle aperçut le flanc bai de la jument, et un rayon de soleil qui se glissait par une lucarne. Du nouveau valet, toujours aucune trace.

Sarah allongea chacun de ses pas. En vain, il ne se montrait pas.

L'échelle était restée posée contre le tronc du pommier. La tête et les épaules au milieu du feuillage, elle se hissa pour cueillir les lourds fruits rouges, choisissant ceux qui étaient à sa portée sans considérer leur grosseur ni tenir compte de leur degré de maturation. Une fois le panier rempli, elle descendit précipitamment en soulevant ses jupes. Elle se dépêcha de retourner à la maison, l'anse ballottant sur ses bras croisés, les pommes s'abîmaient à être ainsi secouées. Mais elle avait déjà perdu trop de temps.

Alors qu'elle longeait un côté de l'écurie, d'un pas joyeux, l'esprit rêveur, le nouveau domestique déboucha à grandes enjambées du côté opposé en poussant une brouette pleine devant lui. Le choc fut inévitable. Le coin de la brouette heurta le tibia de Sarah qui s'accrocha à son panier. Le garçon s'arrêta en chancelant, les mains agrippées sur les poignées.

Ils se retrouvèrent face à face. Sarah, interdite, la bouche ouverte, lui, les cheveux en bataille. Entre eux, une brouettée de fumier chaud et malodorant.

— Je suis désolée ! fit-elle.

Il se recula puis écarta une mèche de son front. Sa peau, couleur caramel, ses yeux noisette clair, brillants au soleil. Il contempla la jupe de Sarah à l'endroit où il l'avait heurtée.

— Vous n'avez pas trop mal ?

Elle se mordit la lèvre, et secoua la tête. Mais elle mentait.

— Je ne vous ai pas vue…

— Vous devriez être plus prudent.

Elle sentit un filet de sang chaud sur son tibia.

— J'ai failli faire tomber mes pommes.

— Oh, bien sûr, les pommes…

— Oui, et vous devriez…

— Bon, si vous n'avez rien…

Il se tourna.

— Le potager, c'est par là ?

Elle opina. Il recula la brouette puis passa devant Sarah.

— Très bien. Merci.

Il partit, les roues raclant les pavés, et disparut au coin du bâtiment, ses basques voletant autour de lui, sa culotte serrée à la taille comme un sac de farine, la semelle d'une de ses bottes claquant à moitié. Voilà donc le parfait jeune homme. La remarquable recrue de la maison. D'après ce que Sarah pouvait en juger, ce garçon n'avait vraiment rien de remarquable.

— Et bon après-midi à vous aussi ! cria-t-elle dans son dos.

Le sang avait traversé son bas de laine peignée noir. C'était plus une entaille qu'une simple coupure. Elle devait avoir un gros bleu. Son bas n'était pas déchiré cependant et elle le regrettait presque. S'il avait été abîmé, elle aurait pu libérer sa colère. Elle secoua ses jupes.

— J'ai enfin rencontré le nouveau, m'dame.

— Ah oui ?

Mrs Hill, le front trempé de sueur, s'interrompit tandis qu'elle pétrissait farine et saindoux :

— Un gars sympathique, je suppose.

— Il m'est rentré dedans en courant avec une brouette pleine de crottin.

— Et courais-tu toi aussi, par hasard ?

— Vous aviez besoin des pommes, alors oui, peut-être.

Elle regarda ostensiblement son tibia.

— Il m'a fait mal à la jambe.
— Tu peux commencer à éplucher, s'il te plaît ?
— C'est vraiment douloureux.
— Oh, ma chérie.

Mrs Hill n'avait toujours pas daigné se retourner.

— Je crois que ma jambe va tomber.
— Allons, allons.
— Elle ne tient qu'à un bout d'os.
— Eh bien tant pis.

Sarah se leva de sa chaise et boita ostensiblement vers la table de la cuisine. Elle prit un couteau économe. Mrs Hill leva enfin les yeux sur elle. Elle passa le dos de sa main sur son front laissant une fine trace de farine.

— Est-ce que ça va, ma petite Sarah ?
— Non, et lui non plus d'ailleurs. Pas dans la tête. Je suis sûre que c'est pour cette raison qu'on a pu l'avoir, qu'il n'est pas au service d'un comte ou parti à la guerre. Parce que personne ne veut de lui. Parce que cet empoté représente un danger pour son entourage.

Mrs Hill lui adressa un regard d'avertissement, mais la femme de chambre poursuivit :

— Et…
— Sarah, que je ne te reprenne pas à blâmer les autres pour ce qui relève entièrement de ta faute.

Sarah saisit une pomme et plongea son couteau à l'intérieur du fruit. Elle découpa une longue bande de peau et, les lèvres serrées, la regarda s'entortiller sur la table. Tout allait de travers. Ce n'était pas ainsi que les choses étaient supposées se passer.

CHAPITRE V

"Je ne vois pas pour mon compte que Londres offre aucun grand avantage sur la campagne..."

James Smith s'était présenté dans la cuisine, prêt à se soumettre à l'inspection de Mrs Hill quelques heures auparavant, comme Mr Bennet le lui avait demandé. L'intendante le jaugea d'un long regard. Il était mince. Très mince. Il n'avait que la peau sur les os. Il était sale, les ongles noirs, les cheveux crasseux, sa peau et ses habits couverts d'une sorte de couche grisâtre. On aurait dit qu'il les avait volés sur une demi-douzaine de cordes à linge différentes. Il portait une barbe hirsute, peu soignée. Cela faisait un moment qu'il était sur les chemins, de toute évidence.

— Que faut-il faire en premier, m'dame ?

Elle souleva la bouilloire des fourneaux et lui indiqua l'arrière-cuisine d'un signe de tête.

— On va commencer par s'occuper de toi.

Elle versa l'eau chaude dans l'évier et la tiédit en ouvrant le robinet. Puis elle lui donna un bout de savon, une serviette, un peigne, et alla chercher le rasoir de Mr Hill qu'elle affûta. Elle posa les ciseaux à ongles sur l'égouttoir.

De retour dans la cuisine, elle frotta la table avec du sel, sortit le pain, le beurre et le fromage, tout en écoutant James faire sa toilette à grands bruits d'éclaboussures. Elle avait aperçu ses bras maigres et noueux, quand il avait remonté ses manches face à l'évier. Les temps étaient durs, vraiment, pour ceux qui n'avaient pas d'emploi.

La table mise, elle s'assit et attendit. Il la rejoignit, les cheveux encore mouillés, dégoulinant sur ses oreilles. À la place de sa barbe, des joues pâles et douces. Il paraissait mal à l'aise, se déplaçait avec gaucherie dans cet espace étroit et encombré qui présentait de nombreux obstacles : chaises, tabourets, cuves, pincettes, soufflet, poêles à frire. Il semblait être de ces hommes qui n'étaient pas tout à fait à leur place à l'intérieur d'une maison.

— Alors, qu'est-ce qu'il y a à faire maintenant, m'dame ?

Elle tira une chaise pour lui. Il la regarda sans bouger.

— Assieds-toi.

Elle lui versa une tasse de thé et posa une carafe de lait à côté et un peu de sucre sur le bord de la soucoupe. Puis elle coupa le pain et le fromage et alla au cellier préparer quelques tranches de jambon. Elle plaça le tout devant lui. Pendant tout ce temps, il n'avait pas cessé de contempler sa tasse, sans y toucher.

Elle s'assit en face de lui.

— Tu ne prends pas de thé ?

— Non, je…

— Tu préfères du lait ?

Elle repoussa sa chaise.

— Ou de la bière ? Tu veux une chope de bière ?

— Non, j'aime bien le thé, ce n'est pas ça.

Son regard fuyant n'osait pas croiser le sien.

— Alors c'est quoi ?

— Pour le gagner, je dois travailler.

— Non, pas ici. Ici, on se nourrit d'abord.

Il tourna ses yeux clairs vers elle.

— Il y aura toujours à manger pour toi. Matin, midi et soir. Tu manges et ensuite tu travailles, précisa-t-elle. Tu n'as plus besoin de t'inquiéter pour ça.

Il sourit pour la première fois, toute gêne disparue. Son visage se transforma. Il parut se radoucir, rajeunir. Il prit un morceau de sucre, le mit de côté, souleva la tasse et but à petites gorgées.

— C'est bon, la remercia-t-il.

— Mais tu n'aimes pas le sucre ?

— Si, je suppose, mais je n'en prends pas.

Elle avança le plat de jambon et le vit déglutir. Elle planta un couteau dans le beurre qu'elle glissa vers lui. Il en étala sur le pain, posa le fromage et le jambon, le plia en deux et mordit dedans. Quand il eut fini, elle avait déjà disposé une grosse part de tarte aux groseilles dans une assiette accompagnée d'une crème épaisse jaune, une petite cuillère d'argent enfoncée dedans.

— Vas-y, l'encouragea-t-elle.

Il leva les yeux. Puis il secoua la tête et rit doucement.

— Quoi ?

— Non, rien. Juste… Merci.

Il goûta à la tarte. Et la finit en un clin d'œil. Elle lui servit une deuxième part. Puis, comme il paraissait encore affamé, elle décida de lui passer le plat et de le laisser se débrouiller.

— Je me demande…, commença-t-elle alors qu'il ramassait les miettes sur la table du bout du doigt. Mr B. a oublié de le mentionner… Où travaillais-tu avant ?

— Oh… Ici et là.

— Tu viens de loin ?

— Pas très. J'ai roulé ma bosse un peu partout.

— Toujours en tant que domestique ?

— Oui, et les chevaux… Je m'y connais en chevaux.

— Très bien, fit-elle au bout d'un moment comme il n'ajoutait plus rien. Tu es ici maintenant.

— Oui.

— Et c'est tant mieux.

— Oui, répéta-t-il. Et merci encore, m'dame, pour ce bon repas.

— J'espère que tu seras heureux ici.

Elle prit sa tasse, l'assiette, et les empila sur le plat à tarte vide. Puis elle repoussa sa chaise.

— Nous sommes contents de t'avoir parmi nous.

— Et maintenant, je fais quoi ?

— Tu pourrais aller t'installer dans l'écurie.

Il essuya sa bouche et se leva d'un bond.

— Quand tu entendras sonner la cloche de l'église à quatre heures, reviens me voir. Tu aideras Mr Hill à servir le dîner.

Il acquiesça de la tête.

— Oh ! J'allais oublier, as-tu d'autres vêtements ?

Il jeta un œil sur son gilet informe et sa culotte trop large puis regarda Mrs Hill avec un sourire.

— Je te trouverai bien quelque chose.

— Vous êtes très gentille.

— Mrs B. t'équipera en temps voulu. En attendant, il te faut quelque chose de convenable pour tous les jours. Tu ne peux pas ramasser du fumier en livrée.

— En livrée ?

Il grimaça. Ce qui la fit sourire.

— Tu peux y aller maintenant.

Quand il fut parti, Mrs Hill grimpa au grenier. Elle se fraya un chemin entre les malles, les coffres et les caisses étiquetés aux noms de jeune fille perdus depuis longtemps, ornés de l'écriture soigneuse de garçons envoyés en pension. Elle les épousseta, chassa les toiles d'araignée, défit les sangles et souleva les couvercles dans un tourbillon de poussière. Elle trouva des chemises dont la taille avait été dépassée par leurs propriétaires, des costumes étroits et démodés et les inspecta, jaugeant leur taille et leur état d'usure, se souvenant de l'époque si lointaine où ils convenaient encore et paraissaient même du dernier cri.

Il faisait une chaleur d'étuve dans la cuisine, la tarte du dîner cuisait au four, et le poisson bouillait doucement dans sa marmite de cuivre. La vapeur s'échappait par la porte ouverte. Polly montait et descendait du tabouret pour attraper la vaisselle en porcelaine. Sarah remplissait de verres un plateau tandis que Mr Hill examinait l'argenterie, les sourcils froncés, levant une fourchette puis une autre. Il en désigna une à Sarah entre les dents de laquelle quelque chose s'était incrusté.

— Je suis désolée, Mr Hill, cela ne se reproduira pas.

Il secoua la tête puis cracha sur la fourchette et la frotta du coin de son tablier jusqu'à ce qu'il obtienne un brillant satisfaisant.

— Il est où, le nouveau ? demanda Polly.

Mrs Hill leva les yeux vers la fenêtre.

— Tiens, regarde, il arrive.

James entra sans bruit. Les cheveux coiffés et attachés, il était attifé d'un manteau étroit marron, de culottes noires, et de bas en laine peignée. Son aspect était convenable et soigné mais les vêtements démodés évoquaient le portrait d'un gentleman d'une autre époque.

— Mince, on dirait un fantôme ! s'écria Polly.

Amusé, James agita des doigts vers elle. Elle gloussa. Mr Hill s'approcha pour examiner le jeune valet, frotta un revers et hocha la tête.

— Cela ira très bien, approuva alors Mrs Hill.

Ce devait être un simple dîner familial, l'informa Mr Hill, une introduction facile à l'art de disposer fourchettes, couteaux, assiettes, plats, carafes et verres. Ainsi lorsqu'il y aurait des invités, James serait capable de dresser la table d'une façon qui n'offenserait pas les convives.

James, aussi raide et silencieux qu'un chandelier, suivait Mr Hill comme son ombre, observant chaque mouvement de ses mains gantées de blanc, hochant la tête lorsque le vieux lui jetait un coup d'œil pour vérifier qu'il avait été compris. Comme ils avaient mis le couvert ensemble, tout fut prêt à temps.

À quatre heures et demie, Mr Hill alla sonner la cloche du dîner dans le vestibule. On entendit claquer des portes à travers toute la maison, des bruits de pas dans l'escalier, un brouhaha de voix pleines d'excitation à la perspective du bon repas préparé par Mrs Hill.

Les deux valets, aidés par Sarah pour ce premier soir, apportèrent les plats dans la salle à manger. Si elle n'avait pas eu une soupière de poireaux à la crème entre les mains, elle aurait tiré sur les basques de James qui voletaient de manière si tentante dans son dos, pour provoquer une réaction de sa part.

Elle remarqua cependant que Mrs Bennet observait le nouveau avec un air béat de satisfaction. Il n'avait pas fait grand-chose, pourtant, se contentant de poser la saucière sur la table sans éclabousser la nappe ni aucun des invités. Mais la maîtresse de maison chercha du regard l'approbation de sa famille, les yeux écarquillés comme pour dire : « *Vous avez vu cette efficacité ?* ». Sarah devait admettre que James Smith représentait un net progrès par rapport aux paysans qu'ils avaient été parfois obligés d'engager, mais c'était tout ce qu'elle était prête à concéder. Il avait de belles mains, il fallait bien le reconnaître, aux ongles propres et soignés, mais cela ne faisait pas pour autant de lui un Beau Brummell.

Mrs B. les congédia en ajoutant de manière ostentatoire : « Merci, James. »

Sarah, qui se trouvait déjà dans l'antichambre, leva les yeux au ciel. D'abord Mr B. puis Mrs Hill et maintenant Mrs B. Qu'est-ce qu'ils avaient tous ? La seule chose remarquable concernant James était qu'il s'agissait d'un homme de moins de cinquante ans doté de belles mains.

— Alors vous vous plaisez ici, Mr Smith ?

— Je viens à peine d'arriver.

Il la dépassa sans s'arrêter. Elle lui emboîta le pas.

— Vous allez nous trouver très ennuyeux je suppose, vous devez être habitué à une tout autre société.

Il ne répondit pas.

— Je doute que vous trouviez quelque chose digne de votre intérêt.

Ils étaient arrivés à la porte de la cuisine qu'il poussa avant de s'effacer devant Sarah, soudain prise de court. Alors qu'elle était très remontée contre lui – et avait bien l'intention de poursuivre dans cette voie jusqu'à le mépriser de tout son être – elle se vit obligée de le remercier d'un signe de la tête en se demandant si elle ne s'était pas montrée impolie. Son embarras ne l'empêcha pas d'ajouter :

— Vous jugerez que nous ne valons guère la peine qu'on s'adresse à nous, je pense.

Cette fois, il la dévisagea. Elle soutint son regard puis pivota sur ses talons et partit à grandes enjambées aider Polly à la cuisine. Elle était enfin parvenue à attirer son attention. Cette petite victoire lui procura une satisfaction surprenante.

Mr Hill récita le bénédicité puis ils commencèrent à dîner.

Polly lorgnait sur James du coin de l'œil : il mangeait avec application comme si chaque bouchée devait être considérée avec le sérieux et le respect requis. Un comportement très intéressant, jugea-t-elle, quand la plupart des hommes de son espèce se contentaient d'engouffrer la nourriture comme du charbon dans un fourneau ou de la paille sur une meule.

Mrs Hill lui passa le pain, le beurre, le sel et ne cessa de remplir sa tasse de petite bière.

— Pouvons-nous avoir un peu plus de lait, s'il vous plaît ? demanda Sarah, que ce manège exaspérait.

L'intendante poussa la carafe vers Sarah qui remplit la tasse de Polly et la sienne avec un très léger babeurre bleui. La petite, fascinée par le nouveau valet, ne remarqua rien. Elle le scrutait sans gêne, lui posait des questions, hochait la tête avec enthousiasme à ses réponses.

Où avait-il appris son métier ?

Il avait déjà occupé un poste semblable par le passé.

Quel travail exactement, voulut savoir Polly et où cela se passait-il ?

Mrs Hill la fit taire.

Il répondit que cela ne le gênait pas, que Polly était une fille intelligente, remarque qu'elle accueillit d'un sourire timide, en rougissant, ce qui eut pour effet de ralentir le débit de son interrogatoire pendant un moment. Il avait travaillé dans une ferme, puis exercé comme palefrenier et enfin comme laquais dans une maison à peu près de la même taille que celle-ci.

— Quelle maison ? Je veux dire à qui appartenait-elle ? On les connaît peut-être ?

La maison n'était pas dans le voisinage, bien sûr ; la ferme se situait au-delà des collines ; quant à l'auberge où il avait travaillé comme palefrenier, elle se trouvait à plusieurs kilomètres après Ashworth. Tout était hors de portée, remarqua Sarah. Les endroits qu'il mentionnait étaient juste un peu trop loin pour permettre un lien ou des connaissances communes entre ses emplois précédents et sa nouvelle position ici, à Longbourn.

Il incarnait ce que Sarah avait toujours voulu. Un élément susceptible de rompre la monotonie quotidienne, de la distraire des bruits de rumination révoltants de Mr Hill, de la perspective d'une autre soirée sans gaieté à écouter sa propre voix égrener un roman-fleuve, ou un journal vieux de trois jours. Le changement avait enfin poussé la porte de Longbourn. Polly le contemplait comme une simplette, Mrs Hill ne cessait de remplir son verre et même Mr Hill souriait en lui jetant de furtifs coups d'œil avant de détourner timidement le regard. Sarah, abattue, se sentit abandonnée, ignorée, et regretta que ce changement avec ses cheveux noirs, ses yeux noisette et sa peau dorée, soit jamais venu à Longbourn.

Elle était encore plus démoralisée le lendemain matin lorsqu'elle descendit en titubant à la cuisine, suivie par Polly qui lambinait derrière elle. La lueur de sa chandelle illuminait les marches nues, les murs badigeonnés de vert, la peau de sa main couverte de crevasses, qu'elle ne devait surtout pas gratter malgré l'insoutenable démangeaison, noircie par le sang séché.

Premières corvées : rallumer les feux, aller chercher de l'eau, balayer les foyers, graisser les fourneaux, puis nettoyer ses mains souillées de graphite et de suie avant de se mettre au travail. Dehors, la poignée glaciale de la pompe l'attendait. Elle aurait presque préféré arracher des charbons ardents du feu.

Polly s'assit à table et posa sa joue sur ses bras croisés. Sarah, à moitié endormie elle aussi, prit la brosse pour la cheminée, s'accroupit et s'apprêtait à balayer les cendres froides quand elle se figea soudain. L'âtre était propre, les fourneaux brillaient, le feu brûlait et crépitait avec de nouvelles bûches. Elle inspecta le panier à bois : il était plein.

Quelqu'un s'était levé avant elles.

L'eau… Elle se dirigea vers l'office pour y prendre les seaux. Sa chandelle éclaira l'intérieur des baquets qui semblaient refléter quelque chose. Elle se baissa, et enfonça la main : ses doigts sortirent trempés. Elle se releva, s'essuya sur son tablier, puis se rendit jusqu'à la citerne et posa sa main sur le couvercle. Elle sentit la fraîcheur de l'eau sous le métal. Quelqu'un s'était chargé du feu, et de l'eau. La citerne était remplie à ras bord.

Un lutin, un petit démon maladroit et obligeant. Il n'y en avait encore jamais eu à Longbourn.

— Polly…

Mais celle-ci s'était rendormie, la tête sur les bras, ses boucles couvrant son visage. Sarah se releva, les mains sur les hanches et regarda autour d'elle, désorientée. Contre toute attente, elle se trouvait désœuvrée. Une heure de liberté s'offrait à elle, tel un présent.

Elle attrapa la vieille pelisse accrochée à la porte de service et sortit dans le matin d'un froid mordant. Elle serra les pans du manteau contre elle, le ferma maladroitement de ses doigts engourdis, traversa à grandes foulées la cour et l'enclos. L'herbe gelée craquait sous ses pieds projetant des étincelles de givre. Elle se faufila par la porte latérale, et s'engagea dans le sentier. Des oiseaux sautillaient et pépiaient dans les haies. Elle pénétra dans l'ombre bleutée des bois puis déboucha de nouveau dans le matin étoilé. Elle tira sur ses manches, couvrant ses mains, remonta son col, et emmitoufla son visage à l'intérieur. Le vieux velours sentait le moisi. Elle parvint ainsi au croisement du sentier des vaches.

C'était un simple ruban d'herbe rase tracé par le passage des bêtes qui suivait la crête et ne ressemblait pas aux routes modernes avec leurs graviers et leurs fossés. Il offrait une perspective extraordinaire sur les clochers, les villages, les bois que l'on discernait à des kilomètres à la ronde. Les collines au loin semblaient presque émoussées à cette distance. Sarah savait que si elle empruntait cette voie, et marchait assez longtemps, elle arriverait dans la plus grande ville du monde. N'était-ce pas une sorte de miracle ? Londres représentait tout ce qui pouvait être imaginé et bien plus encore.

Elle serra ses bras contre son corps. Un courlis cria. Le soleil se hissa en haut des coteaux, baignant l'aube bleue d'une lueur mordorée. Une brebis bêla, un agneau lui répondit. Des ombres s'enroulaient comme des rubans. On distinguait maintenant du vert dans les prés et sur les arbres. Quelque part, plus bas dans la vallée, un coq chanta et une colonne de fumée s'éleva dans les airs. À Longbourn, la bouilloire attendait d'être remplie et posée sur le feu car, bientôt, tout le monde réclamerait sa tasse de thé. Sarah ne pouvait raisonnablement espérer que le lutin, aussi aimable soit-il, y veille aussi.

Elle rebroussa chemin et aperçut la maison encore plongée dans le noir, ses carreaux ternes et vides. Quelques draps suspendus sur la corde à linge formaient des taches claires tremblantes sur le tissu sombre des haies. Elle comprit alors, par une sorte de dédoublement. Elle se vit debout à l'endroit où les draps séchaient, distinguant furtivement son propre mouvement tandis qu'elle passait derrière la haie.

Ce n'était pas un colporteur qu'elle avait cru voir, bien sûr. C'était James Smith.

Il avait dû passer par ce même sentier des vaches. Le bruit dans les box ce soir-là, c'était lui aussi, se glissant à l'intérieur de l'écurie, s'attirant les grâces des chevaux, comme il le faisait avec tout le monde, s'installant pour la nuit, au chaud, à l'abri. Le lendemain il s'était débrouillé pour voir Mr B. avant que personne ne découvre sa présence. Sarah n'eut pas à chercher bien loin pour comprendre comment il avait réussi à le convaincre de l'engager : une question d'économie sans aucun doute, un marché si tentant que Mr Bennet n'avait pu se résoudre à le refuser.

Mais s'il avait emprunté ce chemin, il était impossible qu'il arrive d'Ashworth ainsi qu'il l'avait prétendu ou d'une quelconque ferme de l'autre côté des collines. Il avait pu venir de n'importe où. De Londres comme de l'autre bout du monde.

Le feu rougeoyait dans la cuisine lorsqu'elle jeta un coup d'œil par la fenêtre. Polly dormait toujours dans la même position. Sarah entendit Mr Smith dans l'écurie. Elle aurait dû rentrer, réveiller la petite, se mettre au travail, mais ses pas la portèrent vers les chevaux. Elle se tint sur le seuil, et contempla le tableau chaleureux, éclairé par une lanterne suspendue, que formait le valet tandis qu'il étrillait la jument d'un air absorbé et paisible. L'animal remarqua le premier la nouvelle intruse et balança sa tête pour la fixer de son œil rond et doux, bousculant James qui chancela en riant puis tourna la tête dans la même direction. Son visage se ferma comme une huître quand il aperçut la femme de chambre.

— Merci, dit-elle, en battant la semelle, les pieds glacés. Pour tout ce que vous avez fait, ce matin.

Il reprit sa tâche :

— Ce n'est rien.

— Polly et moi, on s'en occupe d'habitude, mais elle a du mal à se lever si tôt alors…

— J'étais réveillé, et je n'aime pas rester à rien faire, précisa-t-il sans même lui adresser un coup d'œil.

— Que faites-vous ici ? demanda-t-elle à brûle-pourpoint.

Il s'interrompit.

— Comment ?

— Je veux dire pourquoi ici ? Enfin, si j'étais vous, ce n'est pas ce que j'aurais choisi. Se cacher comme un brochet dans les remous sans savoir vraiment si vous êtes vivant.

Il fixa la brosse sur sa paume, serrant la sangle autour de sa main sans lever les yeux.

— Je vous ai vu sur le sentier l'autre jour, poursuivit, impitoyable, Sarah. C'était bien vous, n'est-ce pas ?

Il se raidit et lui fit face soudain. Elle fut frappée de nouveau par la clarté de ses yeux contrastant avec son teint cuivré.

— D'où veniez-vous ?

Elle baissa la voix :

— Vous devez avoir voyagé. Êtes-vous déjà allé à Londres ?

— Londres n'est qu'à une trentaine de kilomètres d'ici, vous savez.

Elle rougit, frappant le sol du pied.

— Je n'arrive pas à vous situer, avoua-t-elle.

— Je vous en prie, ne vous donnez pas ce mal.

Elle pivota sur ses talons et repartit d'un pas furieux vers la cuisine. Il présentait un mélange si frustrant d'amabilité, de courtoisie et de rudesse qu'elle ne pouvait se forger une idée claire sur lui. Elle était néanmoins certaine d'une chose : il mentait. Il n'était pas celui qu'il prétendait être. Il avait pu tromper tout le monde à Longbourn, mais il ne la duperait pas. Pas elle. Pas un instant.

CHAPITRE VI

La grande affaire de sa vie était de marier ses filles ; son plaisir : les visites et les nouvelles.

Le cabinet de toilette de Mrs Bennet constituait son sanctuaire, son refuge face aux exigences pressantes de sa famille. La pièce débordait de coussins rebondis, de festons, de tapisseries, de tapis orientaux, regorgeait de robes de bal qui n'avaient été portées qu'une seule fois, de châles, de spencers, de capes, de chapeaux. Orné d'un papier peint à rayures, l'endroit dégageait un parfum de roses fanées. La moindre surface disponible était encombrée de porcelaine, de fleurs en papier, d'ouvrages en coquillages, en macramé, de boîtes japonaises. Toutes ces choses, sorties des doigts agiles de ses filles, se décomposaient maintenant, s'écaillaient, se couvraient de poussière, et rendaient folle la méthodique et méticuleuse Mrs Hill.

L'intendante avait été convoquée pour discuter des menus de la semaine. Après avoir pris mentalement note des demandes de perdrix, de timbales de légumes et de ragoûts, elle comptait s'éclipser pour pétrir la pâte à pain qu'elle avait laissée lever dans la cuisine. Mais elle fut obligée de rester pour écouter les plaintes de Mrs B. qui concernaient, comme souvent, l'incapacité de son époux à saisir l'importance capitale d'un sujet qui lui tenait violemment à cœur. Puisqu'il semblait à peine capable de supporter sa voix, sans parler de sa conversation, Mrs B. s'était résolue à ne pas poursuivre la discussion avec lui. Elle préféra se lamenter auprès de Mrs Hill.

Il n'était pas dans la nature de celle-ci cependant, d'émettre des signes de sympathie et de demeurer désœuvrée, même si sa longue expérience lui avait appris que toute tentative pour ranger cette pièce était vouée à l'échec. Malgré tout, elle épousseta une bergère en porcelaine du bout de son tablier, puis essuya l'étagère du cabinet sur laquelle elle reposait, s'empara d'une robe du soir jaune toute froissée et la secoua.

— Oh ! laissez cela, Hill.

— Je vais l'accrocher…

— Mais non ! À quoi bon ? Ne vous embêtez pas avec ce vieux chiffon !

Mrs Hill examina la robe : les filles avaient-elles raté quelque chose ? Les plis de soie glissèrent entre ses mains. Aucune marque, aucun ourlet défait, ni couture décousue, pas de déchirure apparente. La robe semblait aussi impeccable que lorsqu'elle l'avait rangée dans la penderie après son dernier blanchissage. Elle se souvenait des remarques de Sarah et de Polly à propos des taches qu'il avait fallu frotter et savonner, à la suite d'un potage particulièrement épais servi chez les Goulding. Elles avaient réussi à les faire disparaître, toutes fières, petites lingères efficaces qu'elles étaient. Mrs Hill avait senti à quel point elles étaient satisfaites, et c'était gratifiant. Les petites commençaient à acquérir l'orgueil du travail bien fait, elles ne se contentaient plus de le faire en rêvant d'être ailleurs.

— Il me faut de nouvelles tenues, reprit Mrs Bennet, c'est indispensable. Et les filles aussi. Ce n'est pas trop demander après toutes ces années ! D'ailleurs, vous pouvez emporter cette horrible vieille chose. Je n'en veux plus.

Mrs Hill posa soigneusement la robe sur son bras. Il fut un temps où son cœur aurait battu plus vite à l'idée de posséder une si jolie tenue. Mais aujourd'hui, de quelle utilité lui seraient cette soie jaune et ces falbalas ? Il faudrait la reprendre ici, la rallonger là, la débarrasser de ces volants qui risquaient de prendre feu lorsqu'elle cuisinerait. Pour finir, cela ressemblait moins à un cadeau qu'à une corvée supplémentaire, et ça, elle n'en avait pas besoin du tout.

— C'est terrible, vraiment, Hill. Vous n'avez aucune idée de ce que c'est d'être une mère, et de savoir que vos enfants souffrent par manque d'attention paternelle.

Mrs B. évacua en un long soupir tout l'air de ses poumons, et redressa mollement son corps en agitant la main avec impatience pour écarter Mrs Hill de son chemin. Elle traversa la petite pièce afin de se poster à la fenêtre. Mais ses pensées n'étaient pas occupées par la vue du beau parc en contrebas.

— Il ne s'agit pas seulement du prochain bal. Nous aurons besoin de nouvelles tenues pour les matinées, les dîners en famille, les soupers, le thé, toutes ces choses…

Elle se pencha sur le bord de la fenêtre en essuyant ses yeux.

— Je suppose qu'il va refuser. Il ne comprend pas qu'on puisse avoir ce genre de préoccupations. Je pense que cela lui est bien égal.

Mrs Hill contempla le large dos de sa maîtresse. Si elle ne descendait pas à la cuisine pétrir la pâte, ils auraient des briques cette semaine à la place de miches de pain. Elle devait envoyer une des filles chercher des œufs et mettre l'autre à battre le tapis du vestibule. Elles feraient toutes deux la grimace et rechigneraient, mais peu importait. James réparait des barrières dans les champs. Elle avait mis de côté une chope de bière dans le garde-manger pour la lui apporter, mais si elle s'attardait encore là, elle n'aurait plus le temps de le faire. Il faudrait bientôt songer à préparer le dîner, et Mr Hill allait vouloir sa tasse de thé et il n'y avait jamais rien de bon à le faire attendre trop longtemps.

Cependant Mrs B. était triste et réclamait toute sa compassion. Elle se rapprocha et lui toucha l'épaule.

— Je suis désolée, madame.

Mrs B. secoua ses boucles.

— Il y a toujours quelque chose de plus pressant à ses yeux. Un métayer qui ne paie pas son loyer. L'achat de graines. Des réparations ici ou là. Il y a toujours quelque chose de plus important que moi et les besoins de mes pauvres filles.

Elle se tourna vers l'intendante, le regard grave et sérieux. Elle s'empara de ses mains calleuses et les serra dans les siennes, si douces.

— Vous lui parlerez pour moi, Hill ?

— Je le ferai si vous le souhaitez, madame, mais je ne pense pas que cela sera d'une grande utilité.

— Oh ! mais vous avez beaucoup d'influence sur lui, Hill, vous le savez. Si vous lui dites que c'est nécessaire, il comprendra. Moi, il ne m'écoute pas. Il ne m'écoute plus.

Mrs Hill détourna la tête. Un pot à talc était posé sur la coiffeuse, la houppette à côté, le meuble en acajou recouvert d'une épaisse couche de poudre à la lavande. Il n'y avait pas eu d'autres bébés et il n'y en aurait plus, voilà la raison véritable de toute cette tristesse confuse. Mrs Bennet n'avait pas procuré l'indispensable héritier. C'était une désillusion épouvantable. Et pourtant, songea Mrs Hill, après avoir été usée jusqu'à la corde par toutes ces grossesses, déchirée par tous ces accouchements, après avoir vu son corps abîmé, ce ventre devenir flasque, Mrs Bennet devait être soulagée de savoir que toutes ces épreuves étaient finies désormais, qu'elle ne serait plus obligée de supporter tout cela une nouvelle fois.

— Allons, reprit-elle, vous savez que j'ai raison. Il vous suffit d'un mot pour que nous obtenions un nouveau balai, une casserole neuve, des bougies, et je ne sais quoi encore.

— Ce sont là des questions domestiques, madame, elles relèvent de mes attributions.

Mrs Bennet relâcha les mains de Mrs Hill.

— Mais moi aussi je parle de questions domestiques. Qui nous concernent tous ! J'avais pensé que vous comprendriez, en tant que femme. Mais, bien sûr, vous n'êtes pas mère… Vous ne pouvez imaginer ce que j'endure pour mes filles. Mr Bingley sera peut-être déjà marié avant que mes pauvres enfants aient pu avoir ne serait-ce qu'une chance de convoler.

— Mr Bingley ?

— Mais oui… Vous n'avez pas appris la nouvelle ?

Le visage de Mrs Bennet évoquait un jour de printemps venteux, de sombres nuages s'amoncelaient puis le soleil brillait soudain.

— Netherfield est enfin loué. Mrs Long nous a tout raconté. Ils doivent y résider avant la Saint-Michel.

— Mrs Nicholls aura bien de la peine pour tout mettre en ordre.

Mrs Bennet chassa d'un geste impérieux de la main les soucis de Mrs Nicholls qui étaient insignifiants en comparaison des siens.

— Vous comprenez, Hill, le nouveau locataire est un gentleman, célibataire et fortuné.

Mrs Hill jeta un coup d'œil sur le canapé chargé de coussins et considéra un court instant l'idée de s'y effondrer. Un jeune homme seul récemment arrivé dans le voisinage ne signifiait qu'une chose : une surenchère de gloussements et d'excitation fiévreuse aux étages supérieurs, de sorties, de fêtes, et une charretée de corvées supplémentaires pour tous les domestiques.

— Oui. Voilà pourquoi les filles doivent avoir de nouvelles robes, afin qu'on puisse tomber amoureux d'elles. Et moi aussi. Nous devons montrer que nous sommes une famille respectable et digne d'être remarquée. Je ne voudrais pas que Mr Bingley se forge une fausse opinion de notre degré d'élégance. Par conséquent, vous devez parler à Mr Bennet et insister pour qu'il nous procure ces robes.

Au moins, James pourrait les aider et conduire la voiture à la place de Mr Hill.

— Je parlerai à Mr Bennet, capitula Mrs Hill, si tel est votre souhait, madame.

— Bien.

Mrs Bennet s'enfonça de nouveau dans le canapé, laissant l'intendante debout.

— Le plus vite sera le mieux, Hill. Et versez-moi une dose de mon remède, je vous prie. Mes pauvres nerfs sont à bout.

Mrs Hill dévissa le flacon, remplit un verre à moitié et le tendit à sa maîtresse qui le but à petites gorgées, les yeux fermés, et s'en trouva apaisée. Enfin libérée, l'intendante retourna d'un pas lourd à la cuisine. La pâte à pain avait débordé, ronde, ferme, striée de traits verticaux. Elle la retourna sur le comptoir fariné, la détacha du bol avec ses ongles, la souleva, et la reposa d'un geste sec puis la frappa et la martela de ses poings en projetant des nuages de farine. Quand Mr Hill se présenta un peu plus tard, un coup d'œil lui suffit : le moment était mal choisi pour réclamer son thé. Il s'assit donc sagement près du feu et attendit qu'elle remarquât sa présence.

Sarah s'y était rendue une fois, il y avait des années de cela, avant même l'arrivée de Polly. On l'y avait envoyée avec un jambon en cadeau après qu'on avait tué un cochon. À l'époque, les grandes colonnes de Netherfield étaient couvertes de taches d'humidité. Un valet tout desséché, vêtu d'une livrée sale, miteuse, lui avait ouvert la porte, et l'avait dévisagée de son unique œil valide, l'autre n'étant plus qu'une orbite d'un blanc laiteux, avant de lui demander à quelle maison elle appartenait. Puis il avait tiré la porte qui avait grincé et s'était écarté en s'inclinant pour la laisser passer.

Il faisait froid à l'intérieur. Ses pas avaient résonné dans l'obscurité qui lui avait paru peuplée d'ombres volantes. La fillette avait suivi un long corridor aux miroirs boursouflés et déformants, jonché de meubles couverts de housses et de draps poussiéreux. Le jambon, emmailloté comme un bébé dans des linges de coton, était lourd entre ses bras. L'homme lui avait indiqué l'entrée d'un petit salon, puis il s'était laissé tomber sur un canapé et avait penché la tête en arrière, épuisé par la petite traversée qu'ils venaient d'effectuer.

La pièce, glaciale, sentait le renfermé, le bois de camphre, les médicaments et l'urine, mais aussi quelque chose de légèrement sucré ; on avait posé sur une table de jeux un service à thé dépareillé et Sarah avait aperçu, dans un coin, un lit de jour bancal sur lequel était allongé ce qu'elle avait d'abord pris pour un tas de vêtements jusqu'à ce que la chose se fût agitée, tournée et lui eût adressé un sourire dévoilant des gencives édentées.

— Aimerais-tu une part de gâteau, mon enfant ?

Sarah avait secoué la tête, posé le jambon, et reculé jusqu'à la porte. Elle avait pivoté sur ses talons et décampé sans demander son reste, franchissant le corridor et dévalant le perron de cette maison hantée aussi vite que ses petites jambes le lui avaient permis. Elle avait encore couru, en titubant à moitié, sur une centaine de mètres avant de ralentir, exténuée, tout en jetant des coups d'œil par-dessus son épaule. Elle avait gardé pendant des jours l'odeur douceâtre de Netherfield, une odeur de décomposition.

Aujourd'hui, tandis qu'elle approchait de nouveau de la propriété, Sarah apportait, non pas un lourd jambon, mais une invitation élégamment tournée requérant la présence de Mr Bingley à un dîner en famille.

L'allée avait été nettoyée, ratissée, les mauvaises herbes arrachées ; les colonnades s'élevaient, propres et majestueuses. Ce n'était plus le genre de maison où la petite bonne d'un voisin pouvait être reçue à la porte principale. Elle prit donc l'allée qui faisait le tour de la demeure jusqu'à l'entrée de service. Les fenêtres à guillotine soulevées laissaient pénétrer l'air frais à l'intérieur où tout sentait la peinture fraîche. Elle aperçut des plafonds blancs, des housses, un miroir délavé.

Les jeunes dames et Mrs B. ne cessaient de jacasser au sujet de ce Mr Bingley. Il y avait déjà eu quelques allers et retours entre les deux maisons, mais les domestiques y avaient été peu mêlés. Ainsi, quand Mr Bingley s'était présenté à Longbourn, ces messieurs avaient bu du vin blanc des Canaries dans la bibliothèque, sans déranger personne. De son côté, James avait paru considérer le pansage du cheval de Bingley, un hongre noir splendide, comme un plaisir plutôt qu'une corvée.

Cette fois Sarah était détentrice d'une invitation à un « Dîner en Famille ». Mrs B. était tout excitée à propos du menu parce que ce genre d'occasion était, bien sûr, plus difficile à réussir qu'une réception officielle. Il fallait impressionner sans ostentation. Tout devait être excellent et simple, comme si la famille dînait ainsi tous les jours.

Mrs B. avait apporté un soin particulier à l'invitation, s'appliquant à tracer les lettres avec minutie sur son plus beau papier. Mrs Hill s'était montrée tout aussi pointilleuse. Quand James était descendu de la salle du petit déjeuner avec la missive, l'intendante avait poli le plateau de service, puis l'avait examiné un long moment avant de le tendre à Sarah :

— Ne traîne pas, s'il te plaît. J'ai besoin de toi ici pour les tartes.

Personne ne répondit lorsqu'elle frappa à la petite porte. Elle entra, et s'orienta au bruit des voix jusqu'à la cuisine. C'était le meilleur endroit pour trouver quelqu'un à qui remettre la lettre, première étape dans son périple vers les étages supérieurs. Sarah, intimidée, songea qu'on allait trouver étrange qu'elle, une femme de chambre, se présente avec une invitation plutôt qu'un valet. À quoi pensait Mrs Hill ? À quoi servait Mr Smith si ce n'était précisément à battre la campagne au nom de la famille ?

Sarah se faufila par une porte battante et pénétra dans la vaste pièce où personne ne sembla remarquer sa présence. Un chef en veste bleue examinait les casseroles, trois filles de cuisine coupaient des oignons et des poireaux ; d'autres servants entraient et sortaient. De puissants fumets imprégnaient la pièce : bœuf, vin, fruits macérés. Enfin, un valet – grand, vêtu d'une élégante livrée, coiffé d'une perruque poudrée – passa devant elle d'un pas pressé.

— Pardonnez-moi…

Il s'arrêta et fit volte-face. Il avait un visage très foncé. Elle jeta un coup d'œil sur ses mains ; il portait des gants blancs. Impossible de voir leur couleur. Elle le dévisagea malgré elle – il était terriblement séduisant – avant de baisser les yeux. On ne regardait pas les gens ainsi. C'était inconvenant. Elle sentit le rouge lui monter aux joues.

— Puis-je vous aider ?

Il parlait avec beaucoup de distinction. Elle lui tendit la lettre d'un geste sec.

— C'est pour… pour Mr Bingley.

— Et vous attendez une réponse ?

Elle acquiesça. Comme il ne bougeait pas, elle fut obligée de le regarder de nouveau. Ses yeux noirs étaient posés sur elle. Il souriait presque. Elle devint écarlate.

— J'en suis ravi, fit-il en s'inclinant avant de disparaître.

Était-il ce qu'on appelait un homme noir, même si sa peau était marron ? Un Africain ? Mais les Africains avaient le corps couvert de hachures, ils étaient d'un noir d'encre, à moitié nus et enchaînés comme le montrait la plaque suspendue dans l'entrée du presbytère portant l'inscription : « *Ne suis-je pas un homme et un frère*[1] ? » Ce valet, cependant, avait une allure impeccable et une peau magnifiquement lisse, à peine plus foncée que celle de Mr Smith ou que

1. Médaillon créé en 1787 par Josiah Wedgwood, fondateur d'une entreprise de porcelaine, et abolitionniste convaincu.

n'importe quel journalier travaillant dans les champs sous le soleil d'août. Bien sûr, chez ces derniers, cette teinte cuivrée, qui s'arrêtait au col de leur chemise et à la peau découverte par leurs manches retroussées, s'estompait l'hiver venu.

Sarah recula contre le mur pour éviter de stationner dans le passage. Les appartements des maîtres devaient être bien loin. À moins que Mr Bingley hésite à affronter un dîner avec les Bennet. Le mur était frais sous ses paumes. Elle observa l'affairement général, heureuse d'en être exemptée. Le chef interpellait et gourmandait l'intendante de Netherfield, Mrs Nicholls. Il avait dû accompagner la famille depuis Londres. Mrs Nicholls s'excusait, tout agitée, les mains jointes en supplication, et Sarah détourna le regard. Mrs Nicholls n'aimerait certainement pas être vue ainsi.

Quand le valet de pied noir revint, il tenait à la main une petite lettre, pliée et scellée d'une manière expéditive, l'adresse tracée d'une main négligente.

— J'espère sincèrement qu'il y aura une réponse à la réponse, déclara-t-il.

Ne sachant quoi dire, Sarah fit une petite révérence et s'enfuit.

— Donc il ne vient pas ?

— Il ne sera pas chez lui !

— Il se rend à Londres !

Comme ça, comme si c'était une chose que l'on pouvait faire tous les jours.

— Il va chercher des amis pour le bal.

— Courir ainsi par monts et par vaux ! maugréa

Mrs Hill en reprenant son raccommodage. Et moi qui avais déjà commandé le bœuf.

— Oh ! les Bingley ont assez d'argent pour faire ce qui leur plaît, déclara Polly. Tout le monde le dit. Il paraît que leur vieux papa était dans le sucre.

— Et on peut faire beaucoup d'argent avec le sucre, intervint James.

Il était occupé à nettoyer l'argenterie. Sarah aurait dû lui en être reconnaissante puisqu'il la déchargeait d'une de ses corvées habituelles. Mais elle le prit comme un affront : son travail n'était-il plus jugé à la hauteur qu'il fallait demander au nouveau de le remplacer ?

— Ce doit être un commerce très profitable, confirma Mrs Hill. On dirait qu'on ne peut plus se passer de sucre.

— J'adorerais être dans le sucre, soupira Polly. Imaginez un peu…

— Tu embarquerais sur un bateau, décrivit James en dessinant un triangle dans l'air de la pointe d'une fourchette, chargé de fusils anglais et de ferronnerie, tu suivrais les alizés vers les côtes africaines…

Polly sourit, excitée par cette idée, puis cligna des yeux.

— C'est quoi la ferronnerie ?

— Des menottes, des chaînes, des casseroles, des couteaux, expliqua James. En Afrique on peut les troquer, ainsi que des fusils, contre des gens qu'on transporte dans les cales et qu'on envoie aux Caraïbes. Là, on les échange contre du sucre qu'on expédie ensuite par bateau en Angleterre. On appelle ça le commerce triangulaire. Je suppose que les

Bingley ont fait fortune à Liverpool ou Lancaster puisqu'on dit qu'ils sont originaires du Nord.

— Je ne savais pas qu'on payait le sucre de cette manière, dit Polly en avançant sa chaise vers la table.

— De quelle manière parles-tu ?

— Avec des gens.

— Pourtant, répondit James en frottant une fourchette, c'est bien ce qu'ils font.

— Vous semblez en connaître un rayon sur le sujet.

Il jeta un coup d'œil à Sarah qui venait de s'immiscer dans la conversation.

Il haussa les épaules :

— J'ai beaucoup lu.

— Vraiment ?

— Oui, ça vous étonne ?

— Cela paraît peu vraisemblable.

— Et pourquoi, je vous prie ?

— Je ne sais pas, cela ne vous ressemble pas.

— Ah, parce que je ne saurais pas lire, c'est ça ?

— Eh bien…

L'atmosphère s'était chargée, remarqua Polly sans comprendre tout à fait pourquoi, alors que tout se déroulait à merveille quelques instants plus tôt. Les voix de James et de Sarah faisaient la navette, de plus en plus tendues. Mrs Hill s'était arrêtée de coudre, l'aiguille suspendue en l'air. Polly la vit jeter un regard furtif vers Mr Hill qui lui répondit d'un froncement de sourcils.

— Donc vous imaginez que je suis un ignorant.

— Non, mais…

— Il ne vous a jamais traversé l'esprit que je pouvais lire, beaucoup plus que vous par exemple ?

— Je lis tout le temps, n'est-ce pas, Mrs Hill ?

L'intendante hocha la tête prudemment.

— Mr B. m'autorise à emprunter ses livres et son journal. Miss Elizabeth me passe toujours les ouvrages qu'elle prend à la bibliothèque.

— Oui, bien sûr, les romans de Miss Elizabeth. Je suis sûr qu'ils sont très bien.

Elle serra la mâchoire, et plissa les yeux. Puis elle se tourna vers Mrs Hill :

— Ils ont un valet noir à Netherfield, le saviez-vous ? annonça-t-elle d'un ton triomphant. Je l'ai vu aujourd'hui.

James suspendit son geste, puis, sans un mot, reprit le polissage.

— Je suppose, fit Mrs Hill, que Mrs Nicholls a besoin de toute l'aide qu'elle pourra trouver.

— Mais quand même, renchérit Polly désireuse de retrouver un sujet moins épineux, dire que toute cette richesse, tous ces biens, proviennent du sucre. Je parie qu'ils ont des murs en menthe, des sucres d'orge pour colonnes, des parquets en caramel et des sofas couverts de coussins à la guimauve.

— Les colonnes sont en pierre locale, je suis désolée de te décevoir, rétorqua Sarah en soulevant son ouvrage de couture. Pour les coussins, je ne sais pas. Mais la guimauve finirait par fondre, je pense, si près du feu.

Polly sourit rêveusement à cette image.

CHAPITRE VII

Si je puis voir une de mes filles heureusement établie à Netherfield, dit Mrs Bennet à son mari, et les autres aussi bien mariées, je n'aurai plus rien à désirer.

« Voici votre robe. »

Elizabeth se tourna et contempla, avec son beau sourire, la délicate mousseline d'un bleu œuf de canard qui ferait parfaitement ressortir son teint. Une toilette splendide que Sarah déposa avec précaution sur le lit de Jane et d'Elizabeth comme une demoiselle évanouie.

Jane, qui avait déjà revêtu sa tenue de bal, se tenait prudemment à distance du feu pour ne pas embraser les volants, et debout, pour éviter de la froisser. Ses cheveux étaient coiffés et huilés en bandeaux et tresses. L'expression placide de son visage ne révélait rien de ses sentiments. Elle possédait cette qualité essentielle aux yeux de Sarah : on pouvait compter sur elle. On pouvait être sûr qu'elle ne gâcherait aucune robe, qu'elle ne critiquerait pas, ne réprimanderait pas, n'imposerait aucun caprice particulier. Son sang-froid, son autonomie agissaient comme un baume sur les nerfs à vif de la jeune femme de chambre. Elle était aussi douce, apaisante et tendre qu'un pudding au lait et tout aussi bienvenue à la fin d'une journée exténuante.

Sarah avait dû maltraiter les cheveux raides comme des baguettes des cadettes pour obtenir les boucles à la mode, une opération qui mit sa patience à rude épreuve. Travaillant dans une odeur de cheveux chauffés, qui se répandit dans toutes les chambres de l'étage supérieur et les corridors, à peine supportable, les mains cloquées par les fers à friser ; son dos était raide, ses jambes lourdes, si on l'avait provoqué à ce stade des préparatifs, elle aurait pu brûler les cheveux délibérément.

Elizabeth bouclait naturellement, comme une preuve de son tempérament animé et obligeant. La jeune dame s'était déjà préparée toute seule à l'aide d'épingles et d'un bandeau de roses artificielles. Elle attendait maintenant, en chemise, corset et jupon, d'être habillée. Elle leva les bras, Sarah souleva le voile de mousseline et le fit glisser par-dessus sa tête. À elles deux, elles parvinrent à faire rentrer Elizabeth dans la robe, puis Sarah accrocha les petits boutons de soie à l'intérieur des bras. Elizabeth fit la grimace.

— Je vous ai pincée ?

— Un peu.

— Je suis désolée.

Sarah poursuivit en silence. Elle s'accroupit sur ses talons pour fixer l'ourlet. Puis elle se releva, tira sur le corsage, l'ajustant sous la poitrine.

— Tu as fini ? s'impatienta Elizabeth.

Sarah se contenta de hocher la tête.

La femme de chambre fit quelques pas afin que Sarah pût régler les derniers détails et fermer la rangée de minuscules boutons qui descendaient entre les omoplates.

— Nous en avons terminé ?

Elizabeth s'avança vers le miroir de la coiffeuse. Sarah la suivit, en lissant le vêtement.

— Vous êtes ravissante, Miss Elizabeth.

— Grâce à toi, ma chère Sarah.

La cameriste sourit et secoua la tête. Elle avait beau être habituée, elle trouvait Elizabeth sincèrement irrésistible. Quand elle entrait dans une pièce, on savait que tous ceux qui regardaient ailleurs rataient l'essentiel du spectacle.

— C'est une honte, Sarah, tu t'occupes de nous, et toi-même tu n'as aucune occasion de t'amuser. Pourtant tu ne te plains jamais.

La femme de chambre haussa les épaules. Cela ne servait à rien d'en parler. Elle ne pouvait pas plus se rendre à leur bal qu'elle ne pourrait assister à un thé entre sirènes. Mais elle sentit ses yeux se voiler, son nez la chatouiller. Elle tourna la tête, gênée.

— As-tu jamais l'occasion de danser, ma chère Sarah ? lui demanda Jane, révélant son extrême bienveillance.

— Parfois, miss.

— Et comment t'habilles-tu ? voulut savoir Elizabeth.

— Je mets ce que j'ai de mieux.

Qui allait remarquer ses vieilles robes lors des danses sur la place du village ? Les garçons de ferme déambulaient d'un pas lourd, engoncés dans leurs habits du dimanche. Les musiciens de la paroisse frottaient leurs crincrins, soufflaient dans leurs fifres, battaient leurs tambours. Polly, tel un garçon manqué, jouait avec la bande des enfants du village. Mr Hill se saoulait tranquillement si bien qu'il fallait à moitié le porter sur le chemin du retour, alors qu'on entendait des couples glousser dans les buissons et que Mrs Hill aboyait : « Regardez devant vous, devant vous ! » Au cas où Sarah apercevrait quelque chose de choquant, alors qu'après avoir vu le taureau à l'œuvre avec les génisses et le verrat avec la truie, elle avait une idée assez précise sur le sujet.

— Il te faut une nouvelle toilette, qu'en penses-tu, Elizabeth ? demanda Jane en se dirigeant vers leur armoire. Voyons…

— Ce serait…

Une telle joie qu'elle ne put finir sa phrase. Le valet de Netherfield participerait peut-être à la prochaine fête du village ; s'il l'invitait à danser, Mr Smith serait bien obligé de la remarquer alors qu'elle tournoierait dans les bras d'un bel homme, vêtue d'une nouvelle robe.

— Par je ne sais quel miracle, notre mère nous a obtenu à chacune une tenue neuve.

Jane sélectionna une robe du soir en satin couleur d'huître, décolletée, les manches courtes, et la posa sur le lit. Elizabeth secoua la tête après l'avoir examinée.

— Et celle-ci… ? proposa Jane en montrant une robe en soie sergée aux motifs de feuilles de chêne plus adaptée à l'intérieur par temps froid.

— Elle serait mieux avec quelque chose de moins…, reprit Elizabeth en se tournant vers l'armoire. De plus simple, une robe de jour peut-être… précisa-t-elle en décrochant un vêtement en popeline avec de longues manches et un col haut, orné de minuscules boutons de rose rouge-bordeaux sur un fond crème. Sarah l'avait taillée et cousue deux étés plus tôt, ne se lassant pas de l'admirer chaque fois qu'elle devait la blanchir et la repasser. Elizabeth étala ensuite sur le lit une robe pour le thé, vert sauge, dotée d'une bordure de velours blanc qu'il fallait retirer chaque fois qu'on la lavait pour empêcher le tissu de déteindre sur elle.

— Voilà, annonça Elizabeth. Choisis celle que tu préfères.

— Vraiment ?

— Oui, mais une seule, sinon Polly risque de bouder et aucune ne lui va encore.

— Elle devra convaincre Kitty ou Lydia de lui céder une des leurs.

— Lydia le ferait volontiers, dit Jane en souriant.

— Lyddie donnerait jusqu'à sa dernière chemise ; si on le lui demandait.

De la chambre de Mary leur parvint alors une cascade de gammes et d'arpèges accompagnée du rire étouffé des plus jeunes sœurs. Sarah prit la popeline avec soin, la plia sur son bras, fit une révérence et remercia, le souffle coupé, tant elle était heureuse de ce présent.

Elizabeth lui fit un signe de tête indiquant un livre sur la commode.

— Tu peux aussi l'emprunter si tu veux.

Sarah tourna la tête pour regarder le titre. *Pamela*[1], lut-elle.

Alors, habillées, coiffées, les deux sœurs lui souhaitèrent une bonne soirée. Elles sortirent de la pièce comme si elles flottaient, et descendirent d'un pas léger. Sarah posa délicatement sa nouvelle robe sur le lit. Elle nettoya et rangea brosses, peignes, épingles et rubans. Elle lissa le dessus-de-lit froissé. La pièce, assombrie maintenant, semblait figée, sans vie, en l'absence des deux aînées. Elles étaient toutes deux si ravissantes, si lumineuses. Sarah, munie de son cadeau, emprunta le couloir de service puis l'escalier menant aux mansardes en songeant qu'elle n'était qu'une des innombrables ombres du jour qui déclinait.

Dans la cuisine, Mr Smith, installé près du feu, croquait une pomme, engoncé dans sa livrée. Il croisa un instant le regard de Sarah avant de détourner aussitôt les yeux :

— Où est Mrs Hill ? demanda la jeune fille.

Il avala avant de répondre :

— À l'étage, avec madame.

Sarah retrouva Polly dans l'office. Elle s'y reposait, assise sur le caillebotis, les jambes allongées devant elle, dos contre le mur. Sarah se laissa glisser à son côté. C'était leur coin secret. Peu fréquenté durant le jour, elles y volaient quelques instants de répit.

---

1. *Pamela ou la Vertu récompensée*, roman épistolaire publié en 1740 par Samuel Richardson, auteur admiré par Jane Austen. Le personnage principal est désigné par Mr B.

— Est-ce que tu penses parfois, lui demanda Sarah, que ce serait bien si tu avais un autre endroit où tu pouvais aller ?

Polly posa un doigt sur les lèvres : Mrs Hill, de retour dans la cuisine, demandait à James où se trouvaient les filles.

Sarah murmura :

— C'est exactement ce que je veux dire, un endroit où tu peux être tranquille sans te voir obligée de faire quelque chose. Où tu peux être seule, où personne n'attend rien de toi, juste pour un moment, au moins.

Polly plaqua ses épaules étroites contre les briques nues pour se réchauffer. De l'autre côté, les fourneaux s'activaient. Le mur était donc sec et chaud.

— Arrête de te plaindre. Et tais-toi. On va finir par t'entendre.

Polly avait été déposée dans un panier sur le seuil d'une ferme par une nuit glaciale de janvier, puis confiée aux soins négligents d'une nourrice de la paroisse. Après, elle avait connu la faim pendant de longues et pénibles années à l'hospice des indigents. Elle avait traversé toute cette époque seule. Si elle avait survécu, songea Sarah, c'est parce qu'elle n'avait jamais eu simplement conscience à quel point il était extraordinaire qu'on puisse survivre à de telles épreuves. Ce qui impliquait aussi que Polly n'avait aucune espèce de propension à la nostalgie, aux regrets, ou aux vœux pieux. Il était vain de solliciter sa sympathie. Longbourn était ce qu'elle avait connu et connaîtrait jamais, de mieux. Elle n'avait aucun souvenir d'un quelconque âge d'or.

Sarah, quant à elle, pouvait encore convoquer quelques vagues réminiscences, brouillées par le soleil d'été et ses ombres : des poules picorant à la porte d'un cottage, un petit garçon emmailloté dans ses langes qui sentait l'urine et le lait ; une femme en robe rouge qui la prenait dans ses bras ; un homme assis à l'intérieur, penché sur un métier à tisser bancal, un livre en équilibre sur le cadre, et qui se levait de son siège, droit, dans le noir. Elle se souvenait d'être allongée dans sa caisse-lit, son frère tout chaud et humide contre elle, elle entendait les voix de ses parents dans la nuit, qui allaient et venaient : portant à eux seuls le monde entier.

Sarah savait ce qu'était le bonheur ; elle avait une idée précise de ce qui lui manquait.

CHAPITRE VIII

La soirée se déroula agréablement pour toute la famille réunie.

La lumière des bougies éclairait le perron. Mr Bennet se tenait sur le seuil de la porte, un châle jeté par-dessus ses épaules et faisait ses adieux à sa famille. James, assis en haut du cabriolet, souleva son chapeau pour saluer son nouveau maître qui lui répondit d'un hochement de tête très courtois. Mr Hill aida ces dames à monter dans leur voiture, leurs traînes ondoyant derrière elles comme l'écume des vagues.

Mrs Hill et les deux femmes de chambre attendaient le départ de l'attelage sur l'allée de gravier. L'expression de l'intendante était affable et affectueuse ; Polly sautillait sur place pour se réchauffer, et Sarah se perdait dans la lune bleutée, une ride creusant son front.

— Ne sont-elles pas ravissantes ! s'exclama Mrs Hill. Mes jolies filles !

Mr Hill referma la portière et s'écarta. Puis ce fut au tour de James d'entrer en action.

Il fit claquer sa langue, secoua les rênes et les chevaux se lancèrent, faisant crisser le gravier sous leurs sabots, la lanterne du cabriolet se balançant en rythme. Une des jeunes dames poussa un petit cri d'excitation aux premières secousses. Un brouhaha s'éleva. Elles étaient en route.

Sarah ne remarqua rien car elle avait voulu éviter de regarder James. Mrs Hill, elle, se fit la réflexion que le jeune cocher était élégant dans sa livrée. Mr Hill lui-même, le premier pourtant à dénoncer le moindre défaut, ne trouva rien à redire à son sujet. Seul James savait que ses mains tremblaient, et que ce frémissement, transmis par les mors aux gencives délicates des chevaux, menaçait de les rendre nerveux et capricieux.

Mais ils connaissaient mieux le chemin que lui ; il lui suffisait donc de les laisser aller et de profiter de l'agréable roulis de la voiture, s'appliquant à les maintenir à gauche au cas où une autre voiture plus rapide surgirait brutalement. Les bêtes, sensibles à cette confiance, trottaient à bonne allure, la tête haute. Jane fit remarquer à sa mère quel jeune homme compétent James se révélait être, et reçut l'assentiment de Mrs Bennet. Le voyage était à la fois bien plus rapide et agréable qu'autrefois quand le vieux Mr Hill les conduisait.

James souleva le col de sa pelisse et tira sur ses manches en contemplant le paysage argenté, les doux coteaux, les sombres bosquets, les champs parsemés de moutons. L'odeur de la menthe qui poussait dans les fossés humides se mêla à celle d'une grange qu'ils dépassèrent. Des parfums qui lui rappelaient son enfance.

De temps en temps, lui parvenait le gazouillis de ses jeunes passagères, telle une volière remplie de précieux oiseaux. Comment pourrait-il jamais prendre suffisamment soin d'elles ? Comment pourrait-il jamais repayer la confiance que le brave homme avait placée en lui ? Les choses pouvaient changer du tout au tout en un clin d'œil ; le monde se transformer par la grâce d'une personne bien intentionnée. Il ne prendrait jamais le risque de perdre cela. Il adopterait une attitude humble, n'attirerait pas l'attention sur lui. Il ne regarderait pas Sarah, même si tout en elle était agréable à regarder.

Ils traversèrent les bois où le parfum des faines se mêlait à l'odeur de tourbe des premières feuilles mortes.

L'arrivée à Meryton se fit dans une explosion de bruit. Les fers des sabots claquaient sur les pavés au milieu des cris, des appels, des rires. Les rues étaient bondées. Valets d'écurie, laquais se hélant et s'interpellant. Les passants tapaient aux vitres des voitures, des passagers agitaient leurs mains pour saluer des connaissances aperçues dans la rue.

Le flux des cabriolets, voitures et calèches s'épaississait avant de ralentir devant la salle des fêtes[1] pour y déposer leurs occupants. Les invités se pressaient

1. Lieu de réunion aux XVIIIe et XIXe siècles pour les membres de la haute société des deux sexes, un des rares lieux publics où ils pouvaient se rencontrer.

devant les portes. Les jeunes, légers et enthousiastes, se frayaient un chemin rapidement, dépassant leurs aînés grisonnants, plus empruntés. La pièce paraissait noire de monde, constata James en s'arrêtant devant le perron.

C'était là un de ces étranges handicaps dont les gens de bonne famille étaient affligés : ils ne pouvaient ouvrir une porte, ni sortir de leur voiture sans assistance. C'est pourquoi un vieux servant en livrée, courbé tel un héron, s'avança vers la portière de sorte que James n'eut pas à descendre.

Les jeunes dames apparurent l'une après l'autre, comme des poules quittant le poulailler, chacune agrippant un instant la main du valet qui se voyait conférer ainsi une surprenante intimité, songea James, leurs visages rayonnant à la perspective de la soirée. Mrs Bennet, splendide en mauve, se présenta à son tour, saluant avec gaieté de nouveaux venus, avant de disparaître avec ses filles, engloutie dans le flot qui se pressait à l'entrée.

— Bon sang, mon gars, avance ! Tire ta vieille carne de là !

Quelqu'un tapa sur le cabriolet. James fit claquer sa langue. Les bêtes partirent au pas.

La cour et les écuries étant pleines, une rangée de voitures s'alignait sur un des côtés du bâtiment. Les cochers rassemblés là proposèrent à James de boire un coup avec eux. Il les remercia et se contenta de dételer les chevaux et de les conduire à l'abreuvoir de la place du Marché. Quand ils eurent étanché leur soif, brisant le reflet de la lune sur l'eau en mille éclats, il retourna à l'attelage, grimpa sur son siège et attendit.

Un bourdonnement indescriptible, rires en cascades, brouhaha de voix, s'échappait de la salle. Puis l'orchestre démarra. On n'entendit plus qu'un tonnerre de pieds martelant le sol.

Il sangla les couvertures sur les chevaux. De l'autre côté de la rue, les cochers chantaient des vers paillards sur de jolis airs. Deux d'entre eux se lancèrent dans une gigue maladroite.

La jument tapa du sabot sur les pavés. Il lui caressa le cou.

Il s'étonnait de la paix qui régnait à Longbourn. Tel un caillou dans la mare, son arrivée avait provoqué une ondulation à la surface. Il l'avait senti à la façon dont Sarah, Mrs Hill et la fillette l'avaient regardé. Puis les rides s'étaient estompées et même lui se sentait maintenant à sa place. Le temps jouerait en sa faveur et lui permettrait de s'adapter encore davantage, au point qu'il finirait par se fondre dans le paysage.

Mais il y avait Sarah. Ses yeux gris clair. Cette expression réfléchie qui ne la quittait jamais. Sa façon de le scruter comme s'il était une maille qui aurait filé, imprévue, exaspérante, et qu'il fallait reprendre.

Un cri le ramena au présent. Deux cochers se battaient, en titubant, incapables de s'atteindre, se lançant des insultes, puis éclatant de rire. James souffla sur ses mains, et détourna le regard.

Il avait connu des périodes, dans le passé, plus vives, plus intenses. Les circonstances avaient conspiré à le maintenir dans la peur, sur le qui-vive*, obligé de tout calculer, de tout prévoir. Mais cette nuit, tandis qu'il conduisait le cabriolet sur la route du retour, le vent froid soufflant sur son visage, la pleine lune baissant à l'horizon, l'appel du courlis retentissant à travers les champs, il était heureux de ne pas penser, de se contenter d'être.

Quand la voiture s'engagea dans l'allée, les chevaux s'arrêtant d'eux-mêmes devant le perron, et Sarah, les yeux lourds de fatigue, ouvrit la porte une bougie à la main, et fit entrer les dames. Il se sentit étrangement ému. Était-ce la chaleur de cette flamme ? Ou bien le visage de la femme de chambre, doux et froissé de sommeil ? Les murmures des jeunes filles frissonnantes ? Une scène d'une telle simplicité qu'on aurait pu croire que le monde avait toujours été ainsi et le serait toujours.

Sarah, après avoir servi le thé, se traîna jusqu'à son lit, à la lueur de sa bougie qui dansait sur les murs. Elle laverait les tasses et les assiettes demain matin. Même si, en y réfléchissant bien, on était déjà demain. Elle avait choisi de veiller afin que Polly, Mr Hill et Mrs Hill puissent se reposer. Rien ne justifiait que tous soient fatigués le lendemain. Et puis cela lui avait permis de lire en toute tranquillité : elle avait dévoré avec un sentiment de culpabilité le premier volume de ce roman, *Pamela*, qui en comptait deux, et qui, elle en était sûre, n'était pas tout à fait convenable, même si Elizabeth le lui avait conseillé. Tous ces attentats contre l'honneur de la jeune servante, tous ces évanouissements si à-propos. La simple idée qu'on puisse lui demander un soir de lire ces pages à voix haute la fit rougir. L'ouvrage était clairement destiné à une étude solitaire.

Elle avait cependant une autre raison pour veiller si tard. Elle voulait s'assurer du retour de James, le constater de ses propres yeux. Elle serait de toute façon restée debout la moitié de la nuit à guetter le bruit des roues sur le gravier, le claquement de la porte d'entrée. Peu importait ce que les autres pensaient de lui, elle savait que c'était un individu louche, aujourd'hui ici, demain ailleurs. Et quand il partirait, s'éclipsant aussi discrètement qu'il était arrivé, elle voulait être la première à s'en apercevoir.

Polly dormait profondément, respirant avec bruit. Sarah souffla sur la bougie et se glissa à côté d'elle, tremblant de froid, s'accrochant au bord du lit. Elle demeura allongée, les yeux ouverts. Quelle importance après tout, s'il restait ou partait ? Qu'est-ce que cela pouvait bien lui faire ?

James, la joue posée sur l'oreiller, ne dormait pas lui non plus. La vieille douleur était supportable, parce que c'était ainsi, parce qu'elle ne disparaîtrait jamais complètement. Et puis, c'était une consolation n'est-ce pas, d'avoir une chambre à soi ? De retrouver chaque soir un oreiller, un grabat, un édredon. Quatre murs et un plancher. Un toit au-dessus de sa tête. Son souffle s'évapora dans l'air de la nuit. C'était quelque chose de rentrer chez soi.

Mrs Hill ne dormait pas, elle non plus. Elle observait les étoiles froides à travers la lucarne tandis que Mr Hill ronflait à côté d'elle, la bouche comme un sépulcre ouvert. Elle se dit : Où que tu sois dans ce monde, le ciel est toujours au-dessus de toi. Où que tu sois, Dieu veille sur toi. Il voit dans ton cœur.

CHAPITRE IX

… Pour ce qui était des nouveautés et des sujets de se réjouir, elles étaient particulièrement gâtées par la récente arrivée dans le pays d'un régiment de la milice qui devait cantonner là tout l'hiver et dont Meryton était le quartier général.

Le régiment avait défilé dans la ville, les soldats à pied, les officiers à cheval. C'était, déclara Mrs Bennet à la cantonade, tandis que Mrs Hill l'aidait à retirer son chapeau dans le vestibule, aussi bien qu'un cirque.

— Oh, si vous aviez vu cela, Hill ! Les officiers dans leurs uniformes, si beaux, si courageux.

Dehors, James transféra la pile d'achats de Mrs Bennet dans les bras de Sarah puis rentra l'attelage. Mrs Hill l'observa. Il y avait quelque chose de différent en lui ; il paraissait épuisé, les traits assombris par l'ombre de son tricorne.

On l'avait fait trimer dur depuis son arrivée dans la maison. Chaque fois qu'on avait sorti le cabriolet, c'était James qui en avait eu la charge. Chaque fois qu'il y avait eu des visiteurs, c'était James qui avait fait le service. Les longs trajets, les nuits tardives, les courses, alors qu'on l'envoyait à droite et à gauche tel un volant de badminton, les dîners et thés pour les Long, les Goulding, les Bingley, les Lucas, rien ne lui avait été épargné. Il n'avait pas eu un moment de répit, et se voyait obligé de réagir au moindre coup de sonnette. On pouvait à tout instant le sonner pour apporter de la confiture, de l'eau chaude ou une autre bouteille de cet excellent sherry tard dans la nuit. Pas étonnant que le pauvre garçon soit exténué.

— Que se passe-t-il, Hill ? Je crois bien que vous ne m'écoutez pas !

— Mais si, madame, bien sûr !

Sarah remonta les marches avec la pile de colis tout en observant du coin de l'œil James qui s'en allait. Elle aussi avait remarqué un changement dans son comportement. Elle le trouvait préoccupé. Comme si quelque chose s'était insinué sous sa peau et le démangeait.

— Eh bien, notez que je suis déterminée à ce que Mr Bennet invite les officiers. Ce sera un dîner familial, avec deux plats principaux cependant…

Les gens continuaient à agir comme si de rien n'était. Sarah n'arrivait pas à le comprendre. Elle se faufila derrière Mrs Hill qui aidait Mrs B. à retirer son manteau, et traversa le vestibule. Personne, pas même Mr Bennet, pas même Mrs Hill, alors qu'on avait toujours pu compter sur leur perspicacité, n'avait rien remarqué de louche au sujet de James. Le simple fait qu'il soit heureux d'être un simple valet à Longbourn, alors qu'il aurait pu revendiquer de meilleurs gages dans une maison plus renommée ou s'occuper à d'autres affaires, était suspect en soi. Il avait surgi de nulle part, comme s'il avait passé tout ce temps caché dans le placard sous l'escalier. D'ailleurs depuis son arrivée, ils n'avaient rien appris sur lui, à part quelques histoires – ou plutôt des *mensonges* – qu'il avait bien voulu leur raconter.

Elle poussa la porte de la salle à manger avec sa hanche, et posa la pile chancelante sur la table. Et cette façon de s'échiner au travail. Ce n'était pas normal. Il ne protestait jamais, ne rechignait jamais à la tâche, contrairement aux métayers locaux. Comme si s'occuper des cabinets d'aisances était une besogne qui méritait méthode et application en lieu et place d'un estomac solide et d'une pince à linge sur le nez.

Elle rangea les achats de Mrs Bennet, redressant la bouteille enveloppée de papier de l'apothicaire, lissant l'emballage de la mercerie, et retournant la boîte plate du confiseur. Alors que s'était-il donc passé aujourd'hui ? Qu'est-ce qui l'avait mis si distinctement mal à l'aise ?

À l'instar de Mrs B. à Meryton, il avait dû voir les officiers à cheval, l'épée au côté, les soldats paradant, le mousquet à l'épaule…

Sarah, qui, distraite, lissait le paquet satiné du drapier, se figea soudain : la milice.

Et si Mr Smith était un criminel ? Un *assassin* ? Un gibier de potence échappé de la prison de Newgate ? Elle avait entendu parler de ces hommes désespérés dans le journal, ces graines de galériens et autres arnaqueurs qui corrompaient, espionnaient ou se battaient pour sortir de prison, esquiver la main du bourreau, s'évader. Il avait fui Londres pour venir se terrer à la campagne, dans le Hertfordshire où personne ne le connaissait pas plus que son passé. Il s'était sans doute fabriqué une nouvelle identité empruntée à ses pauvres victimes, dupes ou complices, pour se faufiler jusqu'à Longbourn. Un frisson parcourut la nuque de Sarah. Et maintenant, il allait cambrioler la maison pendant leur sommeil.

Il les tuerait dans leurs lits.

Eh bien ! elle apprendrait la vérité. Et ils la remercieraient pour ça.

La chance lui sourit un soir comme James conduisait la famille à Lucas Lodge où se tenait une grande réception. Ils ne rentreraient qu'après le souper. Cela signifiait, comme le fit remarquer Mr B., non sans un certain degré de ressentiment, tandis qu'il grimpait péniblement dans la voiture, que les domestiques avaient quartier libre.

Sarah en profita davantage que les autres.

Mrs Hill saisit l'occasion pour trier le contenu des armoires à linge comme elle projetait de le faire depuis des mois. Elle comptait faire la chasse aux traces de moisi, et aux mites. Polly devait l'aider à plier et déplier draps et serviettes ; l'enfant apprendrait ainsi la bonne méthode. De son côté, Mr Hill trouva une façon plus plaisante de passer le temps même si en toute justice, cela faisait longtemps, qu'une inspection de la cave avait été prévue. Sa petite chaise l'y attendait, ainsi qu'un tire-bouchon et un verre, et si Mr Bennet venait à s'étonner que sa réserve de madère ou de sherry ait diminué de façon surprenante, il avait une explication toute prête : une bouteille avait viré au vinaigre et l'on s'en servait en cuisine.

Sarah était donc libre de son temps, et à l'abri de tout regard. Elle déroba une lanterne, alluma la bougie avec une mèche et sortit par la porte de service. Elle traversa, silencieuse, la cour jusqu'aux écuries. Les box, vides, propres et nettoyés, sentaient la paille fraîche. James était ce qu'il était, mais il fallait lui reconnaître cette qualité, il se montrait toujours rigoureux. Avant son arrivée, l'endroit ressemblait à un tas de fumier et en avait la puanteur. Elle releva ses jupes et grimpa jusqu'aux combles.

Personne ne lui avait jamais interdit d'entrer dans le logement d'un valet. Mais personne non plus ne lui avait jamais interdit de voler jusqu'au toit et de se percher à côté de la girouette. Ce genre d'acte était si loin de ce qu'on pouvait raisonnablement attendre d'elle.

Juchée sur son échelle, elle posa sa lanterne sur le plancher de bois nu. La pièce, dans un état impeccable, sentait la paille, les chevaux, le cuir et la sciure. Elle enjamba le dernier barreau et se glissa dans la soupente. Elle vit un lit fait, recouvert d'un vieil édredon en patchwork. Elle le reconnut, il appartenait à la maison. Mrs Hill avait dû le raccommoder pour lui. Le nouveau avait installé une étagère au-dessus de la tête de lit. Quelques livres y étaient disposés ainsi que des vêtements de rechange propres et soigneusement pliés. Elle s'approcha, soulevant sa lanterne pour lire le titre sur le dos : *Micrographia*[1] de Hooke ; *Observations*[2] de Gilpin. Elle l'avait lu, elle avait suivi Gilpin d'un bout du pays à l'autre. Ces ouvrages reliés en cuir rouge et cuivre provenaient de la bibliothèque de Mr Bennet. Les autres avaient été probablement volés, comme cette *Lettre sur l'abolition de l'esclavage*, un livre bon marché, usé, écrit par un certain William Wilberforce. James n'avait pas menti à ce propos donc. Elle déplaça la lumière examinant chaque recoin. Une chaise, une table, son manteau pour tous les jours accroché à un clou. Rien de grande valeur ou d'importance. Mais si vous possédiez quelque chose qu'il fallait cacher des regards où le mettriez-vous ? Elle s'accroupit et chercha à tâtons sous le lit. Elle y découvrit un vieux sac. Elle le tira vers elle, frissonnant d'excitation. Les sangles étaient lâches, l'usure avait terni la toile qui avait probablement été noire un jour. On aurait dit la musette d'un colporteur. Cela semblait confirmer ses soupçons.

Quelque chose tinta à l'intérieur. De l'argent.

Agenouillée à côté du lit, elle défit les boucles. Un homme comme lui avec un sac rempli de pièces ? Il ne pouvait les avoir obtenues honnêtement. Elle s'imagina renversant le sac sur la table de la cuisine, fière de sa découverte. Mrs Hill, ébahie, la féliciterait avec effusion d'avoir découvert le pot aux roses, et la supplierait de courir aussi vite qu'elle le pourrait à

---

1. Traité scientifique publié en 1665 décrivant les observations réalisées par l'auteur à partir de lentilles optiques.

2. Écrivain-voyageur, le révérend Gilpin publia ces notes en 1782.

Meryton pour aller chercher le constable ou, mieux encore, le régiment de la milice. Sarah reviendrait avec un détachement, tout le monde serait stupéfié par son courage, sa vivacité d'esprit, son bon sens. Ils emmèneraient le coupable en carriole jusqu'à la prison où il attendrait son jugement.

Il serait bien obligé de la remarquer alors. Et tous les autres, ceux qui l'avaient trouvé si merveilleux, comprendraient enfin qu'elle avait raison.

Elle défit la seconde boucle et plongea la main dans le sac. Elle sentit quelque chose de léger et de pointu qu'elle ramena à la lumière.

Ils étaient pâles, fins et froids. Elle avait déjà vu ce genre de choses. Ce n'était pas de l'argent. Les jeunes dames s'en servaient pour décorer des cadres, des boîtes. Il s'agissait de coquillages. Elle les éparpilla au sol. L'un, rose, ébréché sur un côté et doux comme une soucoupe en dessous, avait la forme d'un éventail. Un autre, crayeux, se présentait enroulé comme un cornet de marrons chauds. Elle vit un petit escalier en spirale à l'intérieur d'un troisième tout usé. Un autre, et elle dut résister à l'envie de le glisser dans sa poche, qui brillait comme une perle, était d'un bleu d'encre à l'intérieur. Elle les contempla longuement, absorbée par les formes et les couleurs de ces éventails, spirales, oreilles-d'âne.

Elle aurait déjà dû être partie. Polly et Mrs Hill avaient certainement fini et Mr Hill remonté l'escalier de la cave-cellier, d'un pas titubant, s'inquiétant de son dîner.

Elle souleva le coquillage en forme d'éventail et passa le pouce sur le bord écorné. Elle le renifla. Son odeur était neutre. Elle le toucha du bout de la langue, il était légèrement salé. Le mystère de James prit une nouvelle forme. Comme il doit se sentir bien seul, songea-t-elle, pour garder ses secrets ici.

Elle n'avait aucun droit de fouiller ainsi dans ses affaires.

Elle ramassa les coquillages, et les glissa dans le sac qu'elle referma avant de le repousser sous le lit. Alors qu'elle redescendait, elle s'arrêta et regarda autour d'elle : n'avait-elle laissé aucune trace de son passage ? Elle espérait avoir remis le baluchon à sa place exacte. Elle ne pouvait que prier pour qu'il en soit ainsi.

Et que James, à son retour, ne la démasquerait pas au premier coup d'œil.

Elle n'aurait pas dû s'inquiéter parce que, finalement, il ne lui décocha même pas un regard. Il s'empressa d'aider les dames à descendre du cabriolet avant de conduire les chevaux à l'écurie. Pendant tout ce temps, elle se tint dans le vestibule, les bras chargés de chapeaux et de manteaux, frissonnant dans le courant d'air. Elle considéra la lanterne à l'arrière qui tanguait. Comment expliquer que cet homme occupe entièrement son esprit, qu'il soit la première chose qui se présente à sa conscience au réveil et la dernière qui la tourmente au moment du coucher, quand il semblait faire si peu cas de son existence à elle ? Elle suspendit les vêtements dans le vestiaire. Elle s'inspirerait de sa conduite, décida-t-elle, elle ferait de son mieux pour ne plus penser à lui.

Le mardi matin, Sarah se dirigeait vers la porcherie, un seau à la main, quand elle aperçut un homme sur le sentier qui venait de la ville. Elle s'arrêta et le regarda s'approcher. En pardessus, tricorne, et perruque, elle le prit pour un gentleman, même s'il lui paraissait étrange qu'une personne de qualité se déplace sans son cheval sur un sol aussi détrempé.

Comme il levait la tête – jusqu'alors il regardait où il mettait les pieds – elle vit qu'il s'agissait du valet noir de Netherfield. Horrifiée, honteuse de sa robe informe, tachée par le fumier, de son seau, elle avança en espérant qu'il ne la verrait pas. À cet instant, le valet glissa et son pied s'enfonça dans la boue. Il dut s'arrêter pour l'en extirper. Leurs regards se croisèrent. Il avait un air inquiet et moqueur qui la fit sourire. Il avança jusqu'à l'échalier et y était presque quand il manqua perdre l'équilibre. Elle se précipita pour l'aider, posant son récipient avant de lui tendre une main.

— Dieu vous bénisse ! s'exclama-t-il en l'agrippant de ses doigts gantés pour retrouver le sol plus sec du sentier.

— Tout va bien, monsieur ?

— Je crois qu'on s'est fâcheusement moqué de moi ! gémit-il sans lâcher sa main. On m'avait conseillé de prendre un raccourci par les champs. On s'est bien gardé de mentionner ce bourbier.

Il lui montra ses bottes élégantes et crottées, les faisant tourner l'une après l'autre pour les inspecter.

— Je suppose que mes amis à Netherfield doivent bien rire en ce moment même.

— Je suis désolée, monsieur.

— Et ces bêtes ! Vous les avez vues ? Des vaches, en liberté ! Sans gardien. Le croirez-vous ? Mais enfin, on devrait les enfermer !

Sarah éclata de rire.

Il était étonnamment beau. Ses traits possédaient une harmonie qu'on ne voyait pas souvent. Du moins, pas elle. Et ces yeux liquides qui s'attardaient sur elle, lui faisant monter le rouge aux joues...

— Qu'est-ce qui vous amène ici, monsieur ?

— Oh, je vous en prie, pas de « monsieur » entre nous.

Il fouilla dans la poche intérieure de son manteau.

— J'apporte une lettre pour... Miss Bennet, lut-il.

— Vous pourrez la remettre à la maison dans ce cas, tout le monde est là.

Elle lui indiqua le chemin. Il s'inclina puis repartit.

Sarah, sous le charme de cet homme, alla s'occuper des cochons. Elle ne cessait de repenser à ses manières, à son allure, à la façon dont il s'adressait à elle. La couleur de sa peau lui paraissait bien moins étrange que sa parfaite courtoisie. Elle jeta les épluchures et les restes de nourriture dans la mangeoire, pivota sur ses talons, abandonnant les bêtes à leurs reniflements et grognements bruyants et courut vers la cuisine.

Elle trouva le nouveau venu assis près du feu. James avait déjà porté la missive à l'étage. La petite feuille de papier pressé à chaud, très raffinée, avait remarqué Mrs Hill, provoqua des cris de ravissement aigus qui atteignirent la cuisine, grâce en partie à Polly qui avait entrouvert la porte pour mieux entendre ce qui se disait. Jane était invitée à dîner à Netherfield. Mr Bingley, occupé avec les officiers, serait absent, mais, tout de même, c'était une très bonne chose, vraiment, que ses sœurs eussent souhaité distinguer Jane par cette attention particulière.

— Puis-je avoir la voiture ? demanda la jeune fille.

— Non, ma chérie, il vaut mieux que tu y ailles à cheval car nous aurons probablement de la pluie, et ainsi tu seras obligée d'y passer la nuit.

Le valet croisa les jambes, déposant une motte de boue sur le foyer. Mrs Hill lui lança un regard furibond.

— J'attends une réponse, déclara-t-il en examinant les lieux avec l'air affable d'une personne de qualité visitant ses pauvres pour juger leurs besoins. Quel charmant endroit que celui-ci, fit-il remarquer.

Sarah, qui connaissait la cuisine de Netherfield, saisit le sous-entendu condescendant mais aussi la volonté d'apaisement.

James revint alors avec une lettre écrite sur le plus beau papier dont on disposait. Il la tendit au laquais qui s'en saisit, le remercia et se leva pour la ranger dans sa poche intérieure.

Sarah, quant à elle, détaillait son lieu de travail en essayant de le voir à travers ses yeux à lui. Comme tout avait dû lui paraître mesquin : la cuisine sombre et étroite, Polly qui le dévisageait comme une grenouille, Mrs Hill d'une brusquerie à la limite de l'impolitesse, James raide, cérémonieux, distant, et elle-même, si peu avenante dans ses vieux chiffons. Quelle mauvaise impression ils devaient donner ! Maigre consolation,

Mr Hill, occupé ailleurs, leur avait épargné ses chuintements et ses rictus.

Après avoir jeté un dernier coup d'œil sur ses bottes souillées, et adressé un petit sourire à Sarah, le laquais boutonna son manteau qu'il n'avait pas retiré et posa son chapeau sur sa perruque.

— Retour dans le bourbier, dit-il. Au revoir* donc.

— Au revoir, marmonna Mrs Hill la mâchoire serrée, sans même daigner se tourner vers lui.

Sarah aurait voulu lui expliquer, s'excuser, lui dire qu'elle le trouvait charmant et regrettait qu'ils ne se soient pas montrés plus courtois avec lui. Mais elle se contenta d'une révérence. Comme il quittait la cuisine, elle s'approcha de la porte pour le regarder s'éloigner. Mrs Hill, qui grattait une gousse de vanille sur la crème anglaise refroidie, déclara :

— C'est drôle que les Bingley aient un mulâtre pour valet… Je me demande ce qu'en pense Mrs Nicholls.

— Ils ne pouvaient peut-être pas avoir un homme normal, fit Polly.

— J'ai entendu dire que c'était tout à fait à la mode, poursuivit Mrs Hill. Mais je ne crois pas que j'en voudrais pour moi.

— Je le trouve charmant, confia tranquillement Sarah, le dos tourné.

Mrs Hill lui lança un regard furieux.

— Tu ne sais même pas ce qu'un homme comme ça est capable de faire. Tu ne sais pas quelles rancunes il peut ressasser. Tu ne te sentirais pas en sécurité dans ton lit.

James, qui était demeuré silencieux jusque-là, se leva et rejoignit Sarah sur le seuil. Il demeura un long moment sans rien dire puis finit par annoncer :

— Il va bientôt se remettre à pleuvoir.

CHAPITRE X

… Plusieurs officiers avaient dîné récemment
avec leur oncle, un soldat avait été fouetté,
et le bruit courait maintenant que
le colonel Forster allait se marier.

La pluie tombait à verse. Elle rebondissait sur les pavés polis, dégringolaient dans les gouttières, et jaillissait par les tuyaux. Les femmes, à l'intérieur, cousaient. James réparait les lanières d'une vieille selle. Mr Hill, tapi dans la cave, nettoyait des verres et curait du bout de l'ongle les rares dents qui lui restaient.

— Bien sûr, Jane aura eu le temps d'éviter le déluge, dit Polly en laissant tomber son ouvrage sur ses jambes. Elle doit être à l'abri, bien au chaud maintenant. Elle a sûrement parcouru tout le chemin au galop.

Un silence accueillit ces propos. On n'entendait que le martèlement de la pluie dehors. Quoi qu'il en soit, Jane ne rentrerait pas ce soir.

— Je t'emmènerai un jour faire un tour à cheval, Pol, tu veux ? lui proposa James.

Elle lui adressa un grand sourire. Son surnom ne l'ennuyait pas quand c'était lui qui l'utilisait.

— Mais pas au galop quand même, je ne crois pas que notre vieille jument le supporterait.

Et le laquais, se demanda Sarah, elle n'avait pas encore pensé à lui demander son nom, serait-il de retour chez lui à temps ? Ou arriverait-il trempé, les gouttes glissant sur son visage couleur d'orge maltée ?

La pluie tomba toute la soirée sans discontinuer. Elle crépitait encore, drue, quand les domestiques se retirèrent pour la nuit. James dut courir pour rejoindre l'écurie. Contrairement à ses habitudes, il avait attendu le dernier moment. Il aurait pu les quitter plus tôt et lire tranquillement chez lui puisqu'il avait sa propre réserve de bougies, mais il avait préféré rester en leur compagnie. La manière dont le valet de Netherfield regardait Sarah avait été pour lui une révélation. Il avait également remarqué qu'elle l'observait à la dérobée. Tout cela lui avait laissé une impression confuse d'instabilité comme si le sol sous ses pieds s'était soudain soulevé, tanguant, tel un océan.

Il garderait un œil sur elle, se dit-il. Par amitié. Il devait à Mr B. de veiller à la tranquillité de la maisonnée. Il s'était donc attardé dans la cuisine. Et il avait ressenti, devait-il avouer, un véritable plaisir à se tenir près de Sarah, à écouter ses gentils échanges avec Polly. C'était bon.

Le laquais revint le lendemain matin, de la boue jusqu'aux genoux, le manteau dégoulinant, la perruque flasque, la poudre traçant sur son pardessus des traînées laiteuses. Sarah, les bras chargés d'une pile d'assiettes sales, chercha désespérément un endroit pour s'en débarrasser.

Il ôta son chapeau sur le seuil et le secoua avant de tirer une lettre de la poche de son manteau.

— Pour Miss Elizabeth Bennet, dit-il en regardant James qui ne quittait pas Sarah des yeux.

En l'absence de Mr et de Mrs Hill, tous deux occupés, ils se trouvaient seuls dans la cuisine. Il revenait clairement à James d'aller porter le message, ce qui signifiait qu'il devrait laisser la femme de chambre avec le laquais.

— Voulez-vous la porter ? demanda-t-il à Sarah.

— C'est à vous de le faire, je crois ?

James s'inclina, avec raideur, et grimpa l'escalier quatre à quatre jusqu'à la salle du petit déjeuner où Mrs Hill servait le café à la famille réunie. Il attendit, très agité, tout le temps qu'on prit pour la lire et la commenter.

En bas, dans la cuisine, Sarah, gênée, ne dégota pas mieux qu'un :

— Terriblement humide, ce temps…

Avant de s'interrompre, honteuse de sa propre bêtise.

Heureusement, il parut ne rien remarquer ; il se laissa choir sur une chaise près du feu et étira ses bras et ses jambes pour lui montrer l'étendue des dégâts.

— Cette boue du Hertfordshire possède une volonté propre. Elle n'en fait qu'à sa tête, je vous jure. Elle s'accroche et grimpe sur vous. À Londres, avec les rues pavées et les arcades, on peut se promener partout, par n'importe quel temps. Il peut pleuvoir des cordes sans que vous ayez les pieds trempés.

— Vous connaissez Londres ?

Elle lui tendit une tasse de thé dont la substance parut le surprendre. Mais faute de mieux, il l'accepta :

— J'y ai vécu un certain temps avec le vieux maître, puis avec le nouveau.

Elle s'assit en face de lui et rapprocha sa chaise.

— Dites-moi, à quoi cela ressemble-t-il ?

Il lui parla du Astley's Royal Amphitheatre où le public se régalait de tours de chevaux, de jongleries, et d'acrobaties. Des jardins de Vauxhall où l'on écoutait de la musique et où l'on dansait. Il lui parla d'un mendiant qu'il connaissait, un vrai gentleman, qui entonnait des chants marins et portait une maquette de bateau sur la tête si bien que, lorsqu'il dansait, celle-ci se balançait comme sur une mer agitée.

— La nuit, on tire des feux d'artifice si splendides et tonitruants que même les vieux soldats affirment qu'ils n'ont rien vu de comparable durant la guerre de France.

James revint plus rapidement que Sarah n'aurait pu le penser.

— Vous attendez une réponse ?

— S'il y en a une.

— Eh bien il n'y en a pas.

Le laquais se leva, boutonna son pardessus, et s'éloigna d'un pas lourd dans la matinée maussade. Sarah se précipita à la fenêtre. C'était une telle joie de le savoir dans les environs, il pouvait apparaître à n'importe quel instant, prendre une tasse de thé avec elle et lui parler de Londres.

— Miss Jane est malade, déclara James avec plus de gravité que la nouvelle ne le méritait.

La jeune dame n'avait attrapé qu'un refroidissement après tout.

Il fut récompensé par le plus bref des regards.

— Elle a été surprise par la pluie comme nous le pensions. Elle a pris froid et a dû s'aliter à Netherfield.

— Oh ! fit Sarah.

— Miss Elizabeth va la rejoindre.

En ce qui concernait Sarah, ce n'était pas de si mauvaises nouvelles. Si Jane devait tomber malade, il valait mieux que ce soit chez les Bingley plutôt qu'à la maison. Ils disposaient d'une armée de domestiques pour prendre soin d'elle alors que, à Longbourn, une maladie était synonyme de corvées supplémentaires pour chacun. Le linge à changer, les mouchoirs, les boissons spéciales, les collations et les douceurs… Il fallait courir de haut en bas toute la journée. Jane avait poussé la prévenance jusqu'à tomber malade loin de chez elle.

— Tout ira bien alors, conclut Sarah.

James était sur des charbons ardents. Il ne fallait pas qu'elle découvre le trouble dans lequel elle le plongeait. Il devait retenir et enfermer à double tour le désir pressant de lui parler, de la toucher, qui le taraudait.

De son côté, Sarah réprimait sa culpabilité d'avoir fouillé dans ses affaires, et laissait libre cours à son irritation et indignation : pourquoi James ne lui faisait-il pas de confidences comme le laquais de Netherfield ? Pourquoi ne lui parlait-il pas de ses voyages ? Il ne proposait rien, il préférait se taire, taciturne et bourru. Pas étonnant qu'elle ait douté de lui. Pas étonnant qu'elle l'ait espionné…

Il poussa un long soupir. Elle tressaillit et se retourna.

— Eh oui, se contenta-t-il de dire avant de s'éclipser à son tour.

Sarah émit un petit claquement de langue désapprobateur et reprit son travail.

Le départ d'Elizabeth, une fois la pluie calmée, n'exigea aucune attention particulière aux étages inférieurs. Elle se contenta de mettre ses chaussures de marche, de boutonner jusqu'en haut sa meilleure veste, de jeter une cape par-dessus et de se munir d'un parapluie. Une telle indépendance était admirable, mais en la voyant partir sur le sentier, et franchir l'échalier, Sarah ne put s'empêcher de penser que ses bas allaient être abîmés. Le jupon serait irrécupérable même en le faisant tremper des nuits entières, ce rose persan supportant mal les taches, et la soie étant un tissu trop délicat pour bouillir.

Des voisins, sir William Lucas accompagné de sa fille Charlotte, leur rendirent visite. Mais ils n'imposèrent aucun surcroît de travail et s'éclipsèrent avant le dîner. Elizabeth était attendue pour le repas. Cependant, tandis que les préparatifs, et les aiguilles de la pendule avançaient, il n'y avait toujours aucun signe d'elle. Mrs Hill commença à désespérer qu'elle revînt jamais à temps pour déguster sa tourte à la viande. Si seulement les Lucas avaient pu rester. À quatre heures et demie, comme la tourte attendait d'être servie sur la table au risque de devoir être consommée froide, le laquais des Bingley poussa la porte de la cuisine et demeura sur le seuil, laissant la chaleur s'échapper tandis qu'il raclait la boue de ses bottes. Il semblait ne plus trouver ces déplacements si amusants.

— Il fait un fichu froid ici, se plaignit-il.

Il apportait une lettre d'Elizabeth cette fois. Elle ne reviendrait pas ce soir, les informait-elle, car elle comptait rester à Netherfield et s'occuper de Jane jusqu'à ce que celle-ci fût suffisamment rétablie pour voyager. Elle demandait des vêtements supplémentaires pour elles deux. En entendant ces nouvelles – Mr Bennet lisait à haute voix pour le bénéfice de la famille et pour souligner l'attitude honteuse de son épouse devant son manque de compassion pour la santé de son aînée –, Mrs Hill fila préparer une valise. Mrs Bennet la rejoignit peu après avoir terminé son repas.

À peine arrivée dans la chambre de ses filles, alors que Mrs Hill avait presque fini, elle s'évertua à tout défaire, remplaçant une robe de bal par une autre, enjoignant l'intendante de ne plus faire un geste pour qu'elle puisse se concentrer, puis se perdit, immobile, dans des considérations compliquées en observant le tas de vêtements, pesant les bénéfices et désavantages de chacun des bonnets, robes, capes et chapeaux de Jane. Le contenu de la valise déborda soudain comme le lait sur la casserole.

— Non, pas cette robe ! Mr Bingley l'a déjà vue chez les Lucas. Il pensera qu'elle n'en a pas de meilleure.

Quel usage ferait Jane de robes du soir trop légères pour la saison, de mousselines ou de bonnets à la mode alors qu'elle était confinée dans sa chambre par la maladie ? Pourquoi Mr Bingley s'inquiéterait-il de ce qu'elle portait puisqu'il ne la verrait pas ? Voilà qui dépassait l'entendement de Mrs Hill, mais elle était trop absorbée par sa mission pour prêter vraiment attention à sa maîtresse. Jane était arrivée à Netherfield vêtue d'une robe pour le dîner et d'un manteau qui devaient être trempés. Les domestiques avaient dû les faire sécher avant de retirer la boue. Pendant ce temps, les dames lui avaient sans doute prêté une robe et un châle pour la soirée ainsi qu'une chemise de nuit. Donc, ce dont Jane avait besoin, c'étaient de vêtements de nuit, de deux châles, et d'une robe de jour correcte qu'elle porterait une fois rétablie. Elizabeth, de son côté, avait dû arriver couverte de boue après sa longue marche. Il lui fallait une tenue pour le dîner, une toilette de jour toute simple pour veiller sa sœur, une paire de chaussures correctes pour la maison, et du linge. Bien qu'elle comprît l'empressement de Mrs Bennet à faire bonne impression, tout le reste était des bêtises et serait considéré comme tel par la domesticité sur place.

Lorsque Mrs Bennet se retourna, pour lui dire qu'elle allait chercher les chaussures de danse de Jane, Mrs Hill claqua le couvercle de la petite malle et la boucla. Il fallait faire sortir au plus vite ce dandy mulâtre de sa cuisine alors qu'il tournait déjà la tête de Sarah et pouvait se révéler une véritable source d'ennuis.

Au regard courroucé de Mrs Bennet, elle répondit :

— Nous risquons de froisser les robes du soir, madame, si nous empilons autre chose dessus.

Mrs Hill se dépêcha de sortir avec le bagage avant que Mrs B. n'eût le temps de protester ou de la féliciter pour son bon sens.

Sarah et le laquais étaient assis face à face près du feu, lui, tout à son aise, elle, penchée en avant, les mains sur les genoux, les yeux brillants, son foulard mal ajusté s'ouvrant sur son corsage. La conversation s'interrompit à l'arrivée de Mrs Hill. Sarah parut troublée et bien trop agitée au goût de l'intendante qui s'avança d'un pas déterminé et posa la malle aux pieds du valet. Il grimaça.

— Voilà, et bon retour chez vous ! dit-elle.

Il fit de manière plaisante toute une montagne de son fardeau, soufflant comme un bœuf, le dos ployé, s'écroulant sous son poids, avec des exclamations de protestation ! ce qui fit rire Sarah. Satisfait, il partit en ôtant son chapeau. Mrs Hill ferma la porte derrière lui, puis, les mains sur les hanches, observa Sarah qui balayait distraitement les cendres dans l'âtre. Il était clair qu'elle pensait à tout autre chose que son travail.

Le lendemain, Mrs Hill envoya Sarah chercher un pain de bon sucre chez l'épicier à Meryton, elle en avait besoin pour ses pommes cuites, il n'en restait plus une miette dans la maison. Il le lui fallait à temps pour le dîner. Elle était désolée de la déranger ainsi, mais elle ne voyait pas d'autre solution. Elle était bien trop occupée elle-même pour s'y rendre. La manœuvre avait bien sûr pour but d'éloigner la femme de chambre au cas où le valet des Bingley se présenterait.

— Je peux y aller aussi ? demanda Polly.

— Non, je ne peux pas laisser tout le monde partir en vadrouille. J'ai besoin de toi. Sors les chiffons et le thé froid. Nous allons faire les parquets de l'entrée et du vestibule.

— Bah, fit Polly, quand Miss Jane épousera Mr Bingley, il n'y aura plus besoin d'aller à Meryton. Ils auront des montagnes de sucre, on pourra même construire une maison avec, et l'on baignera dans le sirop.

— Ce qui serait très désagréable, je trouve, répondit Sarah.

Elle ôta son tablier et alla chercher son bonnet avant que Mrs Hill ne changeât d'avis.

Sarah, munie de la vieille carcasse déchirée d'un parapluie, et de sa pelisse bleue, sortit de la cuisine, le cœur léger, comme pour un jour de fête. Être dehors, à l'air libre, sans rien à porter ni personne pour lui dire ce qu'elle devait faire, il n'y avait pas plus grand plaisir ! Mrs Hill ne remarquerait pas si un petit morceau du sucre manquait et son retour en serait adouci. La perspective d'échapper à la préparation du dîner était aussi tout à fait délicieuse.

Ses bottes s'alourdirent, humides, mais elle préférait ce chemin à travers champs, à la route où chaises de poste et tapissières déboulaient, menaçantes, vous envoyant dans le fossé.

Le beau laquais – il la troublait au point qu'elle en oubliait chaque fois de lui demander son nom –

n'aimait pas la boue. C'était un bel oiseau, une perruche que le mauvais temps accablait. Mr Smith était un colley. Peu lui importait la pluie et le froid. Son esprit et son âme ne se préoccupaient que du travail à faire. Quant à elle, eh bien, les intempéries ne l'ennuyaient pas tant que ça. Si on se faisait mouiller, on finissait toujours par sécher. À quoi bon se plaindre ?

Elle songea combien les jardins de Vauxhall devaient être beaux après la pluie.

Le sentier rejoignait la rivière. Elle suivit la rive jusqu'à Meryton. Les eaux étaient montées, pleines et agitées ; la retenue du moulin débordait. La roue grondait en effectuant sa course glacée.

Il ne pleuvait plus, mais le ciel, bas et lourd, couvrait les ruelles, les pavés, les murs, et les pierres, d'étranges ombres menaçantes.

Elle passa devant la tannerie, sa puanteur de mort et de fumier, en se bouchant le nez. Elle longea les murs aveugles de l'hospice pour indigents où aucune lumière ne brillait malgré le jour crépusculaire. De tous côtés, des enfants à demi nus construisaient des barrages et jouaient dans les flaques sous le regard las de femmes accroupies sous leurs châles, des bébés emmaillotés dans les bras. Elle approcha des abattoirs qui, bien que déserts, dégageaient leurs miasmes habituels de terreur, d'ammoniaque et de sang.

Tout paraissait si calme.

D'habitude, le quartier était plus animé. Les tisserands discutaient politique sur le pas de leur porte ; les femmes bavardaient en joyeux petits groupes à la fontaine. Elles connaissaient Sarah, elles savaient de qui elle était la fille. Aujourd'hui, seuls ceux qui ne pouvaient faire autrement étaient dehors. Il régnait un silence de défaite à peine troublé par l'écoulement des eaux dans les gouttières rafistolées.

Il recommença à pleuvoir, une bruine continue. Elle ouvrit son parapluie. Au coin de la rue se dressait une des principales auberges de la ville, sa façade en bois tournée vers le marché, son flanc vers la route mouillée. Dès qu'elle aurait dépassé le coude, elle déboucherait sur des rues plus larges et plus peuplées. Elle pressa le pas. Elle irait directement chez l'épicier acheter le sucre, puis se rendrait chez l'apothicaire, Mr Jones, prendre des nouvelles de Jane. Avec son penny, elle achèterait un beignet chez le pâtissier avant de regagner Longbourn par la route, malgré les voitures, plutôt que d'emprunter le chemin sombre.

Elle longea la cour de l'auberge. La dernière fois qu'elle y était passée, c'était jour de marché. On avait du mal à avancer entre les allées et venues des fermiers et de leurs massifs et placides chevaux. Mais un tout autre spectacle l'attendait aujourd'hui. Elle aperçut une nouvelle construction en bois grossier qui ressemblait à une étable, et occupait la moitié de la cour.

Les baraquements, avait dit Mrs Bennet. Ils construisaient un baraquement pour le régiment…

Elle entendit un brouhaha, plus loin. Des voix masculines.

Elle pressa le pas, dissimulée sous son parapluie. Bien qu'elle ne pût rien voir, elle sentit que quelque chose se préparait, semblait sur le point d'exploser.

Quelques pas de plus et elle arriverait à Market Street. Elle discuterait chez l'épicier du mauvais temps, de l'état dégradé et choquant des routes. Elle n'avait pas à regarder la cour où les hommes étaient rassemblés. Elle ferait même mieux de l'éviter pour ne pas attirer l'attention sur elle. Pourtant, elle ne put s'empêcher de soulever un peu son parapluie et de jeter un coup d'œil.

La cour avait rétréci à cause du nouveau bâtiment. Ce n'était plus qu'une ruelle humide. Des soldats en habit rouge étaient serrés tout au fond, comme maintenus par une ceinture invisible. Pas un seul d'entre eux ne parut la remarquer. Elle poursuivit sa route avec l'impression que tout avait soudain ralenti. En avançant, elle découvrit ce qui captivait ces hommes.

Au poteau d'attache, entre eux et elle.

La vision trouble, pendant un court instant, elle ne put accommoder l'image.

C'était un cochon. Une carcasse. Un énorme morceau de viande attendant d'être écorché.

Puis sa perception s'affina. Elle distingua la forme d'un muscle humain, une omoplate, une mèche de cheveux noirs, un cou tendu, tordu comme un câble.

Elle détourna aussitôt les yeux, mais trop tard. L'image s'imprima sur sa rétine comme un sceau dans la cire. La peau de l'homme était d'une pâleur sinistre dans la lumière blafarde. Sa joue, couverte d'une barbe de plusieurs jours, écrasée contre le bois trempé. Ses yeux écarquillés, sa mâchoire serrée. Son corps, immobilisé par des cordes, se débattait furieusement, les muscles de ses bras se tordaient, ses pieds battaient contre le pavé, comme les sabots d'un cheval.

Au fond de la cour, les habits rouges s'agitaient en murmurant. Certains étaient très jeunes. L'un d'entre eux, un garçon de quatorze ans environ, semblait sur le point de pleurer. Mais aucun ne pouvait détourner son regard du condamné enchaîné. La foule remua soudain et un homme s'avança, en chemise, les manches retroussées, un fouet à la main. Il ne jeta pas un seul regard au prisonnier lui non plus.

Elle avait presque dépassé la porte maintenant. La pluie froide glissait sur sa joue. Elle distingua un groupe d'officiers aux uniformes rutilants, qui se tenaient sur le côté, adossés au mur, engagés dans une vive discussion. Deux officiers d'âge mûr entourés de plus jeunes soldats. L'un, au teint verdâtre, avait les joues aussi lisses que celles d'une fille.

Calmes, les officiers paraissaient absorbés dans leur conversation. L'homme au fouet, le prisonnier, les soldats, tous attendaient qu'ils prennent la parole.

— Alors, Chamberlayne, qu'en dites-vous ? interrogea le doyen des officiers. Vous sentez-vous à la hauteur ?

— Oui, colonel Forster.

Chamberlayne était le garçon aux joues glabres.

— Il n'a pas l'air dans son assiette, se moqua un autre.

— Ce n'est rien, c'est certainement la bière, protesta le jeune.

— Tu n'as pas l'estomac pour ça, c'est sûr.

— Arrête, Denny. Vingt coups de fouet ce n'est pas rien.

— Oui, monsieur. Désolé, capitaine Carter.

— C'est pour leur bien, vous le savez, Chamberlayne, reprit le colonel. Ces hommes ne valent rien sans discipline. Ils sont incapables de se contrôler, c'est à nous de leur montrer. Nous manquerions à notre devoir si nous négligions cela. Omettre de saluer un officier, relève de l'insubordination caractérisée, c'est tout.

Sarah, qui s'était éloignée, entendait encore leurs voix malgré la pluie.

— Si on pouvait en finir rapidement, cela m'arrangerait, déclara Chamberlayne d'une voix aiguë.

— Très bien. Sergent, vous avez entendu ? Vous savez ce qui vous reste à faire.

— Monsieur.

Frissonnante, elle devina le fouet qu'on soulevait dans l'air. Elle retint son souffle alors que les hommes se mettaient en rang. Puis le fouet siffla. Un claquement, un bruit de déchirure suivirent.

Le prisonnier poussa un cri. Sarah colla une main à sa bouche.

— Un, compta le sergent.

Un autre sifflement. L'homme hurla. Sarah fit tomber son parapluie. Elle prit appui contre le mur de pierre humide.

Une autre pause. Un autre coup de fouet. Un autre cri.

Le cœur battant, elle eut peur de s'évanouir. Vingt coups ? Mais ils allaient le tuer ! Elle devait y retourner, s'interposer entre lui et la douleur. Ils seraient obligés de cesser. Le fouet claqua. Elle ferma les yeux, prise de vertige. Claquements et cris se succédaient, de plus en plus faibles.

Sarah chancela, et elle se colla un peu plus contre le mur.

Peu après le départ de Sarah, le laquais des Bingley – encore lui, la maisonnée n'en possédait-elle pas d'autre ? – se présenta avec une lettre de Miss Elizabeth.

Il prit Polly par le menton, serra la main de James qui lui tendit la sienne à contrecœur, et observa autour de lui d'un air inquisiteur :

— Où est… hum ?

— La bonne ? dit Mrs Hill.

— Hum oui, je suppose. La jolie poulette.

Mrs Hill tendit la lettre à James et lui indiqua le salon d'un signe de la tête.

— Elle s'est absentée, répondit-elle.

Elle ne lui offrit ni thé, ni chaise, et certainement aucune information supplémentaire sur Sarah. Ils auraient pu se croiser sur le sentier, réalisa-t-elle avec effroi. Elle avait eu de la chance cette fois, mais elle devrait inventer d'autres subterfuges pour tenir Sarah loin de ses griffes. Il dut se satisfaire d'une brève réponse de Mrs Bennet et repartit.

Comme il quittait les lieux, Mrs Hill se félicita de l'efficacité de son plan. Il porterait bientôt son intérêt sur des projets plus réalistes, se dit-elle. Ce n'était pas le genre d'homme à patienter.

Une fois dans l'épicerie, Sarah replia son parapluie, et commanda le pain de sucre. L'épicier l'emballa, le nota sur le compte de Mr Bennet et la dévisagea un instant avant de lui demander :

— Vous sentez-vous bien, ma petite ?

— Oui, je vous remercie.

— Vous êtes blanche comme la craie. Venez avec moi.

Il appela sa fille qui se trouvait dans l'arrière-boutique, une créature ronde aux yeux noirs. Elle fit entrer Sarah et lui offrit un thé bien chaud.

Un peu plus tard, l'épicier passa la tête par la porte entrebâillée, et se rassura de constater que les joues de Sarah avaient retrouvé un peu de couleurs. Tout à l'heure, en la voyant si pâle, il avait craint que le chemin de retour ne fût beaucoup trop long pour elle, et qu'on la retrouve morte dans le fossé au lendemain.

James, contrairement à ses habitudes, était dans les pattes de Mrs Hill, et faisait montre d'une loquacité soudaine. Il était revenu de Netherfield avec Mrs Bennet et ses filles, il était passé deux fois par Meryton ce jour-là, pourquoi l'intendante ne lui avait-elle pas demandé de prendre le sucre évitant ainsi de déranger Sarah ? Il se tenait à la fenêtre et se poussa de mauvaise grâce quand elle se pencha pour attraper le pot de persil sur le rebord, regagnant sa position dès qu'elle eut le dos tourné.

— Excusez-moi encore, Mr Smith.

Il s'écarta pour lui faire place puis revint à son poste. Il essuya la buée sur la vitre.

— La nuit tombe.

— C'est juste couvert. Il a fait gris toute la journée.

— Oui et maintenant il fait noir.

Mrs Hill saisit la poissonnière dans le four.

— Il reste encore une heure environ avant le coucher du soleil.

Il hocha la tête, d'un air contrarié. Un moment plus tard il ajouta pourtant :

— Elle devrait déjà être là, ne croyez-vous pas ? Il y a des heures qu'elle aurait dû rentrer.

Les implications de cette attitude inédite voltigèrent dans l'esprit de Mrs Hill comme un essaim d'étourneaux tandis qu'elle sortait le poisson, l'égouttait et le posait sur un plat d'argent. Ainsi il s'était épris de la petite. Qui l'aurait cru ? Si Sarah l'aimait bien en retour, si l'on parvenait à empêcher ce mulâtre de lui tourner complètement la tête, les choses pourraient joliment s'arranger ici. James et Sarah mariés... Elle n'y verrait pas d'objection. Pas du tout. Et si elle n'en voyait pas, qui le ferait ?

— Là, dit-elle, tu peux emporter le plat.

Il jeta un coup d'œil distrait sur la tanche. Puis se tourna vers la fenêtre.

— Elle sera de retour avant la fin du dîner. Ne te fais pas de souci.

— Je ne m'inquiète pas.

Pourtant son angoisse commençait à devenir contagieuse. Mrs Hill éprouva un léger sentiment de malaise. Serait-il arrivé quelque chose à Sarah ?

— Le dîner refroidit.

Il consentit à contrecœur à prendre une serviette et souleva le plat.

— C'est une fille sérieuse, le rassura Mrs Hill, et c'est tranquille par ici. Il ne se passe jamais rien.

— Oui, bien sûr.

— Qui oserait ennuyer une demoiselle respectable alors que la garnison est cantonnée tout près ?

Il eut un instant d'hésitation mais finit par acquiescer d'un hochement de tête.

— Nous avons beaucoup de chance. Nous pouvons compter sur leur protection.

Il regarda le poisson, ses yeux morts. Il attendrait d'avoir débarrassé la salle à manger. Si Sarah n'était pas rentrée d'ici là, il partirait à sa recherche.

Il n'eut pas à aller très loin. Il la repéra de la crête tandis qu'elle avançait péniblement contre le vent sur la route principale. Mais pourquoi avait-elle choisi ce chemin plutôt que de couper à travers champs ?

En la voyant, quelque chose en lui se libéra soudain. Il put enfin respirer à son aise.

Il s'accroupit contre le muret et la regarda peiner dans la boue. Ses jupons, soulevés par les bourrasques, s'enroulaient autour de ses jambes, entravant sa marche. Elle paraissait si légère, si fragile, qu'une simple rafale aurait pu l'emporter.

Il attendit qu'elle le dépassât d'une vingtaine de mètres environ. Il se releva et se dépêcha de rentrer par le flanc de la colline sans la perdre de vue. Il attendit près de la barrière qu'elle remontât l'allée de gravier et fît le tour de la maison. Elle paraissait transie de froid et terriblement fatiguée. Quand elle disparut, il s'avança pour la voir passer devant l'écurie et traverser la cour. Puis elle pénétra dans la cuisine et la porte se ferma derrière elle.

Il retrouva les box où les chevaux s'agitaient, rendus nerveux par les bourrasques. Il leur caressa la nuque, ce qui les calma tout comme lui. Il frotta ses cheveux pour les sécher et accrocha son surtout trempé à un clou.

Il s'était inquiété pour elle, voilà tout. Personne ici ne semblait avoir une idée de ce qu'était le monde. Leur innocence était aussi dangereuse qu'une carrière à ciel ouvert. Mais lui, il savait. Il savait que les hommes étaient capables du pire. Au point, en avait-il conclu, que, vraiment, certains ne méritaient pas ce nom même s'ils marchaient, parlaient, priaient, mangeaient, dormaient et s'habillaient comme des êtres humains. Il suffisait de leur donner le temps et l'opportunité nécessaires pour que s'affirme leur véritable nature de créatures cruelles qui ne se souciaient pas du mal qu'ils causaient pour satisfaire leurs appétits égoïstes.

Tandis que James, parti à la recherche de Sarah, luttait contre le vent et la boue, Mrs Hill grimpait l'escalier, chargée d'un lourd plateau. Elle ouvrit la porte du salon d'un coup d'épaule. Ce qui restait de la famille Bennet s'anima en voyant le café et les biscuits. Kitty et Lydia abandonnèrent leur ouvrage – si mettre en pièces des bonnets tout à fait convenables pour les transformer en quelque chose d'un peu moins réussi pouvait vraiment être considéré comme de l'ouvrage. Elles s'approchèrent de la table. Mrs B. et Mary se penchèrent pour inspecter les rafraîchissements. Mr B. lui-même plia son journal et le posa d'un air satisfait. Tous semblaient prêts à savourer un agréable moment. Sentiment que Mrs Hill ne partageait pas, gagnée par l'inquiétude de James : qu'avait-il vu, qu'avait-il fait, que savait-il qu'ils ignoraient ?

Sarah, bien entendu, leur fut rendue saine et sauve quoique à bout de force échevelée et transie jusqu'aux os. Elle posa le pain de sucre sur la table et s'écroula sur une chaise près du feu. Polly vint la retrouver.

— Nous commencions à nous inquiéter, jeune fille.

Sarah considéra Mrs Hill d'un air las. Il lui semblait être partie depuis une éternité, qu'elle revenait dans un monde inconnu.

— Les chemins sont pénibles, impossible d'avancer avec toute cette boue, répondit-elle avec un frisson.

Polly se colla contre elle en glissant son pouce dans sa bouche.

— Ne fais pas ça, ma chérie, tu es trop grande maintenant.

L'enfant sourit en se pelotonnant contre Sarah.

— Tu es toute chaude ! s'exclama-t-elle.

— Pourtant j'ai si froid...

Mrs Hill fronça les sourcils et toucha le front de Sarah. La jeune fille n'opposa aucune objection à avaler un lait chaud au miel puis à être envoyée illico au lit.

Quand James apparut dans la cuisine un peu plus tard, après s'être séché et changé, Sarah n'y était plus. Mrs Hill arborait une mine renfrognée. Polly l'informa alors avec réticence que Sarah, qui ne se sentait pas bien, était partie se coucher.

Le pain de sucre, qui avait très bien supporté le voyage, trônait sur la table, intact, dans son emballage. James le toucha ; étonnamment il avait conservé un peu de la chaleur du corps de Sarah.

Cette dernière, après avoir gravi d'un pas lent l'escalier, se déshabilla pour enfiler sa chemise de nuit, couvrir ses épaules d'un châle, et remonter ses chaussettes jusqu'aux genoux. Ainsi emmitouflée, elle s'allongea sous les couvertures et ferma les yeux. Elle revit la pâleur mortelle du condamné, entendit ses cris de douleur, l'horrible façon dont ils faiblissaient puis mouraient.

CHAPITRE XI

Bingley insista pour qu'on envoyât immédiatement chercher Mr Jones tandis que ses sœurs, convaincues de l'inutilité d'un médecin de campagne, conseillaient de faire venir de toute urgence l'un des meilleurs praticiens de la ville…

Le vendredi, Sarah était brûlante. Mrs Hill montait quand elle le pouvait ou lui envoyait Polly avec un bouillon ou un thé. Elles redressaient la malade et la faisaient boire à la cuillère. Mais les mansardes étaient loin de la cuisine, elles n'avaient guère le loisir de se libérer et encore moins celui de rester près d'elle pour la réconforter.

Si Sarah ne se rétablissait pas d'ici deux jours, Mrs Hill comptait demander à Mrs Bennet de faire venir l'apothicaire ou du moins la supplierait de lui prêter son baume de Gilead. Cet élixir faisait des merveilles, mais, à une demi-guinée le flacon, on ne le prodiguait pas aux domestiques sans une bonne raison.

En bas, James, soucieux, vaquait à ses occupations sans cesser de demander des nouvelles de Sarah. Si

Mrs Hill avait su qu'en réalité il se surveillait pour ne pas poser la question plus souvent, ses soupçons quant à ses sentiments auraient été entièrement confirmés.

Le samedi, Sarah commença à se rétablir. Elle put s'asseoir. Polly lui apporta des pommes et des noix dont elle croqua la majeure partie.

— Tu n'as pas envie de quelque chose en particulier ?

— Non.

Polly eut une idée, se leva et fila. Elle revint quelques minutes plus tard, munie d'un pot de confiture de mûres et d'une cuillère.

— Mrs Hill ne s'en apercevra pas, la rassura-t-elle.

Le contenu du garde-manger était pour cette dernière comme les moineaux de Notre-Seigneur, Sarah le savait. Elle fit promettre à Polly de remettre le pot intact à sa place.

— Seulement si tu me promets de te dépêcher de guérir. C'est triste quand tu n'es pas là. Tu me manques.

Polly se vit contrainte pendant toute la durée de la maladie de Sarah de partager la chambre des Hill dans laquelle on lui avait installé un petit grabat par terre.

— Ils ronflent tous les deux comme des cochons ! Et lui, il n'arrête pas de péter.

— Polly !

— C'est vrai ! Il fait plus de vents qu'un cheval !

Le dimanche, quand Mrs Hill pénétra dans la cuisine pour alimenter les feux et chauffer la bouilloire afin de se préparer une tasse de thé avant de prendre le service, elle eut la surprise de découvrir Sarah habillée, pétrissant une pâte pour les petits pains du petit déjeuner. Elle travaillait assise cependant. Elle ne se sentait pas encore capable de tenir longtemps sur ses pieds. Et elle avait un teint cireux. Il n'était pas question qu'elle se rende à l'église.

— Eh bien, s'écria Mrs Hill en touchant le front de la jeune fille, je suis contente de te voir debout !

— J'en avais assez de ne rien faire, répondit Sarah.

La longue et monotone matinée du dimanche fut interrompue par l'arrivée du cabriolet des Bingley qui ramenait Elizabeth et Jane.

Sarah sortit sur le perron, frissonnant sous le vent léger, un châle jeté sur ses épaules. Jane apparut, blême et affaiblie, mais elle fit face, avec sa résolution habituelle, aux remontrances et à l'indignation volubile de sa mère qui lui reprocha d'avoir accepté la voiture des Bingley. Sarah ne se sentait plus concernée par les petits tracas de la famille. Ils lui paraissaient futiles et dépourvus de sens.

Le laquais noir tendit la valise des aînées à James qui la porta à l'intérieur de la maison. Sarah, après avoir vérifié que personne ne l'observait, s'approcha de lui.

— Il y a un moment que je ne vous ai vue, commença-t-il. Et pourtant j'en ai fait des allers-retours ces derniers jours, comme l'archet dans la main d'un violoniste.

— J'ai été souffrante.

— Quel est votre petit nom ? Personne ne me dit rien ici.

— Sarah.

Il toucha son chapeau.

— Ptolémée Bingley. À votre service.

— Comment pouvez-vous être un Bingley ?

— Quand on appartient à un domaine on en prend le nom, c'est ainsi.

Il remonta sur son siège et la regarda longuement.

— Ils vous font travailler dur, n'est-ce pas ?

— J'ai attrapé froid.

Elle frissonna et serra son châle contre elle.

— Il faut prendre soin de vous, ma petite, personne ne le fera à votre place.

Elle remarqua la présence d'autres domestiques de Netherfield, le second valet et le cocher, qui échangeaient entre eux des regards entendus.

— Où se trouve cet endroit où tout le monde s'appelle Bingley ?

— Ah çà, mon Dieu, ce n'est pas là que vous attraperiez froid.

— Il y fait très chaud ?

— Comme dans un bain.

Elle hésita. Le cocher fit claquer sa langue, les chevaux piaffèrent et hennirent.

— J'espère que vous reviendrez bientôt à Longbourn, Mr Bingley.

— Ptolémée. Tol. En tout cas, ils semblent avoir de bonnes raisons de m'y envoyer.

L'attelage se mit en marche. Il porta de nouveau la main à son chapeau. Elle les regarda s'éloigner et éprouva une désagréable impression de satisfaction.

Elle était désormais sûre d'une chose : elle ne pourrait pas continuer ainsi indéfiniment.

Les choses partaient à la dérive, changeaient.

Rien ne serait jamais plus comme avant.

Fin du volume un

VOLUME DEUX

CHAPITRE I

"Il y a de cela environ un mois, j'ai reçu cette lettre, et j'ai répondu il y a quinze jours car il me semblait qu'il s'agissait d'une affaire délicate demandant qu'on y prête tout de suite attention."

Jane et Elizabeth retournées au sein de leur famille, et Sarah enfin rétablie, Mrs Hill aurait pu se permettre d'espérer que plus rien ne troublerait le cours routinier de leur existence, qu'on retrouverait un semblant de normalité.

Mais ces espoirs furent écrasés dans l'œuf dès le matin du lendemain par l'annonce fracassante que fit Mr Bennet au petit déjeuner. Son cousin, Mr Collins, était attendu l'après-midi même et comptait demeurer avec eux jusqu'au samedi soir suivant. Ayant communiqué cette information à sa famille, Mr Bennet se retira dans la bibliothèque pour y savourer son coup de théâtre*. Ses plans d'évasion furent cependant compromis par l'arrivée intempestive de Mrs Hill qui, n'hésitant pas à le traquer dans son refuge, entra sans frapper à la porte.

— Ce monsieur va passer douze jours ici, Mr Bennet ?

Il hocha la tête.

— Et c'est bien aujourd'hui que vous l'attendez ?

Mr Bennet secoua son exemplaire du *Courier* dans un geste exaspéré.

— C'est exactement cela.

— Vous devez savoir, monsieur, que je ne suis pas du tout prête.

— Et pourtant, il sera des nôtres à quatre heures, sauf intervention divine ou criminelle.

Il souleva sa montre de gousset et l'examina.

— Onze heures sonneront dans quinze minutes… Tic-tac, Mrs Hill, tic-tac…

— C'est bien peu charitable de vous moquer, monsieur.

Il glissa sa montre dans son gilet.

— Vous êtes injuste, Mrs Hill. Après tout, ce n'est qu'une question d'organisation. On ne vous demande pas autre chose que de faire le travail pour lequel on vous a engagée.

Il rentra le menton dans les plis de son col.

— D'ailleurs, ne feriez-vous pas mieux de vous y mettre ?

Mrs Hill qui s'apprêtait à protester se retint : cela ne servait à rien de discuter avec lui. Il avait décidé de la punir. De se venger de leur dernière discussion, deux mois plus tôt, quand elle lui avait livré le fond de sa pensée au sujet de James. Si elle se permettait la moindre objection maintenant, il n'hésiterait pas à l'utiliser contre elle quand le moment serait venu de lancer ses représailles. Elle le laisserait profiter de sa petite victoire ; elle allait lui obéir, prétendre qu'elle n'était pas blessée. Elle esquissa une révérence, sortit en claquant la porte puis monta bruyamment jusqu'à la chambre d'invités.

Mr Bennet savait parfaitement ce que Mr Collins représentait pour elle et les autres domestiques. Ils étaient à l'abri à Longbourn tant que le cœur de Mr Bennet continuait de battre. Ensuite, leur avenir dépendrait de la volonté de cet étranger. Mrs Hill avait toujours souhaité disposé d'un mois avant la visite de ce gentleman pour concocter les menus, une quinzaine de jours pour aérer et repasser le linge, plusieurs journées pour préparer la chambre d'invités, la faire briller avec du vinaigre, du thé froid et sa meilleure cire.

Parce que Mr Collins devait constater à quel point la domesticité de Longbourn était indispensable s'il voulait profiter à loisir de son héritage. Il pouvait, s'il le voulait, les congédier tous d'un claquement de doigts, une fois Mr Bennet décédé, dispersant aux quatre vents leur petit monde si stable. Le pauvre Mr Hill en mourrait, c'était certain. La petite Polly était beaucoup trop jeune et trop nigaude pour se débrouiller seule, et Sarah tout simplement pas assez aguerrie pour aller de par le monde. James venait tout juste de les rejoindre, elle ne pouvait le laisser congédier ainsi, alors qu'ils étaient tous si habitués à l'avoir auprès d'eux.

Mrs Hill ruminait ces sombres pensées tandis qu'elle ouvrait d'un coup sec la porte de la chambre, écartait les jalousies, soulevait la fenêtre à guillotine. Le vent amer de novembre s'engouffra dans la pièce qui sentait le renfermé. Non, il n'y avait rien à gagner par des protestations. La meilleure réplique était de contrer la vexation de Mr Bennet. Mr Collins serait impressionné par le service de Longbourn, dusse-t-elle en mourir. Dussent-ils tous en mourir.

La chambre se révéla sale et négligée dans la lumière hivernale. Le lit était nu, la commode couverte de poussière, l'âtre de suie. Une humidité persistante semblait imprégner jusqu'aux murs.

D'ici quelques heures, elle devrait être chauffée, accueillante, confortable, et un excellent dîner attendrait d'être servi. Mrs Hill savait déjà qu'elle ne trouverait pas un poisson à la hauteur aujourd'hui. Elle tuerait une poule. Oui, cela devrait aller. Sarah et Polly s'occuperaient de la chambre, y allumeraient le feu, balaieraient, feraient le lit, composeraient un bouquet de feuillages et de baies. Sarah était consciencieuse, on pouvait lui faire confiance pour surveiller Polly. Mrs Hill demanderait à James de monter la bergère de la bibliothèque ; ce geste serait apprécié. La chambre aurait bientôt belle allure. Avec l'aide de sa petite équipe, elle serait bientôt plaisante et sentirait bon.

Elle ferait cuire la poule avec un peu de panais. Elle confectionnerait un Potage à la Reine[1] ; il y aurait des fruits et des noix pour le dessert. Tout se déroulerait sans remous. Mr Bennet pouvait toujours essayer, il ne la ferait plus sortir de ses gonds. Ça non.

---

1. La *white soup* de Jane Austen dans le chapitre XI d'*Orgueil et Préjugés*, volume un.

Sarah prit ses ordres et alla chercher l'équipement requis : du vinaigre, du graphite pour noircir la cheminée, le pot de feuilles de thé froides, des chiffons, un balai. Dans ce genre d'occasion, il fallait serrer les dents et se contenter d'obéir. Elle monta à l'étage avec Polly, son panier sous le bras. Elles s'agenouillèrent pour rouler le tapis de Turquie, passèrent le balai, nettoyèrent l'âtre, puis descendirent ensemble l'encombrant tapis. Pourquoi les tisserands n'avaient-ils jamais pensé à coudre des poignées sur les côtés ? se demanda Sarah qui ahanait sous son poids. Elles le soulevèrent tant bien que mal pour le diriger entre les murs étroits, égratignant leurs doigts, se cassant les ongles. Elles le transportèrent jusqu'à l'enceinte de l'écurie, parvinrent à le suspendre sur la corde à linge et entreprirent de le battre de toutes leurs forces, se couvrant les yeux et la gorge.

— Il doit être spécial, ce Mr Collins, déclara Polly.

— Tu l'as dit, maugréa Sarah.

Elles remontèrent, déposèrent le tapis devant la porte, et s'attaquèrent au lavage du sol nu. Elles poussèrent le lit contre le mur, empilèrent la chaise et la bassine dessus. Puis elles éparpillèrent les feuilles de thé humides sur le parquet comme si elles semaient des graines. Elles les regroupèrent en un tas composé de poussière, d'araignées mortes et de cheveux qu'elles balayèrent vers la porte.

— Qu'en penses-tu ? demanda Sarah en inspectant la chambre pour vérifier qu'elles n'avaient rien oublié.

— Ça me paraît bien, jugea Polly.

James les rejoignit, un panier rempli de bûches et

de petit bois au bras. Les ordures évacuées, Sarah remonta avec de l'eau chaude dans laquelle elle versa du vinaigre pour laver les fenêtres et les miroirs. Polly continuait son petit tour d'inspection, un chiffon humide à la main.

Tandis que la pendule sonnait les trois quarts d'une heure, Mrs Hill, le tablier souillé de sang, monta contrôler leur travail. Elle passa un doigt sur le manteau de la cheminée, posa une main sur le linge frais d'un blanc immaculé, et inspecta les enjolivures de la commode. La pièce sentait désormais la cire et le feu de bois.

— Bravo. Vous avez fait du bon travail. Vous pouvez être fières de vous.

Sarah se sentait tout, sauf fière. Elle était terrifiée tandis qu'ils attendaient, rassemblés sur le perron, l'arrivée de cet inconnu qui serait appelé un jour à devenir leur maître s'ils parvenaient à le convaincre de les garder. Elle s'était imaginé un Mr Collins sévère et austère, si bien qu'elle eut du mal à faire coïncider cette image avec le jeune homme de vingt-cinq ans environ, doux et corpulent, qui descendit péniblement de sa chaise de poste, et s'inclina plusieurs fois devant les Bennet, puis devant Mr et Mrs Hill et enfin devant James et Polly qui le dévisageaient, bouche bée.

Sarah donna un coup de coude à sa petite voisine.

— Fais une révérence et ferme la bouche.

Il s'avéra que Mr Collins était dans d'excellentes dispositions, prêt à apprécier tout ce qu'il voyait, de la taille du vestibule à la largeur de l'escalier. Il fit même un commentaire sur la nature serviable de la porte de sa chambre et se montra, comme les en informa James, après avoir porté ses bagages, ravi de tout le confort qu'il trouva derrière la porte. Il avait même demandé à qui il devait toutes ces gentilles attentions.

— Que lui avez-vous dit ? s'enquit Mrs Hill.

— Que c'était l'œuvre de Sarah et de Polly, sous votre direction attentive.

— Bien, bien. Sarah, n'oublie pas l'eau chaude. Il voudra faire un brin de toilette avant le dîner.

Quand Sarah lui apporta l'aiguière, Mr Collins se tenait à la fenêtre, les mains croisées derrière le dos, basculant sur ses talons puis sur ses orteils, profitant de la vue. Elle la plaça sur la table de toilette. Il se retourna et, s'adressant à elle d'une manière cérémonieuse mais affable, lui demanda si elle était une des femmes de chambre à qui il devait ses remerciements. Elle fit une révérence. Il ajouta qu'il était bien agréable après un long voyage en plein hiver de recevoir un accueil si chaleureux, et il fit un signe de tête vers le feu.

Sarah, peu habituée à ce qu'on lui prêtât attention, était troublée. Les gentlemen ne bavardaient pas avec les domestiques. Du moins pas dans son monde. Ce genre de choses se produisait dans *Pamela,* mais Mr Collins n'avait certainement pas les mêmes intentions. Avec ses mains grassouillettes et sa démarche pataude, elle ne pouvait l'imaginer la pourchassant comme le Mr B. de *Pamela*. Ou plutôt, elle préférait ne pas l'imaginer.

— Et les autres chambres, dites-moi, sont-elles toutes aussi belles ?

Elle ne sut quoi répondre. La pièce que partageaient Lydia et Kitty était un capharnaüm de vêtements éparpillés dans lequel elle essayait de temps en temps de se frayer un chemin. Celle de Mary était trop petite pour le piano-forte que Mrs Bennet y avait relégué, sans parler des piles de partitions et de livres. Celle d'Elizabeth et de Jane était jolie et relativement en ordre, mais il fallait tout de même se battre avec les portes des armoires pour les fermer… Mr Collins avait-il vraiment l'intention de discuter, maintenant, dans son habit clérical, des chambres des jeunes dames avec elle ? Et pourquoi pas de celle de Mr et Mrs B. tant qu'il y était ?

— Elles sont toutes un peu pareilles, je pense.

— Vraiment ? C'est délicieux !

Il se frotta les mains.

— Ah, de l'eau chaude ! Quelle merveille.

Un renard avait attaqué les faisans. Stupides volatiles : ils continuaient à se rassembler autour des volières dans les sous-bois des Bennet en espérant être nourris. Le renard en avait tué une douzaine alors qu'ils picoraient, distraits.

Le sol était détrempé après toutes ces pluies. La rivière bouillonnait tel un torrent. James ramassa les dépouilles, les corps se balançant au bout de son bras becs ouverts. Leurs congénères le suivirent en poussant de petits criaillements. Il les chassa d'un coup de pied. Ils étaient bien trop grégaires, ils devaient apprendre la peur s'ils comptaient survivre assez longtemps pour servir de cible aux gentlemen.

Il jeta les dépouilles flasques et ensanglantées dans un sac. Mrs Hill leur trouverait certainement un usage. Les bêtes étaient destinées à finir dans une marmite de toute façon. Elles y arrivaient juste un plus tôt que prévu. Seuls les chasseurs s'étaient vu usurper le plaisir de les abattre. Ce plaisir était revenu au renard. Tant mieux pour lui, se dit James.

Alors pourquoi ressentait-il de la tristesse ?

Parce qu'il les avait nourris sans doute. Il les avait laissés s'habituer à lui, dépendre de sa présence. Il les avait regardés becqueter, voleter, se chamailler. Il s'était attaché à eux.

Il leva les yeux vers la lisière des bois, sur la cime des arbres et les collines au loin où luisait la faible lumière de l'hiver, la lueur du vaste monde derrière la ligne de l'horizon.

Il se lava à la pompe, puis se rendit dans sa soupente et revêtit sa livrée, changeant sa chemise, levant son menton pour serrer le col convenablement. Il s'agissait d'une simple réunion familiale ce soir. Il y avait eu, et il y aurait encore certainement, des dîners plus exigeants. Il prit ses gants, tira sur ses manches. Il ne s'était pas attendu à trouver un régiment dans cet endroit paisible. Il n'avait certainement pas prévu une intimité si prompte entre les officiers et la maisonnée des Bennet. Ni imaginé à quel point Mrs Bennet aimerait exhiber son nouveau jeune valet.

Il déposa les faisans sur l'étagère dans l'office, se retourna et aperçut Polly assise, adossée au mur chaud, qui l'observait avec un sourire. Il se laissa tomber à côté d'elle.

— Un coup du renard ?

Il hocha la tête.

— Tu te fais oublier ? se moqua-t-il.

— On se croirait chez les fous là-dedans !

Elle indiqua d'un signe de tête la cuisine d'où provenait un raffut de cruches, de cuillères, de casseroles qui s'entrechoquaient. Soudain quelque chose tomba sur le sol pavé avec un tintement métallique.

— Sarah !

— Désolée !

— Enfin ! tu ne peux pas faire attention !

Ils entendirent des bruits de bousculade tandis que Mrs Hill s'emparait du plat que Sarah avait laissé choir, et passait un torchon sur les dégâts tout en la grondant. James décida de lui parler plus tard des faisans. Ce n'était pas urgent après tout.

Sarah, les joues empourprées, furieuse, les rejoignit peu après. Elle se laissa glisser face à James et Polly, et croisa les chevilles, en soufflant, ce qui fit voleter la frange de son bonnet.

— Mrs Hill est d'une sacrée humeur, je vous le dis ! se plaignit-elle.

James tourna la tête pour cacher son sourire.

Ils demeurèrent assis en silence alors que Mrs Hill enfournait un plat de l'autre côté du mur. Des effluves de poule rôtie et de panais leur parvinrent. L'estomac de Polly gronda. Elle le serra en levant les yeux au ciel, ce qui déclencha les francs sourires de James et Sarah.

— Hé, vous, là-bas ! aboya Mrs Hill.

Un sursaut collectif.

— Oui ? répondit timidement Sarah.

— Remuez-vous, bande de paresseux ! James, allez mettre le couvert, les filles ramenez-vous ici !

Il n'y avait pas si longtemps encore, dîner se résumait à avaler tout ce qui vous tombait sous la main : des légumes volés, pleins de terre, qui craquaient sous vos dents des heures après, un morceau de pain moisi aussi dur que de la corne, des fragments non identifiables décollés du fond d'une marmite. Vous enfourniez le tout aussi vite que possible : tant que ce n'était pas dans votre estomac, ce n'était pas à vous.

Dîner impliquait tout autre chose à Longbourn : une demi-journée de travail pour deux femmes ; le cristal à faire reluire, l'argenterie à polir ; un changement de tenue pour les domestiques. Ici, dîner supposait une attente, prolongée par la complexité des préparatifs et les rituels de l'étiquette, qui élargissait le fossé entre l'appétit et son assouvissement. On aurait dit que la faim elle-même devait être savourée parce que sa satisfaction était garantie. Il y avait toujours, il y aurait toujours, de la viande, des légumes et des tourtes ; des gâteaux, des tartes, des plats, des couverts, des « s'il vous plaît », des « mercis » et d'innombrables assiettées de pain et de beurre.

Cela commençait à lui paraître normal. Il s'y habituait déjà.

Mais quand un renard, ou son équivalent, doté d'une vue perçante, flairant les ennuis, se faufilerait derrière lui, que se passerait-il ? Serait-il devenu trop mou, trop bête, ses sens seraient-ils trop émoussés pour sentir le danger ? Réussirait-il à le détecter avant de se retrouver prisonnier de ses mâchoires ?

Il entendit des voix dans le salon comme il dressait la table. La famille s'y était installée, avec leur invité, le jeune Mr Collins. James observa la trace de ses doigts sur le pied d'un verre, le dessin des empreintes sur le cristal étincelant. Il avait craint, un jour, que ses mains ne fussent plus jamais propres. Et pourtant sa vie aujourd'hui n'était-elle pas davantage comparable à celle d'un animal ? Une bête de somme satisfaite de son dur labeur, marcher, porter, servir, avec l'espoir d'un ventre plein et d'un abri au chaud.

Mrs Bennet était absorbée par ce qui semblait un discret échange de confidences avec Mr Collins. Le murmure traversait les murs, légèrement étouffé. Ils devaient être confortablement installés sur le canapé. James posa l'argenterie et essaya de ne pas écouter.

— Reconnaissez que c'est une affaire très pénible pour mes filles…

Une cascade de rires… Lydia et Kitty intervenant avec leurs gloussements.

— Non pas que je vous trouve coupable de quoi que ce soit, car ce genre de choses est le seul fait du hasard en ce bas monde…

Ne savait-elle pas que sa voix portait ? Ne savait-elle pas qu'à cette heure on mettait toujours le couvert ? Il fit tinter des fourchettes, mais ce fut en vain…

— Il n'y a pas moyen de déterminer à qui vont les domaines une fois qu'ils sont substitués[1]…

1. Allusion à l'*entail* ou « substitution » désignant un héritier mâle plus éloigné pour se substituer aux héritières directes.

Mr Collins répondit, avec plus de discrétion :

— Je suis bien conscient, madame, de la situation difficile de mes belles cousines et il y aurait beaucoup à dire à ce sujet, mais je dois me garder d'apparaître trop…

Donc le jeune Collins était venu élire une des filles comme l'on choisirait une pomme sur l'étal d'un marchand en inspectant la marchandise… Grosse, mûre, celle-ci fera l'affaire. Elles se ressemblaient toutes après tout. Elles étaient de bonne race, appartenaient à la même espèce. Pourquoi se compliquer la vie, aller chercher plus loin ou se prêter à un examen précis de chaque fruit ?

Quel idiot ! James racla une chaise par terre et la replaça d'un coup sec en espérant que le bruit interromprait Mr Collins mais ce dernier poursuivit, insouciant :

— Je vous assure que je viens ici tout disposé à les admirer. Pour le moment je n'en dirai pas davantage, mais…

Pauvre puceau qu'il était. Plus à plaindre qu'à mépriser. Il n'avait aucune idée de la complexité féminine, ignorait que vous pouviez aimer, et vous sentir aimé, et pourtant sentir au fond de votre cœur quelque chose de si froid que votre sang se figeait. Il ne savait rien de l'amour et de ses manifestations physiques.

— Quand nous nous connaîtrons mieux…

James ne put en supporter davantage. Il sortit dans le corridor, se dirigea vers le salon, ouvrit grand la porte, faisant sursauter toute la famille, et claironna :

— Le dîner est servi !

Mr Collins bondit sur ses pieds, surpris par cette brusquerie. Ce genre de comportement ne serait jamais toléré à Rosings pas plus qu'à Longbourn quand il en serait le maître. Mais son long voyage lui avait donné faim ; son petit déjeuner à l'auberge de Bromley remontait à très loin. Le manque de nourriture combiné à la conversation inquisitrice de Mrs Bennet l'avait un peu étourdi et rendu plus nerveux, et un tantinet plus volubile qu'il ne l'aurait souhaité. Par conséquent, l'annonce du valet, bien que rude, tombait à point nommé.

CHAPITRE II

… La voiture les emmena à l'heure convenue, lui et ses cinq cousines, jusqu'à Meryton…

La sœur de Mrs Bennet, Mrs Philips, et son mari étaient très populaires auprès du régiment. Leur maison de ville, ses fenêtres illuminées formant des halos sur le trottoir, était envahie d'officiers comme la tête d'un mendiant de poux. James ne comprenait pas quel plaisir ils pouvaient trouver à souper et jouer aux cartes dans la maison exiguë d'une ennuyeuse petite ville provinciale, en compagnie d'un vieil avocat aux manières glaciales et de sa corpulente épouse qui servait des toasts au fromage, des noix, du sherry et de ternes banalités à un groupe de matrones et de vieux messieurs. Sans compter tout un tas de galants du coin, fagotés, dédaignés, jetant des regards furieux à la ronde, incapables d'attirer l'attention de filles pas très malignes qui considéraient comme un droit divin de flirter mais demeuraient intouchables. James se satisfaisait d'attendre dehors sous la pluie.

Les officiers, cependant, heureux d'échapper à leur cantonnement, se rassemblaient, nombreux, sur le trottoir, et se pressaient sur le perron aussi avides que des abeilles détectant le pollen.

Certains lui lancèrent un coup d'œil au passage, l'obligeant à se tourner de côté, mais les officiers étaient simplement de bonne humeur. L'un le salua d'un hochement de tête, l'autre lui souhaita le bonsoir. Il répondit en portant la main à son chapeau. Puis il s'occupa de ses chevaux, les enveloppant de leurs couvertures en toile cirée, tandis qu'ils supportaient l'averse, stoïques.

La bonne des Philips, une petite au charmant visage couvert de taches de rousseur, sortit lui demander, en se tordant les mains, s'il voulait venir prendre quelque chose parce qu'il devait être glacé. La cuisine était chauffée, et l'ambiance amusante aussi, puisque les autres cochers s'y trouvaient réunis.

Ce mélange de timidité et de marchande bonimenteuse le fit sourire, mais il se contenta de la remercier et lui dit qu'il ne voulait pas abandonner ses chevaux.

Elle reparut un peu plus tard avec une chope de bière et une part de tourte au porc.

Lorsqu'il eut fini, James reposa l'assiette et le verre sur le rebord de la fenêtre. Il aperçut, à travers les carreaux couverts de gouttelettes, les invités, en petits groupes. Un jeune officier s'approcha de Miss Elizabeth, prit une chaise à côté d'elle et entama la conversation en lissant ses moustaches. La jeune femme, le visage animé, lui répondait gaiement. James ne pouvait que deviner la teneur de leur bavardage. Ils parlaient du temps sans aucun doute, de l'humidité de la nuit, de la probabilité d'une saison pluvieuse.

Miss Elizabeth avait l'air de trouver tout cela agréable. L'officier sourit en découvrant une rangée de dents parfaites. Un frisson parcourut la nuque de James qui remonta le col de son manteau. C'était le froid certainement... Ou un pressentiment... Mais cette intimité nouvelle ne le concernait pas. Il décrocha la lanterne et se réfugia dans le cabriolet en refermant la portière sur la nuit froide et ses inquiétudes. Il s'installa sur la banquette et ouvrit son livre, les *Observations* de Gilpin, emprunté à la bibliothèque de Mr Bennet. Il en était arrivé à la ville de Lancaster, et ne partageait pas le même avis que l'auteur.

Il se faisait tard, le brouhaha provenant du salon des Philips lui parvenait par vagues tandis qu'il somnolait, la tête appuyée contre le dossier. Les jeunes dames sortirent enfin, en compagnie de Mr Collins. Elles pépiaient d'excitation, se narrant leur soirée par le menu. James se précipita dehors, déplia le marchepied, et les aida à monter. Elles avaient les paumes moites. Il laissa Mr Collins se débrouiller seul avant de prendre les rênes.

Le voyage du retour fut bruyant, dominé par le babillage incessant de Lydia décrivant par le menu les jeux auxquels elle avait participé, le lot qu'elle avait perdu, et celui qu'elle avait gagné. Mr Collins leur prodigua un sermon interminable à propos de l'admirable courtoisie des Philips, des plats exquis qui avaient été servis, et des pertes au whist. Personne ne mentionna les officiers, du moins pas à voix haute. Ce qui ne voulait pas dire qu'on n'y pensait pas. Sur son perchoir, le visage fouetté par le vent, James se sentit vulnérable, soudain. Un coup brutal suffirait à le déstabiliser. Les chevaux perçurent son malaise, tournèrent leurs oreilles, les flancs parcourus de frissons, comme s'ils étaient la proie de taons.

CHAPITRE III

"Je te demande pardon,
on sait exactement ce qu'il faut en penser."

Sarah, qui se trouvait dans la cuisine, fut convoquée par le tintement furieux de la clochette de la salle à manger. Elle monta lentement à l'étage. Le petit déjeuner avait été servi et débarrassé. En général, à cette heure, ils s'occupaient à des activités paisibles, travaux de couture, musique, lecture ou visite de voisinage. Ils ne dérangeaient pas les domestiques. Que pouvait-il y avoir de si urgent ?

Mrs Bennet, tout agitée, avait besoin d'exprimer son exaltation, qu'on y participât et qu'on exécutât tout un tas de choses avec la plus grande célérité. Postée à la fenêtre, elle venait d'apercevoir la voiture des Bingley qui s'engageait dans l'allée.

— Oh, c'est merveilleux, tout à fait merveilleux ! s'exclama-t-elle.

Sarah reconnut alors Ptolémée perché à l'arrière, au côté d'un autre valet, tandis que l'équipage roulait vers le perron de Longbourn. Elle sentit son ventre se nouer. Elle n'avait pas de nom pour cette sensation, ni le temps d'y réfléchir, car Mrs Bennet lui donna un coup de coude dans les côtes qui la ramena à la réalité, à la salle du petit déjeuner, à sa prochaine tâche. Sa maîtresse, qui arborait un sourire d'enfant, se retenait de sautiller de joie. Sarah sourit malgré elle.

— Cours chercher Jane, veux-tu ? Dépêche-toi ! Elle se promène dans le bosquet, je crois. Va vite, aussi vite que tu le pourras, ma petite.

Mr Bingley et ses sœurs étaient venus inviter personnellement la famille au bal de Netherfield prévu pour le mardi suivant. Mrs Hill parut se décomposer à cette nouvelle.

Sarah rangeait maintenant les manteaux et les chapeaux dans le vestiaire. Elle passa une plume d'autruche sur ses doigts, effleura un bouton de rose en soie. Puis elle jeta un coup d'œil rapide dans le hall. Il était vide. Elle en profita pour se faufiler dehors par la porte principale.

Le cocher des Bingley attendait son maître, et inspectait les harnais. Les laquais, à l'arrière, bavardaient en partageant un cigarillo.

Une fois dehors, éblouie par la lumière froide du matin, Sarah fut frappée de son effronterie. Mais elle ne pouvait plus reculer. Elle se contenterait de passer devant eux, feignant de se diriger vers un endroit précis. Il n'avait aucune raison de penser que c'était sa présence qui l'avait attirée ici.

Comme elle avançait, elle vit l'expression de Ptolémée changer, un sourire creusant ses fossettes. C'était merveilleux de faire cet effet-là. Une sensation enivrante. Elle sentit le gravier crisser sous ses pieds, le froissement de ses jupes sur ses chevilles, la pression de son corset, le chatouillement d'une boucle sur sa nuque. Elle avait l'impression d'être plus vivante. Il ôta le cigarillo de ses lèvres, et s'approcha d'elle, soufflant un nuage du coin de sa bouche.

— C'est joli par ici, n'est-ce pas ? lui dit-il.

— Je suppose, oui.

— Et si vous me faisiez visiter les environs, pendant que les gens importants sont occupés à l'intérieur…

Il lui offrit son bras. Elle éclata de rire.

— Allez, venez.

— Je ne peux pas.

— Mais si.

— J'ai du travail.

— Non. Vous avez envie de gambader. C'est écrit sur votre visage. Maintenant que vous êtes là, pourquoi ne pas aller jusqu'au bout ?

— Si je me fais attraper…

Il lui adressa un grand sourire.

— Ça n'arrivera pas.

Elle glissa son bras sous le sien avec un petit rire nerveux, et avança du même pas que lui. Ils devaient former un couple bien mal assorti, presque comique, lui, immense dans son manteau de serge bleue, elle si menue dans sa robe de tiretaine usée, tous deux enveloppés d'un léger nuage de fumée.

— Par ici…

— Oh, je ne…

Mais il l'entraîna vers la petite étendue sauvage. Ils empruntèrent le sentier à travers les herbes mortes. Il souleva une branche basse pour lui permettre de passer. Les sorbiers portaient encore quelques baies écarlates oubliées par les oiseaux. Autour d'eux, tout était imprégné d'une odeur de terre et de bois mouillés. Sarah abandonnait la maison dont les rouages, en son absence, poursuivraient leur cycle, mais viendrait le moment – n'importe quand, elle le savait – où l'un des rouages tournerait à vide parce qu'une tâche nécessaire au bon fonctionnement de la machine n'aura pas été accomplie. Alors le mécanisme dans son entier se mettrait à grincer puis romprait dans un vacarme assourdissant pour s'arrêter en cahotant à cause de sa défection. Cela ne l'empêcha pas d'avancer comme un fil de lin se dévidant loin du fuseau. Étiré, tendu, trop mince, il risquait de casser.

Elle observa les nuages, consciente du corps de Ptolémée à ses côtés, de l'odeur de son cigarillo. Dire que le même ciel recouvrait le monde entier, des antipodes aux Amériques. Qu'il venait de si loin…

— Vous n'êtes pas trop malheureux ici ? demanda-t-elle.

— L'Angleterre a ses charmes.

— Vraiment ?

— J'essayais de me montrer galant.

Il l'examina un long moment. Elle baissa les yeux.

— Sans compter, et c'est tout à l'honneur de ce pays, qu'une fois que vous y mettez le pied, vous n'êtes plus esclave.

— Vous étiez esclave ? s'exclama Sarah, stupéfaite.

— Je suis né esclave.

— Votre mère…

— Était une des esclaves de Mr Bingley, le père.

Ptolémée porta le cigarillo à ses lèvres et en tira une bouffée.

Sarah aurait voulu rentrer sous terre. Elle sentit ses joues s'empourprer.

— Je suis désolée.

— Vous n'y pouvez rien, mon cœur.

Ils marchèrent en silence, écrasant l'herbe drue.

— Mr Bingley, le père, qu'il repose en paix, a décidé de m'emmener avec lui en Angleterre quand je n'étais qu'un enfant. Il a toujours eu un faible pour moi, et pour ma mère, bien qu'il l'ait laissée là-bas.

Il lui tendit le cigarillo. Elle le contempla, indécise. Il le rapprocha de sa bouche, l'encourageant à le saisir. Plus par timidité qu'autre chose, elle obtempéra. La fumée, sirupeuse, nauséabonde, forma une sorte de boule dans sa gorge. Elle le lui rendit en toussant.

— Pas comme ça, lui conseilla-t-il en lui tapotant le dos. Vous avez tiré trop fort dessus.

Elle se contenta de hocher la tête, nauséeuse. Ils poursuivirent leur chemin. Ptolémée laissa sa main sur son dos, juste au-dessus du corset.

— Vous voulez savoir un secret ?

— Oui, bien sûr.

La tête lui tournait.

— Je compte ouvrir un jour ma propre boutique de tabac. Et il sera de la meilleure qualité, vous pouvez me croire ! Du tabac de Virginie, le plus fin.

Il s'arrêta. Elle revint sur ses pas et le considéra avec admiration alors qu'il faisait tourner le cigarillo entre ses doigts. Puis son visage s'éclaira d'un de ses sourires miraculeux.

— Les gentlemen de Londres ne peuvent plus s'en passer ! Ces hommes-là aiment le tabac autant que le sucre.

Elle se sentit soudain enivrée : la nouveauté, le frisson de la différence, la façon dont toute gêne avait paru se dissoudre et se dissiper avec la fumée. Elle prit le cigarillo de la main de Ptolémée pour lui montrer qu'elle approuvait ses ambitieux projets, qu'elle était du même acabit et désireuse de l'égaler. Cette fois, elle inspira la fumée plus posément. Elle était si concentrée qu'elle ne l'entendit pas lorsqu'il lui posa une question.

— Pardon ?

— Vous risquez de vous faire gronder ? lui demanda-t-il en indiquant de la tête Mrs Hill qui se dirigeait à grands pas vers eux, en balançant les bras, d'un air furieux.

— Oh, mon Dieu ! s'écria Sarah.

Elle lui rendit le cigarillo.

— Des ennuis en perspective ?

Elle hocha la tête en tremblant. Quelle excuse allait-elle pouvoir inventer ?

— On pourrait aller se promener quand vous aurez votre après-midi de libre, cria-t-il après elle.

Elle lui lança un regard mi-terrorisé mi-ravi. Puis elle rassembla ses jupes et courut vers l'intendante.

Celle-ci n'exigea ni excuse ni explication. Elle ne lui offrit même pas l'occasion d'en donner une, mais l'accueillit d'une bourrade dans le dos qui la fit tituber en avant vers la maison.

— Mrs Hill, je vous en prie…

— Quand je pense à tout ce qu'on a à faire avec Mr Collins à la maison et les Bingley ! Et toi, tu choisis ce moment pour baguenauder dehors alors que tout le monde pourrait te voir…

Mrs Hill la poussa sur le perron, puis la tira dans le vestibule par le bras.

— Va chercher les affaires des Bingley.

— Ils ne sont pas restés longtemps.

Mrs Hill baissa la voix et, d'un ton sifflant, la tança :

— Je t'ai appelée je ne sais combien de fois. J'ai honte, Sarah. Maintenant retourne à ton travail. Et je te conseille de ne pas traîner, ma fille.

Sarah, les joues en feu, s'attela à sa tâche, désemparée à l'idée d'avoir mis Mrs Hill dans l'embarras.

CHAPITRE IV

La perspective du bal de Netherfield réjouissait au plus haut point toutes les dames de la famille.

Après le départ des Bingley, le ciel se mit à déverser des trombes d'eau. Le mauvais temps persista, prohibant toute escapade à ces dames.

Il empêcha aussi Sarah de dormir. La pluie pilonnait le toit de la mansarde, martelait la petite lucarne, s'écoulait bruyamment dans la gouttière et tourbillonnait dans les canalisations. Polly ronflait paisiblement, les bras rejetés loin derrière sa tête. Sarah pensait à Tol Bingley, à ses yeux sombres, à la chaleur de sa main sur son dos.

La pluie tambourinait aussi sur le toit de l'écurie, et gouttait, gouttait, gouttait, quelque part, distrayant James de sa lecture. Il s'aperçut qu'il tournait machinalement les pages sans les lire. Il marqua donc l'endroit où il s'était arrêté, enfila son manteau et ses bottes puis sortit dans la nuit, muni d'une lampe tempête et d'une échelle pour grimper sur le toit. Tendant l'oreille, il tenta de découvrir l'origine de ce bruit intermittent, finit par repérer une tuile qui avait glissé et la remit en place. Il achèverait le travail par temps sec, à la lumière du jour. Pour l'instant, cela suffisait.

Mrs Hill, réveillée en sursaut tandis que son mari ronflait et sifflait à côté d'elle, regarda la cour couverte de flaques, la lampe qui vacillait dans la nuit, et semblait bordée de cristal là où les gouttes de pluie attrapaient la lumière. Elle vit James manœuvrer sur le toit, puis redescendre prudemment dans l'écurie, où il poursuivit sa nuit solitaire.

Quand la lueur disparut elle se rendit compte qu'elle avait froid, et, serrant son châle contre son buste, elle alla s'agenouiller près de son lit. Elle pria en silence. Et quand elle eut fini, tandis que la pluie cognait sur la lucarne, elle recommença, en grelottant, pesant chaque phrase. Il y avait tant de choses dont elle était reconnaissante : le plaisir que lui procurait son travail, les rites et habitudes du service, le soin et la conservation des belles choses, la cuisson du bon pain, l'élaboration de savoureux et consistants repas. Il y avait aussi la joie de vivre au sein de la petite troupe qu'elle avait rassemblée autour d'elle. Si au moins elle avait la certitude que cela continuerait, que James se fixerait ici, que Sarah entendrait raison, que Polly deviendrait une jeune fille posée et efficace, que rien ne serait détruit, alors elle pourrait se considérer comme tout à fait satisfaite.

Pourtant, ce sentiment qu'elle ne pouvait entièrement réprimer persistait. Il y avait sa vie à elle aussi. Aurait-elle un jour le loisir de s'occuper de ses propres affaires, de ses propres besoins et non pas uniquement de ceux des autres ? Pourrait-elle un jour obtenir ce qu'elle voulait plutôt que de compter sur l'éclat du bonheur des autres pour lui réchauffer le cœur ?

Le travail, Mrs Hill le savait, n'était peut-être pas la solution miracle à tous les maux, mais c'était un remède souverain contre les idées noires. En plongeant Sarah dans le raccommodage d'un tas de jupons et de robes de bal qui exigeaient des prodiges de rafraîchissement et d'embellissement, la jeune fille aurait peu de temps pour rêvasser, et se tiendrait bien à propos éloignée du mulâtre fauteur de troubles.

Par bonheur, la pluie et la perspective d'un événement social d'importance à venir, engendrèrent une décrue temporaire des communications entre les deux maisons. C'était bien agréable, estimait Mrs Hill, de se tenir douillettement calfeutrée à Longbourn. La campagne au loin baignait dans une brume grisâtre, les routes étaient inondées, les sentiers transformés en bourbiers, aucune visite, aucune sortie. C'était comme le Déluge et Longbourn était leur arche de Noé. Peu importait ce qui se passait dans le monde, les élus étaient à l'abri à l'intérieur.

Mais cette situation ne pouvait durer éternellement.

Il fallait donc parler à Sarah. Son comportement ne pouvait rester ignoré. Mais comment aborder un tel sujet sans risquer d'entamer l'innocence de la jeune fille ? L'innocence était un carreau de verre immaculé, un écran contre la rudesse du temps ; un faux pas et Sarah risquait de se blesser dangereusement et de blesser les autres dans sa chute.

Le mieux, c'était d'être directe. Il fallait à une fille simple des règles élémentaires.

— Je t'interdis de revoir ce mulâtre.

— Quoi ? s'écria Sarah dont le visage arborait une expression choquée. Vous voulez parler de Ptolémée ? Pourquoi ?

— Ai-je vraiment besoin de te préciser les choses ?

Les lèvres serrées, Sarah garda le silence.

— Je t'ai surprise en train de fumer. Et de te promener sur une propriété qui n'est pas la tienne, dois-je ajouter, quand tu aurais dû être à ton poste. Avec un homme, un étranger, un parfait inconnu, qui plus est ! Tu pourrais être renvoyée pour moins que ça ! Avec une amende en prime. Quand je pense au gâchis que cela provoquerait, à la réputation de la maisonnée…

Mrs Hill croisa les bras sous sa poitrine d'un air offusqué, consciente que trois cinquièmes des mots qu'elle prononçait dépassaient sa pensée. Elle s'aperçut alors que son mari les observait, que James s'était arrêté sur le seuil, que Polly venait de sortir de l'office, et elle se dit qu'elle aurait dû éviter à Sarah l'humiliation d'une réprimande publique.

La jeune femme de chambre se rebella, hérissée de colère maintenant. Elle redressa les épaules et rétorqua :

— Et la prochaine fois qu'il viendra, je fais quoi ?

Mrs Hill n'apprécia ni la question, ni le ton insolent qui l'accompagnait. Elle durcit le ton :

— Débrouille-toi pour t'absenter.

Sarah fronça les sourcils et se contenta de toiser l'intendante.

— Que veux-tu que je te dise ? poursuivit celle-ci, fâchée à son tour. Tu crois que je vais te donner la permission de t'exhiber de la sorte. De faire de nous la risée générale ?

— Je ne peux même pas avoir un ami, c'est ce que vous insinuez ?

— Cet homme n'est pas ton ami.

Sarah hésita puis abdiqua d'un signe de tête.

— Ce sera tout ?

— Oui, si tu tiens bien compte de ce que je te dis, je pense que ce sera tout.

Sarah fit une révérence puis tourna les talons en se mordant la lèvre, pour poursuivre sa tâche puisque c'était tout ce qu'elle avait le droit de faire. Elle alla chercher la théière, versa les feuilles dans le seau, et les pressa avant de les disperser sur le sol.

Ses mains tremblaient. Elle les essuya sur son tablier.

Tout ce qui était fait de mauvaise grâce était mal fait. Combien de fois Mrs Hill le lui avait-elle répété ?

De retour dans la cuisine, l'intendante fit la moue : ses boudoirs n'avaient pas levé et ressemblaient à des biscuits. Elle ne voulait que le bien de Sarah mais, bien sûr, la petite ne voyait pas les choses du même œil. Comment aurait-elle pu ? Elle ne savait pas ce qu'elle risquait.

Quand Sarah apporta son eau chaude le lendemain matin à Mr Collins, il était déjà réveillé et assis sur son lit. Elle posa le lourd broc sur la table de toilette et s'apprêtait à sortir discrètement, elle avait quatre autres aiguières à distribuer, mais il s'éclaircit la voix et lui demanda d'un air indifférent :

— Dites-moi, quel genre d'éducation ont reçu les jeunes maîtresses ?

— Monsieur ?

— Je m'aperçois qu'elles ne mettent jamais les pieds dans la cuisine, ce qui est un souci et une surprise, si je peux m'exprimer ainsi. Mais je suppose qu'elles doivent remplir certaines responsabilités dans la maison, qu'on leur confie certaines tâches. Une famille de cette taille, avec le revenu de Mr Bennet, me demande comment elles pourraient rester oisives. Je ne vois rien de bon à élever un enfant qui se révélerait inutile pour lui ou les autres.

Il tripota les draps. Il avait l'air d'un petit garçon.

— Ce sont des jeunes filles gentilles, intelligentes et sensibles, monsieur, répondit Sarah.

Ce qui était vrai pour certaines d'entre elles.

— Mais sont-elles dociles ?

Elle hésita. Personne ne leur ordonnait jamais de faire quoi que ce soit qui aille contre leurs désirs. Elle préféra cependant ne pas le décevoir. Elle hocha la tête.

Son humeur s'égaya.

— Et Miss Elizabeth est-elle une personne active et efficace ? Serait-elle capable de tirer le meilleur parti d'un revenu modeste ?

Sarah pencha la tête. Elle regrettait de ne pouvoir se montrer plus encourageante. *Pensez à Mary*, avait-elle envie de lui dire. Elle n'avait pas de conseil plus avisé à lui donner. Mary et Mr Collins formaient de loin un couple bien plus assorti en termes d'intérêts communs, de tempéraments et de charme personnel. Mais s'il n'était pas capable de s'en apercevoir tout seul, ce n'était pas à elle de le lui révéler.

— C'est un sujet de grande importance. Vous devez vous exprimer librement, mon enfant, insista-t-il.

Elizabeth avait demandé à Sarah de reprendre une de ses anciennes robes pour le bal de Netherfield, et elle confectionnait sans cesse des fleurs et des bandeaux à partir de chutes de tissus. Avec elle, aucun morceau de soie ou de laine n'était gâché.

— Elles sont économes, suggéra Sarah.

Ce qui était vrai en ce qui concernait leurs propres atours. Elles n'avaient pas le choix.

Il s'accrocha avec avidité à cette information, se redressant dans son lit.

— Miss Elizabeth est-elle aussi aimable qu'elle le paraît ?

Ses cheveux bouclaient naturellement ce qui parlait en sa faveur ; comme elles étaient du même âge, Sarah et elle avaient grandi ensemble, Elizabeth prêtant toujours une oreille attentive à la femme de chambre, lui montrant de l'intérêt, lui recommandant des lectures. Mais elle avait aussi une volonté de fer, et Mr Collins ferait mieux de le comprendre par lui-même parce qu'il était hors de question que Sarah lui avoue qu'il ne conviendrait jamais à Miss Elizabeth.

— Elle est aussi aimable qu'on peut le souhaiter, répondit-elle.

Il acquiesça de nouveau, puis se frotta les mains, satisfait de cette réponse. Repoussant ses couvertures, il sortit les jambes du lit, et posa ses pieds, tout blancs, sur le tapis. Il tira les rideaux et contempla le paysage. Il semblait avoir oublié sa présence. Sarah se souvint des nuages de poussière que Polly et elle avaient soulevés en battant le tapis sur lequel il se tenait, l'impression d'étouffer, les éternuements. Puis elle se rappela que des aiguières l'attendaient en bas et refroidissaient.

— Monsieur ?

Il sursauta mais se tourna, affable.

— Monsieur, pourriez-vous me conseiller aussi en tant que pasteur, je veux dire ?

À cette question, il parut s'ébouriffer comme un oiseau d'hiver.

— Qu'est-ce qui vous trouble, mon enfant ?

— Je travaille dur.

Elle se balança sur ses pieds.

— J'essaie de donner satisfaction. Je fais ce qu'on me dit…

— Eh bien, vous accomplissez votre devoir et c'est ainsi que les choses doivent être ! Le travail est sanctifié et sanctifiant. Considérez la parabole des ouvriers de la onzième heure[1].

Elle hocha la tête, hésitante. Cette histoire qui montrait que l'on était bien récompensé que l'on ait peu ou beaucoup travaillé l'avait toujours abattue et désespérée.

— Mais… Et Marthe[2] ? Son histoire ne nous apprend-elle pas qu'il doit y avoir un temps pour écouter, cesser toute activité et apprendre ?

— Oui, bien sûr…

— Et les lis des champs qui ne travaillent ni ne filent[3] ?

— Oui, oui, mais vous devez comprendre que le travail est un devoir et que, comme nous tous, vous

1. Matthieu, 20, 1-16.
2. Luc, 10, 38-42.
3. Matthieu, 6, 28.

ne trouverez de satisfaction qu'en accomplissant votre devoir.

— Mais cela ne me satisfait pas ! s'écria Sarah qui se retint de taper du pied. Cela me fatigue, je n'en peux plus. Je travaille sans cesse, je ne peux même pas profiter d'un instant, un seul instant de plaisir. Je me fais gronder. On me fait des reproches.

— Plaisir ?

Mr Collins s'avança vers elle, les yeux courroucés. Il sentait l'huile pour les cheveux et son haleine n'était pas très fraîche.

— Auriez-vous commis une faute, mon enfant ?

Sarah recula. Elle s'était laissé emporter.

— Je suis désolée, monsieur, je ne sais pas ce qui m'a pris.

Il la tranquillisa d'un geste de la main.

— De quelle faute s'agit-il ? Sur votre âme, vous devez me le dire.

Tout ce qu'elle avait vu, dit, pensé et senti depuis l'arrivée de James, la collision avec la brouette, les coquillages dans le sac, sa chambre impeccable, Tol Bingley, ses rêveries sur les jardins de Vauxhall et Astley, la ruelle sombre et poussiéreuse de Meryton, le torse nu du soldat, ses cris, le cigarillo, la nausée, tout lui revint soudain et, c'était trop, beaucoup trop pour y trouver un sens qu'elle puisse exprimer et offrir bien enrubanné, à Mr Collins.

— J'ai parlé au valet du voisin.

Il recula en fronçant les sourcils.

— Est-ce là tout ?

— Oui.

— Juste parlé ?

— Oui.

— Eh bien, je suppose que c'est nécessaire de temps en temps. Avez-vous éprouvé un plaisir inhabituel à lui parler ?

Elle avait éprouvé quelque chose, c'était sûr. Mais ce n'était pas un plaisir inhabituel. Ce n'était même pas un plaisir après tout, mais plutôt la découverte que le plaisir était possible pour elle.

— Pas inhabituel, je ne crois pas, monsieur.

— Dans ce cas, je pense que vous feriez mieux de vous adresser à l'intendante qu'à moi. Cela relève d'un problème d'ordre domestique et non moral ou religieux.

Il lui fit signe qu'elle pouvait disposer et retourna à la fenêtre, aux pelouses, buissons et bosquets de son héritage. En sortant, Sarah prit le pot de chambre sous le lit, la tête de côté pour éviter de respirer son contenu.

C'était ça, réfléchit-elle tandis qu'elle traversait la cour sous la pluie, se rendait aux cabinets d'aisances, et vidait le pot dans la fosse, c'était ça son devoir, et elle n'y trouvait aucune satisfaction. Elle trouvait même étrange d'imaginer qu'on puisse en trouver. Elle rinça le pot à la pompe et l'abandonna sous la pluie. Si c'était ça son devoir, alors elle voulait bien le céder à quelqu'un d'autre.

CHAPITRE V

... Les rosettes des souliers pour le bal durent être acquises par procuration.

Sarah cousait près de la fenêtre. Emmitouflées dans leurs châles, leur ouvrage sur les genoux, Elizabeth et Jane conversaient à voix basse près du feu dont les flammes éclairaient les boucles de leurs cheveux.

On était lundi, la veille du bal. Sarah avait une ampoule entre l'index et le pouce à l'endroit où les fers à lisser avaient boursouflé la chair tendre. Chaque fois qu'elle fermait les yeux, elle voyait la pointe de son aiguille glisser dans la mousseline, le fil dans la trame.

Wickham, entendait-elle répéter, Wickham. On aurait dit le cliquetis d'aiguilles à tricoter.

Les fenêtres tremblaient sous les rafales de vent. Dehors, les branches dénudées s'entrechoquaient. Les buissons scintillaient, les allées étaient trouées de flaques, la petite étendue sauvage inondée. Le ciel bas et plombé se couvrait de nuages lourds. Un temps assorti à l'humeur de Sarah qui ne voyait aucun espoir d'une éclaircie maintenant qu'on lui avait interdit d'approcher Ptolémée Bingley.

La porte claqua soudain. Lydia, qui n'avait jamais appris à frapper avant d'entrer, déboula dans la chambre de ses sœurs. Cela faisait des jours qu'on tenait la bride haute à son exubérance naturelle. Le confinement dans la maison représentait une véritable torture pour elle. Elle avait besoin qu'on la sorte tous les jours pour un bon galop. Elle avait besoin qu'on lui lance un bâton pour courir, la pauvre chérie.

— Pas de visiteurs, pas d'officiers, pas de nouvelles, rien du tout ! Seigneur, je ne sais pas si je vais supporter ça plus longtemps !

Elle se laissa choir sur le lit de ses sœurs en battant des pieds. Lasse, désœuvrée, elle prit un bout de ruban rose entre ses doigts.

— Pose ça, Lydia, tu vas l'abîmer.

Elle fit la grimace mais obéit.

— Vous vous êtes bien débrouillées toutes les deux pour éviter Mr Collins en vous cachant ici.

— Pas du tout, nous avions de l'ouvrage.

Lydia haussa les épaules, se débarrassa de ses pantoufles et glissa ses pieds dans les chaussures de bal de Jane posées par terre.

— Allez, dis-nous, il n'y a que Sarah et elle est si gentille qu'elle ne dira rien à personne, n'est-ce pas ? fit-elle en souriant.

La femme de chambre lui rendit son sourire.

— Je ne vois pas pourquoi je resterais toute seule dans le salon à l'écouter déclamer ses sermons, un point c'est tout, poursuivit Lydia.

— Il a certainement suivi Papa dans la bibliothèque, tu sais, fit remarquer Jane.

— Et ça, c'est vraiment abuser de son hospitalité ! s'écria Elizabeth.

— Vous voyez, c'est bien ce que je dis, même Papa cherche à lui échapper. Mr Collins est si ennuyeux, je ne vois pas pourquoi je me sacrifierais. Il est insupportable.

Sarah se concentra sur son ouvrage, les lèvres serrées. Mr Collins ne pouvait rien à sa maladresse ; il n'était pas responsable de ses origines, ou des talents que la nature et l'éducation lui avaient ou ne lui avaient pas donnés. Et s'il ne connaissait pas les usages de la maison, c'était parce que personne ne les lui avait enseignés. On attendait qu'il les devine par lui-même et on le blâmait de ses manquements.

— Papa ne reçoit jamais personne dans la bibliothèque.

— Si cela ne tenait qu'à lui, il ne recevrait jamais personne tout court.

— Oui, mais la bibliothèque, quand même !

Sarah contempla les jolis minois ravis d'une telle entorse à la règle. Elle songea à cette matinée avant la Saint-Michel, le vestibule glacé, les voix dans la bibliothèque. Mrs Hill était autorisée à y entrer, mais, bien sûr, l'intendante n'était pas considérée comme une invitée.

Lydia renifla et balança les souliers de Jane devant elle.

— Mr Collins est son cousin, donc si quelqu'un doit le supporter, c'est bien Papa.

Puis passant du coq à l'âne, elle ajouta : A-t-on commandé de nouvelles rosettes ?

Tous les regards se tournèrent vers la chaussure sur laquelle une rosette pendouillait, déchirée, grise, son triste état témoignait de l'enthousiasme que Mr Bingley avait mis à danser avec Jane. L'autre avait disparu.

— Oh, mon Dieu ! je ne sais pas.

— En tout cas, je ne m'en suis pas occupée.

— Moi non plus.

— Vous en avez parlé à Maman ?

— Non.

— Voyons, il doit en rester quelque part.

Jane ouvrit les tiroirs de sa commode et s'employa à fouiller, une ride de contrariété barrait son joli front. Elle trouva un tas de rosettes mais chacune dans un état et des couleurs si différentes qu'elle ne put former que deux paires. L'une bleue, l'autre jaune, et encore l'harmonie des jaunes était bancale : l'un était citron et l'autre crème renversée, comme le nota Lydia.

Pendant tout ce temps, Sarah n'avait pas quitté son ouvrage des yeux. Le vent soufflait dans la cheminée, faisant danser les flammes. Sarah sentit sa peau se hérisser à la perspective du froid.

— Il m'en faut des roses pour ma nouvelle robe, déclara Lydia en s'adressant à elle.

Sarah ferma les yeux et expira lentement.

— Aussi grosses que des choux, tu sais ? poursuivit la jeune fille. Et du même rose que ma jolie mousseline. Tu peux prendre la ceinture si tu veux pour être sûre. Merci, Sarah. Tu es un ange.

Sarah posa son ouvrage.

— Oui, dit Elizabeth avec un regard de regret sur les carreaux secoués par les bourrasques, j'ai bien peur qu'on ne doive obtenir les rosettes par procuration.

Sarah emprunta la route de péage pour une longue et pénible marche. Les rideaux de pluie semblaient la couper du monde. Le parapluie laissa bientôt filtrer l'eau. Toute tentative pour se protéger se révéla inutile, les gouttes tombaient lourdement sur ses épaules, l'humidité pénétrait sa peau. Ses jupes s'alourdirent. Toutefois aucune voiture ne passa, ce qui était une bénédiction.

Elle essaya de s'imaginer arpentant une rue pavée de Londres, ponctuée de vitrines éclairées. Puis elle flânait sous une arcade lumineuse, à l'abri des intempéries. Elle contemplait les étalages de chapeaux dernier cri, de bijoux étincelants, les montagnes de confiseries. Soudain, elle apercevait une dame devant elle. C'était Elizabeth, devenue adulte. Vêtue d'un spencer orange à la mode, elle lui tendait un paquet, un autre, puis un carton à chapeaux et d'autres colis encore. Comme Sarah tentait de les refuser, Elizabeth la réprimandait vertement pour sa maladresse et son manque d'attention.

La malle-poste déboula soudain, la tirant de sa rêverie. Elle sauta par-dessus le fossé pour se réfugier contre la rangée de haies hérissées d'épines. Le cocher passa en trombe, soufflant bruyamment dans sa corne, dans un vacarme de sabots et de roues, projetant derrière lui des gerbes de boue qui éclaboussèrent Sarah de la tête aux pieds. Elle nettoya comme elle le put son visage et ses mains avec son mouchoir, et se pencha pour essuyer ses jupes, à quoi bon ?

Dans l'état où elle était, un peu de gadoue ne changerait rien à l'affaire.

À Meryton, la mercière se précipita pour étaler une toile cirée sous ses pieds.

Transie jusqu'aux os, elle se tint debout pendant une demi-heure tandis que la commerçante et son employé confectionnaient six paires de rosettes dans les couleurs requises, lui apportant divers tissus à choisir afin d'éviter qu'elle ne salisse le sol de son magasin rutilant de propreté. Sarah ne fit aucune difficulté, peu concernée par les différences de tonalités et de textures. Que les jeunes dames les apprécient ou pas, cela lui était bien égal. Au contraire, elle préférerait qu'elles ne les aiment pas. Cela lui ferait même très plaisir.

D'autres clients, tout à fait secs eux, entrèrent dans la boutique, descendus de leur attelage ou habitant de l'autre côté de la rue. Ils déposèrent leurs parapluies à la porte et la considérèrent avec ce mélange de sympathie et d'amusement que les gens trempés semblaient toujours provoquer à ceux qui ont été épargnés.

Les rosettes furent emballées dans un papier de soie puis dans un emballage plus épais et enfin de la toile. Sarah plaça le paquet sous son bras et repartit dans les ténèbres.

Elle venait juste de passer le poste de péage quand elle entendit une voiture derrière elle. Le cocher échangea quelques paroles avec le garde, puis on entendit un tintement métallique et des remerciements. Les gonds grincèrent alors que la barrière se levait pour laisser passer le cabriolet.

Elle souleva ses jupes et s'écarta de la route en se collant à la clôture. Elle ne craignait plus la boue, c'était trop tard, mais elle redoutait de se retrouver aplatie en prime. Elle regarda la voiture approcher.

Les lanternes brillaient dans la grisaille. Le garde s'appuya contre la barrière, le chapeau trempé, un grand sac sur les épaules. Le cocher fit claquer sa langue, secoua les rênes, et la voiture avança. Elle en reconnut la livrée. Elle sentit une étincelle de… Malaise, excitation, culpabilité ? Parce qu'il s'agissait de celle de Ptolémée dont elle était supposée se tenir à distance. Mais elle était coincée. Et dans quel état. Oh, Seigneur ! L'attelage passa devant elle. Elle aperçut Mrs Hurst et Miss Bingley à l'intérieur, belles et languides. Puis les laquais, en pardessus et tricorne. Tol la remarqua à son tour. Il la salua d'un grand coup de chapeau, de l'eau dégoulinant du rebord.

Il adressa quelques mots à son compagnon qui hocha la tête, puis il se retourna vers Sarah et lui fit signe de le rejoindre.

Tout alla très vite : elle avança, il se pencha et lui tendit une main qu'elle saisit. Il la souleva, elle posa un pied sur la plate-forme, à son côté. Son corps était chaud. Il sentait la fumée et la laine mouillée.

— Aussi légère qu'une plume, dit-il.

Elle éclata de rire tout en lui décochant un coup d'œil inquiet.

— Accrochez-vous, lui conseilla-t-il.

Elle s'agrippa à la rambarde, posant ses mains à côté des siennes.

Le cocher, après leur avoir lancé un coup d'œil complice, mit les chevaux au trot. Le mouvement la rejeta en arrière. Tol passa son bras autour de sa taille pour la maintenir en équilibre.

Le visage fouetté par le vent et la bruine, soumise au roulis de la voiture tandis que les bêtes poursuivaient leur course, elle laissa son corps se balancer contre celui de son voisin. Le sol parut s'effacer. Elle s'était élevée au-dessus de cette misérable boue gluante.

Ils dépassèrent les jalons qu'elle connaissait si bien en un clin d'œil, la grange au foin, le vieux chêne des sorciers avec ses moignons, le marais. Tel était donc le luxe de la vitesse, la capacité à presser le monde, à se faufiler entre ses plis comme une aiguille. On apercevait déjà le croisement de Longbourn. Le cabriolet ralentit.

— Vous sauterez en arrivant au tournant, l'avertit Ptolémée.

Elle se tourna vers lui, les yeux écarquillés.

— On ne va pas s'arrêter ?

Il haussa les épaules en signe de compassion.

— Ils ne doivent pas se douter que je recueille des vagabonds.

Elle regarda le sol qui se dérobait sous les roues. Elle allait se casser quelque chose, une jambe, la nuque. Elle sentit que Ptolémée lui attrapait le bras, la soutenant par le coude.

— Allez-y maintenant ! cria-t-il. Sautez.

Les chevaux ralentirent en s'approchant du virage, mais ils allaient encore si vite. Elle hésita.

— Allez !

Elle prit son élan, se retrouva un instant suspendue dans les airs, puis son pied toucha terre. Elle chancela, entraînée dans une irrésistible course en avant, avant de recouvrer son équilibre. Elle réussit à s'arrêter. La voiture s'éloignait déjà. Tol lui fit un salut auquel elle répondit. Puis ils disparurent.

Elle emprunta la rue du village, songeuse, chérissant ce moment comme on serre un cornet de marrons chauds entre les mains. Elle avait bravé un interdit sans se faire prendre. Personne à Longbourn ne le saurait jamais. Elle était si absorbée par la joyeuse contemplation de son méfait qu'elle ne remarqua pas la silhouette qui se tenait debout sous la pluie, sur le sentier qui passait à travers champs.

Il avait tout vu, la voiture qui ralentissait, le saut de Sarah en pleine course, son salut, son allure rêveuse comme si elle se promenait par une belle journée de mai.

Une fois qu'elle eut franchi les portes principales, il se dépêcha de rentrer.

Il était déjà dans la cuisine lorsqu'elle descendit après avoir passé des vêtements secs. Elle se dirigea vers l'office où il l'entendit mettre ses habits à tremper. Elle avait raté le dîner, la cuisine était dans un désordre indescriptible, mais cela lui était égal. Elle avait la tête ailleurs, comme si tout cela ne la concernait pas.

Il sortit le service à café. Il craignit qu'elle ne remarquât ses manchettes humides, la chair de poule sur ses poignets, son odeur de froid. Il contempla l'admirable rose de ses joues, l'éclat de ses yeux : Comme elle est charmante quand elle est heureuse », songea-t-il. Mais elle ne lui accorda qu'un bref regard.

— Vous pourrez emporter ça au salon ?

Elle posa le paquet de la mercerie sur la table de la cuisine après avoir ôté la toile qui l'avait protégé de la pluie.

— Bien sûr.

Puis, un instant plus tard, alors qu'elle rangeait les tasses et les ustensiles de cuisine, il lui demanda :

— Qu'y a-t-il là-dedans ?

— Hum ?

— Le paquet, il contient quoi ?

— Des rosettes.

— Des rosettes ?

— Oui, pour les souliers.

— Je ne comprends pas.

Elle poussa un soupir exaspéré.

— Pour les chaussures de bal, on les attache dessus.

— Mais pour quoi faire ?

— Pour que ce soit plus joli.

Il leva les yeux au ciel.

— Quoi ? dit Sarah.

— La prochaine fois qu'on vous enverra faire une course idiote par un temps pareil, venez me chercher, j'irai à votre place.

Elle se campa devant lui, les mains sur les hanches, les yeux pleins de défi.

— Et qui êtes-vous pour me dicter ce que je dois faire ou pas ?

Il leva les mains.

— Je ne voulais pas…

— Et si j'ai envie d'y aller, moi. Si tel est mon bon plaisir ? Et si je ne veux pas que vous fourriez votre nez dans mes affaires ?

— Je ne vous voulais pas de mal. Loin de moi l'idée de vous priver d'un plaisir.

Il s'inclina, saisit le plateau et quitta la cuisine.

Sarah eut la désagréable sensation de s'être emportée injustement ; Mr Smith avait récolté, par malchance, ce que Mrs Hill avait semé.

James n'avait pas de projets. Il ne pouvait pas se le permettre. Il ne pouvait prendre le risque de s'attacher à quelqu'un. Il devait garder la tête basse. Se concentrer sur son travail. Cet élan qu'il ressentait, ce désir naissant, ce pincement de jalousie n'étaient pas les bienvenus. Loin s'en fallait. Il devait les étouffer dans l'œuf. Après tout, cela ne signifiait rien. C'était une honte, voilà tout. Une honte de devoir détourner les yeux alors qu'il mourait d'envie de regarder. Une honte que Sarah tombe amoureuse d'un autre que lui. Et ce chagrin qu'il éprouvait le surprenait. Il aurait dû être habitué à agir contre son cœur, à supporter ce qui lui était insupportable. Mais il n'y arrivait plus. L'idée le taraudait comme un chien harcèle un mouton. Il savait que cela ne le tuerait pas de la voir heureuse avec quelqu'un d'autre. On ne mourait pas de ces choses-là, quoi qu'en disent les poètes et les romanciers. Il détestait cette idée, son cœur se serrait chaque fois qu'il y pensait, mêlé d'un sentiment qui ressemblait à de la peur. Mais cela ne le tuerait pas. Il le savait.

Absorbé par ces réflexions, il se mit à essuyer les tasses à café, saisissant l'occasion de se trouver près de Sarah dont les manches relevées découvraient les bras nus, duveteux, tandis qu'elle rinçait la vaisselle. Polly était à sa place habituelle, occupée à cirer les chaussures, tout en maugréant. Une scène parfaitement innocente. La jeune femme de chambre ne pouvait deviner qu'il cherchait à attirer son attention.

Ses ongles, remarqua-t-elle, ressemblaient à de pâles lunes. Elle était distraite par le mouvement de ses muscles tandis qu'il tordait le chiffon. Il demeurait muet comme les pierres. Elle se souvint alors du bras de Tol Bingley autour de sa taille, des gouttes de pluie picotant sa peau, du miracle de la vitesse. Il l'avait remarquée, il avait eu toutes ces attentions pour elle, alors que personne d'autre au monde ne semblait la juger digne d'intérêt. Elle plongea une soucoupe dans l'eau, la lava, la souleva pour l'égoutter et la tendit à James en se demandant jusqu'où s'était rendu Tol ce jour-là, ce qu'il avait pu voir. Si elle additionnait les distances qu'elle-même avait parcourues dans la journée, le trajet jusqu'à Meryton, les allées et venues dans les étages, les corridors, si elle les alignait, jusqu'où irait-elle ? Londres, et ses trente-deux kilomètres. Plus loin encore… ? La mer ?

James travaillait avec une lenteur délibérée essuyant méticuleusement chaque tasse et soucoupe jusqu'à les entendre crisser, profitant de la proximité de Sarah, savourant son silence entêté. Cette obstination, ce caractère entier le charmaient à un point qu'il ne pouvait comprendre. Quand il lui avait proposé d'aller à Meryton à sa place, elle l'avait rabroué d'un air glacial, sûre d'elle, superbement cruelle. « Et si j'ai envie d'y aller, moi. »

Elle était plus coriace qu'elle ne le pensait. Elle ne voulait rien de lui. Elle le chassait comme une mouche.

Il trouvait cela délicieux.

CHAPITRE VI

… Seule la perspective d'un bal le mardi pouvait permettre de supporter de tels vendredi, samedi, dimanche et lundi…

Le jour tant attendu finit par arriver – comme c'est généralement le cas. La maison avait été sens dessus dessous tout l'après-midi. Sarah, qui finissait de boucler les cheveux de Kitty, aurait pu pleurer de douleur. Ses engelures lui faisaient un mal atroce et cela empirait chaque fois qu'elle mettait les fers au feu. Même Mr Bennet, d'ordinaire si indifférent à son apparence, s'était préparé avec un soin particulier. James lui avait fait office de valet de chambre, brossant sa vieille tenue du soir, poudrant sa perruque.

C'était tout à fait différent, lui fit-il remarquer, des horribles bals publics de la salle des fêtes de Meryton avec la foule, le bruit, les bavardages insipides. On ne pourrait jamais le convaincre d'y souscrire même si sa femme et ses filles y participaient assidûment. Bien sûr il y aurait du monde aussi à Netherfield, mais la courtoisie de bon voisinage surpassait ces inconvénients.

James hocha la tête puis l'aida à enfiler ses vieux souliers de bal.

Mr Bennet ne l'aurait jamais admis devant quiconque mais la principale raison de sa participation à cette soirée était que s'il s'y soustrayait il n'aurait jamais fini d'en entendre parler. Il était plus facile d'affronter les inconvénients d'un bal que le mécontentement de Mrs Bennet. Comme James l'aidait à monter dans la voiture, son maître lui lança un regard de commisération. On l'avait obligé à porter perruque et tricorne ainsi qu'une livrée raide et empesée juste pour parcourir les cinq kilomètres qui les séparaient de Netherfield.

— Je vois qu'elles t'ont ficelé comme une volaille, se moqua-t-il.

— En effet, monsieur, répondit James toujours prompt à amadouer son bienfaiteur.

Mrs Hill, qui s'était occupée des habits de Mr Collins avec un soin particulier, avait supervisé le cirage de ses chaussures, et lui avait adressé une révérence tandis qu'il descendait l'escalier, ne reçut pas un mot de remerciement. C'est un peu abattue qu'elle guetta sur le perron, avec son époux et les femmes de chambre, le départ de la voiture.

— Dieu soit loué ! s'écria Polly. Je suis contente que ce soit terminé.

Ils traversèrent le vestibule en silence. Pendant quelques heures du moins, on ne leur demanderait rien. Un moment béni à savourer. Sans un mot, Mr Hill emprunta l'escalier de service. Il était vieux, usé, il avait besoin de dormir.

— Ça ne t'ennuie pas, Sarah, de les attendre ce soir ? lui demanda Mrs Hill. Je suis fatiguée. Viens, Polly.

Sarah regarda Mrs Hill s'en aller, traînant la fillette derrière elle comme un chiot épuisé. Éclairée par la seule flamme de la bougie, accompagnée du tic-tac de la pendule, une longue nuit solitaire l'attendait. C'était une vexation. Elle avait déjà veillé la fois précédente. Mrs Hill ne savait pas qu'elle avait désobéi et elle continuait pourtant à la punir.

Seule consolation, Sarah avait toute la maison pour elle. Elle s'empara du chandelier et se dirigea vers le salon. Elle souleva une statuette en porcelaine, observa ses yeux peints, ses lèvres, l'intérieur, creux. Elle prit un tambour de broderie, sur la table de travail. L'ouvrage sophistiqué de Jane était tendu sur un cadre de hêtre. Elle examina les oiseaux, dévoreurs de temps, les fleurs, les feuilles, puis elle reposa le canevas. Elle ne pourrait jamais rien accomplir de semblable tant qu'on lui confierait des ourlets et des coutures à coudre, des bas à ravauder. Elle s'approcha de la table de jeu, prit un paquet de cartes, essaya de faire une réussite, manqua de patience, et abandonna. Elle le rangea dans sa boîte en bois.

Elle choisit de s'asseoir dans le fauteuil de Mrs Bennet et se mit à son aise, les jambes tendues, les pieds sur le garde-feu. Le chat s'approcha et sauta sur ses genoux. Il ronronna en pétrissant sa jambe. Puis enfonça ses griffes. Elle le souleva et le reposa par terre. L'animal s'avança sur le tapis, s'installa devant la cheminée en position de sphinx, et ferma les yeux.

La pendule tictaquait. Sarah aurait dû tirer les rideaux sur le parc et la campagne déserts. Mais, pour cela, il aurait fallu se lever. Une chouette hulula. Elle aurait pu aller chercher son livre, mais la perspective de monter trois étages se révéla au-dessus de ses forces. Elle rêva de feux d'artifice, d'ours dansants, de foires, de tours de force et d'équilibre, des volants qu'elle avait défaits et recousus dans les cheveux qu'elle avait bouclés, des robes qui maintenant frôlaient les parquets cirés, entre les colonnes et les lustres aux pampilles de cristal. Elle pensa à Netherfield, à Londres, au vaste monde derrière les carreaux obscurs.

Finalement, elle se leva et se servit un verre de vin des Canaries. Quitte à être punie, autant l'être pour quelque chose qui en valait la peine. Elle sirota son vin, doux et piquant.

Donc elle était en mauvais termes avec Mrs Hill et Mrs Hill était parfaite, bien sûr. Mrs Hill ne s'était jamais trompée depuis sa naissance parce qu'elle ne mettait jamais un pied dehors. Elle n'avait pas vécu, n'avait jamais quitté Longbourn, cette petite bulle de savon. Cela ne l'empêchait pas de tout savoir mieux que les autres. D'avoir un avis sur tout. Quelle suffisance ! Car, si l'on y réfléchissait bien, que connaissait-elle du monde, des gens, de quoi que ce soit à part l'entretien de la maison, son mari tout délabré, et les Bennet ?

Sarah se versa un verre de sherry cette fois, pour éviter qu'on ne remarquât ses larcins (au pis ils blâmeraient Mr Collins. Ils étaient prêts à lui trouver tous les défauts). Mrs Hill était l'esclave de ses maîtres qu'elle considérait comme de petits dieux. Sarah n'avait pas du tout l'intention de devenir comme elle. Pas question. Elle ne se contenterait pas de si peu. Ou plutôt de ce rien. Tout ce qu'accomplissait Mrs Hill, tout ce sur quoi elle posait ses mains, appartenait déjà ou appartiendrait bientôt à quelqu'un d'autre.

Elle vida son verre, et le remplit en débouchant une troisième carafe.

La pendule sonna la demi-heure. Les jeunes dames dansaient-elles déjà ou venaient-elles juste d'arriver à Netherfield, leurs mousselines aussi légères que des blancs en neige, leurs rosettes aux pieds, leurs chevelures torsadées en nattes disciplinées et autres ornements ? Elles étaient comme des confiseries coquettement décorées et enveloppées à la perfection.

Sarah but une nouvelle gorgée. Qui lui brûla la gorge.

Si on enlevait tout cela, les atours, les mousselines, tout ce joli emballage, que se passerait-il ? Un gentleman porterait-il un regard sur elles si elles avaient des engelures, les lèvres gercées, des socques de bois ? Et aurait-il les mêmes attentions que celles qu'on accorde à une dame ? Manifesterait-il une admiration respectueuse, ou bien, tel ce petit maître gras dans *Pamela* lorsqu'il reluquait sa servante, les considérerait-il comme quelque chose qu'il pourrait posséder en arrachant l'emballage ?

Sarah finit son verre, l'essuya avec son tablier et le reposa sur le plateau.

De retour dans la cuisine, elle lava la table, puis prépara un plateau pour le retour de la famille : lait, biscuits, sucre.

On pourrait aller se promener quand vous aurez votre après-midi de libre.

CHAPITRE VII

L'attention, l'indulgence, la patience…

C'était une nuit venteuse. Les nuages filaient, jouant avec la lune pleine et brillante. Sarah leva le visage vers le ciel, alors qu'elle trébuchait dans les champs barattés par les vaches. Elle était enchantée d'être sortie. Elle aurait dû le faire plus tôt. Elle devrait même se le permettre plus souvent. L'air n'était pas si froid après tout.

Elle verrait Netherfield tout illuminé et décoré pour le bal. Elle entendrait la musique, admirerait les robes, contemplerait les danses par la fenêtre pendant un moment. S'il lui était impossible d'assister au bal, au moins elle pouvait jeter un coup d'œil sur les salons. Ensuite elle irait trouver Tol Bingley. Elle ne s'inquiéta pas de la façon dont elle s'y prendrait. Elle irait peut-être se promener et fumer avec lui. Elle avait bien envie de fumer en ce moment précis. Ne lui avait-il pas proposé une balade ? Ce n'était pas l'après-midi, certes, mais pourquoi ne pas prendre son plaisir quand il se présentait, comme tout le monde ?

Enveloppée dans la vieille pelisse bleue, réchauffée par l'alcool dérobé, son bonnet enfoncé sur sa tête, bien attaché sous le menton, elle parcourut ainsi les cinq kilomètres qui séparaient les deux maisons en cherchant, avec rage et détermination, à trouver vis-à-vis d'elle-même une justification à son acte. Elle atteignit le mur de clôture du domaine de Netherfield, franchit la petite porte et traversa le bois.

Le sentier, si large de jour, lui parut étrangement rétréci. Les buissons serrés la cernaient. Les branches craquaient sous le vent. Les mains tendues, elle avança à tâtons entre les lauriers aux feuilles cireuses et les haies de troènes. Elle avait entendu murmurer des choses, désagréables, de sombres histoires de jeunes filles qui sortaient pour une fête idiote et ne revenaient jamais ou qui réapparaissaient, dans un état étrange, ou enceintes. Un sentiment de peur l'envahit quand elle entendit soudain la musique poussée par le vent. Les buissons s'éclaircirent. Elle aperçut des lumières entre les branches, et la musique de nouveau, plus clairement. Elle en oublia toutes ses craintes.

Les arbres, maintenant, se tenaient à distance les uns des autres, les branches nues claquant dans la nuit. Elle quitta les ténèbres et aperçut devant elle, sous la lune, la pelouse, puis l'allée et enfin le manoir. Les ombres des nuages dansaient sur la façade. Des silhouettes apparaissaient par intermittence, à travers les rideaux ouverts. Les attelages avaient dû être rangés derrière le bâtiment. James devait se trouver dans le hall des domestiques, à boire de la bière et jouer aux dés. Qui savait ce dont il était capable quand il n'était pas à Longbourn ?

Elle s'approcha d'une fenêtre. Il y avait beaucoup de monde à l'intérieur. Elle reconnut Charlotte Lucas qui passa avec Elizabeth, puis Kitty et Lydia, riant en compagnie de deux officiers en habit rouge, puis Mr Goulding qui s'arrêta juste devant elle sans la voir pour discuter avec Mr Long arborant sa tenue cléricale noire. Elle put même les entendre bavarder du renard qui avait eu les faisans, de l'ouverture de la chasse, de l'état des routes, de cet horrible temps, de l'assurance qu'il ne durerait pas.

Les murs n'étaient pas vert menthe bien sûr, ni les parquets caramel, et la lumière provenait de lustres conventionnels en cristal et non en pâte d'amandes, mais tout était si joli. En revanche, elle trouva l'assistance bien terne, à part les officiers et les Bingley qui étaient nouveaux venus et riches, ce qui ne manquait sans aucun doute pas de piquant. Mais autrement c'étaient les Long, les Lucas, les Goulding, les mêmes voisins de toujours qui franchissaient les portes de Longbourn année après année, dans les maisons desquels les Bennet se rendaient de toute éternité pour jouer à leurs sempiternels jeux de cartes, s'attabler devant les mêmes soupers, participer aux mêmes vieilles danses et porter les mêmes vieilles robes de bal ; et quand elle était neuve, elle était bâtie dans le tissu que Sarah avait vu se faner dans la boutique du drapier pendant des mois. Tous partageaient les mêmes taches de rousseur, rides, mauvaise haleine, cicatrices de varicelle. Les mêmes opinions éculées, les mêmes conversations sur la chasse, les routes, le temps, année après année dans une succession interminable.

Comment pouvaient-ils le supporter ?

Toute sa frustration fut emportée par le vent. Elle pivota sur ses talons, prête à rebrousser chemin. Elle n'avait rien de tout cela ? Tant pis. Au fond, elle n'en voulait pas. Elle se sentit le cœur léger, euphorique tout d'un coup.

Elle passait juste sous l'ombre des premiers arbres quand elle aperçut une lueur rouge. Elle n'arrivait pas à la situer. On aurait dit qu'elle flottait. Puis, elle la vit s'avancer en sursautant. Elle comprit alors : un homme, un cigarillo à la main, la scrutait dans le noir tout en se dirigeant vers elle.

— Bonsoir. Qui va là ? demanda Tol Bingley.

— Bonsoir, Mr Bingley.

— Est-ce la jeune Sarah ?

— Oui.

— Tiens, tiens... Vous êtes venue voir la fête ?

— Oui, c'est ça.

Il sortit dans la lumière de la lune, fouilla dans la poche intérieure de son manteau et produisit une flasque qu'il lui tendit. Il empestait l'alcool.

— Puis-je vous offrir un rafraîchissement ?

Elle hésita. Ce qu'elle désirait vraiment, c'était retourner à Longbourn, près d'un bon feu et d'une tasse de thé.

— Un endroit bien hospitalier, Netherfield, articula-t-il non sans mal.

— Je pense que je vais...

— Il en reste encore plein. Allez-y, goûtez.

Elle lui prit la flasque des mains.

— C'est du rhum. Le meilleur du domaine Bingley.

Elle la déboucha et la porta à ses lèvres. L'alcool lui brûla la gorge, remonta jusqu'au nez.

— Pas mal, hein ?

Une vague de rires parcourut soudain les salons.

— Ils s'amusent bien ce soir, déclara-t-il en chancelant tandis qu'elle lui rendait sa flasque. On pourrait croire, n'est-ce pas, qu'il n'y a rien d'autre à faire au monde que danser, boire, rire, s'empiffrer, se réveiller à midi, ouvrir une autre bouteille de vin et recommencer.

Elle le dévisagea tandis que ses pieds se refroidissaient dans ses bottes humides, que le vent glaçait ses joues et ses oreilles. Il semblait avoir une idée derrière la tête.

Il tira une bouffée et exhala la fumée.

Elle avait un peu le tournis, ses paroles lui parvenaient comme étouffées.

— Tous des bêtes, vous ne trouvez pas ? Des animaux. À traire, à tondre, à saigner.

Il lui tendit la flasque. Elle secoua la tête doucement. Elle avait l'impression qu'un nuage de mouches bourdonnaient autour d'elle.

— Vous et moi, Sarah, vous et moi, on sait ce qu'il en est.

Il passa le bras autour de sa taille, et l'attira contre lui, l'écrasant sur sa poitrine. Il allait l'embrasser. C'était le moment où le monde allait changer. Parce que Ptolémée Bingley était quelqu'un de brillant. Il évoluait dans un univers différent, Londres, les danses, les divertissements, le tabac, les pays lointains où l'on n'avait jamais froid. Et si elle l'embrassait maintenant, il l'emmènerait là-bas, elle pourrait vivre dans ce monde elle aussi, elle y serait comme un poisson dans l'eau.

Son haleine empestait l'alcool et la fumée. Il posa sa bouche sur la sienne. Gênée par une odeur d'oignon, les lèvres comprimées, elle se demanda comment respirer quand on vous embrassait ainsi ? Elle essaya d'oublier la musique, le brouhaha des voix, le sifflement du vent… Elle se dit : C'est ce que je veux, je sais que je le veux. C'est ainsi que l'on passe d'un monde à un autre.

CHAPITRE VIII

… Si on l'encourageait à lire et à progresser, en suivant son exemple à elle, il pourrait faire un compagnon très agréable.

La famille se présenta dans la salle à manger, la mine défaite. Même Mr Collins, dont on aurait pu attendre un peu de modération dans ses plaisirs, était vert. Sarah ne se sentait pas très bien elle non plus. Elle avait l'impression qu'on avait planté un couteau dans sa tête et qu'on donnait de petits coups sur le manche par intermittence.

Elle supportait à peine les bruits de mastication et de déglutition, le cliquetis des couverts. Les mots de Ptolémée lui revinrent : « Tous des bêtes, vous ne trouvez pas ? Des animaux. À traire, à tondre, à saigner. Vous et moi, Sarah… » alors qu'elle les regardait avaler des plats entiers de muffins grillés, de lard, d'œufs brouillés.

Mrs Hill réalisa qu'elle n'aurait pas dû laisser Sarah veiller aussi tard. La petite avait besoin d'une main ferme, mais aussi de sommeil. Une vérité que la mauvaise mine de la jeune femme de chambre confirmait aujourd'hui. Mrs Hill elle-même avait tiré peu de bénéfice de sa soirée : elle était demeurée éveillée des heures durant à écouter les bruits de la maison, Sarah qui rangeait la cuisine (c'était une bonne fille après tout, quand on ne la détournait pas du droit chemin), Polly qui marmonnait dans sa chambre sur le palier en face, la course des souris, le sifflement de son mari, le vent hurlant dans les cheminées. Elle avait fini par s'endormir sur cette impression d'une nuit sauvage. Elle rêva qu'elle attendait la calèche et que, à son retour, lorsqu'elle ouvrait la porte, une portée de porcelets en sortait, vêtus de robes de mousseline et de souliers de bal.

Dans la lumière grise du jour, Mrs Hill comprit qu'elle devait trouver un moyen de traiter avec Sarah moins frontal, en contournant son entêtement pour toucher sa nature douce et généreuse. Tout en s'exhortant ainsi, elle ne put s'empêcher de la réprimander : elle avait intérêt à relever le menton avant de trébucher dessus. Elle ne reçut pour toute réponse qu'un regard appuyé, un raidissement des épaules, et le bruit sec de plats posés sur la table avec brusquerie.

— J'attends une réponse polie quand je m'adresse à toi.

— Dans ce cas, parlez-moi poliment.

Les mâchoires de Mrs Hill en tombèrent. Malgré ses bonnes résolutions, elle allait laisser éclater sa colère quand James poussa la porte battante. Elle se vit telle qu'elle dut lui apparaître à cet instant, une vieille femme revêche. Elle ferma la bouche. Elle dirait quelque chose de gentil, d'apaisant, de prévenant qui la réconcilierait avec Sarah. Si seulement elle pouvait trouver les bons mots.

Ses réflexions furent interrompues par une agitation soudaine à l'étage. La porte de la salle à manger claqua, des pas précipités martelèrent l'escalier. Une des filles courait vers sa chambre. Ils furent suivis de la démarche lourde de Mrs Bennet qui quittait la sienne. Dans la cuisine, les quatre domestiques se figèrent, l'oreille tendue. James, demeuré sur le seuil, franchit la porte.

— Que se passe-t-il ? s'inquiéta Polly.

— C'est sans doute Mr Collins, supputa Sarah. Il a dû faire sa demande en mariage.

— À qui ? s'étonna Polly bouche bée.

— Elizabeth.

— Vraiment ?

— Chuut.

Mrs Hill et Sarah s'approchèrent de James, suivies de Polly et de Mr Hill qui les avait rejoints, tout en secouant la tête. Ils entendirent la porte de la salle à manger s'ouvrir de nouveau puis le pas lourd de Mrs Bennet dans le vestibule. Ils reculèrent, tapis dans l'ombre.

— Je ne l'aurais jamais crue capable de se déplacer si vite ! s'écria Polly.

Ils l'entendirent entrer dans la bibliothèque. Polly regarda Sarah interdite : elle n'avait même pas frappé à la porte.

— Mr Bennet on a besoin de vous… !

Mrs Bennet referma la porte derrière elle.

— Le pauvre ! s'apitoya James.

Mrs Hill secoua la tête.

— Quelle terrible honte !

— Mary aurait accepté…, dit Sarah en se dirigeant vers l'arrière-cuisine.

La sonnette de la bibliothèque tinta. Ils se figèrent pour la contempler dansant sur son ressort.

— J'y vais, proposa James.

— Non, dit Mrs Hill. Ils vont nous demander d'aller chercher Miss Lizzy…

— J'y vais, dit Sarah.

Mrs Hill recula pour la laisser passer. C'était une catastrophe. Comme si elle avait reçu un coup de sabot dans la poitrine. Peu importait la femme que Mr Collins épouserait. Qui sait quelle petite empotée, la tête remplie de fadaises à la mode, il irait cueillir à Bath, Bristol, Canterbury ou l'une de ces villes dans lesquelles les clergymen allaient chercher leurs épouses ? Mais si, comme le disait Sarah, Mary acceptait de se marier avec lui, si elle réussissait à lui mettre le grappin dessus, ils seraient sauvés. Mary ne céderait jamais aux attraits de la nouveauté. Avec elle, le monde des étages inférieurs serait aussi sûr et immuable que quelque chose pouvait l'être en ce bas monde.

Les deux aînées étaient assises sur leur lit, l'une près de l'autre, les mains jointes. Elles levèrent les yeux avec appréhension quand la porte s'ouvrit, et parurent soulagées en apercevant Sarah.

— On vous demande à la bibliothèque, Miss Lizzy.

Elizabeth semblait très nerveuse et sur le point de céder à une vive émotion. Rire, furie, ou cri de mortification, Sarah ne pouvait le deviner.

— Toute la maison est au courant, je suppose ?

— De quoi voulez-vous parler, miss ?

— Belle esquive ! se moqua Elizabeth.

Jane embrassa sa sœur sur la joue et, quand elle se leva, posa une main sur son épaule.

— N'oublie pas, Lizzy, c'est un homme respectable et il t'a fait une proposition qu'il juge convenable, décente. Alors sois gentille avec lui, ma chérie.

— Pour rien au monde, Jane. Nous avons à peine échangé deux mots. Je n'ose imaginer ce qui se serait passé si je m'étais montrée aimable.

Jane sourit.

— Tu ne penses pas ce que tu dis, j'en suis sûre.

Elle leva les yeux sur Sarah et s'étonna de la voir dans sa popeline tout informe.

— Tu ne portes pas ta nouvelle robe, Sarah ?

— Je la réserve pour une occasion de choix, répondit la jeune fille avec une révérence.

Elle accompagna Elizabeth jusqu'à la bibliothèque, toqua à la porte, l'ouvrit puis s'effaça. Elle la regarda entrer d'un pas mesuré. Mrs B. se tenait debout, l'air furieux, à côté du bureau de son mari qui était assis et nettoyait ses lorgnons.

— Venez ici, ma fille ! s'exclama son père. Je vous ai envoyé chercher pour une affaire d'importance. J'apprends que Mr Collins vous a fait une offre de mariage. Est-ce vrai ?

Sarah referma la porte.

Ce genre de choses se produisait tout le temps.

Mrs Hill servait le café dans la salle du petit déjeuner où Mrs Bennet, furieuse contre Elizabeth, essayait de rallier Charlotte Lucas à sa cause pendant que les autres filles cancanaient. Un mariage, c'était comme faire un achat à l'aveuglette. Il n'y avait aucun moyen de savoir à quoi s'attendre. Et les gens négociaient toujours si mal. On voyait de belles jeunes filles au bras de vieux comptables. Des hommes encore en pleine santé, séduisants, flanqués d'épouses corpulentes et fanées. Ce n'était pas forcément tragique, tout dépendait de quel côté vous vous placiez. Les uns avaient peut-être vendu un chiot, mais les autres avaient conclu une splendide affaire.

Mrs Hill tendit une tasse à Elizabeth qui la prit d'une main sûre et la remercia d'un sourire.

Mrs Hill songea alors au plaisir d'être jeune, charmante et de le savoir ; de savoir qu'on n'acceptera qu'un amour authentique, qu'un compagnon parfaitement assorti.

La journée suivante n'apaisa ni la mauvaise humeur ni la santé détestable de Mrs Bennet. Elle se plaignit de ses nerfs et se retira dans sa chambre en compagnie de Mrs Hill. Elle avala presque la moitié d'un flacon de baume de Gilead. D'abord irascible, elle se mit à marmonner puis finit par s'endormir. Ses filles, à l'exception de Mary qui préféra rester à la maison, partirent pour une promenade matinale jusqu'à Meryton afin d'échapper aux jérémiades de leur mère et à la mine sombre de Mr Collins dont l'orgueil avait été blessé, et de prendre des nouvelles de l'impardonnable Mr Wickham qui avait été absent du bal de Netherfield.

Mrs Hill et Sarah, elles, n'avaient aucun moyen d'échapper à leur sort. La première passa plus de temps qu'elle ne l'aurait dû pour sa santé, confinée dans la chambre de Mrs Bennet à ranger des corsets, des mouchoirs et des oreillers. Quand elle put s'échapper enfin, elle alla frapper à la porte de Mary, interrompant ses gammes.

— Que se passe-t-il ?

— Pardonnez-moi, Miss Mary… Mr Collins est seul en bas et j'ai pensé que vous voudriez peut-être le savoir.

— Je n'ai pas fini…

— Oui, mais vous ignoriez qu'il était tout à fait seul… Vous ne voudriez pas vous montrer discourtoise.

— C'est bien ma sœur qu'il a demandée en mariage, n'est-ce pas ?

Mrs Hill ne put qu'acquiescer.

Mary garda le silence puis se leva d'un air décidé, et secoua ses jupes. Ses yeux étaient rougis. Elle avait pleuré. Cela était de bon augure.

— Mais c'est par pure politesse, vous savez, déclara-t-elle en se dirigeant vers l'escalier.

Pendant ce temps, Sarah exécutait tous les ordres de Mr Collins qui lui demanda de s'occuper du feu, de lui apporter des rafraîchissements, et d'aller chercher son exemplaire des *Sermons* de Fordyce[1] qu'il craignait d'avoir laissé dans la bibliothèque de Mr Bennet. Il n'était pas certain de vouloir le déranger alors qu'il avait montré si peu de respect pour sa condition. Sarah pouvait-elle aller voir pour lui ?

1. Théologien écossais du XVIIIe siècle.

Lorsqu'elle lui en fit la demande, Mr Bennet souleva à peine un œil de son journal pour lui tendre le petit livre, sans un mot.

Polly de son côté profitait d'un moment de liberté. Elle se promenait, son chiffon à la main, d'un air rêveur, puis disparut peu avant midi. Si quelqu'un l'avait cherchée, il l'aurait surprise en train de jouer aux billes avec James près de l'écurie. Elle était si contente de gagner qu'il accumula les maladresses pour mieux profiter de son ravissement.

Sarah remit le petit livre à Mr Collins.

— Vous êtes une bonne fille, dit-il. Je le pense vraiment quoi qu'on vous dise.

— Merci, monsieur.

— Vous savez, ajouta-t-il en baissant la voix, je m'aperçois, et c'est assez troublant je l'avoue, que j'occupe une position similaire à la vôtre.

— Vraiment ?

— Je veux dire…

Il jeta un regard autour de lui comme s'il avait peur qu'on pût l'entendre alors qu'ils étaient seuls dans la salle du petit déjeuner et que la maison était vide.

— On agit comme il faut, on fait ce qu'on pense être son devoir, et, c'est bien triste, on se voit rejeté. Comme si on avait commis une faute. On devient un objet de risée.

— Je suis désolée de vous voir malheureux, monsieur.

— Merci, dit-il d'un air sincèrement ému. Merci ma chère enfant.

Il n'était qu'un enfant lui-même, se dit Sarah, un garçon solitaire. Et il le resterait probablement toute sa vie.

— Un peu de gâteau vous ferait-il plaisir ? tenta-t-elle.

Son visage s'illumina.

— Quelle bonne idée ! Mais oui, avec plaisir. Plus que tout au monde.

Quand Sarah lui apporta une tranche de cake aux fruits sur un joli plateau bordé de bleu, elle le trouva en compagnie de Mary, assise toute raide sur une chaise à côté du jeune révérend. Sarah eut l'impression d'interrompre, non pas une conversation, mais un silence. Mary semblait peiner à trouver des sujets de conversation. Tout ce temps passé le nez plongé dans ses livres ne l'avait pas rendue d'un commerce aisé. Mary se leva brusquement et s'avança jusqu'à la fenêtre tandis que Mr Collins l'imitait d'un air soulagé. Il prit le plateau des mains de Sarah, la remercia avec profusion, mais, en présence de Mary, ne sut que faire du gâteau.

Les quatre jeunes dames revinrent de Meryton accompagnées par deux officiers en habit rouge. Sarah les aperçut sur la route alors qu'ils se promenaient gaiement comme de vieux amis. Il faudrait leur servir des rafraîchissements. La maison était sens dessus dessous. Rien n'était prêt, digne d'être vu.

Elle se dépêcha d'aller prévenir Mrs Hill qui ferma les yeux et marmonna quelque chose qu'il valait mieux ne pas comprendre. L'intendante alla informer sa maîtresse que des invités avaient surgi inopinément et redescendit en courant. Lorsque les jeunes gens arrivèrent enfin à Longbourn, Mrs Bennet était de charmante humeur, et très élégamment habillée. Sarah débarrassa les manteaux et les chapeaux et s'apprêtait à les suspendre dans le vestiaire lorsque Mrs Bennet l'arrêta d'un geste de la main.

— Mais où est James ?

— Je ne sais pas, madame.

— Mais c'est James que je veux, pas vous. Je ne vois pas l'intérêt d'avoir un valet si ce sont des femmes de chambre qui doivent nous servir.

Sarah ne pouvait qu'approuver. Les invités s'installèrent dans le salon et elle retourna à la cuisine où Mrs Hill préparait le thé. Sarah essaya de se rendre utile même si l'intendante semblait décidée à lui arracher les yeux à la moindre anicroche.

La porte s'ouvrit et Ptolémée Bingley apparut, frais comme un gardon, les yeux rivés sur Sarah. Mrs Hill posa bruyamment la théière sur le plateau, s'avança vers lui et lui demanda, les mains sur les hanches, ce qu'il pouvait bien vouloir cette fois.

Sarah était supposée disparaître. D'ailleurs, plus elle restait, plus grandes étaient les chances que Tol fasse une bourde sur l'épisode du cabriolet ou leur rencontre au bal. Elle recula vers la porte de service tandis qu'il s'inclinait vers Mrs Hill et lui tendait un billet. Il avait l'air moins sûr de lui. Presque grave.

— Une lettre pour Miss Bennet, déclara-t-il.

Mrs Hill saisit la missive, la posa sur un plateau qu'elle présenta à Sarah. La lettre, qui portait un élégant sceau jaune, paraissait bien innocente, et n'expliquait pas l'attitude de Ptolémée.

— Dépêche-toi, lui enjoignit Mrs Hill.

Sarah partie, elle tourna son attention vers le valet qui se tenait sur le seuil.

— Vous attendez une réponse ?

Il s'avança et ferma la porte.

— Je la prendrai certainement, s'il y en a une.

Polly débarqua d'un pas tranquille dans la cuisine et lança un regard appuyé à Ptolémée qui s'inclina devant elle. Puis, comme pour souligner le manque de courtoisie avec lequel il était reçu, il s'avança vers la cheminée et s'assit près du feu, Mrs Hill ne verrait aucun inconvénient à ce qu'il se réchauffe, suggéra-t-il.

Bien au contraire, cela l'ennuyait beaucoup et elle lui aurait dit le fond de sa pensée – il osait débarquer ici avec sa belle allure, ses beaux vêtements, ses façons citadines, et tourner la tête des filles naïves – si Sarah n'était pas réapparue à cet instant. Elle s'était figée en le voyant installé près du feu. Mrs Hill surprit le regard qu'ils échangèrent et n'aima pas la façon dont Sarah souriait. Un sourire trop intime.

Elle n'était pas la bienvenue au salon, expliqua-t-elle à Mrs Hill. On lui avait demandé de laisser le plateau et de ne pas revenir avant le départ des invités.

— Mrs B. demande qu'on lui envoie James immédiatement pour s'occuper des officiers.

Mrs Hill leva les mains au ciel.

— Est-ce que tu vois James dans les parages ?

Sarah fit signe que non.

— J'ai du travail par-dessus la tête ! Qu'est-ce que tu attends pour aller le chercher ?

— Ce n'est pas moi qui le cherche, mais Mrs Bennet. Je pensais juste que vous saviez peut-être où il se trouvait.

— Eh bien non.

— Oh, mais moi je le sais ! intervint Polly.

Mrs Hill se tourna vers elle et aboya :

— Où est-il ?

— Il se cache.

Mrs Hill et Sarah la considérèrent, éberluées. Polly ouvrit un pot sur la desserte et prit un sucre d'orge. Puis elle s'installa dans l'autre fauteuil près du feu, jetant un regard sur Ptolémée.

— Il n'aime pas les soldats, expliqua-t-elle. On les a vus arriver, alors on s'est cachés. Mais moi je m'ennuyais et j'ai pensé que vous seriez fâchée si je restais plus longtemps donc je l'ai abandonné et je suis venue vous aider.

Polly débita sa petite tirade toute contente d'elle. James était le vilain, elle avait été sage.

Mrs Hill balaya toutes ces bêtises d'un geste de la main.

— Qu'est-ce que tu racontes ! Tu fais l'idiote ! Se cacher !

Polly protesta, elle disait la vérité. Ils s'étaient cachés. Et puis, c'était la faute de James, mais on la fit taire. Sarah remarqua que Ptolémée ne perdait pas une miette de la scène. Elle décida qu'il était temps de changer de conversation.

— Alors, de quoi s'agit-il cette fois, d'un dîner, d'un bal ?

— Pardon ?

— La lettre, c'est une invitation ?

— Non, pas du tout… Nous partons.

— Comment ? Vous partez où ?

— Mr Bingley s'est rendu à Londres pour ses affaires, et ses sœurs ont décidé de l'y rejoindre… Ainsi que Mr Darcy, son ami, qui demeurait chez nous…

Il s'interrompit.

— Et donc tout le monde s'en va.

— Vous aussi…

Ce n'était pas une question mais il hocha la tête.

Bouleversée, Sarah alla ouvrir un tiroir de l'autre côté de la pièce dont elle examina le contenu, de vieilles cuillères en bois, de vieux chiffons pour confiture, un bain-marie. Il partait pour Londres, à jamais. Il irait voir des pièces et des divertissements et se promènerait sous les arcades.

— Et ils comptent fermer la maison ? demanda Mrs Hill qui avait oublié sa querelle avec Polly et la présence de Sarah.

— Oui, en effet, une partie du personnel a déjà pris la route.

— Bien sûr, bien sûr. Et Mr et Mrs Nicholls resteront pour garder un œil sur tout. C'est très bien.

— Quand partez-vous ? demanda Sarah sans le regarder.

— Plus tard dans la journée.

— Et quand reviendrez-vous ? ajouta-t-elle en pliant les petites mousselines, puis en alignant les cuillères une par une.

— Pas de tout cet hiver, je pense.

Mrs Hill hocha la tête en signe d'approbation. Entendre des affaires domestiques si bien organisées et qui s'accordaient si parfaitement à ses vœux était très satisfaisant. Mais pour Sarah, c'était une vision de désolation. Le printemps était encore loin. Si Ptolémée revenait jamais. S'il ne restait pas à Londres pour ouvrir sa boutique. Quel attrait offrait la campagne quand la capitale s'offrait à vous ?

— Eh bien, vous allez nous manquer, c'est sûr ! dit Mrs Hill. Mais je ne veux pas vous retenir, vous avez sans doute beaucoup à faire.

Il s'appuya sur les bras du fauteuil pour se lever et déclara :

— Et dire que je commençais à m'habituer à la boue.

Sarah faillit s'étrangler de contrariété. Elle ferma brusquement le tiroir. Elle se rappela l'euphorie de cette nuit-là. Ce baiser qui semblait être la promesse d'une vie différente. Tout était fini maintenant. Et cela n'avait servi à rien.

— Venez me voir quand vous passerez en ville, ma chérie, murmura-t-il en passant devant elle.

Les officiers ne s'attardèrent pas longtemps après que Miss Bennet eut reçu sa lettre. Jane s'éclipsa dès qu'elle le put, le visage pâle, éveillant la sympathie de Sarah. Jane avait attendu quelque chose de l'autre Mr Bingley. Elle avait espéré, elle aussi.

Sarah apporta les manteaux de ces messieurs. Polly attendit tandis qu'on les enfilait, un chapeau dans chaque main. Un officier, beau et élégant, qui se trouva être le légendaire Mr Wickham, lui glissa une petite pièce en échange de son couvre-chef. Elle le remercia avec un sourire et une révérence. Il ôta son gant et lui toucha la joue, frappé, comme les gens le sont parfois, par le charme pur de l'enfant.

CHAPITRE IX

… Elle déplora la malchance que ces dames eussent été amenées à partir au moment précis où elles commençaient à mieux se connaître.

Jane supporta assez bien cette déconvenue, si l'on considérait qu'elle n'avait plus qu'à s'asseoir et patienter. S'asseoir, attendre, demeurer belle et pâle. S'asseoir et attendre, amoureuse. S'asseoir et attendre que Mr Bingley se débarrasse de ses sœurs et revienne la chercher. Car c'est ainsi que les choses se passaient pour les jeunes dames comme Miss Jane Bennet.

La position de Sarah était tout à fait autre. Elle n'avait pas le charme de Jane ni sa douceur, ni mille livres de rente. Elle n'avait pas dans ses pensées ce mot clair et certain qui semblait être la réponse à toutes les questions, la fin de toutes les incertitudes même s'il n'apportait pas le bonheur et demeurait pour toujours tu : l'amour. Elle n'avait rien, en vérité, à quoi s'accrocher. Rien sur quoi elle puisse compter pour attirer un homme loin des délices et opportunités qui s'offraient à lui. Mais elle avait reçu une invitation à le retrouver.

Les Bennet devaient aller dîner chez les Lucas le soir où les nouvelles furent apportées, ce qui fournit une distraction pour tous ceux qui se sentaient misérables, mortifiés et abattus, et un répit en cuisine. James s'occupa d'accompagner la famille. Polly passa le balai à sa façon, négligente. Mrs Hill se contenta de repriser le pantalon de Mr Collins. Les boutonnières s'étaient élargies, les boutons ne tenaient plus qu'à un fil. Trop de gâteaux, peut-être. Sarah nettoya les bottines des demoiselles après leur excursion en ville. Elle gratta la boue séchée avec ses doigts, frotta le cuir avec un chiffon humide puis étala le cirage.

Cinq kilomètres plus loin, dans le salon glacial de Netherfield, Mrs Nicholls recouvrait les meubles de linges tandis que, en bas, son mari, dont on entendait tinter les clés, fermait le cellier, l'armurerie et l'armoire de l'argenterie. Les dernières malles des Bingley, ainsi que quelques meubles jugés indispensables par les Hurst dans leur maison de Grosvenor Street, ballottaient sous la bâche d'une charrette qui se dirigeait déjà vers Londres. Tol Bingley regardait le paysage de boue défiler alors que, assis à côté du cocher, il commençait à reconsidérer – vaguement encore, mais d'une manière insistante, surpris du vide qu'il ressentait en quittant cet endroit et cette fille, Sarah – ce qu'il désirait plus que tout au monde.

Ce soir-là, alors que Mrs Hill fermait la maison, Sarah regarda Polly s'agiter dans son lit. Quand tout devint enfin silencieux, que Polly se mit à ronfler, Sarah sortit la valise en bois qui se trouvait sous son lit et y rangea son peigne, ses pantoufles et son roman, à côté d'une vieille poupée de chiffon ayant des boutons dépareillés à la place des yeux.

Un renard glapit dans la campagne givrée. En bas, l'horloge sonna une fois. Sarah s'assit sur son lit, une couverture sur les épaules. Elle attendit, à moitié somnolente, que sonnent deux heures.

Elle sortit de sa chambre sans faire le moindre bruit, ses bottines dans une main, sa valise dans l'autre et ferma doucement la porte derrière elle. La maison était plongée dans un silence profond. Elle laça ses chaussures dans la cuisine, et caressa le chat avant de sortir. « Au revoir, Puss. Bonne chance. »

Tol Bingley était parti pour Londres et Sarah comptait l'y rejoindre.

Elle avait lu une histoire dans les journaux à propos d'une jeune Espagnole qui, déguisée en un homme, s'était engagée dans l'armée. Aujourd'hui encore, elle dirigeait des escarmouches contre les troupes de Boney[1] en Espagne. L'article disait aussi, Sarah avait été troublée par les circonvolutions à l'époque, mais avait fini par lire entre les lignes, qu'elle avait pris des amants, non pas parmi ses compagnons, mais parmi les femmes qui suivaient les troupes. Elle connaissait aussi l'histoire de Mother Ross[2] qui avait suivi un soldat autrefois, se montrait féroce et ordurière, et

1. Surnom que les Anglais donnaient à Bonaparte, les caricaturistes le représentant souvent comme squelettique, « bony » signifiant en anglais osseux, décharné.

2. Christian Kit Cavanagh, née à Dublin en 1667. Présentée à la reine en 1712 en raison de son incroyable histoire.

dont on n'aurait jamais découvert l'identité si elle n'avait pas été blessée à la cuisse. Lorsque l'apprenti du chirurgien l'avait déshabillée, il avait cru voir une horrible mutilation avant de s'évanouir. Il avait fallu l'examen d'un médecin qui reconnut ce qu'il avait sous les yeux, pour qu'on comprît que Ross était une femme. Sarah avait aussi entendu parler de ces femmes irlandaises devenues pirates qui vivaient de nombreuses et profitables aventures et évitaient la corde, du moins pour un temps, en se débrouillant pour se retrouver enceintes.

C'était une idée, ça. Ne pas s'attacher à un homme, mais, au contraire, affronter le vaste monde, les terres de France et d'Espagne, l'océan... Ne pas se contenter de se faire conduire en voiture par le premier gars qui avait l'air de savoir où il allait, mais partir à l'inconnu.

Un certain malaise grandit en elle tandis qu'elle progressait.

Les moutons se pelotonnaient dans le champ plus loin. Elle glissa sur des pierres couvertes de givre, trébucha. Les arbres se dessinaient, nus dans la nuit, sous le ciel étoilé. La forme pâle d'une chouette plana au-dessus des cimes. Sarah grimpa jusqu'au premier croisement. Elle s'arrêta au carrefour. Elle allait quitter le seul monde qu'elle ait jamais connu. Devant elle, le flanc de la colline s'étendait, immense et désert. Elle était seule avec les oiseaux de nuit.

Elle ignorait que James l'avait suivie en secret, comme il avait appris à le faire.

Certaines nuits, son sommeil était particulièrement agité. D'autres fois, il ne dormait pas du tout. Sa vieille douleur se réveillait, l'empêchait de trouver le repos. Ces périodes semblaient s'accorder au temps : quand le ciel dégagé se voilait de nuages et inversement, des vagues brûlantes traversaient son corps. Il abandonnait alors tout espoir de repos et se distrayait en lisant à la lueur d'une bougie. Ces nuits-là, c'était comme si sa chair rêvait, comme si son corps se souvenait d'autres endroits et d'autres époques. Il se rappelait alors que rien n'était établi pour toujours, que chaque douleur avait ses marées, ses pauses.

Cela ne le rendait que plus attentif au petit monde qui l'entourait. Il reconnut le grincement de la porte de la cuisine ; les pas de Sarah dans la cour. Quand elle dépassa l'écurie, il éprouva un pincement au cœur. Sa démarche inégale supposait qu'elle portait quelque chose, sans doute la valise en bois que toutes les femmes et les filles comme elle possédaient, leur seul espace privé en dehors de leur corps, dans une vie de chambres partagées et de surveillance constante. Si Sarah emportait ses affaires, c'est qu'elle ne souffrait pas d'une simple insomnie. Elle avait décidé de partir.

James devina sans peine ses raisons : Netherfield avait été fermé, Ptolémée était en route pour Londres. Puis il songea à ses chances de bonheur, s'inquiéta de sa sécurité, des dangers qu'elle courait, de son ignorance. Il n'arrivait pas à imaginer Longbourn sans elle, sans son regard furibond, ses haussements d'épaules, ses yeux levés au ciel, sans sa silhouette menue, à ses côtés. Il découvrit soudain qu'il l'aimait.

Il frissonna sous le choc.

Cela ne changeait rien.

Ce qu'il éprouvait ne devait pas compter.

Pourtant cela l'intéressait.

Il l'aimait. Il se répéta cette phrase comme un prêtre tient un calice, ébloui par ce qu'il symbolise au-delà de sa réalité. S'il aimait Sarah, cela voulait dire qu'il était, en dépit de tout ce qu'il avait fait, et manqué de faire, capable de sentiments et de bonté. Parce qu'il ne voulait rien d'elle, c'était un sentiment chaleureux, généreux et qui n'attendait aucune contrepartie. C'était le bonheur simple de savoir qu'une personne particulière existait dans ce monde. Il lui en était reconnaissant. Elle lui avait permis, même involontairement, d'éprouver cette sensation.

Et si l'amour devait être mis de côté, il n'en allait pas de même pour la gratitude. Il avait une dette envers la jeune fille.

Il se leva, enfila son pantalon, chaussa ses bottes, et attrapa son manteau. Puis il sortit dans la nuit. Il l'aperçut enfin, une ombre bleue avançant d'un pas déterminé. Il la suivit de loin, sans faire de bruit, tandis qu'elle ouvrait la barrière.

C'était si facile. Elle ne pouvait rien soupçonner et ne faisait rien pour se dissimuler tandis qu'elle cheminait lentement, si menue sous le vaste ciel, alourdie par le poids de son fardeau. Elle parvint jusqu'aux bois et disparut. Il poursuivit son chemin d'un pas plus hésitant.

Qu'espérait-il obtenir ? Qu'elle l'écoute, qu'elle comprenne son erreur, les périls encourus ? Qu'elle rentre avec lui, pour une vie d'ennui à Longbourn ? Était-ce ce qu'il souhaitait pour elle ? Serait-ce vraiment la meilleure façon d'exprimer sa gratitude ?

Alors qu'elle pouvait être heureuse avec Ptolémée ?

Elle quitta les bois et avança dans la colline découverte. La lune brillait. Il s'arrêta à la lisière des arbres. Elle monta péniblement le sentier des vaches. Il l'observa, les lèvres serrées. Elle partait. Elle était indépendante. Qui était-il pour essayer de la retenir ? Il aurait pu faire demi-tour, retourner se coucher, feindre la surprise le lendemain matin quand on se serait aperçu de sa fuite à la cloche de bois. Les jours, les semaines et les mois s'écouleraient, il ferait profil bas, apprendrait à l'oublier, à effacer le sentiment qu'elle avait fait naître en lui. Mais elle s'arrêta un instant. Elle laissa tomber la valise à ses pieds et se frotta le front en regardant la campagne.

Le sentier était clair, la nuit calme. La seule chose qui la retenait était sa propre incertitude.

Sarah, bien qu'il ne le sût pas, pensait à ses coquillages, à ses bras nus quand il essuyait la vaisselle, au baiser de Ptolémée qu'elle n'était pas certaine d'avoir apprécié, mais qui, au moins, semblait signifier quelque chose, suggérer qu'il y avait un germe de possibles dans une vie qui en paraissait si dépourvue. Elle considéra aussi la différence entre se faire emmener en voiture pour la vie ou pour un court trajet. Elle se retourna.

Le mot lui échappa, un cri du cœur.

— Restez !

Elle se raidit en entendant une voix. Il s'approcha en laissant ses talons racler le sentier caillouteux afin qu'elle l'entende. Il vit son corps se détendre quand elle le reconnut. Elle poussa la valise sur le côté, comme si elle pouvait la cacher. Comme si cela pouvait faire une différence maintenant. Il en sourit.

— Vous feriez mieux de rester. Vous allez leur manquer.

— Ils le remarqueront à peine. Ils trouveront quelqu'un d'autre pour me remplacer dit-elle, d'un ton résolu.

Elle détourna les yeux. Un cri de courlis retentit. Lorsque James reprit la parole, sa bouche était sèche.

— Bien, fit-il, si c'est ce que vous voulez, alors soyez bénis tous les deux.

Sarah creusa la terre du bout de sa chaussure.

C'était ça, le point faible, l'incertitude. Elle n'était pas sûre de Tol Bingley. James le sentit.

— Ou bien…

— Ou bien quoi ?

— Je veux dire… Je ne veux pas me mêler…

— On ne le dirait pas…

— Mais si vous doutez de vos sentiments, ou de ses intentions, vous pourriez reporter, vous pourriez lui écrire…

Elle pencha la tête en évitant toujours son regard.

— Ce serait moins définitif que ce départ furtif.

Elle ne répondait toujours pas.

— Peut-être préféreriez-vous que j'écrive cette lettre pour vous… ?

Elle le regarda alors droit dans les yeux.

— Vous êtes toujours si sûr de vous, Mr Smith ?

Elle s'avança vers lui en repoussant une mèche de ses cheveux sur son front.

— Vous pensez être le seul ici à posséder un brin d'intelligence. À vos yeux, je n'existe pas, pas plus qu'une marionnette ou une poupée.

— Mais non, pas du tout ! protesta-t-il.

— Pourtant, vous insinuez que je ne sais pas écrire.

— Parce que c'est souvent le cas...

— Vous croyez que j'ai tout appris à l'école du dimanche, en lisant dans les Évangiles, et tout ça... Eh bien, figurez-vous que mon père était un homme instruit, qu'il m'a appris à écrire quand j'étais petite. Cela ne vous a jamais traversé l'esprit, n'est-ce pas ? Bien sûr que non, parce que vous estimez que je vaux moins que vous. Vous pensez que je ne vaux rien du tout.

Il s'était trompé sur elle, mais pas comme elle le disait. Il y avait une innocence en elle, une indépendance, réelles, mais aussi ce besoin féroce d'être remarquée, cette volonté insistante d'être reconnue pour ce qu'elle était vraiment. Il se sentit submergé par un violent sentiment de tendresse. Il aurait voulu lui dire que ce qu'il pensait d'elle n'avait aucune importance, aucune.

— Vous vous croyez tellement supérieur avec vos livres, vos voyages, les jolis coquillages que vous avez rapportés, et maintenant que j'essaie de prendre ma vie en main...

— Mes coquillages ?

Elle réalisa sa bévue et essaya de se rattraper :

— Je nettoyais...

Il eut l'impression qu'on venait de lui arracher un pansement.

Elle poursuivit, mal à l'aise :

— Je n'en ai parlé à personne, si c'est ce qui vous inquiète.

Un frisson le parcourut. Sarah lui parlait si librement de choses provenant d'une autre vie, de l'autre bout du monde.

— Je pourrais déjà être à mi-chemin de Londres, lui reprocha-t-elle.

— Je ne vous arrête pas.

Elle croisa les bras, son profil se découpant, précis, contre le ciel pâle. Et puis, soudain, elle s'accroupit, prit sa valise dans ses bras et repartit d'un pas ferme sur la grand-route.

— Sarah !

Il courut pour la rattraper et lui saisit le bras. Elle essaya de se dégager.

— Sarah…

Elle le repoussa. Il refusa de la lâcher.

— Écrivez-lui. Je paierai le timbre. Je porterai même votre lettre à la poste. S'il vient vous chercher pour vous épouser et vous emmener à Londres, si vous pensez que vous serez heureuse…

Les mots lui échappaient maintenant, débordants, improvisés, le surprenant lui-même, et Sarah qui le fixait, les yeux grands ouverts.

— Je ne me mettrai pas en travers de votre chemin. Je ne pourrais pas. Mais je ne vous laisserai pas partir ce soir. Pas comme ça. En conscience, je ne peux pas.

Elle tira encore, se débattant.

— Lâchez-moi.

— Vous ne comprenez pas. Cela vous changera pour toujours. Il est encore temps de rentrer à Longbourn, personne ne saura jamais ce qui s'est passé ici. Je sais garder un secret, croyez-moi, je vous le promets. Une fois qu'ils seront réveillés et découvriront que vous êtes partie, il n'y aura pas de retour possible. Votre réputation sera définitivement ternie.

Le sang battait dans ses oreilles. Il avait peur. Cela faisait des années qu'il n'avait pas eu aussi peur.

— Je vous en prie.

Elle se calma. Il sentait battre son pouls dans le creux de son coude.

— Rentrez avec moi, la supplia-t-il. Pas pour toujours. Juste ce soir.

Elle fit quelque chose qu'elle n'avait jamais considéré comme possible. Elle lâcha la valise qui tomba avec un bruit sourd, s'approcha de lui et se hissa sur la pointe des pieds.

Sarah qui était de bien des façons une personne dotée d'un sens pratique, savait, depuis le début, qu'elle disposait de trop peu d'informations. Ce baiser avec Ptolémée, dans les brumes de l'alcool, était son seul repère. Elle n'en gardait pas une impression très agréable mais elle n'avait aucun moyen de savoir si cela tenait à ce baiser, aux baisers en général, ou à cet homme. Elle ignorait si ce qu'elle avait éprouvé, un léger tournis, sa vanité satisfaite, un certain malaise, au sujet de Tol Bingley, ressemblait à de l'amour ou à quoi que ce soit d'ailleurs. James était là maintenant, avec sa main sur son bras, et cette sensation, sa proximité, sa voix basse, urgente, tout cela semblait important et lui procurait un sentiment de bien-être. Elle sentit qu'elle se détendait, comme un chat se prélassant auprès d'un bon feu. Il n'y avait plus que l'instant présent, alors qu'elle se tenait à la frontière entre le monde qu'elle avait toujours connu et celui qui l'attendait ; si elle n'agissait pas maintenant, elle ne saurait jamais.

Elle parvint à atteindre sa bouche d'un petit saut. Surpris, il chancela un peu. Les lèvres de Sarah étaient douces, chaudes, maladroites, alors qu'elle pressait son petit corps contre le sien. Il ne résista pas plus longtemps. Il glissa son bras autour de sa taille fine, l'attira vers lui et s'abandonna à ce baiser, à la chaleur de sa bouche, de son corps svelte. Elle sentit son souffle s'accélérer, se pressa contre lui, pleine d'un désir impatient, puis elle retomba sur ses talons et le cœur battant la chamade, elle s'appuya contre lui, bouleversée.

Elle sentit sa main contre sa nuque, et son bras autour de sa taille, qui la serrait. Elle posa la tête sur sa poitrine. Elle entendait battre son cœur tandis qu'elle refoulait des larmes. Personne ne l'avait jamais étreinte ainsi.

— Tu veux toujours partir ? lui demanda-t-il au bout d'un moment.

Il sentit qu'elle bougeait la tête en signe de dénégation.

Ils rentrèrent ensemble à Longbourn, main dans la main, James portant la valise sur son épaule. Il faisait noir maintenant que la lune s'était couchée. Mais Sarah avançait, confiante, oubliant les cailloux sur lesquels elle trébuchait parfois, et le froid.

Elle jeta un coup d'œil à James. Comme c'était étrange, comme c'était bon qu'il soit là, même si elle ne distinguait qu'une vague silhouette dans l'obscurité.

La masse imposante de la maison apparut. Ils s'arrêtèrent au coin de l'écurie et inspectèrent la cour, grande mare sombre, dans laquelle on distinguait seulement les reflets des fenêtres de la cuisine.

C'était impossible, elle ne pouvait retourner dans sa chambre sans éveiller les soupçons de Polly qui ne manquerait pas de remarquer que ses jupons et ses chaussures étaient maculés de boue.

— C'est trop tard, ils vont comprendre, ils vont me mettre dehors.

— Viens, donne-moi ton pied.

Il s'agenouilla devant elle. Il gratta la boue de ses bottes enserrant sa cheville dans la main. Puis il leva la tête.

— Fais tomber tes jupes par-dessus le jupon.

Elle s'exécuta. Il se releva.

— Va dans la cuisine, lui murmura-t-il à l'oreille. Et essaie de dormir un peu.

Elle hocha la tête, ses cheveux caressant sa joue.

— Quand tout le monde se réveillera, lève-toi et mets-toi au travail comme si tu avais passé la nuit dans ton lit.

— Et toi ?

Il reprit la valise.

— J'irai la remettre à sa place quand la voie sera libre.

Il posa sa main sur sa taille.

— Sarah ?

— Oui ?

— Merci.

Il disparut. Elle entendit les chevaux hennir doucement, comme s'ils le saluaient.

À dix heures et demie, quand elle lui tendit sa tasse de thé, il lui sourit, sans un mot. Son cœur fit un petit bond et son sourire se figea un instant.

Polly prit deux morceaux de sucre dans le bol, puis, comme personne ne semblait la remarquer, en chipa un troisième et le glissa dans sa bouche. Tout en le suçotant, elle observait ses compagnons intriguée par leur silence.

— Je n'aime pas ça, s'éclipser de cette façon sans même dire au revoir.

Sarah et James sursautèrent, inquiets. Mrs Hill examinait la cour d'un air irrité.

— Comment ? s'enquit James après s'être éclairci la gorge.

— Mais où va-t-il donc ?

Sarah se tourna et aperçut alors Mr Collins, quittant les lieux, dans sa tenue de révérend.

— Je ne pense pas qu'il aille très loin, raisonna James, sinon il aurait demandé la voiture.

Il but son thé tandis que Mrs Hill se plaignait de leur hôte et que Sarah, imperturbable, se contentait de remuer sa cuillère. Polly ne la quittait pas des yeux, devinant que quelque chose se tramait. Qui avait un lien avec le lit froid ce matin, les cernes sous leurs yeux. Ils étaient nerveux comme des lapins, ces deux-là. Ils préparaient quelque chose.

Ce soir-là, quand Sarah monta à sa chambre, elle trouva sa valise sous son lit, sans que rien ne pût la trahir… Elle se déshabilla et se coucha en faisant grincer les ressorts. Malgré la fatigue, elle se sentait euphorique. Elle n'avait pas du tout sommeil.

Le monde ressemblait à un labyrinthe. Elle avait choisi un côté, puis l'autre, pour découvrir qu'elle avait tourné en rond et était revenue à son point de départ, Longbourn.

Après tout, pour l'instant, ce n'était pas si mal.

CHAPITRE X

Samedi… Dimanche.

Mr Collins partit le samedi matin poùr Hunsford afin de préparer la messe du dimanche.

Malgré les déceptions occasionnées par sa visite, Mrs Hill sentit renaître son espoir lorsque sir William Lucas, la poitrine gonflée de fierté, annonça les fiançailles de sa fille aînée. Charlotte était venue le matin même, et s'était isolée avec Elizabeth, mais cela arrivait si souvent que Mrs Hill n'avait rien suspecté sur le moment. Le principal objet de cette visite avait été de prévenir son amie, ainsi, lorsque sir William fit son annonce, tandis que Mrs Hill servait le thé, Lizzy parut mal à l'aise, mais pas surprise. Mary en revanche, dut quitter le salon, le visage défait, peu de temps après.

Pauvre Mary. Mrs Hill était à blâmer, mais elle se sentait soulagée. Un sacré poids venait de lui être ôté. L'avenir ne paraissait plus aussi terrifiant. Charlotte Lucas était une jeune femme raisonnable qui connaissait la valeur d'une bonne domesticité. Elle avait trop de bon sens pour remplacer le personnel simplement par goût de la nouveauté ou de la mode. Rien n'était certain bien sûr, car rien ne l'était dans la vie, si ce n'est qu'il fallait la quitter, mais Charlotte descendait souvent dans la cuisine de Mrs Hill depuis qu'elle était toute petite, demandant des recettes, du sucre, ou un moule à gâteau. Son faible pour les tartes au citron de Mrs Hill était notoire. On l'avait en plusieurs occasions entendue dire que personne ne les réussissait comme elle.

Celle-ci, de retour à sa table de travail, se mit à préparer plusieurs tartelettes au citron que sir William emporterait chez lui. Ces petites attentions qui se révéleraient utiles un jour valaient bien l'effort.

Le lendemain, un dimanche, fut un jour de bourrasques. Dans la chapelle, on avait allumé la première chandelle de l'avent qui brûlait près du lutrin et fumait dans la nef glaciale.

Les Bennet se trouvaient réunis sur le banc réservé à la famille, les domestiques installés au fond. James était assis entre les Hill d'un côté et les femmes de chambre de l'autre. Sarah réussit à croiser son regard et, tout émue, manqua le sermon interminable du bien nommé Mr Long.

Les Bennet s'attardèrent, comme à l'accoutumée, serrant des mains, bavardant avec leurs voisins, obstruant le porche, les deux plus jeunes gloussant avec les filles du fermier. Sarah examina discrètement le visage de Miss Lucas. Elle se demanda ce que cela faisait de savoir que vous alliez vous marier, que vous auriez un foyer, une rente, que vous étiez casée pour la vie. De parvenir à cet accomplissement par le simple fait de supporter un homme jusqu'à sa mort.

Charlotte paraissait un peu gênée, un peu fatiguée. C'était sans doute épuisant d'obtenir tant de choses si vite.

— Tu te sens mieux ?

Sarah n'avait pas vu James s'approcher. Ils sortirent et firent quelques pas côte à côte, luttant contre le vent qui soufflait sur les ifs comme s'il voulait les peigner, séparant les feuilles, les réarrangeant et les faisant onduler. Elle baissa la voix, regardant droit devant elle, afin que personne – ni Mrs B., ni Mrs Hill, ni aucune des matrones et commères rassemblées sur la place – ne puisse deviner qu'elle lui parlait.

— Je ne sais pas ce qui m'a pris. Je ne comprends pas comment j'ai pu imaginer que c'était une bonne idée de partir et de… Tout ça.

Il s'approcha et lui demanda doucement :

— Et de m'embrasser ?

— Non, dit-elle en se tournant d'un geste vif.

Mais il souriait. Il alla se mêler aux autres villageois endimanchés.

Quand elle était petite, en pleine croissance et affamée, chaque fois qu'il y avait un gâteau – une génoise, saupoudrée de sucre par exemple – que Mrs Hill avait fait surgir de ses mains avec des œufs, de la farine et du beurre crémeux, Sarah ne s'autorisait jamais à le regarder parce qu'elle savait que ce n'était pas pour elle. Elle le portait à l'étage où il était réduit en miettes, les miettes ramassées par le doigt d'un Bennet, puis elle repartait, le plateau vide. Elle baissait les yeux ou fixait un tableau sur le mur, les rideaux du salon, s'évertuant à éviter de respirer le parfum de vanille, de citron ou d'amande. Même un simple coup d'œil sur le gâteau aurait été une torture.

Pendant des mois, se dit-elle soudain, James l'avait à peine regardée.

Cette situation, même si aucun des deux n'aurait eu l'idée de la considérer ainsi, était propice à intensifier le désir. Après ce dimanche matin, ils n'eurent guère le loisir de parler sans être entourés. Ces premières semaines de décembre furent donc marquées par des échanges de regards, de sourires, de caresses volées en se passant des plateaux.

La nuit, Sarah s'agitait dans son lit, hantée par le souvenir du baiser. Il n'avait ressemblé en rien au premier. Elle se voyait déboutonnant la chemise de James, pressant ses lèvres sur son cou, goûtant sa peau salée. Elle se pelotonnait au bord du lit, et laissait ses doigts se glisser entre ses jambes.

Elle rougissait en sa présence le lendemain. Elle avait imaginé tant de choses avec lui dans le noir.

Mr Wickham se fit de plus en plus présent à Longbourn. Il avait un penchant, semblait-il, pour les entre-deux, les halls, les vestibules, les seuils d'où il pouvait observer à la fois les bavardages, la compagnie et l'agitation de la domesticité, d'où il pouvait distribuer ses compliments à chaque femme qui passait, peu importait son âge, son statut marital ou sa classe sociale.

Une fois, Sarah tomba sur lui alors qu'il était appuyé contre le chambranle d'une porte. Elle s'avança, chargée d'un lourd plateau. Wickham maintenait la porte entrouverte du pied. Il ne bougea pas. Elle se méfia de ce comportement, de ce regard qui s'attardait sur elle. Maintenant qu'elle était un peu plus dégourdie, elle pouvait flairer le danger.

— Cela semble lourd, dit-il.

— Vous permettez, monsieur ?

Il parut ne rien entendre.

— Trop lourd pour une fille aussi menue.

Elle serra le plateau.

— Puis-je vous aider, monsieur ? Vous avez besoin de quelque chose ?

— Oh non, ne vous souciez pas de moi, je suis le fils d'un régisseur vous savez…

Et alors ? se dit-elle. Il ne lui proposait pas pour autant de porter son plateau qui pesait des tonnes, n'est-ce pas ?

— Dans ce cas, si vous n'avez besoin de rien, monsieur…

Il secoua la tête.

— Non, merci, je suis admirablement servi.

Elle fit une révérence prudente pour ne pas renverser la cruche et avança. Il s'écarta à peine, si bien qu'elle dut le frôler pour passer. Elle sentit qu'il la suivait des yeux mais elle ne comptait pas lui donner satisfaction en se retournant.

Mr Collins revint à Longbourn. Ce qui troubla et dérangea Mrs Hill. Elle avait encore besoin de s'assurer de ses bonnes grâces, et elle disposait de beaucoup moins de temps puisqu'il était engagé une bonne partie de la journée dans les préparatifs de ses fiançailles à Lucas Lodge. Mary aussi était une source de malaise et de culpabilité. Mrs Hill n'aurait pas dû encourager son intérêt pour lui, cela n'avait abouti à rien. Mais c'était trop tard. Mrs Hill se contenta de préparer autant de bonnes choses que possible pour le début et la fin de la journée de Mr Collins. Son eau pour la toilette était toujours fraîche le matin, ses serviettes, les plus fines, parfumées à la lavande. Il bénéficiait des bûches les plus grosses pour sa cheminée, et un lait chaud l'attendait le soir sur sa table de chevet quand il montait se coucher après avoir passé la journée à faire sa cour. Mrs Hill ignorait s'il remarquait ces petites attentions ou les attribuait à la bonne personne. Il n'en parlait jamais. Et il passait si peu de temps à Longbourn, désormais.

Il repartit, appelé par une nouvelle messe du dimanche, plongeant Mrs Hill dans un abîme d'incertitudes. Si seulement elle pouvait mettre la main sur Charlotte, ne serait-ce qu'un petit moment, si elle pouvait lui préparer un bon dîner et d'autres tartelettes au citron. Charlotte connaissait la valeur d'un repas réussi. Mais ce n'était pas possible. La jeune femme se tenait à l'écart de Longbourn pour des raisons évidentes de bienséance.

Deux jours après le départ de Mr Collins, les Gardiner arrivèrent. Le frère de Mrs Bennet, sa femme et leurs jeunes enfants venaient passer Noël à Longbourn. Ils devaient rester une semaine et Mrs Bennet avait si soigneusement organisé les sorties que pas une fois ils n'eurent l'occasion de dîner en famille. Quand la maison ne fourmillait pas d'invités, ses occupants étaient en visite dans le voisinage.

La cuisine était en ébullition. Il y avait toujours un mets délicat à confectionner, un plat particulier à servir, un ornement à nettoyer. On avait rarement connu pareil remue-ménage. Entre la femme de chambre des Gardiner, les cochers des visiteurs, les allées et venues des domestiques qui apportaient des invitations ou des réponses, les bousculades n'étaient pas rares. James et Sarah ne disposaient d'aucun moment d'intimité, même quand la maison était plus calme.

Mr Wickham semblait être partout, apparaissant aux endroits les plus inattendus tel du vif-argent. Vous preniez l'escalier et vous le trouviez sur le palier faisant mine d'étudier un tableau. Vous entriez dans la salle du petit déjeuner déserte et le surpreniez près de la desserte. Un jour, dans l'écurie, James alerté par l'odeur d'un cigare, leva les yeux, une main sur les rênes, et découvrit le jeune officier qui l'observait depuis le seuil.

Ce dernier le salua.

James répondit par un hochement de tête. Puis poursuivit son travail. Il défit les sangles, fit glisser la selle et alla l'accrocher à côté des autres. Il sentit que Wickham le suivait des yeux.

— Que faites-vous ici ? lui demanda-t-il.

— Mon travail, répondit James.

— Allons donc, tout cela, dit Wickham accompagnant ses mots d'un geste qui impliquait la paille fraîche, les harnais, c'est bon pour les jeunes palefreniers, ce n'est pas un travail d'homme.

— Si vous le dites, monsieur.

— Et pourtant, ce n'est pas ce qui manque si vous vouliez.

James se redressa. Wickham n'était qu'un roquet incapable de mordre.

— Je veux dire, le vieux majordome n'est qu'un sac d'os, il n'est bon à rien, il peut s'enterrer à la campagne, mais vous, c'est tout autre chose.

— Vraiment, monsieur ?

James retira les rênes de la jument, libérant sa crinière.

— Un homme libre, sans projets... Vous devriez vous présenter devant l'officier recruteur. C'est ce que ferait n'importe quel homme sain qui aime son pays quand celui-ci a besoin de lui.

— Je suis très bien ici, répondit James sans cesser de s'occuper de sa monture.

— Vraiment ?

Wickham écrasa son cigare par terre.

— Vous êtes un lâche à ce que je vois, et on n'y peut rien.

— Ah oui ?

— Oui.

— Alors, dites-moi une chose, monsieur, s'entendit demander James.

Wickham qui se préparait à partir se retourna.

— Quoi ?

— J'aimerais savoir...

— Oui ?

— Où avez-vous vu de l'action pour la dernière fois ?

Wickham blêmit.

— En Espagne ? Au Portugal ?

— Que voulez-vous dire, mon garçon ?

— Vous étiez peut-être au siège de Rosas[1] à moins que vous n'ayez livré bataille à Vimeiro[2] ? Ou vous êtes-vous battu contre les Français à La Corogne[3] ?

— Comment osez-vous ? s'indigna l'officier, les joues empourprées.

James se contenta de le regarder, feignant l'innocence.

— Je voulais juste savoir où vous aviez gagné le droit de me traiter de lâche.

— Si j'avais eu cette chance… J'aurais servi…

James s'inclina.

— Je vous demande pardon, monsieur, j'avais oublié que vous aviez acheté récemment votre brevet…

— Je ferai tout ce qu'on me demandera…

James prit la jument par le licou et passa devant Wickham pour la conduire dans la cour.

— Je pense que vous pourrez le prouver bientôt, la situation est prometteuse dans le Nord. Massacrer des meuniers, voilà un vrai boulot d'homme.

— Les luddites[4] représentent une menace…

James se tourna pour aller chercher le vieil étalon pie qui sortit fièrement en faisant résonner ses sabots.

---

1. Du 28 novembre 1794 au 4 février 1795. Oppose Espagnols et Français.

2. 20 août 1808. Oppose Britanniques et Espagnols au Portugal.

3. 16 janvier 1809. Une des batailles de la guerre d'indépendance espagnole qui oppose Britanniques et Français.

4. Allusion aux émeutes ouvrières qui eurent lieu en Grande-Bretagne pendant la crise de 1811-1812 opposant les artisans aux manufacturiers qui favorisaient l'emploi de machines.

Wickham était sur sa lancée maintenant :

— Une véritable menace, ces métayers, ces luddites, tous autant qu'ils sont, pour la propriété, pour leur espèce, pour la nation…

— Je m'incline devant votre savoir, monsieur.

Puis il conduisit les deux chevaux jusqu'au champ où on les attendait pour le labourage d'hiver. La fumée s'échappait de leurs naseaux. Ils dodelinaient de la tête comme pour marquer leur approbation tacite.

Mais James s'était montré stupide, il le savait. Avec un peu de chance, Wickham déciderait que ce n'était pas la peine de se déranger pour un simple valet, de donner suite à ses griefs. Au printemps, la milice serait cantonnée dans une autre ville. Et donc, pour James, le printemps ne pouvait arriver trop tôt.

La chose était tout aussi vraie de la fin des fêtes de Noël.

Les quatre enfants Gardiner étaient aussi remuants qu'une bande de chiots. On en retrouvait dans tous les coins. Sarah et James ne pouvaient se croiser sur un palier ou même dans l'escalier de service sans un tas de petits qui criaient et couraient, en route pour de nouvelles aventures.

Ils n'avaient plus un moment de paix, pas même une soirée. Sarah et Polly étaient obligées de partager leur chambre avec Martha, la femme de chambre des Gardiner. Celle-ci arborait des boucles rousses dont elle était très fière et ne cessait de parler de Londres, de danses, de tavernes et de galants, de clubs mixtes et de bullock-hunting[1] le dimanche. Polly l'écoutait,

1. Chasse à l'homme.

assise sur le lit, couverte de châles et de couvertures, telle une chrysalide dans son cocon, bouche bée. Sarah craignait à tout instant qu'il ne soit fait mention de Ptolémée Bingley, ancien valet des Bingley, propriétaire d'une boutique de tabac qui faisait fureur parmi les messieurs de la ville et qu'elle ne se mette à rougir, non parce qu'elle le regrettait, mais parce qu'elle l'avait considéré autrefois comme une possibilité d'évasion.

La benjamine des Gardiner n'était pas encore propre, c'est pourquoi on mettait quotidiennement ses couches à tremper dans un seau près de la porte de l'office, le couvercle ne suffisant pas à contenir la puanteur qui s'en exhalait. Il fallait les laver, les rincer, et les faire bouillir quotidiennement et, quand il pleuvait, les suspendre à l'intérieur. Sarah et Polly se partageaient cette pénible tâche car Martha semblait considérer son séjour à Longbourn comme des vacances. Et puis, un jour de grand froid, alors que Sarah s'apprêtait à soulever le seau, elle s'aperçut qu'il était vide, et qu'une rangée de couches flottait sur la corde à linge dans l'enclos, comme un drapeau de capitulation. James était en train de suspendre la dernière. Il parut un peu gêné quand elle s'approcha pour le remercier.

— C'est gentil, dit-elle.

— Tes mains sont si abîmées.

Sarah ne put empêcher ses yeux de se voiler, et se baissa pour ramasser le panier. Ils rentrèrent ensemble à la maison. Elle sentit à cet instant trop bref une légèreté et une aisance qui étaient simplement, comprit-elle plus tard, une illustration du bonheur.

Wickham était toujours le centre de l'attention à table. L'assistance féminine semblait fascinée par les drames de sa vie. Sarah en glanait quelques fragments tandis qu'elle faisait le service. La paroisse où il aurait dû prêcher, la vie qu'il aurait dû mener, la position qu'il aurait dû occuper dans le monde s'il n'y avait eu l'abominable orgueil de ce gentleman de si haute taille, Mr Darcy. Elle essaya d'imaginer l'officier dans la même tenue ecclésiastique que Mr Collins, surveillant sa congrégation du haut de sa chaire avec des yeux qui semblaient transpercer les vêtements, l'apparence, le vernis social, et saisir tout ce que cela cachait.

Quand elles eurent fini de remettre chapeaux et manteaux aux invités, et se retrouvèrent dans le hall, Sarah entendit un tintement dans les poches de Polly. Une fois dans la cuisine, celle-ci fit passer les pièces de monnaie d'une main dans l'autre.

— Où as-tu eu tout ça ? demanda Sarah.

Polly redressa la tête.

— Vous croyez tous que je ne suis bonne qu'à allumer les feux et vider les pots de chambre, mais je te ferai savoir que certains me considèrent tout à fait capable de les servir et me prouvent leur estime, parce que je m'occupe bien d'eux, que je leur apporte leur dîner et leur chapeau.

Sarah n'était pas en position de juger si Mr Wickham disait vrai ou pas sur sa situation pénible, mais elle était certaine d'une chose : elle ne l'aimait pas. Elle ne voyait pas d'un bon œil les pourboires qu'il laissait à Polly, pas plus que la façon dont il avait retiré son gant pour caresser la joue de la fillette. Mais elle avait sans doute tort de s'inquiéter. Polly n'était qu'une enfant, une sorte de faon gracile, elle n'était pas encore pubère et… Elle ne pouvait représenter une proie pour lui, pas de cette façon en tout cas.

James, de son côté, observa le départ des officiers ce soir-là avec le soulagement d'un condamné qui voit son exécution reportée. Il demeura dans l'ombre après avoir apporté les chevaux et les vit monter et partir au trot, si élégants avec leurs habits rouges aux boutons rutilants, leurs cheveux peignés, leurs exclamations joyeuses, tandis qu'ils se dirigeaient vers Meryton.

Ce n'était que des enfants, se dit-il, qui jouaient aux soldats. Wickham était peut-être assez indolent et couard pour laisser passer les remarques de James, il trouverait bientôt des occupations bien plus utiles que de harceler les domestiques de Longbourn… Mais il avait beau essayer de se rassurer, James n'en demeurait pas moins inquiet. Rien ne serait plus pareil désormais. Il ne connaîtrait plus la même tranquillité. Il avait laissé tomber le masque. Sa véritable personnalité avait été exposée, et cela n'aurait jamais dû se produire, pas ici.

CHAPITRE XI

"Mais penses-tu qu'on pourrait la convaincre de retourner quelques jours à Londres avec nous ? Un changement de décor serait sans doute salutaire et cela lui ferait peut-être le plus grand bien de passer quelque temps loin de la maison."

Jane, bien sûr, pouvait partir pour Londres quand elle le souhaitait sans que cela constituât un événement. Elle pouvait aller et venir comme bon lui semblait. Elle avait une voiture pour l'y conduire, une grande famille pour la protéger, la maison des Gardiner à Gracechurch Street pour la loger, et sa tante pour la chaperonner lors de ses sorties en ville, profitant de ses plaisirs, surveillant de près son Mr Bingley.

Sarah se montrait peu charitable, elle le savait. Elle ne devait pas envier à Jane ses plaisirs simplement parce qu'ils lui étaient refusés. Jane méritait des choses belles et douces comme elle. Quand vous étiez amère et déguenillée – Sarah sourit tandis qu'elle noircissait la cheminée de la salle du petit déjeuner, à genoux, les doigts couverts de suie –, alors vous n'obteniez qu'amertume et guenilles : ou peut-être James.

Après Noël, la maison se vida. Les Gardiner, leur horde de petites pestes et Jane partirent. Longbourn poussa un soupir de soulagement et put enfin respirer, comme si l'air circulait à nouveau.

Mr Collins était revenu dans le voisinage, apprit Mrs Hill, mais, le mariage approchant, il s'était installé à Lucas Lodge. Elle était partagée à ce sujet. D'un côté, elle regrettait cette opportunité de l'impressionner ; de l'autre, elle était lasse de faire des efforts, fatiguée de ne pas savoir s'ils avaient été couronnés de succès.

Elle se consola en se disant que, à Lucas Lodge, on ne lui offrirait rien de particulièrement délicieux sinon les tartelettes fourrées aux fruits secs et aux épices de sa promise. Mrs Hill n'était pas en concurrence avec elle. Bien au contraire. Elle décida de lui confectionner un réticule dans un tissu d'alépine gris qu'elle jugea tout à fait adapté à la femme d'un révérend. Elle le lui offrit lors de sa visite d'adieux à Longbourn, le mercredi. Charlotte la reçut avec sa bonne grâce coutumière et un plaisir qui parut sincère. Elle n'était pas au-dessus de ces petites attentions. Il était vraisemblable qu'elle ne pourrait pas s'offrir grand-chose. Le réticule lui serait non seulement bien utile, mais il lui ferait penser à la bonne Mrs Hill et aux bons servants de Longbourn.

Miss Lucas se maria le jeudi. Les époux devaient partir pour le Kent dès la sortie de l'église. Mrs Hill, Sarah et Polly se postèrent sur la route, juste devant le porche du cimetière, pour les saluer lors de leur départ.

— Mrs Collins était vraiment charmante, dit Sarah tandis que le couple s'installait dans la chaise de poste.

— Toutes les mariées sont belles, approuva Mrs Hill. C'est un jour où n'importe quelle femme peut l'être.

— Comment s'est passé votre mariage, Mrs Hill ?

— Il faisait froid comme aujourd'hui et c'était il y a bien longtemps.

Elles furent rejointes par les Bennet et ils s'en retournèrent tous à pied à Longbourn. Mrs Bennet ne cessa de proclamer qu'elle espérait que le jeune ménage serait heureux. À son ton, Mrs Hill devina que ses pensées étaient occupées par ses propres filles et non par Mrs Collins, et que ses vœux n'étaient pas tout à fait sincères.

Mrs Hill y croyait pour deux. Elle avait vu Charlotte serrer son réticule en montant dans la chaise de poste. C'était un bon présage. Ce mariage n'était pas le pire dénouement que pouvaient craindre les domestiques de Longbourn, loin s'en fallait. Elle contempla avec tristesse la pauvre Mary, qui marchait seule en avant, et qui, une fois de retour à la maison, rejoignit de suite sa chambre où elle passa l'après-midi à jouer au piano des airs mélancoliques.

— C'est une fille bien, déclara le soir Mrs Hill, occupée à son ouvrage. J'ai toujours aimé Miss Lucas. Je pense que nous sommes un peu plus en sécurité avec elle.

Mais elle ne parvint pas à rassurer Sarah. Il y avait dans ces affaires quelque chose d'aussi arbitraire et d'incontrôlable que les intempéries. Vivre à la merci des caprices et des fantaisies d'autrui, ce n'était pas une vie, estima-t-elle.

Ce soir-là, les branches craquèrent sous le gel et la glace s'enfonça de quelques centimètres. Sarah, allongée dans son lit, avait les yeux ouverts et le bout du nez gelé tandis que minuit sonnait au clocher. Tout était paisible excepté le sifflement asthmatique de Mr Hill de l'autre côté du palier.

Dans l'écurie, le givre grimpait à l'intérieur des fenêtres. Le froid faisait souffrir James, l'empêchant de dormir. Sa chandelle, qui offrait peu de lumière, dégageait une odeur de suif désagréable. Seule la chaleur des chevaux qui montait jusqu'à lui, accompagnée des senteurs de foin, de fumier et de sueur animale, lui procurait un certain réconfort.

Il lui sembla qu'il remarquait tout cela pour la première fois. Il s'assit sur son lit, sa couverture sur les épaules, et une carte des Highlands sur les genoux. Cette façon de figurer les caractéristiques d'un paysage était nouvelle pour lui. Les petits traits de crayon pour les montagnes, les petits arbres tout serrés pour les bois, les étendues bleues des lochs. Il aurait voulu d'autres cartes encore, celles des lieux qu'il avait connus. Il aurait voulu suivre les routes à travers des terres qu'il avait arpentées. Et les montrer à Sarah… Il ne devait pas penser à elle. Il ne pouvait s'abandonner à son attirance pour elle. Il ne pouvait lui faire courir ce risque. Chaque fois que la jeune fille s'invitait dans ses pensées, il la chassait, et retournait aux heureux détails de la carte. Oh, une forêt, et ces pics, et puis elle réapparaissait ses cheveux s'échappant de son bonnet, tandis qu'elle avançait d'un pas ferme vers lui, un seau rempli à ras bord… Non, il ne devait pas penser à Sarah.

Il lissa le papier, remit la couverture qui avait glissé. Dumfries et Galloway. Fascinant.

Puis il entendit grincer la porte de la cuisine. Il se figea et tendit l'oreille. C'était elle, il avait reconnu son pas. Que pouvait-elle bien faire à cette heure ? Il se leva, s'approcha de la lucarne et tira le rideau à temps pour la voir passer comme une ombre. Elle baissa la tête et entra dans l'écurie.

Il rejeta sa couverture, saisit son manteau, l'enfila en grimaçant de douleur, ses muscles étaient noués et il dut pondérer ses mouvements. Il plia la couverture et la posa au pied de son lit. Il se rassit et fit semblant d'examiner la carte, le cœur battant.

Il la vit apparaître en haut de l'échelle, aussi réelle que la vie et deux fois plus terrifiante. Sa chevelure sombre, son corps menu enveloppé dans le vieux manteau bleu qu'elle gardait sur une patère près de la porte de service et dont la couleur lui seyait parfaitement. Elle se hissa et s'assit au bord de la trappe, en balançant ses jambes dans le vide, le visage doux et troublé.

— Bonjour, dit-elle.

— Comment ?

— Bonjour.

— Mais…

Elle ramena ses jambes nues à l'intérieur.

— Sarah…

Elle s'avança d'un pas lourd et s'assit à son côté.

— Qu'est-ce que c'est ? demanda-t-elle en voyant la carte.

— Je…

— C'est un dessin ?

— Une carte.

— D'où ?

— D'Écosse.

— C'est beau ! admira-t-elle en se penchant.

Son manteau s'entrouvrit, dévoilant une courbe. Elle ne portait qu'une simple chemise. Il détourna les yeux.

— Sarah.

— Tu y es déjà allé ?

— Non, mais Sarah… Je t'en prie…

Elle l'observa de ses yeux clairs.

— Que se passe-t-il ?

— Retourne te coucher. S'il te plaît.

Elle pressa sa hanche contre la sienne. Lin, laine, velours couvraient les battements de leur chair. Il se leva.

— Je ne peux pas…, commença-t-il.

— Je pensais, l'interrompit-elle, que nous avions très mal commencé alors je me suis dit qu'on pouvait tout reprendre depuis le début. Alors voilà, c'est le début. Bonjour, James.

— Sarah…

— Oui ?

— Je ne sais pas ce que tu attends de moi mais, ça…

Il fit un geste qui englobait la petite pièce, la chandelle unique, la carte empruntée.

— … Ce n'est pas seulement tout ce que j'ai, c'est certainement tout ce que j'aurai jamais.

Elle haussa les épaules.

— Ça ne fait rien.

— Je ne peux rien t'offrir de mieux.

— Je ne te demande rien.

Il retourna à la fenêtre et tira les rideaux. Il y avait tout un monde dehors. Des Anglais, des Français, des Turcs, des Indiens, des Américains. Des millions et des millions d'hommes. Sarah n'en avait rencontré qu'une poignée. Il ne pouvait la laisser se contenter de le choisir, lui et cette vie.

— Rentre à la maison, dit-il sans se retourner.

Il y eut un silence puis il entendit le bruit de ses bottines qui tombaient au sol et celui de ses pieds nus sur le plancher. Elle lui prit la main.

— Viens, dit-elle.

Il la laissa l'éloigner de la nuit.

Elle se dressa sur la pointe des pieds et posa ses lèvres sur les siennes. Et, pendant un moment, il la tint par les avant-bras, si légère, la gardant à distance. Puis il finit par céder et l'attira contre lui.

Elle sentit sa barbe naissante picoter sa joue. Elle savait ce que faisaient les oiseaux, les abeilles, les chats, les moutons, les vaches, et personne ne le leur reprochait. Et puis, les filles comme elle, personne ne les regardait de travers si elles se présentaient devant l'autel avec un gros ventre. Tout le monde s'en fichait, du moment qu'un grossier calicot le couvrait et non de la soie fine.

James la repoussa sans la lâcher complètement.

— Il ne faut pas…

Elle retira le premier bouton de sa chemise.

— Tu ne dois pas t'inquiéter pour moi.

— C'est impossible…

Elle lui enleva son manteau, et défit les boutons un par un, concentrée. Il fallait l'arrêter, lui saisir les poignets, la repousser. Mais elle posa ses lèvres sur son cou. Son haleine chaude, ses mains fines, glacées sur sa peau. Il lui caressa les cheveux et ouvrit la bouche pour protester quand ses doigts frôlèrent une de ses cicatrices. Il en eut le souffle coupé. Ce sentiment de vide, là où le nerf avait disparu. C'était trop tard. Elle s'arrêta puis sa main glissa de nouveau sur la cicatrice. Elle en suivit la ligne jusqu'en haut de l'épaule et un peu plus bas sur son dos. Elle laissa sa paume posée sur le terrible enchevêtrement de cicatrices.

— C'était il y a très longtemps, murmura-t-il. Dans un autre pays.

Elle s'écarta, le dévisagea. Il la supplierait de garder le secret, elle accepterait gentiment sans aucun doute puis elle partirait. Et il lui faudrait la voir tous les jours. Il vivrait sur des charbons ardents. D'un moment à l'autre, le dégoût se lirait sur son visage. Toutefois Sarah ne fit aucune grimace, n'ajouta pas un mot, elle tira simplement sa chemise en arrière dégageant ses épaules. Il se tint là, torse nu, immobile, retenant son souffle. Elle tourna autour de lui en gardant la main sur son corps, en suivant les contours de ses blessures.

Il devait lui expliquer comment cela s'était produit. S'excuser, la supplier de lui pardonner.

Sarah l'enlaça. Elle posa sa joue chaude sur son dos blessé et se serra contre lui.

CHAPITRE XII

Elle n'avait que quinze ans à l'époque, ce qui doit être son excuse…

Un certain type de connaissance se passe de mots. Une compréhension physique peut émerger du voisinage, de l'intimité, de l'innombrable répétition des plaisirs et des jours. Un corps peut apprendre un autre corps, anticiper ses besoins, ses mouvements, sans avoir aucun recours à la réflexion. Sarah fut emportée par cette découverte, libérée d'elle-même, son désir si soudain en accord avec celui de James. Ce fut pour la jeune fille une révélation bouleversante.

Les mots étaient devenus en une nuit de petites pièces insignifiantes et sans valeur, destinées à être échangées contre des rubans, des boutons, une pomme, un œuf.

Dans les semaines et les mois qui suivirent, chaque fois qu'elle sortait du lit, Polly, endormie, s'y étalant de tout son long, et qu'elle se rendait, pieds nus, glacée, dans la chambre de James, chaque fois qu'elle le surprenait dans le verger avec un baiser ou l'apercevait au loin traversant les champs, les bras chargés de petits bois, elle était frappée par cette complicité silencieuse. Elle savait maintenant, d'instinct, ce que cela signifiait d'être vivant au monde et pourquoi cela valait la peine de rester dans cet endroit retiré.

Les premiers signes annonciateurs du printemps, les jours qui rallongeaient, l'apparition des perce-neige, leurs petites têtes blanches se balançant au vent de février, les agneaux titubant dans les prés, elle les connaissait bien aussi. Elle se sentait en harmonie avec ce renouveau, avec cette saison. Jusque-là elle avait considéré son corps comme un cheval de trait qui la tirait jour après jour. Elle l'envisageait de manière différente dorénavant. Il était devenu un lieu de jouissance et de délices.

Sarah ne posa aucune question à James à propos de ses cicatrices. Elles appartenaient à ce langage silencieux du corps. Elles n'avaient rien à voir avec les mots. Le soldat fouetté sous la pluie. L'homme blessé dans ses bras. Chacun expliquait et justifiait l'autre. Ils n'en parlaient jamais, non plus, mais elle savait que James faisait attention à ne pas la mettre enceinte ; elle lui en était reconnaissante, tout autant que pour le plaisir qu'il lui donnait malgré tout.

Mais viendrait le temps où la vulnérabilité de leur entente se manifesterait. Les circonstances allaient forcément révéler à un moment ou un autre l'abîme qui les séparait.

Sarah, encore innocente, ne pouvait s'en douter. Elle somnolait, satisfaite, rêvant à leur bonheur.

James, lui, savait tandis qu'il la serrait dans ses bras, son corps menu pressé contre le sien. Elle s'agita. Il lissa ses cheveux, l'embrassa sur le front. C'était un magnifique désastre et l'on ne pourrait rien faire pour l'éviter.

Polly, marmonnant dans son sommeil, se réveilla soudain et, en découvrant le lit vide et froid, devina immédiatement où était passée Sarah.

La journée, les besognes se succédaient, semblables les unes aux autres. Mrs B. maugréait et geignait. Mrs Hill s'emportait. Sarah assurait la lessive hebdomadaire avec l'aide toute relative de Polly. Mr Hill crachait sur les fourchettes pour les nettoyer et, à l'autre bout de la cour, les chevaux frappaient du sabot et hennissaient tandis que James les préparait pour la charrue ou, plus souvent, pour l'attelage qui emportait les dames vers leurs visites matinales ou leurs thés. Mais cela lui convenait désormais. En substance, les choses n'avaient pas changé, même si, pour Sarah, tout avait changé.

Elle portait à la poste de Meryton les lettres d'Elizabeth adressées à Jane et Mrs Gardiner à Londres, et à Mrs Collins dans le Kent, avec quelques pennies en poche pour payer les missives que la famille recevait. Ces petits paquets bien pliés sur leurs secrets. Sarah les étudiait, sur le chemin entouré d'herbe nouvelle. Elle les tournait et retournait dans ses mains, les reniflait. Elles voyageaient où elles voulaient, ces lettres, d'un bout à l'autre du pays comme des oiseaux.

— Tu n'as jamais l'impression, demanda Elizabeth à Sarah qui laçait son corset, que les jours filent, comme ça, fit-elle en claquant des doigts, alors que rien ne se passe vraiment ?

Sarah sourit.

— On dirait que Noël c'était hier …

Que pouvait-elle répondre à cela ? Pour Elizabeth les jours avaient filé mais, pour Sarah, ils s'étaient simplement gonflés et élargis au-delà de tous ses espoirs. Chaque instant – son parfum, sa douceur, sa chaleur – pénétraient si entièrement ses sens qu'elle était comme étourdie par le monde, plongée à l'intérieur, plus vivante qu'elle ne l'avait jamais été.

— Je serai partie pour le Kent en mars, déclara Lizzy.

Sarah hocha la tête en tirant sur les lacets. Elle donna une dernière poussée puis s'empara du jupon d'Elizabeth et le fit passer par-dessus sa tête. Celle-ci reprit d'une voix étouffée :

— La vérité, Sarah, c'est que je ne suis pas si sûre.

Sarah accrocha agrafes et œillets avant de prendre la robe pervenche sur le lit, et la souleva afin qu'Elizabeth puisse y glisser la tête et les bras. Elle ajusta les coutures. Quand elle aurait fini, elle irait retrouver James dans la cuisine ou le croiserait dans un corridor tandis qu'il servait le petit déjeuner.

Elizabeth boutonna elle-même les manchettes de sa robe pendant que Sarah s'occupait du dos.

— Bien entendu, ce sera charmant de revoir Jane. Mais six semaines dans le Kent avec les Collins…

Sarah hocha la tête.

— Je crains que ce ne soit pas très amusant.

Sarah s'empara de la chemise de nuit, la secoua, la plia puis la glissa sous l'oreiller.

— Avez-vous besoin d'autre chose ?

— Oh, merci Sarah, non, ce sera tout.

La femme de chambre fit une révérence puis

disposa. Elle emprunta l'escalier de service dans l'espoir de retrouver James.

Mr Wickham s'aventura dans la cuisine un jour de grand froid. Jusque-là, il n'avait pas osé en franchir le seuil. Cette fois, il passa d'un univers à l'autre comme si cela ne signifiait rien à ses yeux.

— Voici enfin la cuisine ! Et vous êtes tous là !

Polly qui battait des blancs en neige se figea, bouche bée. Mrs Hill, occupée aux fourneaux, se tourna, et Sarah se redressa en le voyant. On aurait dit qu'un paon venait rejoindre de vieilles poules, sautillant autour d'elles, picorant leurs restes.

— Je préfère ça ! s'écria-t-il. Que nous préparez-vous de bon ? Des macarons ? Splendide !

— Je pense que vous vous êtes perdu, monsieur, dit Sarah.

Il passa la main dans ses cheveux coupés en brosse affichant un grand sourire. *Il sait exactement ce qu'il fait*, pensa Sarah. Il se tourna pour s'adresser directement à Mrs Hill :

— J'adore les cuisines vous savez, et je tenais à voir la vôtre. Elle est vraiment charmante. Savez-vous, chère madame, que mon père était un humble régisseur. J'ai grandi dans les cuisines, les offices et les garde-manger. S'il y a bien un endroit où je me sens à l'aise, ce sont les cuisines.

Polly, ayant récupéré ses esprits, fouetta énergiquement les œufs, ses yeux noirs comme de l'encre. Sarah qui ne cessa de l'observer surprit le clin d'œil que lui adressa Wickham et l'expression intimidée et ravie de

Polly. Cet homme devait charmer son monde, c'était une obsession.

— Les dames vont vous regretter au petit salon, fit-elle.

— Bien sûr, les dames…, répéta-t-il les lèvres pincées.

Il s'avança vers l'âtre et s'installa dans le fauteuil de Mr Hill avec l'air de quelqu'un qui retrouve son foyer.

— Elles sont si fatigantes. Tous ces bavardages.

Polly gloussa en se couvrant la bouche.

Il lui sourit, les moustaches courbées.

— Je suis bien mieux ici avec vous, charmantes demoiselles.

— Nous travaillons, monsieur…, poursuivit Sarah.

— C'est là tout le charme, précisément. C'est ça que j'aime, c'est ce dont j'ai l'habitude.

Mrs Hill, qui sortait à peine du choc profond que lui avait causé cette visite – un invité avait outrepassé les limites de son domaine, et s'était même assis près du feu, avait été jusque-là incapable de prononcer un mot. Elle s'éclaircit la gorge.

— Je vais aller chercher les navets, ils sont pleins de terre et il va falloir les gratter avant de les éplucher.

Il jeta un regard sur l'assistance et, avec un sourire enjôleur, déclara :

— Mais où sont mes manières ? Je ne pense qu'à moi. Mes hôtes vont se demander où je suis…

Il se leva.

— Puis-je avoir un guide pour me raccompagner ? Vous, petite demoiselle ? Vous avez bien un moment à m'accorder ?

Sarah hésita, mais Mrs Hill, trop heureuse de se débarrasser de lui, le monde devait recouvrer son bon ordre, la coupa :

— S'il te plaît, Polly.

La fillette lâcha son fouet, s'essuya les mains et se précipita vers la porte. Bien sûr que cela lui plaisait, Mr Wickham laissait de si bons pourboires.

James avait aperçu l'officier traverser la cour quelques instants auparavant, le rouge de son uniforme éclatant dans cette journée grise. Il obéit à son instinct, et recula pour l'observer sans se faire remarquer. Il l'observa écraser son cigare contre le mur, lisser sa moustache, tirer sur les pans de son manteau et pousser la porte de la cuisine.

Il éprouva une sorte de haut-le-cœur. Wickham se faufilait partout, s'installant à Longbourn comme s'il y avait toujours vécu et comptait y rester.

James sortit de sa cachette et fit le tour de la cour en évitant de se faire remarquer depuis la fenêtre de la cuisine. Il aperçut une forme rouge sur la chaise près du feu. Il vit le jeune officier se lever et Polly courir pour aller lui ouvrir la porte. Il vit l'officier traverser la pièce rapidement et passer devant elle. Il contempla Polly qui lui emboîtait le pas, un grand sourire aux lèvres. Puis la porte se referma derrière eux.

James se précipita à son tour dans la cuisine, surprenant Mrs Hill et Sarah qui s'écria :

— Que se passe-t-il ?

— Rien, répondit-il en courant vers la porte ouvrant sur le hall, suivi par la jeune fille.

Ils aperçurent l'officier en compagnie de Polly qui lui ouvrit la porte du petit salon. Ils entendirent les dames s'exclamer en se plaignant de sa trop longue absence. Elles lui demandèrent de se justifier telles des Pénélope interrogeant Ulysse.

Polly fit une petite révérence puis se hâta vers la cuisine. James et Sarah s'écartèrent pour la laisser passer.

La femme de chambre s'aperçut que son compagnon était blême.

— Qu'y a-t-il ?

Il observait Polly qui avait repris son fouet, une fossette creusant sa joue.

— C'est à cause de Wickham ? insista Sarah.

Il secoua la tête et se dirigea vers l'arrière-cuisine où elle le suivit. Il paraissait si troublé. Il contempla par la fenêtre les poules qui grattaient la terre entre les dalles.

— James ?

Il serra les mâchoires.

— James, que se passe-t-il ?

Elle lui toucha le bras. Il parut ne pas le remarquer.

— L'officier est parti, dit-elle. Tout va bien.

Il prit une grande inspiration et exhala. Puis il hocha la tête en lui adressant un petit sourire.

CHAPITRE XIII

… Un peu de changement ne serait pas malvenu.

Mars arriva, accompagné d'une douce brise printanière, d'une couche épaisse de boue sur les routes, et d'une éclosion majestueuse de crocus mauve et doré dans le verger plantés par Mrs Bennet lorsqu'elle n'était encore qu'une jeune mariée, confiante dans son bonheur futur. L'heure du départ avait sonné pour Elizabeth.

Elle devait visiter le Kent qu'elle ne connaissait pas, s'arrêter en chemin à Londres où elle avait déjà été de nombreuses fois, logeant chez son oncle et sa tante Gardiner et où elle se proposait enfin d'emmener Sarah.

— J'en ai parlé à sir William, et je l'ai mentionné dans une lettre à Mrs Collins. Aucun des deux n'a élevé d'objection. Mrs Collins s'est même montrée très soulagée puisqu'elle n'a qu'une petite bonne en plus de son majordome et de son intendante et me disait dans sa lettre qu'elle était inquiète, en particulier pour le linge, mais qu'elle ne voulait pas priver ma mère d'une aide. Et tout le monde sait que les

Lucas ne peuvent quant à eux se le permettre depuis qu'ils ont perdu l'assistance de Charlotte en cuisine.

Sarah posa la malle par terre, essuya ses mains couvertes de poussière sur son tablier et patienta, n'ayant pas le plaisir de comprendre tout à fait ce que lui disait sa jeune maîtresse.

— Nous partirons dans la voiture des Lucas, poursuivit Elizabeth en examinant le dos d'un livre avant de le tendre à Sarah, qui le prit sans rien dire et le glissa dans la poche de son tablier. Nous serons un peu serrées donc je te recommande de voyager léger, un petit sac ou ta vieille valise si tu préfères. Mais s'il te faut plus de choses, mets-les dans un coin de ma malle. Elle nous suivra.

— Vous voulez dire que je vous accompagne ?

— Oh ! Je ne te l'avais pas annoncé ? s'écria Elizabeth. Ce n'est pas le vaste monde, ma chère, mais c'est ce que je peux t'offrir de mieux pour l'instant. Nous nous arrêterons à Londres, une nuit à l'aller et au retour. Ce devrait être intéressant. En tout cas, ce sera déjà un changement de décor.

Sarah s'assit sur la malle mais dut retirer le livre de sa poche parce qu'il lui rentrait dans la cuisse. Londres, le Kent… Que cela se produise maintenant quand cela ne lui procurait plus une telle joie. C'était comme si Elizabeth lui avait dit : « Nous partons en voyage, tu peux venir, mais tu dois laisser ta jambe ici. »

— Les Collins vivent-ils à côté de la mer ?

— Non, mais je suppose qu'ils en sont plus près que nous. Tu devras voyager sur le strapontin, alors couvre-toi bien et prie pour que nous ayons beau temps.

Sarah acquiesça et regarda le livre qu'elle tenait entre ses mains, le volume deux de *Pamela*.

— Tu n'as pas l'air heureuse de mon petit projet ?

Elle leva les yeux. Elizabeth paraissait confuse et un peu blessée.

— Oh si, miss ! vraiment, mais c'est une telle surprise.

— Je ne pouvais pas t'en parler avant de recevoir la réponse de Mrs Collins, je pensais que cela te ferait plaisir.

— Oui, beaucoup. Merci.

Elizabeth retourna à ses livres. La tête penchée, le visage pensif, elle considérait quels ouvrages emporter. Sarah se demanda ce que cela faisait de mener ainsi sa vie comme une danse de village où tout est charmant, gracieux, ordonné, chaque tour parfaitement réglé, sans un pas de travers. Cela n'avait rien à voir avec les allées et venues de Sarah tantôt par la boue, tantôt par le vent comme aux premiers bourgeons et rayons de soleil.

Mars est un mois terrible pour l'entretien des souliers, pire encore qu'au plus profond de l'hiver. En mars, les dames et gentlemen, après avoir reniflé l'air comme des lapins, déclarent qu'il fait assez beau pour risquer une promenade matinale. Un tour dans le parc pourrait même être envisagé avant le dîner. Les pieds, joliment chaussés, pataugent, indifférents, dans le bourbier tandis que leur propriétaire examine de plus près un bouquet de pâles jonquilles, des renoncules des marais, ou des violettes tournant leurs parfaits et minuscules visages vers le soleil printanier.

James avait aligné les bottes des Bennet, les sept paires, par ordre décroissant. Il avait brossé la boue sèche sur la première et frottait maintenant le cuir en trempant un chiffon dans le pot de graisse pour la briquer. Il sifflotait, absorbé par sa tâche. Sarah s'assit à côté de lui. Il ne leva pas les yeux, mais ses ridules se creusèrent. Elle savait qu'il souriait.

— Tu n'as presque plus de graisse à chaussures.

Il confirma.

— Je t'en ferai dès que j'en aurai l'occasion. Une vieille brebis est morte hier, on doit la mettre à bouillir pour en tirer du suif.

Elle prit une bottine appartenant à Elizabeth, délicate, jolie, mais entièrement maculée d'une couche épaisse de terre séchée. Comme toujours avec elle. Sarah commença à la gratter en la faisant tourner entre ses mains.

— Laisse, je m'en occuperai.

— C'était mon travail avant que tu n'arrives.

Ses yeux se plissèrent de nouveau et il se remit à siffler tout bas un air familier.

— Tu sais qu'elle va partir ? reprit Sarah.

— Miss Elizabeth ? Oui.

— Elle a dit que je pouvais l'accompagner.

— Ah oui ?

— D'abord à Londres puis dans le Kent.

Il s'interrompit.

— Tu vas adorer ça, j'en suis sûr. Toi qui voulais déployer tes ailes. Cela te fera du bien.

Il examina la bottine, ses petits boutons, la courbe

délicate de la cambrure. Le cuir terni avait la couleur d'une vieille châtaigne.

— Mais je serai partie six semaines environ.

Il se tourna et lui sourit.

— Je serai toujours là à ton retour.

Sir William et Maria Lucas vinrent les chercher un matin de bonne heure. Si tôt que le coq chantait encore sur le toit du poulailler. Ils devaient parcourir quarante kilomètres jusqu'à Gracechurch Street où ils y passeraient la nuit avant de rejoindre les Collins le lendemain.

James hissa Sarah à l'abri des regards, sur le strapontin à l'arrière de la calèche revêtue de cuir bleu. Ce n'était pas vraiment un siège mais une plate-forme sur laquelle un valet pouvait se tenir debout. Elle se retrouva à côté des sacs pour leur nuit dans la capitale, les pieds dans le vide. Elle remit son bonnet en place, puis coinça les pans de sa pelisse sous ses cuisses afin d'éviter qu'ils ne fussent pris dans les roues. James jeta un coup d'œil au ciel.

— Je pense qu'il va faire beau.

— Oui.

— Et tu échapperas à la boue.

— Je vais être très bien.

James prit la sangle des bagages et la passa autour de la taille de Sarah. Il dut se pencher vers elle. Elle inspira profondément son odeur de cuir, de chevaux, de paille, contempla l'angle de sa pommette… Elle chérirait ce souvenir.

— Ce n'est pas très loin, tu sais, lui assura-t-il.

— Oui, tu me l'as déjà dit.

— Désolé. Je suis insupportable.

Elle esquissa un sourire.

— Vous y serez à midi.

Il lui caressa la joue puis recula, le visage pâle soudain, évitant le regard de Mrs Bennet qui faisait le tour de l'attelage en adressant d'inutiles instructions à sa fille qui les écoutait d'une seule oreille, exaspérée.

Mrs Bennet était, avait-elle informé Mrs Hill, tout à fait résignée au mariage de Mr Collins avec Charlotte Lucas. Mais le tableau auquel elle était soumise – un père très fier et sa benjamine tout émoustillée d'aller voir les nouveaux mariés, tandis que le rôle de vieille fille échouait à Elizabeth –, lui était insupportable. Elle trouva les manières affables de sir William particulièrement provocantes. Quand il s'inclina devant elle depuis son siège et qu'il émit un commentaire favorable sur la journée, elle répliqua :

— J'ai peur que vous ne trouviez les routes bien peu praticables après toute cette pluie.

— Quelle importance quand on a une voiture confortable et de bons amis pour vous accueillir au bout du voyage. Nous prendrons grand soin de votre chère Lizzy, ne vous inquiétez pas.

Mrs Bennet n'eut pas d'autre choix que de le remercier avant de rejoindre sa famille sur le perron.

— Si seulement vous aviez insisté pour que Lizzy épouse Mr Collins, siffla-t-elle à son époux, j'aurais été dans cette voiture et de ce voyage.

— Si Lizzy avait épousé Mr Collins, rétorqua-t-il, je doute que sir William vous eût conduite dans le Kent, aussi bon voisin fût-il.

— Vous prenez un malin plaisir à faire semblant de ne pas comprendre.

Mr Bennet serra les mâchoires. Mrs Hill se prépara au pire. Les mots tombèrent, durs comme des grêlons :

— Croyez-moi, ma chère, je n'y trouve aucun plaisir.

Mrs Bennet rougit et commença à protester à propos de son défaut d'aménité quand l'intendante s'approcha et lui offrit son bras.

— Madame.

Mrs Bennet la regarda, le menton tremblant.

— Merci, Mrs Hill. Voilà ma petite fille partie, soupira-t-elle. J'espère qu'elle sera heureuse.

Elles grimpèrent les dernières marches du perron et entrèrent dans la maison. Mrs Bennet poursuivit ses jérémiades. Mrs Hill fit de son mieux pour la réconforter tout en pensant qu'Elizabeth avait en effet intérêt à être heureuse. Sinon elle risquait de regretter éternellement d'avoir repoussé Mr Collins.

Sarah voyageait enfin. Du haut de son perchoir, secouée par les cahots, ornières et nids-de-poule de la route, elle découvrait le vaste monde à reculons, comme s'il se dévidait de sa bobine.

Longbourn se dérobait au loin. La maison, dissimulée par les bosquets, finit par disparaître. Ils parvinrent au croisement, laissèrent l'arbre aux moignons, roulèrent jusqu'à Meryton, les sabots claquant sur les pavés de la ville, ils passèrent devant la pâtisserie, la salle des fêtes, la mercerie, l'auberge. La fille de l'épicier, sortie faire ses livraisons, un panier au bras, agita la main et sourit en voyant Sarah sur son perchoir. La jeune fille lui répondit, toute joyeuse. Puis ils quittèrent la petite ville, et passèrent devant un champ de manœuvres où les soldats défilaient, raides comme des piquets, tandis qu'un officier hurlait des ordres. Ils empruntèrent la nouvelle route à péage, s'arrêtèrent à la barrière, roulèrent de nouveau. Tout en se balançant sur son strapontin, Sarah abandonna bientôt le monde qu'elle connaissait.

Le sol s'effaçait sous les roues, le ciel était bleu pâle au-dessus d'elle. Elle entendait les voix des passagers plus confortablement installés à l'intérieur de la voiture. Alors qu'ils franchissaient un fleuve marécageux rempli de roseaux, sir William s'écria : « La puissante Tamise ! »

Défilèrent de hautes haies, des villages disséminés le long de la route comme des perles sur un fil, des champs entiers de cresson aux rigoles d'eau claire qui dégageaient une puissante odeur poivrée. Des jardins potagers, les pousses sous paillis. Les champs rétrécirent, divisions de modestes parcelles, plantées de cabanes et d'appentis, faits de bois grossier et de bardeaux. Ils ralentirent devant un troupeau d'oies qui longeaient la route, chassées par une fille au chapeau à large bord munie d'un bâton. Elle regarda fixement Sarah, le visage rouge et scrofuleux. Ils traversèrent à gué, soulevant de chaque côté des gerbes d'eau hautes comme des fontaines. Les champs alentour sentaient le fumier ; le bétail s'y tenait maigre et immobile, comme dans une scène champêtre peinte sur émail. Puis la route s'inclina. La circulation s'intensifia, ils croisèrent des charrettes, des cabriolets, des chaises de poste, des malles-poste. Les premières maisons apparurent dans une atmosphère sale et enfumée. Les roues raclèrent les pavés tandis qu'ils s'enfonçaient dans la ville. Sarah, bouche bée, la tête inclinée en arrière, admirait les bâtiments qui s'élevaient au-dessus d'elle, hauts comme des falaises, et qui se faisaient face de chaque côté du courant des voitures auquel elle appartenait désormais. Elle était plongée dans ce grand flux londonien, cette marée de fiacres, brouettes, carrioles. Et la foule, si bigarrée. Elle vit des vendeuses de poissons haranguer le chaland, des garçons de course en casquette, la mine joviale, le regard hardi ; un mendiant en haillons, un vétéran, se déplaçant sur ses moignons. Une laitière, ses seaux remplis d'un lait bleuté qui ne ressemblait pas au lait que Sarah connaissait. Les rues luisantes de fumier. Tout cela accompagné d'une odeur de suie, de cloaque, de légumes avariés, et d'un vacarme assourdissant : bruits des sabots, cris des marchands des quatre-saisons, des dockers, des vendeurs de muffins, des fiacres, de la multitude se pressant et se bousculant. Un jeune garçon d'une saleté repoussante s'avança vers elle. Elle crut qu'il allait lui demander quelque chose, mais il retroussa ses jupes et essaya de glisser sa main entre ses cuisses. Elle le repoussa d'un coup de pied tandis qu'il reculait en souriant, un trou noir à la place de ses dents de devant. Il disparut la laissant toute tremblante.

Et dire qu'elle avait cru à un moment que ce serait une bonne idée de venir seule…

Ils pénétrèrent dans Gracechurch Street et, après une centaine de mètres, s'arrêtèrent devant une maison de ville, imposante et élégante. Le perron était d'un blanc éblouissant. Elle eut une pensée pour Martha, la femme de chambre rousse des Gardiner qu'on avait crue oisive à Noël. Elle comprenait mieux maintenant. Elle avait dû se casser le dos à frotter ces marches pour obtenir pareil résultat au milieu de toute cette saleté. Sarah délia la sangle et descendit de son strapontin. Elle aperçut Jane à une fenêtre, pâle et fantomatique, telle une apparition. Quelques instants plus tard, la jeune fille venait les accueillir en compagnie de Mrs Gardiner et des enfants.

Les passagers quittèrent la voiture, les jambes raidies par leur voyage. Sarah entreprit de sortir les petits bagages et les tendit au valet de pied qui attendait. Un autre domestique s'occupa du cheval et de la voiture qu'il conduisit dans une ruelle en franchissant une arche. Sarah entra dans le vestibule et attendit ses ordres.

La maison semblait toute plate et s'étirait en hauteur. Elle disposait de larges fenêtres. Sarah suivit les instructions de Martha qui parut heureuse de la voir et monta à l'étage des domestiques. Elle abandonna sa valise à côté d'un grabat installé pour elle. De la lucarne, elle aperçut les cheminées des toits, quelques arbres timides regroupés dans un square. Plus loin, les mâts et voilures des bateaux à quai. Elle dut se hâter de redescendre. On sortait.

Elizabeth avait prévu de faire des courses avec sa tante. Elle avait demandé à Sarah de les accompagner puisqu'il n'y avait pas de bagages à défaire étant donné qu'elles repartaient le lendemain. La femme de chambre monta à côté du cocher, un cockney incompréhensible, qui persista à lui désigner des points de repère, supposa-t-elle, des lieux dignes d'intérêt. Elle regardait dans la direction qu'il lui indiquait pour se montrer obligeante en se contentant de hocher la tête de temps en temps.

Ils progressèrent lentement dans les rues marchandes obstruées par la circulation, puis accélérèrent dans les endroits plus calmes de la ville. Ils débouchèrent devant une place en forme de croissant où s'alignaient comme une rangée de dents des maisons de ville aux façades blanches. On apercevait, tout au bout, un lot vide, brut, dont seules les fondations et les fosses d'aisances avaient été déjà creusées.

Ils empruntèrent une large avenue. Le cocher s'arrêta, il les attendrait tandis qu'elles faisaient les boutiques.

Sarah suivit Elizabeth et sa tante sous une arcade, puis une autre, dans une boutique et la suivante, offrant des rouleaux de tissu, de papier peint, et de tapis. Mrs Gardiner devait décorer un salon et tenait à recueillir l'avis de sa nièce sur les motifs et les couleurs. Sarah se trouva bientôt chargée d'une pile de boîtes de carton et d'échantillons. Elle eut l'impression de revivre une scène. Elle en avait rêvé. Mais la réalité était loin d'être aussi agréable. Les paquets glissaient, un carton s'enfonçait dans ses côtes… Elle n'entendait rien à cette frénésie de posséder, en quoi tel papier imprimé était irrésistible et tel autre révoqué, ni en quoi cela importait tant ?

Elles visitèrent une autre maison où l'on s'occupa des dents de Mrs Gardiner. Elle suggéra à Elizabeth qu'on l'examinât, mais celle-ci déclina l'offre et attendit sa tante dans la voiture parquée devant l'établissement de Mr Spence. Elle demanda à Sarah ce qu'elle pensait de Londres.

— Ce n'est pas ce que j'imaginais, miss.

— Comment le voyais-tu ?

— Je ne saurais le dire.

Elles virent des gens élégamment vêtus entrer d'un pas vif, et ressortir un mouchoir ensanglanté sur la bouche.

— Je crois que j'ai fait le bon choix, déclara Elizabeth.

— Oh oui, miss.

Décision confirmée par l'apparition de Mrs Gardiner, les lèvres enflées après qu'on lui eut limé toutes les dents du bas.

Elle ne put rien avaler de tout le dîner. Jane, quant à elle, ne fit que picorer. Sarah prit son repas dans la salle des domestiques en retenant à grand-peine ses bâillements. Puis la famille ressortit pour se rendre au théâtre, Martha mit les enfants au lit, la maison desserra son col, et sombra dans un silence épuisé.

Londres. Le cœur surpeuplé de la ville. Où il devait y avoir des ours dansants, des mendiants joueurs, des feux d'artifice capables d'effrayer des soldats. Sarah, allongée dans son lit, tira la couverture sur son menton. Martha souffla sur la chandelle et elles se retrouvèrent dans le noir.

Sarah se recroquevilla sur un côté. Le matelas était fin, fait de vieux cheveux, et elle sentait les planches de bois sous ses hanches et ses épaules. Malgré sa fatigue, elle ne trouvait pas le sommeil, gênée par tous ces bruits inaccoutumés qui s'empilaient : les fiacres, les charrettes, les cris des chats, le craquement des cordes sur les jetées, un chien qui aboyait, une horloge, une autre encore plus loin, carillonnant heure après heure. Sarah se tourna et se retourna dans les couvertures emmêlées à l'odeur peu familière.

Le Kent était verdoyant et infini. Ici, des champs de houblon, là, de lavande, qui était encore grise, mais se couvrirait bientôt de mauve. Les fermes étaient montées sur des pilotis de pierre pour se protéger des rats, expliqua sir William. Une véritable fontaine d'informations qu'il fournissait à loisir aux deux jeunes filles dont il avait la charge. Sarah, du haut de son strapontin, entendait tout à travers le toit de la calèche aussi fin qu'une ombrelle.

Ils firent halte à un péage. Le garde s'exprimait avec un accent si étrange que sir William dut, pour se faire entendre, hausser la voix et joindre le geste à la parole. La transaction effectuée, il fit remarquer que c'était la marque d'une véritable éducation que de se faire comprendre des classes inférieures et qu'il avait beaucoup de chance de posséder cette heureuse qualité. Sarah, de son côté, vit le garde maugréer, en crachant par terre, quelque chose qu'elle ne put entendre mais dont elle n'eut aucune peine à saisir la signification, aussi peu instruite fût-elle.

Ils aperçurent bientôt les palissades d'un parc. Une grive litorne, posée sur un des piquets, déversait son chant, le bec ouvert. Dans un village, ils dépassèrent de charmants cottages aux avant-toits bas, des terres creusées de sillons pour les semailles de printemps.

Sir William fit arrêter l'attelage devant une bâtisse plaisante qui faisait le tiers de Longbourn. Elle était entourée d'une barrière verte, d'une haie de lauriers et son jardin descendait en pente jusqu'à la route. Mr et Mrs Collins vinrent à leur rencontre.

Sarah suivit le petit groupe avec les valises jusqu'à la porte où Mr Collins s'écarta pour la laisser passer.

— Bien, bien, ma chère…, dit-il sans parvenir à retrouver son prénom. Ma chère enfant.

L'intendante du presbytère de Hunsford s'agitait comme un taon autour de Sarah, bourdonnant à son oreille, prête à piquer. Le moindre de ses gestes était scruté à la loupe. Tout devait être fait à la perfection. Elle n'hésitait pas à s'accroupir pour examiner la propreté d'une table sur toute sa longueur, plongeait la tête dans les casseroles telle une poule, examinait chaque verre à la lumière. C'est pourquoi la femme de chambre des Collins ressemblait à un lapin apeuré, toujours sur le qui-vive. Sarah essaya d'engager la conversation ce premier après-midi, alors qu'elles faisaient les cuivres dans l'arrière-cuisine. La fille se contenta de la dévisager, un chiffon dans la main et une tasse remplie d'une pâte de sel, farine et vinaigre, dans l'autre. Puis, s'apercevant qu'elle en avait délaissé sa tâche, elle frémit et entreprit de frotter le samovar comme si elle voulait y creuser un trou. Sarah fit silence à son tour. Cependant elle ne parvenait pas à comprendre la raison d'une telle agitation. Mrs Collins était raisonnable, Mr Collins facile à satisfaire, alors pourquoi les domestiques de Hunsford étaient-ils en permanence sur des charbons ardents ?

Et puis, un matin, lady Catherine de Bourgh vint leur rendre visite.

— La bienfaitrice de notre maître, murmura la femme de chambre, avec une mine effrayée.

Sarah fit une révérence et observa discrètement cette grande dame qui s'avançait, majestueuse, examinant chaque personne de pied en cap.

Lady Catherine parcourut le presbytère de fond en comble. Elle monta aux étages, ouvrit des armoires, souleva un vase et vérifia qu'il ne laissait pas de trace sur le manteau de la cheminée. Elle examina la broderie de Mrs Collins en lui recommandant de se concentrer sur sa dentelle et de ne pas perdre de temps avec le satin. Puis elle daigna accepter un rafraîchissement, ce qui eut pour effet de semer une véritable panique en cuisine. La dernière fois que lady Catherine les avait honorés de sa présence, le thé avait été jugé trop fort et les domestiques accusés de prodigalité.

Il n'y eut pas de commentaire cependant, ce qui encouragea l'anxieuse intendante à pousser un soupir de soulagement, dont elle rougit aussitôt. Cependant, lady Catherine ne cacha pas pour autant son opinion sur l'état du plateau. La femme de chambre se recroquevilla sur elle-même, et se dépêcha d'aller s'occuper ailleurs, jusqu'à ce que sa honte et sa rage eussent disparu.

— Si votre domestique n'est pas capable de remarquer une tache, vous feriez mieux de la congédier.

Quinze jours plus tard environ, peu de temps après le retour de sir William à Lucas Lodge, on tua un cochon. Mr Collins contempla la scène, les bras croisés, tandis que la bête se débattait en couinant puis, une fois saignée, s'immobilisa, inerte.

— Un bel animal ce Berkshire, commenta-t-il. Le plus beau de la région, je dirais.

Sarah emporta le seau rempli de sang à la cuisine où la dépouille du cochon fut transportée, les pattes en l'air, afin d'y être découpée. Comme il s'agissait d'un travail difficile, un servant s'en chargea. L'intendante tailla le gras et le jeta dans une cuve.

— Vous vous en occuperez, Sarah ?

Celle-ci la regarda, interloquée.

— Vous savez faire du savon, je suppose ? Vous en avez bien dans le Hertfordshire ?

— Où est la soude ?

— À sa place habituelle.

Dans l'office, Sarah mesura la potasse, l'eau, puis alluma le feu sous la marmite de cuivre et fit fondre la graisse. Elle sentit à peine l'odeur porcine qui se dégageait du liquide bouillonnant ou alors elle s'y était habituée, parce que, au bout d'un moment, cela ne sentait pas tout à fait comme un dîner du dimanche[1]. Elle prit quelques brins de lavande, en glissa un dans la poche de son tablier. Elle ne manquait jamais de s'étonner en constatant à quel point la fabrication du savon, instrument de propreté par excellence, pouvait se révéler répugnante. Elle égrena la lavande et jeta les bourgeons dans l'espèce de bouillie caillée.

Le savon fut versé dans un moule, le moule couvert de linges et enfoui dans un placard où il poursuivrait

1. Traditionnellement, on servait un rôti le dimanche soir.

sa cuisson. Sarah sortit dans la cour, en clignant des yeux, éblouie par la lumière. Un cheval de ferme se grattait le cou sur la porte de son box. Elle contempla la cime des platanes qui surplombaient le toit de tuiles et un oiseau blanc qui traversait le ciel bleu, volant haut par-dessus le patchwork de champs, taillis et forêts, pour atteindre peut-être la mer.

La mer. Elizabeth avait dit qu'elles s'en étaient rapprochées. Pourrait-elle l'entrevoir ? Quel intérêt avait le Kent si tout ce qu'on lui montrait, c'étaient les entrailles d'un cochon et d'un presbytère ?

Elle ôta son tablier et fila par la porte de derrière. Elle parcourut, essoufflée, les rues du village, aperçut des poules naines qui grattaient la terre, des rosiers sans feuilles dans un jardin et une femme qui la regarda passer, les bras croisés sur la poitrine, depuis le seuil d'un cottage.

Derrière les maisons, les haies massives étaient pleines de bourgeons. Elle monta sur un échalier et distingua un champ, quelques panaches de fumée, les flèches d'une église, des toits de fermes aux tuiles en terre cuite, du vert, beaucoup de vert. Mais pas la mer.

Ce n'était pas si différent de ce qu'elle connaissait. Même s'il n'y avait rien ici pour lui rappeler ce qui faisait du Hertfordshire le centre du monde.

L'intendante l'attendait de pied ferme au presbytère, les poings serrés sur les hanches.

— J'avais fini le savon…, se justifia Sarah.

Elle fut réduite au silence par un coup sur la tête et tirée à l'intérieur de la maison.

Elle était dans une maison respectable ! Qu'allaient dire les gens ? Plus grave encore, qu'allait penser lady Catherine quand elle l'apprendrait ? Se balader dans la campagne comme une véritable traînée ! Avait-on seulement idée !

Sarah était outrée, indignée. L'intendante n'avait aucun droit sur elle. Sarah ne lui appartenait pas, comment osait-elle l'insulter ainsi ? Mais impossible de discuter avec cette mégère. Elle poussa Sarah dans la cuisine sans cesser de la morigéner : lady Catherine allait tout découvrir, c'était sûr, et Sarah pouvait être assurée que personne ne la protégerait de ses foudres.

La sonnette retentit. Sarah, qui venait de passer le balai et ramassait la poussière, sursauta. Elle n'avait reçu aucune instruction en ce qui concernait la porte du presbytère. À Longbourn, cette tâche revenait à James ou à Mr Hill. Elle attendit. Mais aucun valet ne se présenta.

Elle se mordilla l'ongle. Quoi qu'elle fasse, elle serait dans son tort : qu'elle aille chercher quelqu'un en laissant le visiteur à la porte ou qu'elle lui ouvre pour se voir reprocher d'avoir outrepassé ses fonctions. Et si c'était lady Catherine qui venait sermonner les Collins parce qu'ils ne savaient pas tenir leurs domestiques ? Que dirait-elle en voyant la scélérate en personne lui ouvrir la porte ?

Pas un mouvement, pas un craquement dans le vestibule. Elle distingua la voix de Mr Collins dehors. Quelques brèves réponses, sur un ton plus bas. Il avait dû sortir par une autre porte et revenait avec des visiteurs. Des gens de qualité puisqu'ils devaient attendre qu'on les fasse entrer.

Chaque seconde qui passait empirait les choses.

Elle posa son balai et alla tirer le loquet.

Finalement peu importait qu'elle ait dépassé ses prérogatives parce que les deux messieurs qui entrèrent ne lui prêtèrent aucune attention, se comportèrent comme si elle n'avait jamais existé et que la porte s'était ouverte par magie.

— Par ici, Mr Darcy, colonel Fitzwilliam, je vous en prie, sur votre gauche.

Un manteau de velours vert, un autre bleu, le craquement doux du cuir, une odeur de pin et de laine, des bottes étincelantes. Ils étaient si grands, si élégants, si distingués, qu'ils semblaient appartenir à une espèce différente, à un autre monde, aussi singuliers que des anges.

Mr Collins ferma derrière eux, plongeant le vestibule dans l'obscurité. Il s'aperçut enfin de l'existence de Sarah et se tourna vers elle, d'un air terrifié.

— Dire que j'étais parti me promener et que je suis tombé sur le colonel et Mr Darcy ! Et qu'ils ont accepté, ma chère, de venir dans mon humble logis !

Elle lui fit un sourire encourageant.

Il les suivit en se frottant les mains et en marmonnant, stupéfait que ce bonheur pût à ce point le bouleverser, avant de disparaître dans le petit salon. Elle l'entendit les inviter à s'asseoir et leur proposer un thé en sonnant la cloche. L'intendante apparut aussitôt en jetant un regard accusateur sur Sarah.

Celle-ci reprit son balai sans dire mot, et fit disparaître les dernières feuilles de thé.

— Il tient forcément de sa tante, lady Catherine, estima Elizabeth en retirant ses jupons. Il doit passer ma conduite au crible.

— Il aura du pain sur la planche.

Sarah posa l'eau chaude sur la table de toilette et sortit un pain de savon de sa mousseline tandis qu'Elizabeth repoussait le compliment.

— Je ne corresponds pas du tout à l'idée qu'il s'est forgée d'une femme accomplie. Je l'ai entendu un jour énumérer la liste des talents requis et une femme doit combiner les trois Grâces en elle pour avoir la moindre chance de le séduire.

— Mais quel homme sensé rechercherait votre présence, miss, si c'est uniquement pour vous trouver des défauts ?

— Exactement. Ce n'est pas un homme sensé.

Le savon était parfumé aux pétales de rose. Ils étaient devenus, avec le temps, aussi bruns et craquelés que des feuilles de thé. Son propre savon à la lavande séchait depuis quinze jours et il faudrait attendre encore un mois avant qu'il puisse être utilisé sans danger sur la peau d'une dame. Ils seraient déjà rentrés à Longbourn. Cette pensée lui fit l'effet d'une brise fraîche tandis qu'elle posait une serviette sur la table en marbre et une autre par terre.

— Pourtant, je n'arrive pas à comprendre pourquoi il vient sans cesse nous visiter, avec ou sans le colonel, quand il ne rôde pas autour de Rosings et… m'observe.

Sarah examina le savon : une petite mouche y était incrustée ; elle avait cru d'abord que c'était un bout de pétale. Elle l'arracha et la jeta. Sa maîtresse était trop absorbée par ses pensées pour s'apercevoir de quoi que ce soit.

— Ce n'est pas pour le plaisir de la compagnie puisqu'il est capable de rester une dizaine de minutes assis sans ouvrir la bouche, et ce n'est pas non plus pour les pâtisseries qui n'ont rien de remarquable, malgré ce que prétend Mr Collins. Oh, ces lacets !

Elle leva les mains en l'air d'un air frustré. Sarah s'approcha, dénoua le nœud et délaça les cordons du corset d'Elizabeth qui s'appuya sur elle pour s'en extirper en l'enjambant un pied après l'autre.

— Vous n'avez aucune idée, miss, de la raison pour laquelle il vous regarde si souvent ?

— Il pense peut-être à son dîner… Je ne sais pas. Vraiment.

Elizabeth, débarrassée de son corset et de sa camisole, entreprit sa toilette avec un linge mouillé, se lavant le visage, le cou, et les oreilles tandis que Sarah disposait sa chemise de nuit sur le lit. Elizabeth aurait-elle raison, après tout ? Il était peut-être affamé, mais elle se trompait sur la nature de cette faim. Elizabeth rinça le linge, le savonna et le passa sous ses aisselles.

— Vous ne pensez pas qu'il pourrait avoir un penchant pour vous, miss ?

— Oh, mon Dieu, non ! s'exclama Elizabeth. Tu dis de ces bêtises, Sarah.

Elizabeth avait une migraine pour la deuxième fois de la journée. Elle avait lu et relu toutes les lettres que Jane lui avait écrites, ce qui l'avait attristée. Ces larmes provoquèrent les maux de tête. Il était impossible maintenant qu'elle allât à Rosings alors qu'elle avait une si bonne raison d'être excusée.

Sarah aurait adoré recevoir une lettre. Elle aurait adoré se permettre le luxe des larmes et des migraines. Le salon sombre, un linge humide sur le front, et la paix que procurait une maison vidée de ses occupants.

Cette fois, quand la sonnette d'entrée retentit, Sarah courut répondre pour prévenir le visiteur – elle pensait qu'il pouvait s'agir d'un paroissien dont un parent était malade – que la famille n'était pas là. Mais c'était encore le ténébreux Mr Darcy. Il se dirigea sans un mot vers le couloir et pénétra dans le petit salon. Elle entendit l'exclamation de surprise d'Elizabeth, l'imagina ôtant son linge et ouvrant les persiennes. Sarah n'avait rien pu faire pour arrêter Mr Darcy, pas plus que les ombres du soir ne pouvaient le faire trébucher. Debout sur le perron, elle se sentit tout à fait transparente : la poignée de cuivre semblait traverser sa main, le bleu de la nuit couler à travers elle.

Elle s'assit sur le perron, la porte entrouverte derrière elle. Il ne restait plus que quelques jours – neuf, compta-t-elle, et celui-ci était presque fini, Dieu merci – avant qu'ils ne reprennent la route pour Longbourn. Elle tourna son visage vers l'air frais, inspira le parfum plein de sève des lauriers. Un rossignol chantait dans les arbres.

Je t'écrirais une lettre James, si j'avais du papier, si j'avais de l'encre, si j'avais un timbre. Je te demanderais comment vont les choses à Longbourn, comment se débrouille Polly sans moi. Si Mr Hill a fini par accepter de faire la graisse à cirer à ma place. Je te parlerais du cheval bai qui se gratte le cou, du rossignol qui chante et de la truie noire, aux pattes blanches, au groin rose, transformée en savon, des champs qui étaient verts quand nous sommes arrivés et qui offrent maintenant des herbes hautes comme des lances, et de Mr Fitzwilliam Darcy, un être si imposant, si brillant qu'il me fait disparaître hors de son monde par sa seule présence, je deviens une fille fantôme qui peut déplacer les choses mais ne peut être vue. Je te dirais comment, grâce à toi, je me sens exister, plus réelle que je l'aurais cru possible. Je te demanderais si je te manque comme tu me manques parce qu'il n'y a aucun autre endroit au monde qui compte pour moi, excepté celui où tu te trouves. Les jours passés au loin sont pareils au fromage de tête froid, aux corvées, il faut les endurer, rien de bon ne peut en sortir, mais tout a une fin, et je serai bientôt de retour auprès de toi.

Elle entendit une porte claquer dans la maison. Des pas précipités dans le vestibule. Elle se leva et s'écarta à toute vitesse de peur qu'il ne l'écrase. Mr Darcy passa à grandes enjambées devant son fantôme. Il laissa la barrière ouverte. Quand il fut hors de vue, elle alla la refermer derrière lui.

De retour dans la maison, elle s'approcha du salon sur la pointe des pieds, tendit l'oreille, et perçut les sanglots étouffés d'Elizabeth. Elle posa la main sur la poignée, hésita puis rebroussa chemin. Parfois, il valait mieux passer inaperçue plutôt que d'attirer l'attention d'un gentleman tel que Mr Darcy, songea-t-elle.

Pour James, Longbourn avait perdu toute sa douceur, la maisonnée, dissonante, crissait et cliquetait. Sans leurs aînées, les jeunes dames produisaient plus de bruit que de coutume. Quand ce n'était pas les gammes et les arpèges de Mary ou un air italien indéfiniment répété parce qu'elle butait sur le même passage épineux, c'était Kitty et Lydia qui se disputaient un vêtement ou hurlaient des commérages. Le plus souvent, c'était les deux à la fois. Mr Bennet s'enfermait dans sa bibliothèque pour n'en sortir qu'à l'heure du dîner. Mrs Bennet se plaignait de ses maux de tête dans l'indifférence générale. Polly portait les lourdes aiguières et les pots de chambre puants à travers les étages. Mrs Hill pleurait en épluchant les oignons. Mr Hill, après avoir bu son sherry dans la cave, disparaissait discrètement pour aller retrouver un ami. James faisait le cocher, servait à table, épongeait la boue des basques des habits, nettoyait les taches d'herbe sur les pelisses, coupait le bois, apportait l'eau et, parfois, se distrayait en accompagnant la petite Polly qui allait chercher des œufs ou des salades. Mais, la plupart du temps, il se sentait suspendu comme une note se prolonge dans l'air lorsqu'un morceau de musique est soudain interrompu.

Les jeunes filles se rendaient chaque matin à Meryton afin d'acheter des rubans, des bas, de la poudre à dents, et de rendre visite à leur tante Philips. Comme elles s'y rendaient à pied, James ne les voyait pas partir, mais leur bavardage au retour prouvait qu'il était aisé de trouver une paire ou deux d'officiers pour prendre le thé ; déambuler le long de Market Street était tout ce qu'il en coûtait.

Il y eut des fêtes, des soupers et des jeux de cartes chez leur tante Philips, des bals dans la salle des fêtes à la pleine lune, et aussi une fastueuse réception dans les quartiers du colonel Forster, qui requirent la voiture.

James les attendit dehors comme d'habitude, les épaules rentrées, le chapeau bas, le regard aux aguets.

Le vacarme fut tel durant toute la soirée que l'on se serait cru chez les fous. Quelqu'un aurait dû appeler le constable pour mettre fin à cette émeute[1]. Les réjouissances se prolongèrent jusque tard dans la nuit. L'horloge de la ville sonna une heure puis le quart puis la demie. Lorsque la fête se termina, à deux heures, un jeune homme apparut, vêtu d'une robe et d'un bonnet de femme, les lèvres et les joues peintes, un officier en uniforme à chaque bras. Il parcourut la rue en repoussant leurs mains baladeuses. Lydia et Kitty contemplaient le spectacle, sous l'emprise d'un fou rire incontrôlable.

— Vous avez vu ? s'écria Lydia, le souffle court en montant dans la voiture, vous avez vu Chamberlayne ? C'était si drôle ! Nous l'avons habillé en femme et personne ne l'a reconnu !

James s'inclina, referma la porte derrière elles, puis monta sur son siège. Il les ramena à la maison, dans la nuit froide ; il les entendit glousser comme des

1. Selon le « Riot Act », loi du Parlement éditée en 1714 qui autorise les autorités locales à déclarer tout rassemblement de plus de douze personnes comme hors la loi.

dindes. Cette histoire l'avait mis très mal à l'aise. Il n'y avait peut-être aucun mal à se comporter ainsi avec un garçon, mais les filles risquaient de tomber sur des jeux plus dangereux. Alors le sentiment de supériorité qu'elles arboraient tel un bouclier leur serait fatal.

CHAPITRE XIV

Wickham sera bientôt parti et les gens d'ici se moqueront de savoir qui il est vraiment.

Les bas-côtés étaient couverts des floraisons de mai lorsque James conduisit Kitty et Lydia à l'auberge où elles devaient retrouver leurs sœurs et Maria Lucas, comme cela avait été convenu.

Sarah avait fait le voyage de retour à l'intérieur de la chaise de poste, sur un strapontin, gardant ses pieds sous elle pour que ses bottines ne salissent pas les précieux souliers des dames. À l'étroit, mal assise, elle avait vu le paysage défiler, légèrement nauséeuse.

Mais tout fut oublié dès qu'elle aperçut James.

Il ouvrit la portière et l'aida à descendre, ses mains enserrant sa taille, les yeux plein de joie. Puis il offrit sa main à Miss Jane, Miss Elizabeth et à Maria Lucas. Sarah, trop heureuse pour sourire, le sol se dérobant sous ses pieds, les suivit en chancelant à l'intérieur de l'auberge et les accompagna jusqu'aux cabinets d'aisances afin qu'on ne les dérangeât pas. Pendant qu'elles prenaient quelques rafraîchissements, elle retourna auprès de James, s'assit sur le marchepied et le regarda qui harnachait ces bons vieux chevaux de Longbourn après leur repos. Elle ôta son bonnet et offrit son visage au soleil du Hertfordshire. Il n'y avait pas de bonheur plus parfait au monde, se dit-elle : la présence de James, les bruits de l'auberge, une chope de petite bière, une part de tourte. Il s'installa à son côté, elle lui tendit son verre, qu'ils partagèrent.

— Tu as une très jolie robe.

Elle portait celle que Jane lui avait offerte et qu'elle avait conservée pour une occasion exceptionnelle.

— Merci.

Ils observèrent au loin la sentinelle qui montait la garde à la porte de la ville. Il y avait des troupes partout ces jours-ci. De quoi vous rendre nerveux. On ne pouvait faire un pas sans croiser un habit rouge ou un fusil Brown Bess.

— Nous avons passé deux semaines à Londres.

Il opina.

— Cela ne m'aurait pas vraiment dérangé, mais deux semaines… entières !

Il posa sa main sur son bras et elle se pencha vers lui. Il essuya une larme sur sa joue.

Quand les dames sortirent de l'auberge après avoir consommé leur collation, James et Sarah les attendaient sans rien laisser paraître. Le valet les aida à s'installer dans la voiture, où elles prirent place, serrées les unes contre les autres, puis leur tendit leurs emplettes. Il offrit sa main à Sarah qui grimpa sur le siège du cocher. Ils s'en retournèrent ainsi d'un pas tranquille vers Longbourn, le couple réuni, ballotté, sans que personne y trouvât à redire.

Mrs Hill embrassa ses joues en s'écriant : « Je suis contente que tu sois de retour ! » Puis elle se tourna pour dissimuler son émotion. Polly la serra dans ses bras, manquant l'étouffer, puis tout en sautillant autour d'elle l'assaillit d'une ribambelle de questions sans même lui laisser le temps de répondre. Mr Hill s'inclina et lui tapota gentiment la main.

La cuisine lui parut très sombre et plus petite, mais fraîche et agréable.

Quand tout le monde eut repris ses esprits, Miss Lydia entra d'un pas nonchalant et se servit un sucre d'orge. En voyant Sarah, elle lui en offrit un.

— C'est bon de te revoir, Sarah. Tu nous as manqué.

— Merci, miss.

— Personne ne sait enlever les taches de vin aussi bien que toi. Je voudrais que tu jettes un œil sur ma mousseline tout à l'heure, tu verras ce que tu peux faire… Bien que cela n'ait plus beaucoup d'importance maintenant, ajouta-t-elle, d'un air abattu, tout en suçotant son sucre d'orge. Je suppose que tu n'es pas au courant, on a dû t'épargner ces nouvelles terribles. Je ne sais pas comment nous allons le supporter.

— Mon Dieu, de quoi s'agit-il ? s'inquiéta Sarah en imaginant un désastre, une maladie, un décès.

— C'est le régiment, Sarah. Il va partir.

La femme de chambre s'autorisa à prendre la main de Lydia et la serra.

— C'est affreux, mais nous avons toujours su qu'ils nous quitteraient un jour.

Sarah eut pitié de Lydia, inconsolable. Les journées allaient lui paraître interminables, les soirées maussades. Même les bals à Meryton ne seraient plus les mêmes lorsqu'elle n'aurait pour seuls compagnons que les avocats, les fils de vicaires et de notables, aussi le seul espoir de la saison était suspendu à la visite d'un neveu. Le profond ennui d'un été à la campagne pour une fille de quinze ans sans aucun goût pour la lecture, les promenades, ou la réflexion, représentait une perspective épouvantable, en effet.

Quand la milice partirait, à la fin du mois, James serait heureux, Polly le savait et elle s'en réjouissait parce qu'elle l'aimait bien. C'était son ami, il jouait aux billes avec elle, l'accompagnait quand elle faisait des courses et lui donnait des morceaux de craie pour dessiner dans la cour. Mais cela impliquait aussi le départ de Mr Wickham. Et il lui donnait de l'argent, des pennies, et des vieux sous comme s'il se débarrassait d'une camelote inutile. Elle adorait faire couler les pièces d'une main dans l'autre, les disposer en colonnes, imaginer ce qu'elle s'achèterait quand un colporteur passerait ou lorsqu'elle irait à Meryton. Il la surnommait Petite Miss et elle aimait bien ça. Il lui souriait aussi, lui posait des questions et, parfois, lui caressait la joue. Ce qu'elle n'était pas certaine d'apprécier mais elle sentait que cela comptait pour lui.

« S'il t'ennuie, lui avait dit James un jour, viens me le dire, je réglerai ça. »

James était un bon gars, toujours prêt à jouer avec elle aux osselets ou au palet mais, si l'on y réfléchissait bien, il ne savait pas grand-chose. Que pourrait-il faire contre un homme comme Mr Wickham, un officier qui avait des pistolets et une épée ? D'ailleurs, il ne l'ennuyait pas. C'était le seul, à part James peut-être.

Puis ils apprirent que Lydia accompagnerait Mrs Forster, la nouvelle épouse du colonel, à Brighton. C'étaient d'excellentes nouvelles pour la jeune fille, mais ses sœurs aînées ne le virent pas d'un si bon œil et cela suscita une telle agitation – préparer du linge propre, repasser les robes et les empaqueter à temps – que Polly, d'abord navrée, aurait souhaité précipiter le départ de Mr Wickham. Ce serait la fin des corvées de blanchissage.

Sarah demeurait enfermée le plus clair du temps dans la chambre de Kitty et Lydia, engagée dans un travail digne de Sisyphe. Dès qu'une malle était close, Kitty la faisait ouvrir, plongeait ses mains à l'intérieur, la fouillait et en ressortait, en larmes, pleine de rage, tout ce que sa sœur lui avait volé : une robe du soir, une paire de gants neufs, son meilleur jupon. Alors, indifférente à l'indignation de sa sœur, Lydia ramassait ses affaires avec calme et repliait tout. Kitty devait se montrer raisonnable, si elle était partie pour Brighton, Lydia l'aurait certainement laissée emporter leurs plus belles tenues sans discussion et de bon cœur. À quoi bon posséder de précieux atours, s'il n'y avait personne pour les admirer ?

Mary, recluse dans sa chambre, ferma les yeux, plaça ses mains au-dessus du piano, prit une profonde inspiration et exhala en essayant d'ignorer les cris et les disputes de ses voisines avant de se lancer dans un air irlandais. Un jour, elle le savait, ses doigts voleraient au-dessus du clavier avec l'agilité et la délicatesse d'oiseaux minuscules. Un jour. Mais en attendant, il lui fallait répéter, malgré le comportement inconsidéré et stupide de ses sœurs dont on entendait maintenant les cris aigus témoignant que Kitty, hors d'elle, tirait sur les cheveux de sa sœur. Si seulement elles pouvaient s'intéresser à des occupations supérieures, la musique, la religion, les bonnes œuvres, au lieu des officiers – ses doigts martelèrent l'ouverture du *Love Dialogue* de Haydn –, elles seraient sans aucun doute plus heureuses. Ses pensées dérivèrent vers le courtois Mr Collins dont elle aurait pu faire le bonheur, elle en était sûre. Elle n'avait pas autant confiance en Charlotte Lucas qui parviendrait peut-être un jour à le mériter, mais ne l'aimait sans doute pas comme elle. Et qui devrait ignorer à jamais les tourments que son opportunisme implacable avait engendrés dans le cœur de Mary. Parce qu'elle s'était permis de rêver, et elle n'aurait jamais dû. Elle s'était laissée aller à la pensée d'un amour réciproque, d'un mariage, de la position que cela lui aurait assurée, car, en devenant l'épouse de Mr Collins, elle devenait l'unique recours de sa famille à la place de l'enfant du milieu, timide, peu considérée, maladroite.

La veille de leur départ, Mr Wickham dîna avec d'autres officiers à Longbourn. Plus qu'une soirée, et la maisonnée serait libérée de la milice, tout redeviendrait paisible. Les intentions de Wickham à l'égard de Polly ou de James, une fois qu'il serait à Brighton, à plus d'une centaine de kilomètres, n'auraient plus aucune importance.

Le valet servit à table, passant discrètement entre les officiers et les dames, les yeux baissés, avançant avec prudence sur la ligne ténue qui sépare l'efficacité manifeste et la lassitude tout aussi manifeste.

Je serai ce qu'ils penseront de moi, se dit-il, *ce qui revient à peu de choses.*

Mais, tandis qu'il remplissait le verre de Wickham, ce dernier tourna la tête pour lui lancer un regard appuyé que James fit de son mieux pour ne pas croiser. Il se concentra sur le vin, recueillant une goutte sur le bord de la carafe. Puis il s'effaça pour aller servir Elizabeth, qui ne remarqua rien. Pourtant James était encore troublé du regard féroce que l'officier lui avait asséné.

Wickham engagea délibérément la conversation avec Elizabeth dont il ne détourna les yeux qu'en voyant Polly apparaître pour débarrasser les assiettes. Cependant il retourna vite sa voisine qu'il s'employait à charmer à tout prix, comme s'il devinait, se dit James, qu'il était sur la sellette et voulait prévenir toute critique.

Si seulement Wickham avait appartenu à l'armée régulière, songea le valet alors qu'il descendait à la cave muni d'une chandelle, il aurait eu le plaisir d'imaginer le beau jeune homme envoyé combattre en Espagne, prisonnier de l'ennemi, attaché à un arbre, émasculé, le sexe enfoncé dans la bouche, le corps ensanglanté laissé à la merci des loups. C'en serait fini de sa superbe.

Les convives burent plus qu'à l'accoutumée ce soir-là. James et Mr Hill durent retourner plusieurs fois chercher des bouteilles. Au salon, les nombreux invités manifestaient bruyamment, sous l'effet du vin et des sentiments exacerbés qu'il libérait et demeurèrent de longues heures épuisantes. Rien de tel que l'imminence d'un départ pour décupler les affections naissantes.

Mr Hill, éreinté, alla se coucher à onze heures avec un clin d'œil pour James.

— Tu peux te débrouiller sans moi ? Tous ces jeunes gens, ce n'est plus de mon âge.

Polly ramassait les verres sales dans la salle à manger déserte. Lorsqu'elle se tourna, son plateau rempli, elle tomba sur Wickham qui l'observait, appuyé nonchalamment sur le chambranle de la porte. Elle s'approcha, avec un sourire. Il faisait tourner un verre de porto noir entre ses mains.

— Vas-tu me féliciter de mon escapade, Petite Miss ?

C'était sa façon de supporter la bonne société ; il avait besoin de ces moments de détente avec des gens qui lui ressemblaient, qui le comprenaient.

— Bien joué, Mr Wickham.

Il s'approcha tout en lui barrant le passage vers la porte.

— Et comment va ma Petite Miss ce soir ?

Exténuée, les pieds douloureux, rêvant d'aller se coucher.

— Je suis désolée de votre départ, monsieur…

Il hocha la tête d'un air affligé.

— C'est bien triste, dit-il. Mais je pensais…

— Oui ?

— Tu sais que nous allons à Brighton ?

Elle changea de tactique. Si elle se montrait aimable avec lui, une dernière fois, elle recevrait peut-être une pièce avant son départ.

— Oui, monsieur.

Elle regarda son gilet, c'est de là qu'il les tirait, habituellement. Mais il se contenta de faire tourner le liquide dans son verre.

— Je suis sûr qu'on ne te gâte pas comme il le faudrait ici…

Elle leva les yeux sur lui. Il avait réussi à capter son attention.

— Tu sais quoi ? Il y a une confiserie à Brighton avec des rangées et des rangées de bonbons, de fruits confits, de guimauves, de toutes les couleurs, de tous les parfums imaginables.

— Ananas ?

Elle avait entendu dire qu'on en trouvait dans les grandes maisons, mais elle n'en avait jamais vu. Elle les imaginait très sucrées, avec une peau couverte d'aiguilles vertes.

Il hocha la tête en souriant, posa son verre sur son plateau et fouilla dans les poches de son pantalon. Pas celles de son gilet.

— Ananas ? Vraiment ?

— Et bien d'autres encore.

Elle déglutit, rêveuse, d'un air gourmand. Il se renversa un peu en arrière et la regarda les yeux mi-clos.

— Quel âge as-tu, Petite Miss ?

— Je ne sais pas bien. Douze, treize ans, peut-être. Pourquoi ?

— Veux-tu que je t'achète des bonbons à l'ananas et que je te les envoie ?

Polly examina ce grand visage que tout le monde disait beau. La moustache, la peau luisante, les veinules sur son nez… Les adultes étaient parfois si peu agréables à regarder quand on s'en approchait de trop près.

— Vous le feriez vraiment ?

Elle voulait lui demander quels étaient les autres parfums avant de s'engager sur l'ananas. S'il y avait des bonbons au citron, à l'anis, des berlingots.

— Je le ferai, promis. Si tu es gentille avec moi.

Il s'avança en chancelant légèrement. Elle recula. Il se pencha, lui prit le plateau des mains et le posa sur la table.

— Tu promets d'être gentille ?

— Monsieur ?

— Oh, ce regard, comme du beurre qui refuse de fondre…

La table s'enfonçait dans son petit dos. Il s'approcha encore, son haleine empestait le vin et le tabac. Elle détourna la tête en fronçant le nez. Il leva une main, lui caressa la joue, descendit sur sa gorge, s'arrêta au cou. Son pouls battait, elle frissonna. Elle ne savait pas ce qu'elle était supposée faire.

— Polly ?

Wickham se figea. Puis il recula d'un pas et se tourna vers l'importun. James tenait une carafe vide. Polly jeta un coup d'œil sur l'officier qui rajusta son gilet.

— Mrs Hill te demande en cuisine, déclara le valet d'un ton froid.

— Dans une minute.

Même si tout cela était étrange et pas particulièrement agréable, Mr Wickham avait toujours été gentil avec elle.

— Tu ne comprends pas ? J'ai dit maintenant.

Polly leva les yeux au ciel, mais s'exécuta et sortit la tête haute aussi digne qu'une reine. James s'apprêtait à la suivre quand l'officier le retint :

— Un instant, Smith.

— Je vous prie de m'excuser, monsieur.

— Non, je ne vous excuserai pas, bon sang… Vous savez, j'allais laisser tomber…

Wickham se servit un whisky. Malgré tout, James compatit pour lui… Il allait se sentir très mal le lendemain.

— Je me disais, à quoi bon m'embêter avec ça, poursuivit-il d'une voix pâteuse. Nous quittons la ville, pourquoi ne pas laisser cet homme tranquille ?

Un sentiment de malaise envahit James.

Wickham se retourna pour lui faire face. Il perdit l'équilibre, voulut poser une main sur la desserte, la rata, et pencha un peu sur la gauche.

— Tu comprends, pour un homme de ma sorte, ce n'est pas facile de s'adapter. Toujours assis entre deux chaises, ni chair ni poisson. Une grenouille, ou plutôt un crapaud… Pas d'autre endroit dans ce monde que la boue. Alors que toi, tu es tranquillement installé ici, un petit cantonnement bien douillet. Réconfort y compris. Et voilà que tu oses jouer les trouble-fête.

James se révéla incapable de proférer le moindre son et d'esquisser le moindre geste.

— À dire vrai, ça m'étonne que tu ne te sois pas

encore fait attraper, tout le monde peut voir que cette petite traînée aime ça, ça se lit sur son visage.

Ensuite, la seule chose dont James se souvint fut qu'il était sorti de ses gonds. Il avait conscience des risques qu'il prenait, et pourtant il n'avait pu se contenir. Il se vit poser la carafe sur la table d'un geste étonnamment calme, s'approcher de l'officier saoul, mû par une colère froide qui le libéra, le soulagea comme s'il venait d'ôter son manteau par une chaude journée.

Son poing atterrit sur la tempe de Wickham. L'officier ne put éviter le coup qu'il ne vit pas même venir. Il recula et s'accrocha à la console pour éviter de tomber.

Et voilà, se dit James, en secouant le poing, puis se mettant en garde pour parer toute riposte, *je viens de sauter par-dessus la ligne que je n'aurais jamais dû franchir*.

— Tu n'as pas le droit de me toucher ! protesta Wickham plus troublé qu'offusqué.

Il porta la main à sa tempe et l'examina. Pas de sang.

— Il y a des règles, bon sang ! Tu ne les connais donc pas ?

Puis, sous le regard stupéfait de James, il éclata de rire. Il tâta ses poches, en sortit une boîte de cigarillos et en alluma un à la flamme d'une bougie.

— Tu comprends, j'avais des doutes, mais l'affaire me semblait trop compliquée. Puis tu débarques ici, tu me déranges et maintenant tu me frappes. Alors tu vois, cela ne me paraît plus si compliqué.

— Vous n'êtes qu'un bleu, vos bottes ne sont même pas faites. Je n'ai pas peur de vous.

— Allez, dit Wickham en lui tendant un verre. On va trinquer entre soldats.

Sans penser, James avança la main et sentit ses articulations douloureuses lorsqu'il se saisit du verre et le porta à ses lèvres. Le whisky lui brûla la gorge. Il reposa le verre sur la table près de la carafe, d'un geste cette fois imprécis. Il n'y avait pas de retour possible.

— Vous n'avez aucune preuve.

— Je pourrais trouver ton attestation. Je pourrais dénicher le juge de paix qui l'a signée. Mais je parie qu'il n'y a pas de dispense légale. Si je voulais me donner la peine de chercher. Tu vois, par nature je suis comme le muguet, inconstant, paresseux, je n'aime pas trop me fatiguer, donc je me contenterai d'informer Mr Bennet et mon colonel de notre petit échange. Je leur ferai part de mes soupçons, de ce qui s'est passé ici. Le plus beau, c'est que je n'aurai même pas besoin de mentir.

— Mr Bennet doit être épargné, il est vieux…

— Mr Bennet doit tout savoir, au contraire. Un homme comme toi. En qui il a placé sa confiance, il a le droit de savoir ce que tu as en tête. Tu dépucelles la femme de chambre, tu frappes un gentleman, tu désertes l'armée… Un délit capital, je te rappelle, en temps de guerre.

Voilà ce que James redoutait depuis le début. Il avait baissé la garde, s'était montré imprudent, laissant la menace s'approcher lentement. Elle venait de lui sauter à la gorge.

— Je pense donc que le mieux pour tout le monde serait que tu déguerpisses.

Des éclats de rire filtraient du salon… Une flamme vacilla. Les ombres rétrécirent.

Sarah…

James se tourna vers la porte.

— Parce qu'ils te pendront, tu sais, s'ils t'attrapent. Ils seront sans pitié.

Où était Sarah ?

— Ils t'exécuteront sur la roue, mon cher, sur leur putain de roue.

James parvint en chancelant jusqu'à la cuisine où il trouva le feu réduit en cendres, un domestique endormi près de l'âtre.

Oh Dieu ! Où était Sarah ?

Il traversa la cour, grimpa jusqu'à la soupente, fourra quelques affaires, livres, linge, une couverture dans son vieux sac par-dessus les coquillages. Il prit le manteau que Mrs Hill lui avait donné, et fit le tour de la maison, tel un fantôme.

En passant devant les fenêtres du salon, il aperçut Sarah. Elle se glissait entre les invités et les meubles, aussi discrète qu'une souris dans un tiroir. Il observa sa silhouette menue serpenter entre les habits rouges et les robes de bal somptueuses, les filles à la poitrine généreuse, les dames corpulentes et les messieurs ventripotents. Il la vit remplir un verre, se tourner, s'approcher de la fenêtre, pâle, les traits tirés. Il mourait d'envie de la toucher.

Elle posa la carafe sur une table et s'avança jusqu'aux carreaux.

Elle était si près.

Si elle me voit, se dit-il, *je lui ferais signe de me rejoindre, je lui raconterais tout. Je la supplierais de me pardonner, de comprendre. Je lui ferais mes adieux.* Il supporterait plus facilement de la quitter.

Mais Sarah n'aperçut que le reflet du salon sur la vitre. Elle saisit les rideaux et les ferma.

Elle avait disparu.

Il demeura quelques instants dans le noir. Puis, à regret, il hissa son sac sur l'épaule et s'enfuit.

Lydia devait passer la nuit chez les Forster. Ils quitteraient Meryton le lendemain, en même temps que le régiment. L'absence de James passa inaperçue dans l'effervescence du départ. Le cocher des Forster avança l'équipage devant le perron, Mrs Hill et Sarah apportèrent chapeaux et manteaux aux invités puis les regardèrent partir, les officiers trottant sur leurs chevaux. Sarah se frotta les yeux. C'était terminé. James était en sécurité, Polly aussi. Ils n'avaient plus rien à craindre maintenant.

— Mais où est passé James ? se demanda Mrs Hill à voix haute alors qu'ils regagnaient la cuisine.

Sarah poussa un grand bâillement.

— Au lit, je suppose. Il est minuit passé.

Elle fut réveillée par le chant du coq. Elle demeura quelques instants immobile, profitant de la chaleur du lit, puis sortit les pieds, mit ses bas et aspergea son visage d'eau.

Dans l'escalier, elle bavarda avec Mrs Hill qui la suivait gaiement, toutes deux réjouies par le plaisir que procurent la perspective d'une belle journée et un bonheur secret durement gagné : l'espoir que les choses avaient fini par s'arranger après tout.

Le feu était éteint, remarqua Sarah. Elle prit son tablier, le noua puis se rendit à l'office. Elle le devina au premier coup d'œil, le réservoir d'eau était vide, mais elle ne put s'empêcher de le toucher. Elle tendit l'oreille. Seul le roucoulement d'un pigeon dérangeait le silence et l'affairement de Mrs Hill dans la cuisine.

Non.

Elle ouvrit la porte et sortit dans la cour. La matinée était fraîche, dorée. Elle entendit de nouveau le pigeon ramier et un merle. Un bruit de sabots contre la porte dans l'écurie.

Elle s'y précipita.

Mrs Hill qui l'observait depuis le seuil vit son bonnet tomber par terre, reposant tel un champignon blanc dans les prés. Polly arriva à son tour en chantonnant.

Elle se tut en apercevant l'intendante devant la porte grande ouverte.

Sarah entra dans l'écurie saluée par des hennissements anxieux.

Mrs Hill sortit dans la cour suivie de Polly.

— Que se passe-t-il ?

— Je ne sais pas.

Elles approchèrent et entendirent Sarah qui montait dans la soupente.

— Qu'est-ce qui se passe ? lui cria Mrs Hill.

Elle secoua la tête. Elle connaissait la réponse, bien sûr, et elle en avait si peur, qu'elle se refusait à la laisser faire son chemin, à pénétrer dans son esprit.

Sarah redescendit lentement l'échelle et s'avança à la lumière, toute pâle, les jambes flageolantes, se retenant au chambranle. Alors Mrs Hill accepta au plus profond d'elle-même, dans le creux sous les côtes où son bébé avait fait sa place – ses petits pieds pressés contre sa chair –, avait dormi, gigoté, ce que Sarah savait mais ne pouvait se résoudre à prononcer à voix haute.

Il était parti. James était parti. Elle l'avait perdu de nouveau.

Fin du volume deux

VOLUME TROIS

CHAPITRE I

1788

Quand son ventre devint trop gros pour pouvoir passer inaperçu, même en serrant ses corsets, elle fit son baluchon, lui dit au revoir, et prit le sentier des vaches pour se rendre dans la ferme éloignée où elle était attendue. Malgré son corps, lourd, incommode, et le temps glacial, elle s'y rendit à pied car si elle empruntait la carriole ou une voiture, elle risquait d'être vue, on ne manquerait pas de jaser, et ils seraient découverts.

Cette honte. C'était plus qu'on ne pouvait demander à quiconque de supporter. Elle devait se montrer raisonnable.

Une fois dans la maison inconnue, elle ne quitta plus sa chambre. Mrs Smith, l'épouse du fermier, s'occupait d'elle et c'était tout. Il faisait un froid épouvantable. Elle disposait d'un feu, d'un châle et on lui autorisa une bible dans laquelle elle réussit à se frayer un chemin, ligne après ligne, y cherchant un réconfort, regrettant de ne pas avoir reçu plus d'instruction.

Mrs Smith était une femme maigre, d'un âge moyen, qui travaillait une terre sèche et dure. Elle avait un bébé à moitié sevré, une grosse brute de fille le nez plein de morve et se montrait taciturne. Ses attentions se réduisaient aux soins pratiques. Cela n'avait aucune importance, Margaret n'espérait pas s'en faire une amie.

Au beau milieu d'une nuit d'hiver, elle accoucha d'un garçon chétif qui ouvrit ses yeux bleu-noir pour la contempler avec une sorte de sagesse assoupie. Il tétait, glouton. Ses petits poings pétrissaient sa chair comme s'il voulait lui donner une nouvelle forme, faire d'elle un être tout à fait nouveau. Ce qu'elle avait considéré jusqu'à présent comme un problème se révéla maintenant être la réponse : par le seul fait d'exister, l'enfant métamorphosait tout ce qui l'avait précédé parce que tout conduisait à lui. Il était aussi parfait qu'une crème sabayon ou une taie d'oreiller toute fraîche.

On ne pouvait pas traiter cela raisonnablement. La raison n'avait rien à voir là-dedans.

Pourtant elle se vit donner l'enfant à la fermière qui lui servit de nourrice. Elle sut à cet instant qu'elle ne le tiendrait plus jamais dans ses bras, mais aussi qu'il serait nourri, au chaud, en sécurité, élevé dans la crainte et l'amour de Dieu, qu'il irait à l'église, suivrait le catéchisme, qu'on lui donnerait du travail l'âge venu, et qu'il mourrait, si Dieu le voulait, de vieillesse, près de son feu. Il aurait une vie aussi convenable qu'elle pouvait l'espérer et c'était tellement plus que ce qu'elle pouvait lui offrir. C'était un marché équitable, estima-t-elle. Elle achetait la sécurité du bébé en échange de son chagrin, et Mr Bennet paya d'un peu de sa fortune pour éviter de payer de son nom.

Quand elle se sentit rétablie, elle parcourut à pied les vingt kilomètres qui la séparaient de Longbourn. Ses larmes avaient séché lorsqu'elle aperçut enfin la fumée s'élevant des cheminées.

Mais pas son lait qui tachait encore ses chemises et son corset. Elle plia des chiffons qu'elle plaça entre sa peau et ses vêtements ; le flux diminua puis se tarit. Elle le regretta, et pleura, de nouveau, parce que ce lait, avait été pour lui. L'hémorragie se calma aussi même si, des mois plus tard, quand elle faisait un effort pour soulever quelque chose de lourd, le sang coulait de nouveau, rouge, brillant.

Quant à sa douleur, elle ne se résorba jamais, même si elle ne pouvait se permettre de la laisser l'envahir. Elle l'enfouit au fond d'elle où elle forma une mare secrète qui se remplissait et refluait, pleine de pièges et de courants sous-marins. Parfois, il lui manquait tellement qu'elle en avait le souffle coupé comme si on lui avait donné un coup de poing. Muette de douleur, elle tendait la main pour se soutenir au manteau de cheminée ou à la table. Elle repoussait les tentatives de Mr Bennet pour la consoler. Quand il lui parlait, elle ne l'écoutait pas. Elle ne voulait pas qu'on la touchât. La seule chose qui comptait, c'était son petit garçon, là-bas.

Miss Gardiner était une jolie fille, douce et riante à qui son père, un avocat, demandait de l'accompagner – elle aimait tant marcher jusqu'à Longbourn, profiter du bon air – à chacun de ses rendez-vous d'affaires. Margaret, la mine sévère, les cheveux tirés sous son bonnet, observait ses regards de coquette, sa façon d'agiter ses boucles. Elle comprit tout de suite les manœuvres du père, un vrai lèche-bottes. Elle regarda, paralysée, Mr Bennet, tomber dans le panneau, se ridiculiser de ses largesses.

Ils se marièrent. Elle se dit alors : *Au moins, ça, c'est fini maintenant.*

La jeune femme demanda au majordome de creuser des trous pour planter des bulbes de crocus dans le verger. Les fleurs apparurent au printemps suivant, comme par magie, bien trop délicates et trop jolies pour endurer le froid de février. Le ventre de la jeune maîtresse était déjà gros alors.

Mr Hill ayant compris le désespoir de Margaret et sans éprouver le besoin de poser davantage de questions, lui offrit, si elle le supportait, de l'épouser. Il ne lui demanderait rien en échange, dit-il, son étrange tête de freux penchée sur le côté, il n'espérait pas le genre de choses qu'un mari attend d'une femme en ce qui concernait le lit et les bébés. Mais à eux deux, ils pourraient se faire une vie et un nom, si elle acceptait de partager le sien.

Alors elle l'épousa, lui et ses bras maigres, ses longues mains, ses yeux timides, par un froid matin de février. Ce soir-là, ils partagèrent le même lit, étendus tels des gisants sur une pierre tombale. Par la suite, il s'était toujours comporté avec décence et gentillesse, même s'il se montrait parfois négligent. Il n'avait jamais levé la main sur elle au cours de toutes ces années. Ce qui était plus que bon nombre de femmes pouvaient dire des hommes qu'elles avaient épousés par amour.

Il avait ses propres arrangements, Mr Hill. Elle les croisait de temps en temps. Un gars que Mr Bennet avait employé à la ferme, un automne. Un autre qui labourait de l'autre côté de la vallée. Ils allaient et venaient selon les saisons. Parfois, lorsqu'on lui avait brisé le cœur, elle tentait de le réconforter grâce à ses petits plats et d'autres attentions.

Mrs Hill savait qu'elle n'aurait plus jamais d'autres enfants. Mrs Bennet, quant à elle, semblait ne pouvoir s'arrêter d'en produire.

Sa première grossesse fut interminable. Elle était devenue énorme, maladroite, et n'aimait pas ça. Elle, d'ordinaire si vivante et sociable, passa des journées entières allongée sur son canapé, s'endormant au coin du feu sous le regard préoccupé de Mr Bennet qui déplaçait parfois un coussin sous sa jolie tête.

L'accouchement fut une bataille éprouvante qui épuisa tout le monde.

La sage-femme nettoya l'enfant, l'emmaillota et le coucha dans son berceau. Mrs Hill s'en occupa jusqu'à l'arrivée de la nourrice du village. Le placenta reposait dans un bassin, sombre et noir, semblable au foie. Mrs Bennet, blanche comme un linge, gémissait tandis que la sage-femme faisait sa toilette. Mrs Hill n'avait jamais vu une femme dans un tel état de tourment. Comme si sa jeune maîtresse refusait d'accepter la trahison que son corps venait de lui faire subir.

Le bébé quant à lui paraissait tout à fait satisfait. Mrs Hill contempla, fascinée, la petite fille potelée, recroquevillée comme un haricot, avec de doux cheveux blonds et de précieux ongles comme des perles. Puis la nourrice arriva et bavarda avec la sage-femme tout en dégrafant sa chemise. Elle s'installa dans un fauteuil, souleva son fichu et glissa le nouveau-né à l'intérieur pour sa première tétée.

La sage-femme couvrit d'un chiffon le bassinet où reposait le placenta puis l'emporta. Mrs Hill tira les draps en se penchant par-dessus Mrs Bennet.

Celle-ci, la gorge sèche, lui demanda :

— Cela se passe-t-il toujours ainsi ?

— Je ne sais pas…, hésita Mrs Hill.

La jeune femme secoua la tête.

— Jamais plus. Il pourra me supplier tout ce qu'il voudra, jamais plus. Même pas pour des diamants.

Trois mois plus tard, un matin, alors que le bébé était chez la nourrice, Mrs Bennet vomit son thé.

Si Mrs Bennet avait eu son garçon, il serait devenu le petit frère de Jane et l'aîné de toutes les autres filles, qui n'auraient peut-être jamais existé puisqu'un robuste mâle aurait suffi à combler le couple.

Il aurait été un bébé parfait, un enfant volontaire, un garçon hardi. On l'aurait envoyé en pension tandis que ses sœurs seraient restées à la maison à lui coudre des chemises. Il serait rentré au domaine à Noël, à Pâques et l'été, gâté par tous, animant la maison, puis il serait parti pour l'université ; là, on lui aurait pardonné tous ses blagues, farces et méfaits parce que c'était ainsi que l'on devenait un gentleman. Il aurait acquis des connaissances utiles et, presque par accident, un diplôme. Alors il aurait vécu à loisir, creusant la dette en attendant son héritage.

Mais Mrs Bennet n'eut pas de garçon. À la place, elle eut un incident.

Un incident doté de dix doigts, dix orteils et de longs cils noirs parfaits. Mais dont les yeux ne s'ouvrirent jamais. Un incident qui aurait paru correct à tous égards s'il n'avait été si frêle, immobile et bleu. Il ne prit jamais son premier souffle.

Mrs Hill, surprise par un cri soudain et un jaillissement de sang, accoucha sa maîtresse elle-même. Elle sut avant même de soulever la petite créature dans ses bras, aussi légère qu'un chaton, la peau aussi mince que la peau du lait, qu'il n'avait aucune chance. Il était arrivé bien trop tôt.

Elle l'emmaillota et le posa sur la couverture. Sa maîtresse s'effondra en sanglots. Mrs Hill ne la quitta pas lorsque le chirurgien vint s'occuper d'elle, la torturant de ses soins. Elle lui administra ses trois premières gouttes de laudanum, son premier demi-verre de baume de Gilead. Puis elle lui écarta de nouveau les cheveux quand trois mois plus tard, Mrs Bennet vomissait de nouveau, prise de violentes nausées.

— Je ne sais pas si je le supporterai, Hill, je ne sais vraiment pas.

Épisodiquement elle avait des nouvelles du garçon. Ils l'avaient appelé James. James Smith. Ils le faisaient passer pour le fils d'un cousin, un orphelin. Tout était arrangé, lui assura Mr Bennet. Il se rendait à la ferme parfois, à cheval, pour verser la rente et voir comment l'enfant grandissait. Dans la plus grande discrétion. Mais la femme du fermier avait une meilleure vie que ses voisines ; elle consommait plus de sucre, servait un thé de meilleure qualité que le leur. On allait finir par le remarquer, Mrs Hill le savait. C'était le genre de choses que les voisins remarquaient toujours. Et les commérages iraient bon train.

De retour de ses sorties, Mr Bennet sonnait Mrs Hill. Elle se rendait à la bibliothèque et écoutait en silence le rapport de son employeur sur la santé du garçon, ses progrès physiques et intellectuels. Elle retenait ses larmes, tandis que la mare sombre enflait à l'intérieur d'elle et menaçait de déborder. C'était mieux ainsi, se disait-elle en quittant la pièce. Qu'il profite du bon air, du lait frais, du catéchisme. On lui avait évité l'hospice ou une vie d'errance sur les routes, le seul avenir qu'elle aurait pu lui offrir. Quoi qu'elle ait pu faire, dire ou menacer, Mr Bennet ne lui aurait jamais proposé mieux. Il n'avait jamais, pas une fois, pas même lorsque les circonstances étaient si difficiles, évoqué la possibilité de l'épouser.

Le ménage continua de s'agrandir, fille après fille, chacune plus difficile que la précédente. À un an, Lydia était déjà une enfant très espiègle, alors que son aînée, Kitty n'était pas encore propre. Mrs Hill, qui n'était plus que l'ombre d'elle-même, apprit qu'elle pouvait engager une fillette de la paroisse. Après tout, cela éviterait de faire appel à une femme du village les jours de lessive et réduirait la dépense. Mrs Hill choisit une orpheline de six ans qui n'avait que la peau sur les os et lui dit qu'elle s'appelait Sarah. Elle avait survécu à six mois d'hospice, et au typhus qui avait tué ses parents et son frère. La petite était farouche. Mrs Hill éprouva une grande compassion, plus pour ses parents peut-être que pour l'enfant ; ils avaient dû être terrifiés à l'idée de la laisser seule au monde. Par égard pour eux, aussi bien que pour

Sarah, elle décida qu'elle l'aimerait. Et c'est ce qu'elle fit pour autant qu'il lui était possible d'aimer.

Puis, un jour, Mr Bennet la convoqua dans la bibliothèque. Il ne manifestait pas son calme habituel. Il n'osait même pas la regarder, le visage tendu.

Le garçon s'était enfui, annonça-t-il. On présumait qu'il avait rejoint l'armée.

— Le cherche-t-on ? Qu'a-t-on fait pour le retrouver ?

Mr Bennet joua un instant avec son coupe-papier, le reposa et prit quelques documents qu'il fit semblant d'examiner.

— Il a vingt ans, Mrs Hill. Il est adulte. Il fait ses choix.

— Mais pourquoi celui-là ? Cela n'a aucun sens. Vous devez le trouver. Vous devez payer pour le libérer.

— C'est hors de question, Mrs Hill, asséna-t-il, les yeux fermés.

Les gens risquaient de parler.

Le scandale, bien sûr. Il avait peur du scandale.

Elle mesura alors l'épouvantable erreur qu'elle avait commise en acceptant qu'ils soient malheureux afin que lui ne se retrouve pas couvert d'opprobre.

CHAPITRE II

1808

James n'avait jamais vu la mer avant d'embarquer à Portsmouth avec les nouvelles recrues, des garçons de ferme et des apprentis en fugue qui paradaient maladroitement, peu habitués à porter des chaussures. Comme il la découvrait, il fut frappé par son éclat argenté, son mouvement incessant alors qu'elle ne changeait jamais de place. C'était un spectacle à la fois beau et monstrueux.

Il la perdit de vue dans les rues, étourdi par la foule qui s'y pressait et le brouhaha. Ils savaient qu'ils étaient des héros parce qu'on les saluait par des cris et des vivats, que les jeunes filles leur lançaient des fleurs. Parce qu'ils partaient pour le Portugal puis iraient combattre en Espagne afin de restaurer les monarques légitimes sur leur trône et libérer le peuple de la tyrannie. Si l'Ogre corse n'était pas arrêté... Mais c'était affaire de temps, il le serait avant d'avoir pu réunir plus d'hommes et de bateaux contre l'Angleterre.

Ce sentiment d'héroïsme avait été forgé par des heures et des heures d'entraînement consacrées à apprendre le maniement du Bess, de la baïonnette, du canon et des chevaux, sous les hurlements d'officiers dont James comprenait à peine l'accent mais auxquels il fallait obéir sur-le-champ. La répétition des gestes révéla des talents cachés. James devint un artilleur, le numéro deux, le soldat chargé de l'étoupe. Il aimait le titre, sa sonorité, se voir assigner un rôle. Avant, il n'était rien. C'était ce que Vieille Misère lui avait toujours répété.

Le sergent Pye, originaire de Ratcliffe, était à la tête de leur détachement. James devait concentrer toute son attention sur lui pour comprendre ce qu'il disait, mais le sous-officier détestait cela. James apprit donc à ne pas croiser son regard et ouvrait rarement la bouche en sa présence. D'ailleurs il prenait peu la parole, car les gens se moquaient de son élocution lente et rustre.

Les artilleurs étaient habillés de bleu, pas de rouge comme les soldats ordinaires. Ils portaient des shakos qui les obligeaient à se tenir bien droits. À se grandir. Ils devenaient quelqu'un.

Ils jetèrent l'ancre dans une vaste baie, éblouis par le soleil de mars sec et chaud, puis, après une halte, établirent leur camp dans une maison déserte, dotée de vastes pièces fraîches et de hauts plafonds que la guerre avait déjà vidée.

James conduisit ses chevaux à travers le hall de marbre en suivant le murmure de l'eau, choqué par les dessins au charbon souvent explicites sur les murs, des phrases incompréhensibles. Le bois des rambardes avait servi à faire du feu. La suie couvrait jusqu'à la voûte du plafond, des excréments maculaient la cheminée. Il trouva la porte menant à la cour et fit boire les chevaux à la fontaine.

Ils étaient ignobles, ces Français, il l'avait souvent entendu dire, mais, aujourd'hui, il le constatait par lui-même. Ils salissaient tout sur leur passage. Ils ne respectaient rien, ni leurs supérieurs, ni la propriété.

Plus tard, alors qu'ils découvraient une autre maison dans le même état, meubles brisés, odeur de latrines, rideaux arrachés pour servir de couvertures, son opinion sur l'ennemi se trouva confirmée. Puis il fut surpris de comprendre les obscénités griffonnées sur le mur. Elles étaient écrites en anglais. Leurs compatriotes les avaient devancés.

À Vimeiro, ils furent postés sur les collines, parmi les champs d'oliviers et les chênes verts. Le sergent Pye lança ses ordres. James les écouta à peine. Il était devenu expert dans le maniement de son arme. Sa concentration était totale, il savait que la moindre erreur pouvait lui coûter ses mains. Il n'en avait jamais été témoin, mais on lui avait raconté. Les mains explosaient. Il y avait aussi le risque de perdre un pied sous le coup du recul violent du canon. Il devait se montrer très prudent.

Le tir de barrage fut lancé. L'infanterie s'avança entre les rochers et les buissons. James avait la gorge desséchée. Ses oreilles sifflaient. L'odeur de la poudre noire avait envahi ses narines. Ses mains, tachées, le brûlaient. Il remarqua qu'elles tremblaient. Mais il les avait toujours.

Puis ce fut Lisbonne. La ville empestait, grouillait de maraudeurs, de mendiants, de processions, les rues si sales que les prêtres marchaient en soulevant leurs soutanes sur leurs pâles chevilles poilues. Les soldats en bleu parcouraient les rues, buvaient, entonnaient des chants paillards avec la belle assurance de leur supériorité, leurs boutons étincelants, leurs solides chaussures, leurs guêtres noires, le pain, la bière, leur volontarisme. Ils avaient chassé les Français, ils pouvaient être fiers.

Ils reçurent alors l'ordre de marcher sur Salamanque. L'infanterie couperait par le chemin le plus direct. La cavalerie et l'artillerie suivraient en empruntant de meilleures routes.

Les cinq hommes du détachement voyagèrent ensemble : le sergent Pye aux commandes ; James chargé de l'étoupe, encore considéré comme un novice ; Stephenson, un vieux briscard, qui chargeait le canon ; le gargoussier qui arborait une longue cicatrice sur la joue et s'occupait des cartouches ; et un type taciturne au nez cassé qui devait allumer le canon. Des charrettes transportaient à l'arrière les munitions et le ravitaillement. À midi, lorsque le soleil brûlait, ils s'allongeaient sous l'ombre du canon.

Ils firent un long détour. Ils prirent d'abord par l'est, à travers une vallée marécageuse, les roseaux sifflant dans le vent, puis virèrent au nord, sur un chemin montagneux, ardu. La guerre se résuma, pour James, à déplacer un objet encombrant sur un terrain difficile par un temps peu clément. L'armée s'était muée en une immense créature articulée, qui, sans cesse, se déployait et se regroupait, se divisait en sections et se reformait.

En octobre, les cinq soldats et les quatre chevaux tiraient encore le lourd canon à travers les champs, dans la poussière, sur les flancs des collines, à travers des cours d'eau, jurant, vacillant, trébuchant sur le sol rocailleux.

Les chevaux maigrirent. L'un d'eux périt. Un soldat qui avait travaillé dans les abattoirs le découpa. Ils mangèrent puis empaquetèrent des tranches de viande pour plus tard. Il fut remplacé par un cheval espagnol réquisitionné dans une ferme. Le propriétaire protesta, fut repoussé, revint à la charge en hurlant et se trouva réduit au silence par un coup de baïonnette.

— Je l'avais prévenu, se contenta de déclarer Pye en essuyant la lame sur l'herbe.

Personne ne pouvait se permettre de perdre un cheval. Un cheval de labour était l'assurance d'une bonne récolte et épargnait de la famine un fermier et sa famille. Pye venait juste de les y condamner.

James essaya quelques mots d'espagnol sur la jument, des bêtises, des obscénités et ce son parut calmer la bête. Elle cligna des yeux et souffla des naseaux, sa tête comme du vieux velours tendu sur de l'osier.

Le sommeil troublé par le froid automnal de l'Estrémadure, pelotonné sous le canon, James rêva que celui-ci était sa mère et qu'il était un de ses chiots, le sergent Pye et ses quatre compagnons constituant le reste de sa litière malodorante.

Il se boucha les oreilles avec de la mousse pour ne

plus entendre les bruits de la ville et du campement, la musique, les ébats sexuels, les disputes.

On était au cœur de l'hiver et la compagnie n'avait pas encore atteint Salamanque tandis que les habitants cachaient bétail et provisions à l'approche des soldats qui pillaient tout ce qui leur tombait sous la main, l'estomac jamais rassasié.

Un après-midi pourtant, alors qu'ils traversaient une petite chênaie en espérant y trouver du bétail, des bœufs ou des moutons, ils furent surpris par le silence qui régnait parmi les arbres maigres et secs. On n'entendait rien, pas même le chant des oiseaux. Ils avancèrent, résignés, dans le froid, les feuilles mortes craquant sous leurs pieds quand soudain résonna un tumulte de pas et de grognements. James pivota sur ses talons et vit un énorme cochon se précipiter dans leur direction. Pye s'écarta, chargea son arme et tira, visant la bête entre les deux yeux. Elle culbuta sur la pente, chuta à leurs pieds, et, dans un dernier reniflement, s'écroula, morte. James éprouva un tel soulagement qu'il éclata de rire. Ils mangeraient à leur faim ce soir.

— Quelqu'un a des pommes ? demanda le sergent.

— Des œufs, répondit James qui s'accroupit près de la bête et remarqua alors ses mamelles rougies. Des œufs et du jambon.

— C'est une truie, dit-il. Les petits ne doivent pas être loin.

Ils entendirent un faible couinement et découvrirent les porcelets cachés à mi-pente. James attrapa le premier, imité par les autres soldats tandis que les petits se dispersaient. Il le coinça entre les genoux et l'égorgea avec la lame de sa baïonnette. S'ils avaient été à la ferme, Vieille Misère aurait recueilli le sang dans un seau. Il n'aurait jamais cru qu'il regretterait un jour l'horrible sorcière. Et sa cuisine.

Ils repartirent vers le camp, le mousquet à l'épaule, la truie se balançant sur un bâton qu'ils avaient coupé, les porcelets sur un autre. Il faisait nuit, mais la lune brillait dans le ciel, éclairant leur chemin d'un halo réconfortant.

Soudain, tandis qu'ils longeaient un ravin à sec, James pressentit un danger. Pas une menace évidente, immédiate, comme le jaillissement d'un mousquet devant votre visage, ou la charge d'un sanglier, mais le genre de piège dans lequel vous tombez par distraction, en sifflotant.

Il se saisit de son arme.

— Sergent ?

Le silence tout autour lui parut de mauvais augure. Comme si quelque chose retenait son souffle.

Pye lui jeta un coup d'œil.

— Tu vois quelque chose, paysan ? murmura-t-il.

Les hommes se turent et scrutèrent le ravin, inquiets. Ils avaient baissé la garde, s'étaient montrés imprudents.

— Allons, mes chéris, relevez vos jupons et avancez ! déclara Pye.

Plus personne n'avait envie de bavarder. Ils continuèrent d'avancer. Une fois passé le ravin, ils seraient presque au camp. Plus que cent mètres, soixante-dix. Ils allaient s'en sortir.

Pye se tourna pour se moquer de James :

— Tu as failli me faire peur, mon gars…

C'est alors qu'un coup de feu retentit. Les soldats se jetèrent au sol. James, allongé sur le ventre, saisit son fusil, le sergent à ses côtés.

— *¡Dejen las armas*[1] !

James se tourna vers la voix, scruta l'obscurité. En vain.

— *¡O matamos a todos ahora*[2] !

— Baissez vos fusils, ordonna Pye.

Les hommes le regardèrent. Il leur fit signe d'obéir. On ne pouvait combattre un ennemi invisible. Pye donna l'exemple. James s'exécuta à contrecœur. Ses compagnons l'imitèrent, dans un cliquetis de métal.

Ils se regroupèrent les uns contre les autres. Pye frôla l'épaule de James, son bras touchait celui de Stephenson. Il les entendait respirer bruyamment, le souffle court. Les cochons gisaient abandonnés dans la poussière.

Ils détectèrent alors un mouvement dans la colline. Les bandits apparurent entre les rocs. Ils se laissèrent glisser et encerclèrent les soldats. Un homme âgé s'empara de leurs armes, comme s'il s'agissait de vulgaires bouts de bois. Leur chef au visage aussi raviné que la terre prononça quelques mots que James put saisir, *ingleses*, *idiotas* et *hijos de puta*. Ils n'avaient que la peau sur les os.

---

1. Déposez vos armes !
2. Ou on vous tue tous !

La truie et les porcelets furent dérobés. Puis les hommes disparurent aussi soudainement qu'ils étaient venus.

Quelqu'un laissa échapper un sifflement.

— Les bâtards ! s'exclama un autre.

— Nous avons eu de la chance, déclara Pye.

— De la chance ?

— Ils ont pris notre dîner, c'est tout. Cela aurait pu être pire. Ils auraient pu nous étriper. Si nous avions été français, ils nous auraient coupé les couilles et nous auraient forcés à les manger.

Pye ouvrit la route vers le campement.

Au croisement à la sortie d'Alba de Tormes, alors qu'ils s'étaient arrêtés pour faire boire les chevaux, James déchiffra une borne : *Salamanca, 15 millas*.

— On pourrait y être pour la nuit, annonça James.

— On va se faire Salamanque ce soir, triompha le Sergent Pye.

C'est alors que les ordres leur parvinrent de l'autre bout de la colonne dans un soupir qui se répandit comme le vent siffle dans un champ d'orge : ils devaient repartir au Portugal. James s'arrêta net et regarda les hommes faire tourner les chevaux, glissant dans la boue, pour se diriger vers l'est de nouveau. Il se ressaisit et courut les aider à pousser la carriole. Loin de Salamanque.

On était en décembre, le ciel était nu et blanc. La neige tourbillonnait. Ils rebroussaient chemin au moment où ils touchaient presque au but.

À Sahagún de Campos[1], James comprit que la faim qui l'avait tiraillé jusqu'ici n'était rien comparée à cette nouvelle créature plus féroce, plus sauvage, qui rongeait ses entrailles, le rendait nerveux, aux aguets, prompt à s'emporter.

Quand ils arrivèrent en ville, elle fourmillait de soldats. Les Français venaient d'être chassés. Une grande victoire, proclamait les officiers, contre toute attente. On la célébrerait comme celles de Crécy ou d'Azincourt. Chaque fois que les Anglais parleraient de gloire et les Français d'humiliation et de honte, ils évoqueraient Sahagún de Campos avec respect et crainte.

La ville était vulgaire, sale, violente. Dans les ruelles sombres, sous les arcades derrière l'église de San Tirso, s'amassaient des spectres faméliques aux os saillants. Les uniformes rouge et bleu s'attrouperaient bientôt, les soldats prenaient leur plaisir où ils pouvaient. Les femmes et les enfants se vendaient de leur plein gré au plus offrant. Si on pouvait encore croire au libre arbitre par des temps pareils.

En réalité, comme le proclamait Pye, ivre mort, en balançant son verre de vin qui l'avait fait glisser d'une gaieté contrôlée vers des confidences délicates, cette chair fraîche, si on pouvait parler de fraîcheur dans cette maudite fosse d'aisances, était si abondante et facile à duper que c'en était déconcertant. On n'avait pas besoin de leur donner quoi que ce soit à ces mômes. Une simple promesse suffisait. Ils étaient si

---

1. Bataille du 21 décembre 1808. Défaite de deux régiments de la cavalerie française.

jeunes, si naïfs qu'ils voulaient y croire. Et quand vous en aviez terminé avec une gamine, et que vous ne lui donniez pas le biscuit ou le morceau de pain qu'elle attendait, que pouvait-elle faire contre vous ? Sortir un couteau ?

James, que ce discours rendit malade, finit son vin sans regarder Pye.

Il erra à son tour dans ces rues et n'éprouva aucun désir pour ces petits sacs d'os. Il ne comprenait même pas que ce soit possible. Ils n'éveillaient en lui que sympathie et indignation. Il regrettait maintenant la chance qu'il avait eue, tout ce qu'il avait été si pressé de quitter : un lit chaud, un bol de lait, des lendemains assurés, pareils aux précédents, et un bon caillou pour effrayer les corbeaux.

Il tomba sur une fille en haillons qui portait un petit garçon sur la hanche. James lui offrit un morceau de pain. Elle posa son fardeau, murmura quelque chose à l'oreille de l'enfant, et s'avança vers James en se déboutonnant.

James secoua vivement la tête, resserra les mains sales de la fille autour du quignon de pain qu'elle fendit en deux pour donner la moitié au petit.

Il les laissa, mal à l'aise, torturé par un sentiment coupable. Il n'avait fait que repousser un dénouement inévitable.

Puis il aperçut Pye dans le cloître, reconnut son rire, le vit soulever un corps rachitique contre le mur et défaire les boutons de son pantalon.

Il le croisa plus tard, une ration à la main, une nuée d'enfants à sa suite.

James serra les poings. Assister à cette horreur, impuissant, c'était une tache sur sa conscience.

La faim troublait son sommeil. Il se réveillait en tremblant, des corbeaux planant au-dessus de lui. Il avait rêvé de silhouettes étiques qui s'agrippaient à lui, leurs lèvres gercées suçant les siennes.

Ils reçurent l'ordre de lever le camp deux jours avant Noël. La neige menaçait mais il ne gelait pas ; alors ils harnachèrent les chevaux et levèrent le camp.

Les canons étaient protégés d'une bâche, les carrioles équipées, il ne manquait plus que le sergent Pye. On envoya James le chercher. Il le trouva près de San Tirso, fiévreux, endolori, urinant avec une grimace de douleur.

— Je n'ai pas eu de chance sur ce coup-là, dit-il.

— Monsieur.

— Tu ne diras rien, hein, gamin ?

Il remonta son pantalon détachant le tissu de la peau ulcérée.

— Monsieur.

— Quoi ?

— Nous avons reçu l'ordre de nous mettre en route.

— Eh bien, allons-y, qu'est-ce que tu attends, bon sang !

Les pieds gelés, ils repartirent sur les routes glissantes couvertes d'ornières et de boue, pour chasser les Français. Ils parcoururent ainsi plusieurs kilomètres sous une neige piquante, le corps transi de froid, quand un messager remonta leur colonne à toute allure, les éclaboussant au passage, comme s'il avait le diable aux trousses. Il fallait faire demi-tour. Un mouvement important de troupes ennemies avait été repéré au sud. Napoléon arrivait et s'apprêtait à les contourner. Ils avaient intérêt à se dépêcher.

Mais c'était impossible. Pas avec un canon et des chevaux aussi décharnés. Ils se traînèrent comme ils le purent.

Ils devaient rejoindre La Corogne qui était encore aux mains des Anglais et qu'on pouvait défendre. Ils attendraient là que la marine vînt les évacuer. Ce n'était pas une défaite ! Il ne s'agissait que d'esquiver, l'armée prenait retraite pour mieux affronter le combat. Ils rentreraient chez eux, se reformeraient et reviendraient montrer à ce salaud de Corse, poursuivit Pye, d'un ton venimeux, enjoignant ses hommes à relever la tête, à se souvenir de ce que cela signifiait d'être soldat, d'être anglais. James ne pensait plus qu'à une chose, l'Angleterre. Des haies sauvages gorgées d'oiseaux et de baies. Du lait. Un soleil tiède. Un vieux voisin qui vous saluait au passage, sans redouter que vous lui voliez son dîner, violiez sa femme et brûliez sa maison sous son nez.

Alors qu'ils traversaient un village, les mains dans la boue, les genoux trempés, il manqua étouffer en respirant une terrible puanteur de vin et de sang, sans compter les bestioles qu'il sentait ramper dans le noir. Au bout de quinze heures de marche, dans la nuit, James trébucha et atterrit à quatre pattes sur quelque chose de dur et de solide sous le bourbier. Il glissa et faillit vomir. Il avait reconnu un cadavre, si menu que ce devait être celui d'un enfant. Il se remit sur ses pieds en chancelant.

Il marcha à côté des chevaux, une main sur leur flanc, leur parlant à voix basse dans un espagnol absurde pour se rassurer. Il avança, les jambes flageolantes, la faim chevillée au corps.

Il avait peur. Une vraie peur. Pas juste la vague conscience de sa mortalité sur le champ de bataille. Mais une frousse permanente qui finissait par envahir toutes ses pensées.

À l'aube froide, ils firent halte, à découvert, sous un ciel pâle. Des volutes de fumée s'élevaient d'un bâtiment au loin, James détacha les chevaux et les conduisit dans un champ. Il pensait abri, paille, sommeil. Après, il repartirait de plus belle. Il ne dormait jamais longtemps, la peur était trop grande et ne lui laissait pas de répit.

Il trouva ce qui avait dû être une écurie ou une étable occupée par d'autres soldats en habit rouge qui tentaient de se réchauffer près d'un feu. Deux d'entre eux se saisirent de leurs fusils.

— Artilleur, lança-t-il pour expliquer le bleu de son uniforme.

Ils se recouchèrent, il était des leurs. L'un d'entre eux lui fit signe.

— Entre. Plus on est de fous plus on rit.

Le toit était à moitié démoli. Il restait un peu de paille sèche. Il y conduisit les chevaux.

Les soldats avaient monté un feu avec tout ce qu'ils avaient pu trouver dans le bâtiment : poutres, et planches. Le vieux bois crépitait.

— Il fait un froid glacial.

James s'allongea et contempla les flammes vacillantes. La peur fondit dans un murmure, les hommes parlaient mais il était incapable de suivre ce qu'ils disaient, pas envie, impossible de parler, plus maintenant. Il s'enfonça dans le sol, les pieds près du feu. Il abandonna.

À son réveil, les habits rouges avaient décampé. Les chevaux aussi. La colonne entière.

La peur se mua en une créature vivante. Elle s'approcha et l'enveloppa, couvrant son visage, grimpant dans ses cheveux, l'empêchant de respirer, de réfléchir. Abasourdi, terrifié, il fouilla du regard la terre aride, la route déserte, d'un côté et de l'autre.

Il était seul.

Pourquoi ne l'avait-on pas réveillé ?

C'était une bonne question.

Parce qu'ils avaient volé les chevaux.

Bonne réponse.

C'était un maigre réconfort, il pouvait encore penser.

Il se mit à trembler, se frotta les bras.

Il leva les yeux vers le soleil pâle. Ce devait être le milieu de l'après-midi.

Mais de quel jour ?

Seul maintenant, il se sentait vulnérable alors qu'il coupait à travers les champs dénudés, aussi exposé qu'un pou sur un crâne chauve.

Mais les traces de la compagnie étaient faciles à suivre, des semelles perdues, du fumier, des taches jaunes d'urine sur la neige. Il ne put se résoudre à marcher sur la route. Il emprunta le fossé, glissant sur la caillasse, la boue. Il se retournait souvent pour scruter l'horizon derrière lui.

Le soir, il tomba sur le cadavre d'un cheval dépecé par endroits. Il déchira un morceau de chair et le mâcha sans plus de cérémonie. C'était sec, couvert d'une croûte de sang et grandement satisfaisant.

Il marcha jusqu'à la nuit tombée, trébuchant dans les ombres. Il n'était rien. Juste un morceau de glaise rampant sur la surface de la terre. Il retrouverait sa compagnie. Il serait à l'abri dans la fange jusqu'à La Corogne où la marine viendrait les ramasser et les déplacer ailleurs comme du vulgaire fumier.

Il retrouva les premiers traînards le lendemain, près d'une source, au pied d'un autel dédié à la Vierge. Les yeux de la madone de bois peint avaient été crevés, les feuilles et les baies à ses pieds étaient gelées. Une source coulait en dessous, formant un bassin dans la pierre. L'eau claire bouillonnait, projetant de fines gouttelettes. Les soldats, ils étaient deux, s'y étaient désaltérés et se reposaient. Ils paraissaient étrangement propres. L'un se lavait encore le cou à l'aide d'un mouchoir humidifié.

James s'approcha en criant : « Anglais ! »

Les hommes se regardèrent puis l'un d'eux se contenta de hocher la tête.

— Dieu merci, je vous ai trouvés !

James tomba à genoux et s'abreuva à la source. L'eau tiède sentait le soufre, elle se confondait à la poussière et à la saleté de ses mains. Il défit son foulard pour se nettoyer un peu.

— Les autres sont loin ?

Les deux hommes se regardèrent.

— Je me suis perdu, cela fait plusieurs jours que je cherche à vous rattraper..., expliqua-t-il.

L'un d'eux ricana.

— Quoi ? Nous avons été battus ? Les Français arrivent ? C'est la déroute ?

Un des soldats s'adressa à lui. Son accent gallois était si prononcé que James mit du temps à comprendre ce qu'il lui disait, si bien qu'ils étaient déjà sur leurs pieds et prenaient la poudre d'escampette.

— Nous faisons de notre mieux, mon ami, pour effacer nos traces.

Il parvint à rejoindre la queue de l'armée trois jours plus tard, non loin d'une petite ville de marché. Il fut si soulagé qu'il eut l'impression qu'on lui enlevait un poids tel des épaules qu'il allait s'élever dans les airs comme un cerf-volant. Il retrouva le brouhaha, le chaos coutumier, la puanteur, pourtant malgré son dégoût, il se sentit enfin à l'abri.

Un officier qu'il croisa quelque cent mètres plus loin lui indiqua un grand bâtiment. Il donna son nom à un subordonné qui le chercha sur une liste puis se leva, quitta son bureau et réapparut accompagné de deux gardes armés.

— Le voilà. Faites votre travail.

L'un des hommes saisit James par le poignet et lui tordit le bras dans le dos. Il essaya de se dégager.

— Quoi..., protesta-t-il.

— Tu es un déserteur.

— Non.

— Ton sergent t'a dénoncé...

— Dans ce cas, pourquoi serais-je revenu ?

L'employé haussa les épaules :

— C'est ce que font les déserteurs. Ils découvrent comment c'est. Ils reviennent.

James fut conduit, menotté, dans une cave qui puait le vin et les rats, à peine éclairée par un soupirail. On lui jeta une couverture. Il s'en couvrit les épaules, et se laissa tomber sur la pierre froide. Il ferma les yeux. La peur le fit claquer des dents. Ils ne pouvaient pas le garder prisonnier trop longtemps, pas avec la retraite battant son plein. Ils viendraient le chercher, il pourrait s'expliquer, il n'hésiterait pas à parler des hommes qui l'avaient laissé dormir pour mieux lui voler ses chevaux quand la troupe s'était mise en marche. On ne les retrouvait jamais. Ils avaient très bien pu déserter quant à eux, profitant de leurs nouvelles montures. Ils faisaient erreur : il n'avait pas déserté. Il ne pouvait être puni pour un délit qu'il n'avait pas commis.

Les heures s'allongèrent. Il s'assoupit et rêva de la ferme, de l'herbe grasse, de fraises sauvages, du gentleman qui lui ébouriffait les cheveux, le complimentait, et lui demandait s'il était heureux.

James se réveilla, l'esprit plus clair. Il regretta soudain le foyer qu'il n'avait jamais eu à vrai dire. S'il se sortait vivant de la retraite et des escarmouches qui pouvaient se produire, s'il parvenait jusqu'à La Corogne, s'il prenait le bateau pour l'Angleterre – s'il pouvait survivre à ce désastre et aux onze années de désastre qui l'attendait puisqu'il s'était engagé – il retournerait un jour dans le Hertfordshire. Il s'en fit la promesse, se créa ce paradis pour la fin de son odyssée. Si le vieil homme était toujours en vie, James le trouverait : Mr Bennet qui, pendant toutes ces années, s'était soucié de lui au point de lui demander s'il était heureux, était un homme bon, un homme important, l'homme le plus important de ce village près de Meryton. S'il le voulait bien, James se mettrait à son service.

On le fit sortir dans la lumière froide, ébloui, titubant. On hurla sur lui. On tira sur ses chaînes, on le poussa dans un flou de rouge et de bleu. De la neige fondue piquait son visage.

On libéra un de ses poignets, puis on lui fit passer les bras autour d'un poteau, avant de le menotter de nouveau. « Ce n'est pas nécessaire, essaya-t-il de dire. Je ne… » Mais il avait la bouche sèche, les mots ne sortaient pas et ses gardes n'écoutaient pas, n'entendaient pas. James attendit l'occasion de s'expliquer, sûr d'être compris.

Les artilleurs étaient rassemblés. Il aperçut du coin de l'œil le sergent Pye, l'air fiévreux, les yeux brillants. C'est lui qui lut l'acte d'accusation. James vit sa bouche remuer, essaya de donner un sens à ses paroles puis commença à saisir et sentit la terreur monter en lui, le submerger comme si elle voulait le noyer. Il suffoqua, incapable de respirer. Il secoua ses liens.

— Non…

— Abandon de poste ; perte des biens de l'armée, désertion…

— Non !

— Désertion devant l'ennemi…

— Je n'ai pas déserté…

Le sergent le fit taire d'un coup sur la tête. Sa joue heurta le poteau.

James n'avait rien à opposer.

Les faits parlaient d'eux-mêmes.

James cracha du sang. Il passa la langue sur une dent cassée. Sa vue se troubla.

Pye poursuivit son réquisitoire : il avait commis le pire des crimes : désertion devant l'ennemi. Il avait mis ses camarades en danger, il les avait abandonnés devant l'ennemi qu'il ne voulait pas affronter.

Le châtiment pour désertion en temps de guerre était la mort.

Il crut apercevoir, sur le côté opposé de la place du Marché, une fillette maigrichonne qui l'observait, portant un petit sur la hanche. Il agita ses menottes. Il aurait voulu se frotter les yeux, s'agissait-il de l'enfant avec laquelle il avait partagé son pain à San Tirso ? Mais sa vue se brouilla. Il ne voyait rien. Il ferma les yeux et prit une profonde inspiration avant de les ouvrir.

Puisqu'il s'était repenti, qu'il était revenu, on se montrerait indulgent.

— Cinquante coups de fouet.

Et tandis qu'on lui arrachait son manteau et sa chemise, il envisagea en tremblant de tous ses membres ce qui l'attendait. Il ne pouvait rien faire, si ce n'était supporter la torture jusqu'au bout. La peur aurait pu le rendre fou mais tandis que le premier coup lacérait sa peau, il ferma les yeux, mordit ses lèvres, et appuya son front contre le poteau en bois. Il inspira. Ce n'est pas fini, se dit-il. Il y aura un après.

La douleur était stupéfiante. Le premier coup brûlait encore, comme un fer rouge, alors que le fouet sifflait de nouveau, lui arrachant la peau en même temps que sa peur, la déchirant en lambeaux. James s'évanouit. Il n'y avait plus rien dont il dut avoir peur, pas après ça.

Quand ils eurent fini, il n'était plus qu'une masse de chair sanguinolente. Seules ses menottes lui permettaient de tenir encore debout. On détacha un de ses poignets avant de l'abandonner à son sort, comme s'il pouvait courir. Comme s'il pouvait s'enfuir.

On le libéra pour défendre la ville.

Tous les hommes valides furent réquisitionnés, criminels et couards compris. James se sentait encore faible et fiévreux, le dos couvert de croûtes ensanglantées et suppurantes. Avant l'attaque, les sapeurs firent sauter les magasins à poudre pour ne pas les abandonner à l'envahisseur français. Les murs de la ville tremblèrent, des étincelles volèrent au ciel dans un feu d'artifice. James rejoignit le sergent. Ils étaient les seuls rescapés de tout leur régiment. Un rouquin auquel il manquait deux doigts se rallia à eux ainsi qu'un soldat, grand, chauve, et muet.

Devant eux, une ligne de soldats français. Derrière, les bateaux dans la baie, calme. On était le 16 janvier, c'était une nouvelle année et il ne s'en était même pas aperçu. Pas plus qu'il ne s'était souvenu de Noël.

Il n'avait pas peur. Il se sentait faible, ses mains tremblaient, le moindre mouvement brusque envoyait des décharges de douleur dans son dos, mais il n'avait pas peur. Il pensait : *Je souffre, je suis maladroit, j'ai toutes les chances de perdre mes mains, mais je le sentirai à peine.* Cette perspective ne lui paraissait plus aussi terrible désormais.

Ils parvinrent à pousser le canon sur une crête. Ils étaient les derniers à tenir le fort. Sur le port, les canots transportaient déjà des soldats vers les bateaux. *Il ne reste plus que nous*, songea James. Ils vont nous laisser mourir ici.

Les balles sifflaient au-dessus de leurs têtes, effrayant les chevaux qui se cabraient, hennissaient, les yeux révulsés. Pye hurlait, James exécutait ses ordres. La bataille faisait rage. Aucun camp ne semblait devoir l'emporter sur l'autre. Puis, au crépuscule, les Français se retirèrent derrière leurs lignes. Le résultat de la campagne était clair : les Anglais venaient d'essuyer une défaite, ils n'avaient peut-être pas été massacrés, mais on les avait humiliés.

Ce qui restait de l'infanterie rampa vers le rivage. Les canonniers devaient suivre. Le sergent donna l'ordre à James de détacher les chevaux. Et de les tuer. À la baïonnette. Comme il ne bougeait pas, Pye sortit son arme et la plongea dans le cou de la jument. Elle s'écroula, le sang giclant de son artère sectionnée.

— Dépêche-toi de finir les autres.

James serra les poings.

— Quoi ? Ça te dégoûte, c'est ça ? Ça ne m'étonne pas de toi !

— Monsieur.

Pye se tourna vers lui, un rictus déformant sa bouche. James le saisit par l'épaule et lui enfonça sa baïonnette dans le corps. Il sentit l'acier de la lame traverser les chairs, les muscles. James avait déjà tué des hommes, mais jamais au corps à corps, jamais avec le sang chaud de ses ennemis sur les mains. Pye s'effondra à ses pieds. Sa tête heurta le sol, les yeux et la bouche ouverts sur la poussière.

James s'éloigna. Il ne suivit pas ses camarades vers la grève, mais emprunta un chemin entre les rochers. Il lâcha son arme qui rebondit en cliquetant sur les pierres. Puis, une fois sur le sable, il arracha ses chaussures en lambeaux et laissa glisser ses guêtres qu'il abandonna sur place. Il quitta, pieds nus, La Corogne, l'armée, la guerre et le sang. Il ne pouvait plus rentrer chez lui maintenant. Comment imaginer de rapporter tout cela là-bas ?

Il attendit que les lumières des bateaux disparussent, que les voix s'éteignissent au loin, qu'on n'entendît plus que le bruit des vagues. Il se déshabilla et entra dans l'eau.

Il n'attendait pas de continuer à vivre. Il n'y pensait même pas. Il n'avait pas peur. Il voulait juste se laver, être propre.

CHAPITRE III

1809

Une femme en noir… Un liquide tiède coulant entre ses lèvres… Du lait de chèvre. Il avala.

Plus tard, un lit étroit qui sentait la toile, la lumière du soleil filtrant par les persiennes fermées. Des voix à travers le plancher, celle de la vieille femme, une autre, plus jeune, et celle d'un enfant.

Il essaya de se lever pour découvrir où il était et avec qui, mais il s'effondra aussitôt, tremblant, épuisé, choqué par sa propre faiblesse. Il finit par se mettre debout, un drap autour de son corps nu, s'avança jusqu'à la fenêtre et ouvrit les volets sur un petit village à flanc de coteau, bordant la mer. Il entendit les femmes discuter en bas, alertées par le bruit de ses pas. La plus âgée, le visage parcheminé, la bouche édentée, montait l'escalier. Il se recoucha.

— *Señora… ¿dónde… los ingleses*[1] ?

Elle lui fit signe de se calmer.

1. Madame… Où… Les Anglais ?

— *No sé. Los ingleses se han ido*[1].

Ils étaient partis. Il se laissa retomber en arrière.

Quand il se sentit un peu mieux, il voulut s'habiller. Il se souvint qu'il avait laissé ses vêtements sur la plage. Il finit par dénicher des habits de pêcheur, une marinière bleue et un pantalon large, qui semblaient avoir été déposés à son attention. Ses blessures au dos le harcelaient toujours. Mais les croûtes avaient séché. Une fois habillé, il s'assit, haletant, pour reprendre son souffle.

Il descendit par une échelle, vit un feu, huma des odeurs de cuisine. Il aperçut une enfant. Maigre, aux grands yeux, comme tous les petits qu'il avait croisés à travers l'Espagne ou qui hantaient ses cauchemars. Les enfants dont les cadavres décharnés devaient pourrir avec tant d'autres dans une fosse à Sahagún. Comme Pye à moitié décomposé au moment de sa mort, ses grands yeux jaunis, la bouche ouverte. Elle s'adressa à lui en espagnol et alla rejoindre dehors une femme habillée en noir qui réparait un filet. La fillette la tira par le bras. Elle tourna la tête et posa sur James le regard serein d'une madone. Ses cheveux étaient couverts d'un fichu rouge. Elle était singulièrement belle.

La vieille femme, assise derrière elle, rentra dans la maison d'où elle réapparut avec un bol de bouillon chaud qu'elle lui tendit en lui faisant signe de s'asseoir sur le banc de pierre.

---

1. Je ne sais pas. Les Anglais sont partis.

Tout paraissait si paisible, rien ne troublait le silence, pas même le cri d'une mouette. Il essaya de comprendre ce qu'elle disait. Il y avait eu un homme à la maison, son fils et le mari de la plus jeune. Bien qu'elles ne semblaient pas prêter attention à leur conversation, la jeune femme et la fillette se raidirent. James comprit qu'il était parti. Mort ? Tué par les Français, la faim ou la mer.

— *Es triste,* dit-il.

Elle fit un geste de la main comme pour chasser la tristesse et la pensée de son fils perdu, mais ses yeux trahirent l'étendue de sa douleur. Elle lui indiqua le village en contrebas et poursuivit.

Il comprit par bribes ce qu'elle disait. Il vit un volet sorti de ses gonds telle une aile cassée, le mortier arraché, les jardins en friche, couverts de mauvaise herbe, les bateaux tirés sur le sable. Le calme. Pas un mouvement. Juste le ressac. Pas une âme à part eux quatre.

Ils étaient seuls au monde. Ils étaient un secret. Dieu les avait complètement oubliés.

— *Y usted*, ajouta-t-elle, en pointant l'index vers lui. *Y usted también*[1].

— *¿Qué? ¿Yo*[2]*?*

— Vous êtes un défunt. Vous êtes avec les morts.

À ces mots, la jeune femme le regarda pour la première fois. Puis elle baissa les yeux et continua à ravauder son filet.

Je suis mort, se dit-il.

1. Et vous, vous aussi.

2. Quoi ? Moi ?

Il était passé à travers la mort et avait surgi de l'autre côté. Le soldat qu'il avait été, les actions qu'il avait commises depuis qu'il s'était enrôlé, qu'il avait navigué jusqu'au Portugal et erré à travers l'Espagne, la crasse, le sang, les hommes qu'il avait tués, tout avait été balayé.

— *¿Puedo*, se lança-t-il alors que les femmes le regardaient en souriant, *trabajar*[1] *?*

— *Trabajar*, rit la jeune femme. Mais il est aussi faible qu'un nouveau-né.

— Si *trabajo*, dit-il, je deviendrai plus fort.

La petite yole posée sur le rivage ressemblait à une tortue. James la souleva, la fit rouler sur sa quille, le dos raidi par les assauts de sa blessure…

La vieille femme l'observait sans cesser de parler. D'après ce qu'il put comprendre, son fils partait pêcher le soir et revenait à l'aube, le bateau rempli de poissons. Il imaginait le retour des embarcations dans le matin argenté, les femmes et les filles sur le rivage pour les accueillir. La vie devait être douce alors.

Il remonta son pantalon jusqu'aux genoux. La vieille femme recula pour éviter de mouiller sa jupe. Le bateau dansa sur les premières vagues, et James sentit le courant de la marée sur ses mollets. Une nuée de mouettes se mit à tournoyer au-dessus d'eux en poussant des cris excités. Ils poussèrent la yole dans l'eau. La jeune femme, ses cheveux noirs comme de l'encre flottant au vent, et la fillette, l'observaient.

1. Je peux travailler.

Il pensa qu'il faisait peut-être tout cela pour elle, qu'il était revenu d'entre les morts pour elle, pour lui rendre la vie plus facile.

Puis l'eau monta dans le bateau qui menaça de couler. Il le tira de nouveau sur la rive à l'abri des vagues. La vieille femme l'aida à le remonter sur la rive.

— Il faut le calfater, expliqua-t-il en anglais.

Alors qu'il se retournait, il vit la jeune femme et la fillette se diriger vers leur maisonnette, le panier sur la hanche, s'apprêtant à ramasser tout ce qu'elles pourraient encore trouver sur cette terre appauvrie.

Ce simple effort l'avait exténué. Il n'était plus bon à rien. Il s'assit sur un banc, au soleil et ferma les yeux. La jeune femme s'approcha :

— *Me llamo María*, dit-elle.

— *Me llamo James.*

Plus tard, la fillette sortit un sac et il l'observa tandis qu'elle alignait par terre des perles, une balle perdue, un vieux plomb de pêche. Mais elle ne jouait pas vraiment. Il demanda un couteau et la vieille femme lui apporta une lame de silex émoussée. Il s'attaqua à un fragment de bois flotté aussi dur que du calcaire. Il en tira une bille. Pendant tout ce temps, il garda le dos droit, c'était une torture de se pencher. Ils dînèrent d'un bouillon de chou marin et de crustacés puis il remonta jusqu'à son lit laissant les trois femmes pelotonnées les unes contre les autres à même le sol, comme des chiots, près du feu, puisqu'elles n'avaient pas d'autre endroit où dormir.

Il avait cru que la douleur l'empêcherait de trouver le repos, mais son sommeil fut aussi profond et sombre que l'océan et aussi dévorant.

Il passa devant la chapelle tandis qu'il se dirigeait vers la plage, des outils et un pot de poix sèche dans son sac. Comme les portes étaient ouvertes, il aperçut les silhouettes des femmes et de l'enfant, quelques bougies, mais il n'y avait pas de prêtre pour officier.

Sur la rive, il monta un petit feu pour adoucir la poix, les flammes à peine visibles dans le soleil printanier. Il remua le liquide obtenu, la chaleur et l'odeur du goudron lui sautèrent au visage. Les outils dont il disposait avait été usés par d'autres mains que les siennes. Cela laissait une impression désagréable. James étala la poix sur le bois, en recouvrit toute la surface. Un frisson lui parcourut la nuque. Mais la brise tiède apportait la promesse excitante, troublante de l'été.

Il devait s'interrompre par moments et attendre que la douleur passe.

Le temps d'un instant, il se sentit observé mais quand il regarda autour de lui, il ne distingua personne.

Il jeta du sable sur le feu pour l'éteindre et laissa la poix durcir.

Le soir, la vieille femme répara des voiles de toile rouge au rythme des chants de l'enfant et de sa bru. Elles avaient des voix douces qui évoquaient princesses, chevaliers, ânes, marâtres, maisons de sucre et mauvais sorts.

L'embarcation s'élança sur l'eau comme un poulain. James plongea dans la mer et en ressortit, le souffle coupé. Son corps avait repris des forces. La guerre s'effaçait peu à peu. L'espagnol lui devenait aussi familier que sa dent cassée. Les jours rallongeaient. Quand il montait se coucher, il pouvait entendre les deux femmes murmurer jusque tard dans la nuit.

Un soir, la jeune femme lui caressa le bras alors qu'elle lui tendait son bouillon. Cette nuit-là, étendu sur son lit, il écouta leurs paroles comme des prières. Il se releva, et ouvrit les volets. La nuit était constellée d'étoiles.

La vieille femme apporta les voiles, les cordes. La fillette traînait derrière elle, chargée des filets de pêche. Il installa le mât puis il aida María à monter la voile. Elle rangea les filets et ils poussèrent ensemble le bateau dans les vagues déferlantes. De l'eau jusqu'aux genoux, elle se hissa dans la petite embarcation. Il grimpa à son tour, déséquilibrant la barque. Puis elle déplia la voile qui prit le vent et se gonfla. Ils filèrent vers le soleil levant.

Elle lui montra comment lancer les filets dans l'eau. L'un d'eux se fendit, vide. Ils peinèrent à remonter l'autre, si lourd que le bateau menaça de chavirer. Les poissons argentés et frétillants avaient grassement profité du calme que leur avait apporté la guerre.

À leur retour, l'enfant et la vieille femme les attendaient sur la plage près d'un feu. Ils vidèrent les poissons et les laissèrent sécher au soleil, suspendus sur une corde comme du linge.

Puis ce fut l'automne et les jours déclinèrent. La vieille femme annonça qu'elles iraient prier saint Michel pour remercier Dieu de sa protection, sa délivrance, des dons qu'Il leur avait accordés.

James acquiesça. Il les regarda s'éloigner vers la petite chapelle. Lorsqu'il fut assuré qu'elles étaient tout à leurs dévotions, il descendit vers le rivage, puis se promena sur le promontoire qui se finissait par une pointe faite de sable, d'herbes aussi fines et clairsemées que les cheveux d'un vieil homme, de coquillages blancs, d'os blanchis. Il sursauta en voyant le crâne d'un mouton, en imaginant ce que cela aurait pu être. Puis des traces d'algues sèches. Il était au bout du monde.

Il marcha dans les eaux peu profondes. Les vagues venaient mourir sur ses chevilles. Il mit sa main en visière et scruta l'horizon. Il avança. Le ressac était plus fort. Son pantalon fut mouillé. Il cligna des yeux sous le soleil bas. Il ne savait même pas ce qu'il cherchait. Il ne connaissait pas le nom de cette mer. Il ne savait pas s'il avait navigué sur ces eaux. Si l'Angleterre était de l'autre côté. Ce qu'il trouverait dans son pays s'il y retournait jamais.

Lorsqu'il revint à la cabane, il trouva l'endroit changé. Il y régnait une fraîcheur de fin d'été, les ombres s'étiraient. Un frisson semblait parcourir toute la maison. C'était peut-être simplement le changement de saison ou bien le jour saint, mais quelque chose rendait l'air plus liquide, plus obscur, trop plein.

Elles se trouvaient dans la salle du bas. La fillette entra, un chat vagabond à sa suite. Elle s'assit, les jambes croisées, et disposa ses billes par terre, en les rangeant par tailles et matières. L'animal, une femelle, s'étira. Elle était grosse, elle s'était gavée de mouettes et de rats. Sa peau et ses os étaient pareil à un baudrier pour son ventre gonflé comme un tonneau.

Les femmes évitaient si soigneusement son regard qu'il était impossible qu'il ne se sentît pas observé. L'avaient-elles vu marcher sur le rivage ? Était-ce interdit ?

Il jeta à l'animal un bout de quelque chose qui aurait pu être un bigorneau ou un escargot. Elle s'en reput, le découpant posément de ses canines. Quand le dîner fut servi, il continua à nourrir la chatte venue s'enrouler autour de ses pieds, elle miaula. La fillette le regarda. Il lui tendit ses deux mains fermées. Elle en choisit une. Il l'ouvrit. Dans sa paume, une nouvelle bille, toute blanche, taillée et polie à partir de bois flotté. Il se souvint de ses billes, chez lui. À la Saint-Michel, les baies d'aubépines étaient rouge sang, les myrtilles pendaient comme des lanternes, les oiseaux en faisaient un festin, comme lui, les doigts tachés de leur jus.

Le chat sauta sur ses genoux et s'y pelotonna. Il sentit ses petits s'agiter dans son ventre et demeura parfaitement immobile.

Les femmes se taisaient.

Que soupçonnaient-elles ? Que voulaient-elles ? Avaient-elles deviné qu'il rêvait de rentrer chez lui ?

Il fut réveillé par le corps de la jeune femme. Ses hanches, son épaule, sa peau tiède, soyeuse. Il ne savait pas qu'il la désirait, ne savait pas ce que signifiait le désir jusqu'à ce qu'elle vînt se lover contre lui. Il s'abîma dans la douceur de son corps. María. La première femme qu'il eût jamais connue.

Il ne savait pas pourquoi il n'avait pas compris plus tôt qu'il leur était nécessaire, qu'il pouvait faire la différence entre une bonne pêche et le lent glissement vers la famine. Il avait travaillé comme il en avait l'habitude. Parce qu'elles avaient été bonnes, parce qu'en les aidant, il devenait une meilleure personne.

Le lendemain matin, il se réveilla seul dans son lit. María avait disparu dans la nuit comme un moustique. L'enfant jouait avec ses billes. Elle ne lui accorda pas un regard, comme si elle savait ce qui s'était passé, et qu'elle considérait comme une trahison.

Il descendit jusqu'à la plage et travailla sur le bateau. À midi, María lui apporta un bol de bouillon et s'assit à côté de lui. Elle était tendue, le visage détourné, comme si le regarder du coin de l'œil pouvait lui laisser croire qu'il était un autre.

Il creusait le sable autour de lui, écorchant ses doigts.

— *Espero*… J'espère, commença-t-il.

Mais les mots ne vinrent dans aucune langue. Qu'espérait-il exactement ? Qu'elle mourrait vieille, que la mer lui apporterait quelqu'un qui la rendrait heureuse ; que sa fille aurait une vie meilleure ; qu'elles lui pardonneraient.

Quand elle retourna à sa cabane, à son petit lopin de terre et de sable, il enfonça son chapeau sur sa tête, remonta le col de sa marinière pour protéger sa nuque du soleil, et partit en direction du rivage, vêtu des habits d'un mort, laissant derrière lui la mère de ce mort, sa veuve, sa fille, la vie de cet homme mort.

Il ramassa des coquillages rose pâle, crayeux, bleu foncé et les rangea dans son sac, un par un.

CHAPITRE IV

1810

À Lisbonne, le capitaine du *Snapdragon* le prit pour un Espagnol. James avait le visage tanné par le soleil et peinait à trouver ses mots en anglais comme si on lui avait rempli la bouche de cailloux. Le capitaine l'engagea, trop heureux de trouver un homme épargné par la Marine et qui semblait travailleur bien que peu disert.

James ne se lia avec personne. Il ne retira jamais sa chemise même s'il se doutait que certains de ses compagnons portaient des cicatrices semblables aux siennes. Il valait mieux éviter les questions, passer inaperçu, ne laisser aucun souvenir, ou le moins possible.

Ils naviguèrent vers Rio. James était trop occupé pour se sentir mal, trop fatigué pour ne pas saisir chaque occasion de faire un somme. Ils revinrent au Portugal les cales chargées de café dont l'odeur avait imprégné tout le bateau.

De retour à Lisbonne, James toucha sa solde et évita de penser à la côte espagnole, aux souvenirs qu'elle ravivait. Munis d'une cargaison de tonneaux de porto et de caisses de porcelaine bleue, ils mirent le cap vers Antigua.

Dans le port anglais, l'air était aussi épais et étouffant que la végétation. On ne trouvait plus d'esclaves sur les bateaux depuis la nouvelle loi[1], mais ils servaient toujours de monnaie d'échange et de bêtes de somme : ils cueillaient la canne à sucre, la coupaient, la raffinaient, la transportaient. Ils fabriquaient les carrioles, ils forgeaient les roues, les fers des chevaux, cuisaient les briques, taillaient les bardeaux, montaient les toits de chaume, cuisinaient, alimentaient les feux, traitaient les malades.

James qui faisaient rouler les barils essuya la sueur sur son front et observa les nouveaux captifs qui débarquaient des navires étrangers, enchaînés, sales, à moitié affamés. Il devinait à la façon dont ils se tenaient, à leurs regards, qu'ils se disaient que cela ne pouvait pas être réel, qu'ils ne voulaient pas de cette vie.

Les esclaves des plantations étaient plus taciturnes. Impossible de savoir ce qu'ils pensaient.

Une voix forte se fit entendre. James leva la tête et découvrit le visage d'un homme blanc, ou plutôt rose, bouffi par la chaleur et l'alcool qui se révélait déplacé au milieu de ces peaux noires. C'était sans doute un agent anglais ou un régisseur. Il avançait dans la foule, une cravache à la main, des bottes hautes, estimant la chair, échangeant un mot ici et là, marchandant,

---

1. Loi anglaise de 1806 interdisant l'introduction de nouveaux esclaves dans les colonies conquises. 1807 : abolition de la traite en Angleterre et aux États-Unis.

rassemblant ses possessions. Il agissait sans doute pour le compte d'un gentleman anglais qui préférait rester chez lui pendant qu'il dépensait sa fortune.

Quand James regagna son hamac, et qu'il ferma les yeux, la scène s'imposa de nouveau. Les yeux noirs, la peau du Blanc rose graisseuse comme une saucisse, la colonne d'esclaves avançant vers l'intérieur de l'île. S'il n'y avait pas eu le fusil et le fouet, l'un d'eux aurait soulevé ses chaînes avant de les passer autour du cou pâle et couvert de sueur le plus proche et de serrer.

Chargé de sucre, le *Snapdragon* fit route vers le port de Lancaster au nord de l'Angleterre. Une nuit, alors qu'ils traversaient l'Atlantique, James rêva d'une marche interminable dans la boue et la neige et aperçut, comme s'il était un vautour planant dans le ciel, son régiment, des milliers d'hommes progressant le long d'un sentier. Il se réveilla en tremblant, fébrile, doté d'une nouvelle compréhension des règles du monde.

J'ai abandonné mon droit à la liberté. J'ai signé. Je me suis vendu.

Cela lui avait paru si anodin à l'époque. Parce qu'il était convaincu qu'il ne pourrait jamais en faire usage.

Poussés par les alizés, ils jetèrent l'ancre sur le quai Saint-Georges en août 1811. Cela faisait deux ans que James naviguait sur le *Snapdragon*. La guerre paraissait si lointaine. Ces sombres souvenirs étaient ceux d'un autre.

Debout sur le pont, il contempla la ville de Lancaster qui s'affairait. Les hangars, hauts de six étages, flambant neufs. Leurs façades flanquées de poulies. Les caisses au bout des cordes montées dans les magasins. Les dockers sur la jetée bondée, des hommes, des femmes aussi, les jupes soulevécs, les manches roulées sur leurs bras musclés, rendant obscénité pour obscénité. La cité de pierre dorée s'élevait au-dessus de cette clameur. Le château était bas et ancien mais tous les édifices sur la colline paraissaient élégants et neufs. Il remarqua les flèches des églises, les grandes demeures aux larges fenêtres. La ville avait su tirer parti du commerce colonial.

Sur la rive opposée du fleuve, s'étendaient des champs de seigle, plats et soyeux. Au-delà, les collines se gonflaient, bleu et violet comme le dos des baleines. Si l'on pouvait quitter ces rues marchandes encombrées, marcher vers ces champs, grimper sur ces hauteurs, parmi la lande et la bruyère, quel sentiment de paix profonde et claire n'éprouverait-on pas ? Il sentit de nouveau cette envie qui l'avait bouleversé en Espagne, qui était demeurée en suspens pendant tout ce temps en mer : se retrouver en Angleterre au service d'un homme bon. Rentrer chez lui.

Il demanda une permission à terre et comme il n'avait jamais commis d'écart de conduite, l'obtint aisément. Après tout, que pouvait-il lui arriver dans un endroit comme celui-ci ? Pourquoi un Espagnol chercherait-il à disparaître dans Lancaster ?

Ses gages en poche, son sac à l'épaule, il prit un verre avec ses compagnons de bord au *Trois Marins*, un vieux bâtiment délabré situé sur le quai. Il commanda une pinte de bière locale et ils trinquèrent à leur retour au pays, sains et saufs, et à la santé du pauvre roi[1] dont l'urine était devenue toute violette et auquel son fils stupide avait succédé depuis février. Puis à la santé de la serveuse au teint de lait qui sourit à James et avait de jolies fossettes.

Quand ils commandèrent une seconde tournée, il se leva et prétendit un besoin urgent. Mais il ne retourna pas au pub. Il emprunta Cable Street puis New Street, dépassant l'échoppe d'un cordonnier, les bureaux des négociants en thé, et un cheval à bascule signalant un magasin de jouets. James demanda son chemin à un promeneur au visage cuivré qui lui indiqua aimablement la meilleure façon de quitter la ville. James longea alors South Road, croisant des voitures et des dames munies d'ombrelles, qui bavardaient dans un dialecte confus.

Il lui fallut un mois pour atteindre le Hertfordshire. Lorsque ses souliers le lâchèrent, il se procura à Bolton une vieille paire de bottes auprès d'une femme édentée qui puait le gin. Lorsque sa chemise fut en lambeaux, il en acheta une autre à Digbeth et des hauts-de-chausses anglais afin d'éviter d'être pris pour un étranger. Il ne manqua pas de passer les coutures à la flamme d'une bougie pour débarrasser le tissu des poux.

Il parcourut ainsi les routes, vêtu d'habits qui ne lui appartenaient pas, son sac de toile dont le noir virait peu à peu au gris à l'épaule. Il dormait dans les cabanes de bergers, sous les porches d'église, dans des buissons. Tant que ses gages duraient et que c'était l'été, ce n'était pas trop pénible. Il parlait peu,

1. Georges III.

à un laboureur dans un champ pour vérifier qu'il suivait la bonne direction, à un contremaître pour quémander une journée de travail, à la femme d'un fermier pour un bol de lait. Le silence lui devint familier. Lorsqu'il se voyait dans l'obligation de parler, il cherchait ses mots, les langues se confondaient troublant sa pensée et son discours.

Il pensait différemment maintenant, il ne pensait plus en termes de maisons, fermes et champs, en espaces clôturés, il pensait en distances et trajectoires.

— Joli garçon, entendit-il un jour une fille de ferme dire à sa voisine.

— Dommage qu'il soit si peu bavard.

— Ce n'est pas grave pour ce qu'on lui demande…

Il les abandonna à leurs gloussements.

L'automne venu, il se retrouva en terre connue dans le paysage de son enfance. Il suivit le sentier des vaches, passa devant la ferme de Vieille Misère, reconnut le sycomore sur lequel il grimpait enfant. Mais il ne s'arrêta pas. Il cueillit des mûres et des baies, et les dégusta tout en marchant, leur jus tachant délicieusement ses doigts et ses lèvres.

Il demanda à l'auberge de Meryton si Mr Bennet vivait toujours dans les environs marmonnant quelque chose au sujet d'un travail. L'aubergiste, un homme bavard, ne demandait pas mieux que de lui fournir toutes les informations dont il avait besoin. Oui, il était heureux de lui apprendre que les Bennet résidaient toujours dans le voisinage. Leur maison, la plus grande du village, n'était qu'à un kilomètre environ, à Longbourn. Mr Bennet, sa femme et leurs cinq charmantes filles y demeuraient toute l'année.

Posté sur le sentier, James observa la famille, caché derrière une haie de houx. Les jeunes filles sortaient en courant de la maison comme des moineaux. Il vit Mr Bennet lui-même, plus courbé que dans son souvenir, flâner dans le jardin, les mains croisées derrière le dos.

James devait choisir son moment, ses mots. Il descendit le chemin prudemment. Il aperçut soudain deux silhouettes dans l'enclos plus bas, une adulte et une enfant, qui suspendaient le linge à une corde. La jeune femme porta sa main en visière et scruta l'espace qui les séparait.

Il avait fait le tour du monde pour ce moment. Il était enfin de retour chez lui.

CHAPITRE V

Mais il est trop tard, bien trop tard.

Mr Hill, qu'on était venu consulter, fut réveillé en sursaut. Il s'assit sur son lit, et tira les couvertures sur sa poitrine. Il confirma qu'il n'avait pas envoyé James faire une course. Ce dernier ne l'avait pas davantage informé d'une sortie prévue ce matin pour Meryton ou ailleurs.

Cependant, il avait très bien pu se rendre en ville. Il avait peut-être une réparation à réaliser chez le forgeron ou un nouvel harnais à acheter à Harlow. Mr Hill se sentait exposé dans sa vieille chemise de nuit tout usée sous le regard de sa femme et des deux filles. Elles auraient pu au moins lui laisser le temps d'enfiler ses hauts-de-chausses.

Mrs Hill s'assit sur le lit à côté de lui en faisant craquer les planches de bois.

— Il n'a rien dit à personne. Pas un mot.

— Ils ne veulent tout de même pas la voiture à cette heure ? Je vais voir ce que je peux faire, mais laissez-moi d'abord me changer.

— Il n'aurait jamais négligé les chevaux, déclara Sarah.

— Comment ?

— Les chevaux, ils n'avaient ni paille, ni eau.

Mr Hill chercha à tâtons la main de sa femme sur le lit et la serra dans la sienne.

— Ce n'est pas possible, il n'a pas pu partir comme ça.

Mrs Hill hocha la tête, ses yeux baissés remplis de larmes.

— Je suis vraiment désolé, fit le vieil homme.

Polly se mordillait le doigt, jetant des regards stupéfaits sur les uns et les autres. Rien n'était comme avant. Mr Hill se montrait soudain doux et inquiet. Mrs Hill avait le teint cireux et Sarah se balançait d'un pied sur l'autre, la mine défaite. Polly n'aimait pas ça du tout.

— Tu vas prévenir Mr Bennet ? demanda le majordome.

Mrs Hill secoua la tête.

— Que comptes-tu faire ?

Elle serra encore sa main puis bondit du lit. Elle disparut dans les escaliers, d'un pas lourd, suivie par Sarah. Polly saisit le bras de cette dernière qui passait devant elle.

— Mais qu'est-ce que ça peut lui faire à Mrs Hill que James soit là ou pas ?

— Pas maintenant ! répondit Sarah en s'écartant avant d'appeler Mrs Hill.

L'intendante se figea sur une marche. Sarah dévala l'escalier jusqu'à elle.

Elle ne savait par où commencer, mais elle était sûre d'elle ; c'était d'une logique imparable bien qu'encore un peu confuse : le soldat fouetté sous la pluie ; le dos lacéré de l'homme qu'elle aimait. Le départ de la milice et la disparition de James. Chaque élément était lié à l'autre et faisait intuitivement sens.

— M'dame, la milice est partie la nuit dernière, elle aussi.

Mrs Hill déglutit :

— Continue.

— Et je ne sais pas ce que James a fait…

— Que veux-tu dire ?

— James. Mr Smith. On aurait pu croire qu'une fois puni…

— Je ne te suis pas.

— Je suis sûre qu'il n'a rien à se reprocher, il n'a jamais rien fait de mal…

Mrs Hill l'attrapa par l'épaule et la secoua :

— Sarah, crache le morceau, bon sang !

— Il a reçu des coups de fouet.

Mrs Hill se tourna, le visage décomposé.

— Mrs Hill…

Elle secoua la tête. Ce n'était pas ça, le marché qu'elle avait payé au prix fort…

Qu'attendait-elle de lui, voulut savoir Mr Bennet. Que voulait-elle exactement qu'il fît ?

Mrs Hill se mordit l'intérieur de la joue. Comment le savoir ? Elle n'était pas un homme éduqué, un gentleman, qui disposait de son temps à loisir et de tout un réseau de relations utiles et éminentes dans le voisinage. Elle ne savait même pas ce qui pouvait être fait, quelles démarches entreprises, quels individus consultés. Mais il fallait agir cette fois.

Mr Bennet se contenta de remuer son café sans la

regarder. Sa main tremblait un peu lorsqu'il reposa sa tasse sur le plateau.

— Je suppose que vous voulez que je lance des recherches ? Que j'organise une battue ? Ce garçon a rompu son engagement envers moi. Il avait signé jusqu'à l'été. C'est tout à fait ennuyeux et négligent de sa part. On peut en déduire qu'il ne souhaite pas être retrouvé, sinon il ne serait pas parti comme un voleur…

— La milice…

Mr Bennet baissa la voix et la regarda droit dans les yeux cette fois :

— Que pourraient-ils lui vouloir ? Il a servi honorablement n'est-ce pas ?

— Il n'a pas fait son temps.

Il lui lança un regard interrogateur.

— Pour être démobilisé. Sauf s'il a été déclaré invalide.

— Un déserteur, alors…

Ils s'observèrent en silence.

— Vous pourriez écrire au colonel Forster…

— Et qu'obtiendrais-je ?

— Pour savoir où il a été emmené.

— Vous voulez que j'écrive à ce gentleman pour lui demander si, par hasard, il n'aurait pas mis aux arrêts mon bâtard ?

— Votre valet.

— Mais que penseraient les gens même si je vous écoutais ? Mr Smith est responsable de ses actes et de ses erreurs. C'est un homme adulte. De quel droit me mêlerais-je de ses affaires ?

Adulte, il ne l'a pas toujours été, songea Mrs Hill. Mesurant l'inutilité de rouvrir cette vieille discussion, elle se contenta de faire une petite révérence, comme chaque fois et pivota sur ses talons. Elle sortit en laissant la porte grande ouverte.

— Veuillez fermer derrière vous, Mrs Hill ! cria-t-il.

Sans l'écouter, elle s'engagea dans le vestibule et franchit l'entrée principale, laissant là aussi la porte béante, descendit les marches du perron, prit l'allée et ouvrit la barrière. Une fois sur la route en direction du village elle réalisa soudain qu'elle risquait de croiser quelqu'un alors qu'elle ne portait ni bonnet, ni châle. Elle monta sur un échalier et se laissa glisser à l'abri d'un buisson. De l'oseille, des campanules, des fleurs de coucou s'agitaient sous le vent dans la prairie. Une génisse s'approcha lentement, l'observant de ses yeux globuleux sous ses longs cils. Elle lui lécha le nez de sa langue râpeuse.

Où que tu sois, songea Mrs Hill, *Dieu te surveille. Il te regarde d'un œil étranger, le cœur insensible.*

CHAPITRE VI

Ses lettres se faisaient longtemps attendre et elles étaient toujours brèves.

Il y avait un paquet adressé à Mrs Bennet sur lequel on reconnaissait l'écriture négligée de Lydia. À l'intérieur, une épaisse lettre scellée pour Kitty et une, plus brève, pour leur mère. Sarah contempla avec amertume l'autre enveloppe destinée à Elizabeth, expédiée depuis Londres par sa tante, Mrs Gardiner.

Sarah ne savait pas quoi attendre, mais elle avait espéré quelque chose sinon elle n'aurait pas éprouvé un tel sentiment de vide. Elle n'arrivait pas à croire qu'il ait pu la quitter sans un mot, sans une promesse de retour, sans lui donner de nouvelles. À moins qu'il n'en ait été empêché. Elle sentit son sang se glacer, malgré le soleil et la chaleur qui la faisait transpirer dans sa vieille popeline jaune-vert. Son cœur se serrait à l'idée que quelque chose de terrible était arrivé à James, qu'il était sans doute la proie de terribles souffrances, seul sans personne, et qu'elle ne pouvait le rejoindre.

Elle retourna à Longbourn par les prés. L'herbe haute caressait ses jupes dans des nuées de pollen.

Elle trouva les jeunes dames installées sur la pelouse. Les plus belles tenues d'été avaient refait leur apparition. On avait sorti les dentelles et les mousselines, les nouveaux bonnets d'été. Elles paraissaient aussi légères et délicates que des papillons tandis que Sarah marchait d'un pas lourd de chagrin, comme enchaînée à un rocher qu'elle devait tirer derrière elle.

— Quand vous écrirez à Miss Lydia la prochaine fois, dit-elle à Elizabeth, cela ne vous ennuierait pas de lui demander si elle a eu des nouvelles de Mr Smith à Brighton ?

Elizabeth qui examinait son courrier et dont le visage s'éclaircit en découvrant la lettre de sa tante préférée, s'étonna :

— Mr Smith ?

— Je me disais qu'il était peut-être allé à Brighton lui aussi et que Miss Lydia aurait eu vent de quelque chose.

— Je suis désolée, Sarah, mais de qui parles-tu ?

— De Mr Smith. Vous devez vous souvenir de lui ?

Elizabeth fronça les sourcils. Sarah s'était avancée, la main tendue. Prenant la mesure de son erreur, elle recula.

— Je suis désolée, miss, sincèrement. Il était ici il n'y a pas si longtemps et il était si apprécié. Un jeune homme charmant, disait votre père. Tout le monde le disait. Un jeune homme bien comme il faut.

— Oh ! tu veux parler de *Smith*, le valet ?

— Oui.

— Comme tu as dit *Mr* Smith, je ne comprenais pas. Je croyais que tu faisais allusion à une de mes connaissances, à un *gentleman*.

— Je suis désolée de ne pas avoir été claire.

— Oui, c'est vrai qu'il est parti brusquement. Il a peut-être trouvé un travail plus rémunérateur… Tu penses qu'il peut se trouver à Brighton ?

C'était quelque chose, Brighton. Une piste, une ville, une possibilité.

— Peut-être.

— C'est entendu, je vais me renseigner et je te tiendrai au courant. Mais j'ai bien peur que toutes les pensées de ma sœur ne soient occupées par les officiers et qu'elle n'ait guère de temps à consacrer à un valet.

CHAPITRE VII

"Adieu aux déceptions et à la mélancolie. Que sont les hommes comparés aux rochers et aux montagnes ? Ô combien d'heures d'ivresse nous connaîtrons !"

Le jour de la Saint-Jean, Mrs Hill décida de se rendre à Meryton pour régler les notes et rapporter un plat froid de la boucherie pour le dîner. Elle partit, bien habillée, un joli bonnet sur la tête, les rubans noués avec sa précision habituelle, et son vieux fichu épinglé à son corsage pour ne pas exposer le moindre centimètre de peau au soleil ou aux regards. Elle marchait la tête haute, le dos droit, à une allure raisonnable, protégée par une vieille ombrelle. Car Mrs Hill était une personne respectable. Ils le savaient en cuisine. Ils le savaient dans la maisonnée. Le monde entier le savait, le jour du terme, quand elle se rendait à Meryton pour solder les comptes.

Mais Sarah avait appris ce que cachaient ces bonnets et ces fichus, les émois de la chair et ses trahisons. Mrs Hill avait fini par lui raconter la vérité un soir, alors que Mr Hill et Polly étaient partis se coucher. L'intendante avait agrippé la main que lui tendait la femme de chambre, par-dessus la table nettoyée, pour se délivrer péniblement de ce secret. Le premier choc passé, Sarah compatit. Elle savait bien sûr ce que c'était d'être jeune et plein de désirs, même s'il était difficile d'imaginer Mr Bennet de la sorte. Puis elle éprouva une brusque colère : *toutes ces années*.

— Et toi, Sarah, lui demanda l'intendante, tu crois que… tu pourrais être enceinte… ?

Sarah secoua la tête. Elle avait déjà eu ses saignements.

Après réflexion, Mrs Hill déclara :

— C'est sans doute mieux ainsi.

Mrs Hill absente pour son expédition saisonnière, la cuisine demeura silencieuse et reluisante. Les cendres reposaient dans l'âtre, la farine était disposée sur la table pour la confection des scones et Mr Hill se trouvait quelque part dans la propriété menant ses mystérieuses affaires. Sarah et Polly, plongées dans leurs pensées, ne souhaitaient pas troubler ce rare moment de calme. Sarah songeait à partir à la recherche de James, faire son baluchon et décamper, puis elle changeait d'avis, certaine qu'elle ferait mieux de l'attendre ici, le seul endroit où il était sûr de la retrouver. Où il pouvait venir la chercher.

Elle ressassait ces pensées comme on baratte le lait, mais elles ne débouchaient sur rien de concret.

— Il me manque aussi, tu sais, finit par dire Polly.

Sarah hocha la tête.

— Que vas-tu faire ?

Sarah sortit de sa stupeur et s'affaira autour de la table. Elle prit deux muffins qui restaient du petit déjeuner, les emballa dans un torchon propre avec du fromage, remplit une bouteille de petite bière et la boucha en disant à Polly :

— Allez, viens, mets ton bonnet !

Polly avait suivi toute la scène sans piper mot et son visage s'illumina.

— On va faire une promenade. Je veux vérifier quelque chose. Voir si c'est encore là.

En chemin, Polly bavardait joyeusement et cueillait des fleurs. Elle s'exclama, ravie, à la vue des lapins qui s'enfuyaient à leur passage. Le sentier les mena jusqu'au pied de la colline puis elles franchirent un pont de bois qui surplombait la rivière, remontèrent sur l'autre versant, traversèrent un bosquet et parvinrent à la vallée suivante. Un grand champ s'étendait devant elle, parsemé de moutons, clôturé par des saules.

— Avant c'était une terre commune, lui expliqua Sarah. Il y avait des maisons ici.

Elle grimpa sur la barrière et aida Polly à l'enjamber. Les moutons n'avaient laissé qu'une bande d'herbe rase sur laquelle elles aperçurent des traces à l'endroit où la terre formait une fine couche sur la pierre. Sarah les parcourut, dessinant au sol quatre murs, une ligne qui séparait l'espace en deux.

— Je suis née ici, déclara-t-elle enfin.

— Comment ici ?

— Enfin, je crois. En tout cas dans une de ces habitations. Je me souviens de la ligne des collines. Des bois. C'étaient les maisons des tisserands. Mon père était tisserand.

— Eh bien, il n'y a plus rien maintenant, constata Polly.

Les deux filles repassèrent la barrière et s'installèrent sur un talus. Polly s'endormit, bercée par le bourdonnement des abeilles et des mouches. Sarah contempla longuement le paysage, hantée par des souvenirs de bonheur, l'image d'une femme vêtue d'une robe rouge ternie qui s'avançait vers elle à travers champs, sa silhouette se découpant sur l'immense ciel bleu.

CHAPITRE VIII

Les Gardiner ne passèrent qu'une nuit à Longbourn et partirent le lendemain matin en compagnie d'Elizabeth en quête de nouveauté et d'amusement.

De l'avis de tous, Mrs Gardiner semblait plus que disposée à abandonner ses enfants aux soins des autres et les couches de son nouveau-né aux domestiques. Ce devait être un voyage de trois semaines pour son mari, elle-même et sa nièce, Elizabeth. Ils avaient le projet de visiter le Derbyshire dans leur confortable voiture et de découvrir les beautés tant vantées de Matlock, Chatsworth, Dovedale, ainsi que la région du Peak.

Elizabeth partit sans un mot pour Sarah. Soit elle n'avait pas encore écrit à Lydia, soit elle n'avait pas reçu de réponse, soit la réponse ne contenait rien d'intéressant pour la femme de chambre, à moins qu'elle n'ait tout bonnement oublié sa requête.

Mrs Hill agit comme elle le faisait toujours quand la situation devenait pénible : elle s'absorba dans le travail. Et l'on n'en manquait pas avec ces allées et venues, même si elles étaient débarrassées des deux jeunes dames et de leur linge. Accueillir les enfants des Gardiner dans la maison pendant presque un mois engendrerait plus de soucis, de bruit, de repas et de lavages. Les couches sales, les lits souillés : *le travail.*

La vie, avait conclu depuis longtemps Mrs Hill, était une épreuve d'endurance face à laquelle tout le monde finissait par échouer.

CHAPITRE IX

… Ni sa vertu si son jugement ne
l'empêcheraient d'être une proie facile.

Le messager arriva à minuit et s'annonça par de grands coups sur la porte au moment où ils s'apprêtaient à se coucher. Mr Hill descendit en grognant, suivi de Mrs Hill, ses cheveux gris tressés en nattes. Sarah, bien entendu, se dépêcha de les rejoindre, les dépassant même, un châle jeté sur ses épaules, les pieds nus.

Ce devait être James. Enfin des nouvelles.

Polly finit par suivre le mouvement en se frottant les yeux.

Ils trouvèrent Mr Bennet dans le hall, une lettre décachetée à la main, le visage blême surmonté d'un bonnet de nuit, sa femme à son côté. Kitty, Mary et Jane attendaient, debout, sur l'escalier. Heureusement, le bruit n'avait pas réveillé les enfants Gardiner. Le messager, un jeune garçon blond âgé de douze ans tout au plus, s'appuyait, à bout de forces, contre le flanc de son cheval. La lune brillait dans le ciel.

— Payez-le, s'il vous plaît, Mrs Hill, demanda Mr Bennet.

Elle courut chercher le porte-monnaie et compta plusieurs pièces qu'elle déposa dans la main du jeune garçon.

— Que se passe-t-il ? s'inquiéta Mrs Bennet. S'agit-il d'une de mes chères filles ?

Le messager empocha l'argent puis remonta à cheval et repartit dans le noir, une proie facile pour les voleurs et les bandits de grands chemins. Un rossignol chanta. C'était une nuit splendide. Mrs Hill ferma la porte derrière lui.

— Que se passe-t-il Mr Bennet ? S'agit-il de Lydia ? De Lizzy ! Mon Dieu, si quelque chose leur est arrivé, je ne sais pas ce que je ferais. Je ne pourrais le supporter !

— C'est une lettre du colonel Forster.

— Que dit-il ? demanda alors Sarah.

Mr Bennet remarqua pour la première fois les domestiques rassemblés autour de lui, témoins de sa disgrâce.

— Mrs Hill, veuillez aider votre maîtresse à regagner sa chambre, je vous prie.

— Mon Dieu, c'est Lydia n'est-ce pas ? Ma petite fille ! cria Mrs Bennet désespérée en repoussant Mrs Hill. Dites-moi, je vous en supplie, que lui est-il arrivé ?

— Je ne crois pas que nous devions partager cela avec toute la maison, rétorqua-t-il en repliant la lettre. Sarah, Polly, retournez vous coucher. Nous n'avons plus besoin de vous.

Lydia s'était enfuie. Elle s'était jetée à la tête de ce jeune homme crapuleux. Mais elle n'avait donc pas de cervelle ? Mrs B. éclata en sanglots dans les bras de l'intendante qui essaya de la consoler comme on le ferait avec un enfant. « Tout ira bien, tout sera arrangé demain matin. » Elle remplit un verre d'eau, y ajouta quelques gouttes de laudanum et l'aida à le boire. Comme cela ne suffisait pas, elle lui prépara un demi-verre de baume de Gilead. Mrs Bennet avala d'une traite le breuvage marron à l'odeur d'herbes et de cognac. Elle paraissait si désemparée. Mrs Hill ne l'avait pas vue dans cet état depuis l'incident, il y avait des années de cela. Mrs B. recouvrit peu à peu son calme, s'assoupissant sous l'effet du pavot et du raisin. L'intendante la couvrit et la laissa reposer sur le sofa.

Polly était retournée se coucher. Sarah, quant à elle, plutôt que de regagner la chaleur étouffante des combles et la promiscuité moite d'un lit partagé, enfila ses bottines, sortit dans la cour puis grimpa dans la soupente de James. Elle s'allongea dans son lit et remonta les draps sur son visage en essayant d'y retrouver des traces de son odeur.

CHAPITRE X

… L'impudence d'un homme impudent.

Jane se dépêcha de terminer sa lettre et la scella d'un cachet jaune. Sarah fut appelée. Elle dut interrompre ses corvées matinales alors que la rosée n'avait pas encore séché. C'était urgent.

— Tu veux bien aller poster ceci, Sarah, et demander s'il n'y a pas de lettres pour nous ?

Sarah considéra le petit paquet adressé à Elizabeth, à Lambton, dans le Derbyshire.

— Oui, bien sûr.

Jane la remercia d'un sourire reconnaissant et lui posa la main sur l'épaule. Ils faisaient tous encore semblant comme si personne n'était au courant pour Lydia. À voir l'expression gênée de Jane, on devinait qu'elle avait une idée plus ou moins claire de ce que les hommes et les femmes faisaient ensemble lorsqu'ils en avaient l'occasion. Elle y lut du dégoût et du tourment. Sarah alla chercher son châle en se disant qu'elle devait être la seule dans toute la maison à envier Lydia. Pourtant, c'était quelque chose d'être avec l'homme que l'on désirait. Même s'il s'agissait d'un Wickham. Quelle joie à s'unir ainsi.

La receveuse des postes secoua la tête, non il n'y avait pas de courrier pour la famille aujourd'hui. Attendaient-ils quelque chose de particulier ? Elle pouvait leur envoyer un messager si la dernière malle-poste apportait un paquet ? Sarah n'aurait qu'à lui préciser depuis quel lieu ils attendaient des nouvelles. Cela ne coûterait presque rien.

— Non je vous remercie, madame, je repasserai cet après-midi. Je me demandais si par hasard vous n'auriez pas de lettre pour moi ? ajouta-t-elle, embarrassée par ses propres mots si inhabituels dans sa bouche.

Un petit éclat de rire. Puis, l'employée comprit que la question avait été posée sérieusement et se reprit :

— Je vais aller voir.

Sarah la remercia. L'employée se tourna pour vérifier les casiers derrière elle, puis reprit sa place, les mains vides, les paumes tournées vers Sarah comme celles d'un saint sur les vitraux :

— Il n'y a rien. Mais tu peux revenir cet après-midi… Même si je me demande bien qui pourrait t'écrire.

— Merci, Sarah, tu es gentille, lui dit Jane à son retour. Désolée de t'avoir dérangée. Tu devrais y aller maintenant.

La femme de chambre fit une révérence et ferma doucement la porte derrière elle, abandonnant Jane à ses terribles pensées.

CHAPITRE XI

Il a retrouvé facilement leur trace jusqu'à Clapham mais pas plus loin…

— Il suffisait de le regarder pour savoir que c'était grave. Il était tout gris. Vraiment gris.

Polly parvenait à grand-peine à cacher son excitation malgré l'air soucieux qu'elle s'efforçait d'arborer au regard des circonstances. Elle s'était précipitée pour aller ouvrir la porte quand le colonel Forster s'était présenté en frappant de grands coups de heurtoir, et l'avait conduit, avec un plaisir non dissimulé, jusqu'à la salle du petit déjeuner. Puis elle était restée dans le vestibule au cas où on aurait eu besoin d'elle, prétexta-t-elle, alors que, l'oreille collée à la porte, elle écoutait les nouvelles qu'il apportait.

Elles ne furent pas reçues avec modération. Loin de là. Mrs Bennet n'était pas du genre à marcher sur la pointe des pieds au bord d'un désastre, un œil rivé sur l'abîme et un autre sur son propre comportement ; elle plongea la tête la première et s'évertua à détailler les dégâts et dommages de sa chute. Polly eut ainsi la chance de tout entendre et se sentait prête à extrapoler le reste.

— Alors, qu'a dit le colonel ?

Polly prit un ton scandalisé :

— Eh bien figurez-vous que Lydia...

— Attends, l'interrompit Sarah. Il n'avait pas de nouvelles de Mr Smith ?

— Ils se connaissent ? s'étonna Polly.

— Je me demandais seulement s'il n'avait pas entendu quelque chose...

— Il faudra que tu lui poses la question toi-même. Je n'ai entendu parler que de Lydia... Donc... Il paraît qu'ils ne sont pas allés à Gretna Green[1], mais qu'ils se cacheraient à Londres...

À une époque ce nom représentait tout ce que Sarah désirait, mais, aujourd'hui, il n'évoquait plus rien. La seule chose qui comptait, c'était que le colonel se trouvât ici, à Longbourn, et qu'il avait peut-être des nouvelles de James. Un mot de sa part pourrait confirmer ses pires craintes ou les dissiper. Elle pouvait, ce jour même, en avoir enfin le cœur net. Découvrir si la milice l'avait fait prisonnier et emmené à Brighton, si on l'avait renvoyé au combat. S'il avait reçu le fouet de nouveau.

S'ils l'avaient tué.

S'il était encore en vie. Elle partirait d'un claquement de doigts si seulement elle savait où le chercher.

— Donc ils ne sont pas mariés, parce que tu ne peux pas te marier comme ça à Londres.

Mrs Hill se mordait les lèvres.

— Le colonel a dit qu'ils avaient changé de voiture

1. Ville en Écosse où la loi autorisait le mariage d'un mineur sans le consentement de ses parents.

à Clapham et qu'il avait essayé de retrouver leur trace aux barrières de péage ainsi qu'aux auberges de Barnet et de Hatfield, mais que personne ne les avait vus.

— Et ensuite ? s'enquit Mrs Hill.

— Eh bien le pauvre homme, il s'est déjà donné tant de mal pour les trouver et maintenant il doit subir tous ces tracas ici. Il leur a donné la lettre que Lydia avait laissée à Mrs Forster. Mrs B. et Mr B. l'ont lu et ensuite Mrs B. a poussé un énorme cri, elle s'est mise à pleurer, ça a fait plein d'histoires et je me suis dit qu'il valait mieux que je file…

Polly les regarda tour à tour, se délectant de son importance.

— Vous auriez dû voir la tête de Kitty après, quand Jane a sonné pour que je poste une autre lettre… ! C'est fini la belle vie ! Elle a intérêt à se faire toute petite parce qu'ils ne vont plus rien lui passer maintenant.

Polly baissa la voix :

— Vous savez quoi ? je ne crois pas que Mr B. ait prononcé un seul mot depuis qu'il a lu la lettre de Lydia.

— Mrs Hill, je devrais aller voir le colonel et lui parler de James, annonça Sarah.

L'intendante ne manifesta aucune réaction.

— Je ne vois vraiment pas ce que James a affaire avec le colonel, reprit Polly. Il détestait les soldats.

— Ferme-la, Polly. Je dois lui demander, n'est-ce pas Mrs Hill ?

Celle-ci finit par réagir au bout de quelques instants. Elle prit la lettre des mains de la petite bonne :

— Je m'en occupe, fit-elle à Polly. Sarah... ?

— Oui ?

— Tu me diras comment ça s'est passé.

À la poste, Mrs Hill tendit la missive à l'employée qui l'examina et fronça les sourcils.

— C'est mal écrit. C'est un « l » ça ? Et le Derbyshire ? Lambton, encore une fois ?

Mrs Hill se contenta de confirmer.

— J'arrive à peine à déchiffrer l'adresse. Je ne vous promets pas que ce sera délivré rapidement. Et puis pourquoi deux lettres dans la même journée ?

Mrs Hill était accoutumée à la curiosité inextinguible de la receveuse qui adorait les commérages et faisait de son mieux pour tirer les vers du nez de ses clients.

— Oh, vous savez comment c'est entre sœurs ! Elles sont très proches, elles ont besoin d'échanger des confidences.

— Des secrets ?

— Non, pas de secrets, ce sont des demoiselles comme il faut.

— Bien sûr, bien sûr, les demoiselles Bennet sont tout ce qu'il y a de plus convenable. Mais il y a l'autre partie en jeu, les jeunes gens, et de ce côté-là, on ne peut être certain de rien.

— Je ne comprends pas ce que vous voulez dire.

— Vraiment ? Vous n'avez pas entendu parler des comptes laissés non réglés en ville, des dettes de jeu... Et il n'y a pas une fille de commerçant qui n'ait été...

Elle baissa insidieusement la voix, se rapprochant de

Mrs Hill qui put sentir son haleine douceâtre : compromise…

Mrs Hill se raidit et recula.

— Je ne pense pas que ce genre de ragots mérite d'être rapporté.

— Quant à ce Wickham, le favori des demoiselles Bennet…

— Ce genre de ragots fait du tort à tout le monde, aux officiers, aux commerçants, à leurs filles et aux gens qui les colportent…

— Voyons, j'espère que vous n'êtes pas en train de suggérer…

— Comme je dis toujours : Que celui qui n'a jamais péché lui jette la première pierre…

— Vraiment, Mrs Hill.

La receveuse croisa ostensiblement les bras sur sa poitrine comme pour appuyer son argument :

— C'est ce que vous dites aujourd'hui, Mrs Hill ?

Non, elle ne le répéterait pas. Cela n'apporterait rien à personne. Cela ne ferait qu'empirer l'inquiétude générale. Mrs Hill garda le silence toute la journée. La postière était une commère malfaisante. Elle ne savait rien de rien, c'était connu. Mais cela n'empêcherait pas l'histoire d'être répétée tant de fois qu'elle finirait par acquérir la patine de la vérité. Une chose était sûre cependant, Mrs Hill n'y contribuerait pas. Elle ne propagerait pas la rumeur.

Elle partageait, bien que d'une manière moins mélodramatique, la douleur de sa maîtresse. Elle avait changé les couches de Lyddie, l'avait mouchée, l'avait soignée quand elle avait attrapé la varicelle, la coqueluche et toutes les maladies infantiles. Elle était encore une enfant avec sa tache de naissance sur la cuisse, son rire contagieux, son œil hardi et gourmand. Mrs Hill se sentit soudain abattue et furieuse à son encontre. Lyddie s'était perdue à bas prix, à si bas prix.

Lorsque Mrs B. recommença à s'agiter, Mrs Hill versa une goutte de laudanum dans son verre d'eau puis une autre et l'aida à le boire. Sa maîtresse s'apaisa rapidement. Mrs Hill écarta les boucles de son visage et la laissa pour aller s'occuper de ces messieurs. Mrs B. était une créature anxieuse, épuisante à force de partager l'étendue de ses souffrances avec la terre entière. Mais si son mari l'avait aimée comme il aurait dû, avec générosité, sans réserves, aurait-elle eu besoin de quêter sans cesse des preuves d'amour ?

La sonnette de la bibliothèque retentit. Quand Mrs Hill se présenta, elle trouva Mr Bennet recroquevillé dans son fauteuil ; le colonel Forster se tenait très droit, un coude appuyé sur le manteau de la cheminée, image parfaite de la frustration.

— J'aimerais que vous fassiez mes valises, déclara Mr Bennet.

— Vous partez pour Londres ?

— Epsom d'abord, puisque c'est là qu'ils ont changé de chevaux. Je parlerai d'abord aux palefreniers et puis je repartirai…

— … chercher Lydia.

— Ils doivent se marier. Je dois la contraindre à l'épouser.

— Je prévois une semaine de linge ?

— Je trouverais une blanchisseuse sur place si mon séjour devait se prolonger.

La gorge serrée, Mrs Hill traîna ses vieux os jusqu'à la garde-robe de son maître et rangea chemises, bas et faux cols dans une valise. Elle y déposa un brin de romarin par-dessus, ainsi lorsqu'il sortirait une chemise propre, la petite branche tomberait et il mesurerait le fossé entre ce qu'il était prêt à accomplir pour sa fille, son honneur, et ce qu'il avait refusé de faire pour d'autres personnes qu'il avait aussi prétendu aimer en des circonstances tout aussi désespérées.

Quand le colonel Forster sortit de la bibliothèque, Sarah se précipita vers lui en rangeant son plumeau dans la poche de son tablier. Il avait l'air perdu, aussi osa-t-elle prendre la parole en premier.

— Puis-je vous aider, monsieur ?

— Oui, je cherchais les… euh… cabinets d'aisances…

— C'est de l'autre côté, je vais vous y conduire.

— Non, ce n'est pas la peine, je trouverai…

— Monsieur…

— Oui ?

— Nous avions un valet ici, vous vous en souvenez peut-être ? Il s'appelait James Smith, il avait des cheveux bruns, des yeux noisette et il était à peu près de cette taille…

Elle leva la main à environ trente centimètres audessus de sa tête, ce qui eut pour effet de convoquer son image, la courbe de ses bras, les angles de son visage… Le désir pressant de le revoir la fit chanceler.

— Comment ? Que dites-vous ?

— Notre valet, James Smith, il a disparu la nuit où vous êtes parti à Brighton, dit-elle avec un soupçon de désespoir.

— Que voulez-vous exactement ?

Il s'approcha d'elle. Elle se retrouva nez à nez avec son manteau rouge, ses boutons dorés, ses galons. Il sentait la sueur, le cheval, la fumée de cigarette.

— Je voulais savoir si vous ne l'aviez pas vu… S'il n'était pas dans votre régiment…

— Mais pour qui me prenez-vous ?

— Monsieur le colonel…

— Une jeune fille dont j'avais la charge s'est mise dans une situation périlleuse et vous avez le toupet de penser que j'aurais le temps ou l'intérêt…

— Monsieur…

— Vous osez quémander mon aide ? Vous vous oubliez, je crois.

— Je suis désolée, monsieur, marmonna-t-elle, la tête basse.

De retour dans la cuisine, elle empoigna une assiette et la lança par terre dans un geste plein de rage avant d'aller chercher le balai et de ramasser les morceaux. Puis elle réfléchit, si ce vieux fanfaron avait su quelque chose, il le lui aurait dit. Il se serait fait un plaisir de le lui dire.

Le colonel, aussi étonné qu'offensé, traversa le vestibule d'un pas martial et sortit par une porte latérale, retrouvant le soleil d'été. Il erra un moment, cherchant sans succès le cabinet d'aisances. Polly passa quelques minutes plus tard, un panier de petits pois au bras, et le surprit en train d'uriner dans un buisson.

CHAPITRE XII

Dans un trouble pareil, envahie de pensées
qui ne pouvaient reposer sur rien,
elle reprit son chemin…

Le silence régnait à Longbourn comme si toutes les pièces retenaient leur souffle. Il y avait trop d'absences. Chacun fit de son mieux pour donner le change devant les enfants Gardiner, mais les pauvres comprenaient que quelque chose n'allait pas, ils affichaient un air troublé en se demandant qui avait bien pu faire une bêtise.

Mrs Philips, la sœur de Mrs B., vint passer quelques jours à Longbourn ; Lady Lucas offrit son soutien. Les autres visiteurs trouvèrent porte close.

Les Gardiner revinrent en compagnie d'Elizabeth qui apparut pâle et fatiguée. C'était émouvant cette inquiétude pour sa jeune sœur, pourtant Sarah ne put se résoudre à compatir tout à fait. Elizabeth n'avait pas eu un mot au sujet de James.

Les plateaux pour Mrs Bennet, qui refusait de quitter sa chambre, les courses à la poste de Meryton en prenant garde d'éviter les voisins ou leurs domestiques alors que tous convoitaient une miette d'information pour alimenter les commérages qui allaient bon train sur le comportement de Lydia... Sans cesser de penser à la disparition de James qui la rongeait et à laquelle tout le monde s'était accoutumé.

— Plus personne ne parle de lui, se plaignit-elle un jour à Mrs Hill. C'est comme s'il n'avait jamais existé.

— Ce n'est certainement pas vrai.

— C'était quelqu'un. Vraiment.

— Je le sais, Sarah.

— Mais vous ne faites rien, tempêta la femme de chambre en reculant sa chaise. Je vais partir à sa recherche.

— Ne sois pas idiote.

— Si ! je vais aller dans chaque village et frapper aux portes.

— Non.

— Quelqu'un a dû le voir... Je finirai bien par trouver une personne qui...

— Tu ne peux pas. Tu ne dois pas.

— Il le faut... Je ne peux plus supporter...

Sa voix s'enroua.

— Ne sois pas si stupide, bon sang ! s'exclama Mrs Hill en frappant sur la table.

Sarah sursauta.

— Tu n'as pas la moindre idée de ce que tu peux ou ne peux pas supporter !

La femme de chambre la regarda avec insistance. Mrs Hill prit une profonde inspiration et tenta de se calmer.

— Sarah, tu as une maison. Tu as un travail, tu es logée, nourrie. Et tu te comportes en enfant gâtée...

Non, non, écoute-moi… Tu ne te rends pas compte de la valeur de tout ce dont tu disposes. Si tu pars maintenant, tu perdras tout. Tu iras gonfler la foule de tous ces vagabonds qui errent sur les routes à la recherche d'un travail. Qui t'engagera sans recommandations ? Tu ne pourras pas revenir ici après avoir ainsi rompu ton contrat en partant au milieu du trimestre. Personne ne voudra t'employer… Tu ficherais ta vie en l'air.

— Et l'amour ?

— Je t'aime, Polly t'aime et Mr Hill aussi.

Sarah acquiesça puis détourna la tête, les larmes aux yeux. Mrs Hill lui prit la main.

— Oublie, ma chérie. Nous vivons une époque troublée, des années de vaches maigres. On est à l'abri ici, qui sait pour combien de temps. Mais si tu nous quittes, j'ai peur que tu… ne disparaisses.

Sarah se frotta le front.

— Je ne peux pas rester à ne rien faire, dit-elle.

— Fais comme moi.

— C'est-à-dire ?

— Travaille et patiente.

Le menton de Sarah trembla. Elle se prit la tête entre les mains. C'était plus qu'elle ne pouvait supporter.

— Il sait où tu es. Il t'écrira, j'en suis sûre. Ou il reviendra te chercher… S'il le peut.

Jane et Elizabeth échangeaient de virginales confidences, chuchotant au-dessus des lettres étalées devant elles, scandalisées par la propagation de la rumeur malgré les efforts de Mrs Hill et de Sarah pour leur en cacher l'étendue.

— Je ne sais pas pourquoi tout le monde se montre si dur envers lui ! s'écria Polly tandis qu'elle cueillait des framboises en compagnie de Sarah. Il était gentil.

— Tu crois vraiment ?

Polly fit une grimace et glissa un fruit dans sa bouche.

— Il n'a tout de même pas enfermé Lydia dans une malle, elle voulait partir avec lui parce qu'il est gentil.

— Je ne sais pas ce que tu entends par « gentil ».

Polly alla explorer un autre buisson.

— Il voulait m'apporter des bonbons, tu sais.

— Ah oui ?

— Oui, il me l'avait promis. Il fallait d'abord que je sois douce avec lui… Elle réfléchit un instant. À ton avis, qu'est-ce qu'il voulait dire ?

Sarah la regarda un long moment avant de se décider :

— Je ne sais pas, Polly.

Elle souleva une branche et se pencha pour y cueillir des fruits. Quoi qu'il arrive à Lydia, la bonne nouvelle était que Wickham ne serait plus jamais le bienvenu à Longbourn.

Mr Bennet rentra de Londres sans sa fille. On n'avait aucune trace du couple. Mrs Gardiner ramena ses enfants à la maison. Son mari poursuivrait les recherches, mais le pire était à craindre : on retrouverait par hasard Lydia en ville, abandonnée, déshonorée, sous la protection d'un autre homme. Une vie retirée dans une ferme reculée serait tout ce qu'elle pouvait espérer étant donné la voie de la facilité qu'elle avait choisie de suivre.

On ne devait pas abandonner les recherches. L'enfant devait être récupérée, quels que fussent les désagréments ou les dépenses. Peu importait la condition de sa découverte et le fait que Lydia avait sauté à pieds joints, de son propre chef, dans la fange. Elle ne serait pas obligée d'y croupir pour toujours. Si l'on réussissait à la séparer de l'homme qui l'avait débauchée, elle pourrait toujours compter sur un toit, de la compagnie, une rente. Vivre le restant de ses jours dans un endroit calme et agréable constituerait peut-être une torture à ses yeux, pourtant c'était un luxe inaccessible pour beaucoup.

Il y eut des murmures, des yeux rougis, des rideaux tirés. Ce sera ainsi lorsque Mr Bennet mourra, songea Mrs Hill, mais la famille pourra alors bénéficier de la sympathie des voisins et non de leur mépris à peine dissimulé.

Mr Bennet avait vieilli d'un coup, épuisé par les reproches qu'il s'adressait, le sentiment de culpabilité qui le tenaillait. Le soir de son retour, il se cacha dans la bibliothèque d'où il sonna Mrs Hill.

Il voulait simplement lui tenir la main. Elle le laissa faire.

— Je suis désolé, dit-il.

Elle hocha la tête. Il venait de franchir un grand pas, après toutes ces années.

CHAPITRE XIII

"Qu'il vous suffise de savoir pour l'instant que je les ai retrouvés, je les ai vus tous les deux…"

Les Bennet émergèrent de leur chagrin. On avait retrouvé Lydia à Londres et aussitôt on la mariait à Mr Wickham. La chose fut menée si rondement qu'on pouvait espérer que les gens confondraient la rumeur d'une fuite amoureuse avec l'annonce d'un mariage. Pour fêter l'événement, on distribua du punch à la cuisine.

— À ton avis, combien cela a pu coûter toute cette affaire ? s'exclama Mr Hill.

L'intendante leva les yeux de son ouvrage. Son mari était assis de l'autre côté de la cheminée où il ne restait plus que des cendres, un bol de punch en équilibre sur le bras de son fauteuil. Entre deux gorgées, il mâchonnait une bride en cuir pour la ramollir.

— Une petite fortune, je dirais.

— J'ai entendu parler de dix mille livres.

L'ouvrage tomba sur les genoux de Mrs Hill.

— Une somme pareille… fit-elle, songeuse.

— Si on avait ne serait-ce que la moitié, un quart, un dixième, un centième même !

Elle secoua la tête.

— On pourrait être heureux comme des rois nous deux, avec seulement une centaine de livres…

Elle sourit. Un vrai sourire. Il ne lui avait pas vu cette expression depuis… Il ne savait même plus combien de temps. La pauvre, elle avait eu un sillon difficile et pierreux à creuser pendant toutes ces années.

— Qu'en ferions-nous ? Comment pourrions-nous dépenser dix mille livres ?

Il émit un sifflement.

— Dis plutôt : que ne ferions-nous pas ? Du vin, du parmesan, des fauteuils tapissés, un pour chacun. Une écharpe de soie et des fruits confits pour toi, deux grammes de tabac pour moi, chaque vendredi béni.

Il rit.

— Nous l'investirions avec sagesse, pas comme certains que je ne mentionnerais pas.

Polly occupée avec Sarah à frotter l'argenterie déclara :

— Les choses vont reprendre leur cours normal, je suppose.

— Hum ?

— Quand Miss Lydia sera mariée. Les choses redeviendront comme avant, je pense.

— Oui, approuva Mrs Hill. Je le crois aussi.

Les remous provoqués par l'attitude de Lydia se dissipaient, commençaient à s'aplanir. La vie reprendrait son cours à Longbourn, Polly avait raison. Autant pour Lydia que pour James, même si leurs situations étaient différentes. On continuerait à prétendre qu'il ne s'était rien passé, jusqu'à ce que, pour finir, le mensonge paraisse plus réel que la vérité. Il n'y avait plus de valet, il n'y en avait plus depuis un moment, personne n'en parlait jamais et bientôt ce serait comme s'il n'avait jamais existé.

Après avoir assoupli le cuir de la bride, Mr Hill en réparait maintenant les bords à l'aide d'un fil et d'une alêne.

— Mr et Mrs Wickham ne reviendront plus ? demanda Sarah.

— Oh non, je ne pense pas ! dit Mrs Hill. Pas après ce qui s'est passé. Le maître ne le permettrait pas.

CHAPITRE XIV

"Je n'encouragerai pas leur impudence en les accueillant à Longbourn."

Certaines personnes, semble-t-il, peuvent être rédimées, leurs fautes effacées. Bien que les traces ne disparaissent jamais tout à fait, elles peuvent demeurer imperceptibles, sauf pour un œil avisé ou pour ceux qui connaissent leur existence et savent où les chercher. Ces personnes peuvent se fondre dans une foule ou ne pas déparer parmi des inconnus et peuvent redevenir fréquentables pour un usage quotidien.

La petite Lyddie posa sa main nue dans celle de Mr Hill. Une bague, or et diamants y brillait. Ses joues s'étaient empourprées et ses yeux étincelaient alors qu'il l'aidait à descendre du cabriolet. Elle n'avait pas changé. Elle lui rappela les canards de la ferme, la façon dont ils cancanaient et se bousculaient, la façon dont l'eau glissait sur leurs plumes. Il ne savait que dire, mais cela n'avait aucune importance, elle ne lui laissa pas le temps de parler.

— Et dire, Hill, que la dernière fois que je vous ai vu, j'étais encore une fille de quinze ans, célibataire, et maintenant je suis une femme mariée. On dirait que cela fait une éternité que je suis partie et pourtant vous êtes là, égal à vous-même ! Rien n'a changé ici, ni la vieille auberge que nous venons de quitter ni Longbourn, j'en suis sûre…

— On ne jacasse pas avec les domestiques, Lydia, l'interrompit Wickham qui descendit de la voiture à son tour, en habit bleu.

— Pardon, chéri ?

— C'est une habitude rustique et je n'aime pas ça.

Elle regarda tour à tour son brillant mari et le vieux visage ridé qu'elle connaissait depuis qu'elle était née, avant de répondre :

— Mais c'est une jolie chose, n'est-ce pas, d'être mariée à seulement seize ans ?

Mrs Hill se saisit des quelques camisoles, jupons et chemises de nuit que Lydia avait fourrés dans son sac en quittant Brighton. Elle essaya de ne pas les regarder de trop près ni de renifler leurs odeurs de logement bon marché, de sueur et de sexe.

Elle fit tremper le linge dans la lessive, et l'agita avec les pinces. Tandis qu'elle l'enfonçait dans l'eau grise, elle sentit l'amertume la ronger, aussi acide que le savon. Si Mrs Hill avait eu la direction et pas seulement la charge, de la maisonnée, la petite madame aurait été obligée de laver ses propres affaires, au moins cette fois. Elle aurait pris la mesure de ce qu'elle donnait à voir aux autres.

Dans la cour, Polly nettoyait les valises. Elle essuyait l'intérieur avec du camphre pour les débarrasser des bêtes. Elle frotta tant et si bien que le revêtement finit par déteindre à certains endroits. Ce que Lydia, lorsqu'elle déferait ses bagages dans sa nouvelle maison de Newcastle, ne manquerait pas de lui reprocher. Mais chaque fois que Polly voulait s'arrêter, Sarah lui faisait signe de continuer en lui disant qu'elle n'avait pas assez frotté ici ou là.

Après le dîner, Lydia se précipita à la cuisine pour exhiber sa bague à Mrs Hill et aux deux femmes de chambre en se vantant d'être mariée. Polly la contempla d'un œil admiratif. Mrs Hill l'écouta un petit moment puis, lorsqu'elle en eut assez, lui donna un sucre d'orge pour la faire taire tout en pensant que si elle ne remontait pas bientôt à l'étage, Lyddie risquait de se prendre une bonne gifle de sa part. Quant à Sarah, qui jeta à peine un coup d'œil sur le bijou, elle aurait voulu lui demander si elle n'avait pas des nouvelles de Mr Smith, si elle ne l'avait pas croisé à Brighton ? C'était comme un ulcère dans sa gorge : et si elle l'*avait* vu, menotté, traîné à travers le camp, fouetté devant la foule amassée ? Ou bien fusillé pour désertion ? Lorsque Lyddie regagna le salon dans un frisson d'excitation, Sarah ne lui avait posé aucune question. Pour l'instant du moins.

Mrs Wickham montra une gravure de mode à Sarah.

Celle-ci posa les fers à friser près du feu et examina l'image représentant une femme corpulente, engoncée dans une robe du soir. Les cheveux étaient tressés haut sur la nuque et quelques mèches épaisses ondulaient autour du visage comme des saucisses ou les boucles laineuses des moutons.

— J'essaierai de faire de mon mieux, madame, promit-elle.

— J'aurais tellement aimé que tu voies Brighton ! s'exclama Lydia.

Elle avait donc envie d'en parler ; elle mentionnerait peut-être James.

— Ce doit être très beau, répondit Sarah.

Elle plia un papier à rouler, souleva les fers chauds, et pinça une boucle qu'elle entortilla autour, en serrant de toutes ses forces. Une odeur de cheveux brûlés s'éleva.

— C'était magnifique ! Un camp entier rempli d'officiers ! Et mon Wickham adoré était le plus élégant de tous.

— Charmant.

— C'est l'endroit parfait pour trouver un mari, tu peux me croire ! Tu ferais mieux d'y aller, tu perds ton temps ici.

Sarah saisit de nouveau le fer chaud et glissa le papier autour d'une autre boucle. L'expression insouciante, allègre, de Lydia se reflétait dans le miroir. La jeune fille ne possédait pas de grandes facultés d'imagination, elle ne voyait pas plus loin que le moment présent. Et le moment présent lui était très agréable, donc elle était satisfaite. Elle ne cherchait pas d'intrigues, ne soupçonnait personne de rien, ne cachait nul secret et ne mentait jamais. Lydia était foncièrement honnête.

— Et avez-vous croisé quelques connaissances ?

— Tous nos chers officiers, bien sûr, Denny, Pratt, Chamberlayne.

Polly, qui était supposée faire l'argenterie dans l'arrière-cuisine, se présenta dans la chambre. Sarah lui fit signe de partir d'un air sévère.

Mais la petite feignit de ne pas avoir remarqué son geste.

— Êtes-vous allée à la confiserie de Brighton, madame ?

— Oh, j'ai fait toutes les boutiques de la ville !

— Tu n'as pas de travail, toi ? intervint Sarah.

— J'ai fini.

Elle mentait. Polly s'assit par terre, les genoux remontés, les pieds croisés, admirant avec de grands yeux cette splendeur exotique qu'était devenue Mrs Wickham. Celle-ci prit un petit pot sur la commode, le déboucha et posa du rouge sur ses joues. Elle toucha ses lèvres aussi et se contempla dans le miroir, d'un air satisfait. Elle paraissait fiévreuse, la mine pâle. Elle n'avait peut-être pas attrapé qu'un mari à Brighton.

— Vous n'auriez pas vu ou entendu parler de notre valet… James, Mr Smith… ?

— Tiens, je n'avais pas pensé à lui depuis une éternité… Mon Dieu, il nous a quittés ?

Elizabeth n'avait pas écrit ou Lydia n'avait pas bien lu.

— Oui, le soir de votre départ en même temps que la milice et…

Sarah fut interrompue brusquement.

— Quel joli tableau vous formez !

Elles se retournèrent et découvrirent Wickham qui les observait depuis le seuil de la porte, un sourire condescendant aux lèvres.

— La jeune mariée et les femmes de chambre dans une rêverie tranquille. On dirait une gravure illustrant *La Loyauté* ou *La Jeune Maîtresse*.

— Ah, vous voilà mon cher, mon bel officier !

Lydia se leva d'un bond, renversant les papiers pour se jeter dans ses bras. Sarah les ramassa, et mit de l'ordre sur la coiffeuse. Elle aperçut dans le miroir la manière dont Wickham enlaçait sa jeune épouse de seize ans tout en souriant à Polly et comment celle-ci le fixait avec une expression innocente de ravissement.

— Tu devrais emmener une des deux à Newcastle.

— Tu es si prévenant. Mais Maman ne peut se passer d'elles.

— Juste la petite. Je suis sûr qu'elle tient dans ta malle.

Sarah, qui avait fini de ranger les épingles et les fers, prit Polly par le poignet :

— Tu viens avec moi maintenant.

Polly murmura :

— Je veux voir s'il a apporté des bonbons.

— Ne discute pas !

Sarah poussa Polly devant elle et quitta la chambre.

CHAPITRE XV

… Car ils auraient sûrement un fils.

Mrs Hill le trouva là où elle était certaine de le trouver, dans la bibliothèque, après qu'il avait fui la réunion de famille. Il avait vieilli, paraissait fatigué et saoul. Il avait à peine desserré les lèvres depuis l'arrivée de Wickham et évité tout engagement et réception en l'honneur des jeunes mariés. Il éprouvait une honte encore plus vive maintenant que plus personne ne paraissait s'en soucier.

— J'espère que vous avez apporté une bouteille de cognac.

Elle ferma la porte derrière elle et lui montra ses mains vides. Il hocha la tête puis, en entendant des éclats de rire dans la pièce voisine, fit une grimace. Elle approcha un fauteuil du bureau mais resta debout, une main sur le dossier.

— Je ne sais pas ce qui est le pire, la disgrâce de ma fille ou l'aveuglement de ma femme.

— Mrs Bennet est…

Mrs Hill hésita.

— Elle est ce qu'elle est, et c'est peut-être mieux ainsi.

— Si peu digne.

— Ce n'est pas tout à fait sa faute, je crois.

Il leva son verre maladroitement :

— Expliquez-vous, Mrs Hill.

— Pour que quelqu'un se montre digne, il faut qu'on l'ait traité avec respect. Nous sommes le fruit de notre environnement, nous nous construisons comme les mouches d'eau à la rivière, à partir des éléments dispersés qui nous entourent.

Il haussa les sourcils puis acquiesça d'un hochement de tête.

Elle prit un fauteuil, le tira à son côté et s'assit.

— Maintenant que tout est arrangé, que votre fille est mariée, puis-je vous faire remarquer que ce que vous avez fait pour elle, vous ne l'avez pas fait pour votre enfant naturel ?

Il passa une main sur son visage. Et se versa un nouveau verre de cognac.

— Si vous saviez… si vous saviez comme j'ai souffert, Margaret…

L'intimité de ce prénom dans sa bouche… Les années s'envolèrent, comme des étourneaux. Elle se pencha vers lui et lui prit la main.

— Je n'ai cessé de penser à lui toutes les nuits. Jusqu'à ce qu'il se présente ici…

Elle pinça les lèvres.

— Tout ce que je voulais depuis qu'il était petit… depuis que vous m'avez annoncé que vous étiez… Tout ce que je voulais, c'était trouver une solution de bon sens.

Elle hocha la tête.

— Mais il n'y en avait pas, n'est-ce pas ? Le bon sens n'a servi à rien.

— J'ai compris pourquoi il a pris le shilling du roi[1], reprit Mrs Hill après un moment de silence.

Mr Bennet l'encouragea d'un regard à poursuivre.

— Personne ne semblait se soucier de lui, alors lui-même n'avait aucune importance à ses yeux. Il ne savait pas qu'il pouvait être aimé. Voilà pourquoi il n'a pas réfléchi à deux fois avant de mettre sa vie en danger.

Des larmes voilèrent soudain les yeux de Mr Bennet. Il prit son verre qu'il vida d'un trait avant d'en remplir un autre et de le pousser vers Mrs Hill. Submergée par l'émotion, elle aussi, elle le porta à ses lèvres.

1. Expression qui signifie s'enrôler dans l'armée.

CHAPITRE XVI

"… Elle a surmonté l'âge le plus pénible."

Elles cueillaient les prunes vertes, sucrées, en silence, Sarah perchée en haut de l'échelle, Polly les posant délicatement dans le panier au sol. Les Wickham étaient partis. Sans fournir à Sarah la moindre information utile, sans causer toutefois d'autres dommages. L'officier n'avait pas apporté de bonbons pour Polly et il ne lui avait pas donné d'argent. La petite le considérait désormais comme un homme sans parole qui s'était révélé beaucoup moins drôle que dans son souvenir. Le couple n'exigea pas qu'une domestique les accompagnât à Newcastle. Pour le bien des jeunes bonnes du Nord, il fallait espérer qu'il se contenterait de son épouse.

Du haut de son perchoir, Sarah distingua soudain un mouvement. Elle écarta une branche. Deux cavaliers s'approchaient. Ils sautèrent par-dessus la barrière de l'enclos et furent accueillis par les hennissements des chevaux de Longbourn. Puis ils prirent l'allée conduisant à la maison.

— Mr Darcy et Mr Bingley, annonça-t-elle.

Manteau bleu, cheval noir, c'était Mr Bingley.

L'individu de grande taille, habillé de vert, était Mr Darcy. Ils passèrent devant le verger, de profil, sans remarquer les femmes de chambre.

Ils avaient eu vent des rumeurs concernant le retour de Mr Bingley à Netherfield. Mrs Philips, qui le tenait de Mrs Nicholls, avait relayé la nouvelle auprès de Mrs Bennet. On avait ainsi demandé aux femmes de chambre de surveiller la voiture des Bingley car il était vital que leur maîtresse fût informée de leur arrivée au plus tôt. Sarah avait répondu par l'affirmative mais son esprit était ailleurs. Mrs B. devait sans nul doute souffrir de l'absence de son valet et comme elle exprimait sans faillir chacune de ses pensées, Sarah guettait toute allusion. Mais Mrs B. la congédia sans prononcer un mot au sujet de James.

— Est-ce de ma faute ? lui demanda soudain Polly d'un ton malheureux.

— De quoi parles-tu ?

— Tu crois que James est parti à cause de moi, parce que Mr Wickham m'aimait bien et me donnait de l'argent et tout ça ? Parce qu'il m'avait promis des bonbons ?

Sarah descendit de l'échelle et prit l'enfant dans ses bras. Polly appuya sa tête sur son épaule et éclata en sanglots.

— C'est à cause de moi, je le sais, il a dit que je devais me tenir à distance des officiers, mais…

La colère de Sarah, contre James, Polly, Wickham, Elizabeth, Lydia, le colonel Forster, contre Longbourn, le destin et le monde dans son entier, fondit face au chagrin de la fillette. Elle la consola du mieux qu'elle le put.

— Tu n'y es pour rien, ma chérie, ôte-toi cette idée de la tête.

Ptolémée Bingley se présenta un mardi. Il accompagnait ces messieurs venus dîner à Longbourn. Il resta dans la cour à fumer et jouer aux dés avec ses compagnons tandis que les invités dînaient à l'étage. Sarah ne s'était pas attendue à le revoir ; il n'avait donc pas quitté leur service.

Avec toute l'agitation engendrée par cette réception – divers voisins avaient été conviés pour la forme et il avait fallu faire rôtir du chevreuil, mijoter des soupes, cuire des perdrix –, il lui était impossible de disparaître comme Mrs Hill le lui avait ordonné autrefois. Mais elle n'avait aucune raison non plus de parler au valet et c'était un soulagement.

De temps en temps, pourtant, elle le surprenait qui la dévisageait. Il fallait bien l'avouer, il était très beau. Elle eut honte d'elle, de son comportement immature envers lui. Puis elle se remémora cette nuit avec James, sur le sentier des vaches. Elle rougit en caressant ses lèvres au souvenir de leur premier baiser.

L'attelage des Bingley fut appelé une fois le dîner fini, alors que Sarah débarrassait encore la table. Elle ne se pressa pas, bien au contraire, afin d'éviter de croiser Ptolémée.

Après quatre jours de dîners, de parties de chasse, de thés et de soupers, on célébra enfin les fiançailles de Jane. Le cri que poussa sa mère en apprenant la nouvelle était proportionnel au soulagement qu'elle ressentait. Une telle joie et un tel vacarme n'avaient rien de déraisonnable, songea Mrs Hill. Mrs Bennet savait désormais sa cadette à l'abri. Et d'autres heureuses nouvelles pouvaient suivre…

Mrs Hill, aussi satisfaite que toute la famille, félicita sa maîtresse et embrassa Jane en lui souhaitant beaucoup de chance.

— Elle n'a pas besoin de chance, elle a cinq mille livres de rentes par an !

— Un peu de chance, ça ne peut pas faire de mal, répliqua Mrs Hill.

Jane avait obtenu ce qu'elle méritait. C'était une belle et bonne demoiselle qui méritait de belles et bonnes choses. Tout le monde le savait, se dit Mrs Hill en époussetant les verres de vin pour trinquer, les filles que la vie ne gâtait pas, manquaient ou de beauté ou de bonté.

Les fiançailles eurent lieu trois jours avant la Saint-Michel. Ptolémée Bingley se présenta à plusieurs occasions à Longbourn. Il accompagnait son maître ou bien apportait des lettres et attendait la réponse. Il était pareil aux faucons en automne qui planent au-dessus de leur proie, dans une immobilité conquise grâce à un effort et un ajustement constants par rapport aux vents changeants.

Arriva le moment inévitable où ils se retrouvèrent seuls. Sarah n'eut pas le temps de s'esquiver.

— Tu es passée à Londres, m'a-t-on dit.

— Oh, je…

— Mais tu n'es pas venue me voir.

— Je n'en ai pas eu l'occasion.

— Je le regrette.

Elle baissa les yeux.

— Je t'imagine si bien à Londres, tirée à quatre épingles, en promenade dans un parc, le dimanche.

— Je ne sais pas, Mr Bingley.

Elle lui tourna le dos. Mrs Hill s'approcha pour examiner sa soupe en faisant semblant de n'avoir rien remarqué de spécial. Sarah saisit l'occasion pour disparaître dans les écuries où elle s'empara de l'étrille et frotta les chevaux. Personne ne s'occupait d'eux aussi bien que James.

Le jour de la Saint-Michel, Mr Bennet distribua leurs gages aux domestiques suivant le rituel habituel. Assis à son bureau de chêne noir, il inscrivait chaque paiement dans son grand livre de comptes puis demandait à l'employé de la maison ou de la ferme, de signer ou de tracer une marque. Sarah écrivit son nom avec soin.

— Nous nous retrouvons tristement diminués ce trimestre, dit son maître.

— En effet, monsieur.

— La vie n'est-elle pas un perpétuel changement ? Que disait Héraclite déjà... ?

Il se reprit :

— Bien, bien. Vous êtes une bonne fille Sarah, nous vous sommes reconnaissants de la peine que vous vous donnez.

— Merci, Mr Bennet, répondit-elle en faisant une révérence.

Elle monta dans sa chambre et rangea l'argent dans sa valise en bois avec ses économies. Si elle le trouvait, traduit en anglais, elle emprunterait cet Héraclite dans la bibliothèque dès qu'elle le pourrait, comme

Mr Bennet ne lui avait pas donné la citation exacte. Elle remit la valise sous le lit et s'approcha de la fenêtre. La lune était haute, pâle dans le ciel clair. Cela faisait plus d'un an que James était arrivé à Longbourn. Et quatre mois déjà s'étaient écoulés depuis son départ. Combien de temps pourrait-elle tenir ainsi sans une une miette d'espoir ?

Le samedi matin, l'arrivée d'une chaise de poste tirée par quatre chevaux provoqua la panique générale. Mrs Hill alla ouvrir la porte. La visiteuse exigea de savoir où était rassemblée la famille et passa devant l'intendante sans attendre d'être annoncée. Stupéfaite, Mrs Hill courut à la cuisine préparer le thé puisqu'il fallait bien recevoir avec courtoisie cette personne, aussi impolie fût-elle.

C'était la vieille dame du Kent, put expliquer Sarah après avoir entendu la description de la voyageuse. La riche protectrice de Mr Collins, Lady Catherine de Bourgh, qui vous inspectait sans pitié et n'hésitait pas à signaler vos défauts.

Alors qu'elle traversait la cour un peu plus tard avec un seau de nourriture pour les cochons, Sarah aperçut Elizabeth qui accompagnait Lady de Bourgh à travers le parc et disparaissait avec elle dans le petit bois. Sarah poursuivit son chemin jusqu'à la porcherie où elle resta à regarder les porcelets qui tiraient sur les oreilles de la truie jusqu'à ce qu'elle entende Lady Catherine repartir dans sa voiture.

L'argent permettait ce genre de choses. Il transformait les pensées en actions comme par magie : Lady Catherine voulait pour quelque raison se rendre à

Longbourn ? Il lui avait suffi de sonner, de prononcer certains mots pour que son désir s'accomplisse. Combien de trimestres Sarah devrait-elle économiser avant que ses souhaits ne se transforment en quelque chose ?

Mrs Hill l'observa depuis la fenêtre de la cuisine et eut pitié d'elle. Le travail n'était pas un remède, elle le savait, il permettait seulement à la peau de panser le désespoir, de former une cicatrice. Sarah était si jeune, plus jeune encore que Mrs Hill lorsque celle-ci avait perdu toute joie de vivre.

Sarah, si Dieu le voulait, avait encore de nombreuses années devant elle, elle risquait de ployer sous leur poids, de voir son cœur brisé tout à fait. Il fallait intervenir, il fallait faire quelque chose pour elle.

La chemise de nuit de Mrs B. chauffait près du feu. Mrs Hill avait déjà ouvert le lit et glissé la bassinoire entre les draps. Mrs B. se laissa déshabiller. Elle avait célébré les nouvelles par quelques verres de bordeaux et se montrait plus calme et plus réservée que d'habitude.

On frappa doucement à la porte. Elizabeth apparut. Mrs Hill laissa la mère et la fille seules dans le cabinet de toilette pour échanger leurs confidences. Au début, Mrs B. eut du mal à comprendre ce qu'on lui disait, mais ce ne fut pas le cas de Mrs Hill. Elizabeth faisait un très beau mariage, exceptionnel même. La maison allait se vider un peu plus. Avec trois filles mariées, les deux aînées servant de chaperons aux plus jeunes, elles seraient rarement à la maison.

Mr Hill et elle resteraient à Longbourn, elle le savait. Elle avait gagné ce droit. Ils y vieilliraient et y mourraient sans crainte de se retrouver à l'hospice. Mais ils ne garderaient pas les femmes de chambre, pas les deux, alors qu'on n'avait plus besoin de leurs services.

— Avec Mr Darcy ? s'étonna Sarah en apprenant la nouvelle.

— Oui.

— Et elle est heureuse ?

— Sa mère dit qu'elle aura une maison à Londres, une propriété à la campagne et tout ce qui va avec, des bijoux, des voitures, et que sais-je encore… Le mariage de Jane n'est rien en comparaison.

— Oui, mais est-elle heureuse ?

— Je crois, c'est ce qu'elle prétend en tout cas.

— Alors, ça va. Tant mieux pour elle.

Sarah reprit son travail, les mâchoires serrées. Elle se serait contentée de beaucoup moins. Elle se serait contentée d'être auprès de James.

Quand Ptolémée Bingley apparut dans la cuisine un matin, avant le petit déjeuner et que notant l'absence de Sarah, il fut sur le point de battre en retraite, Mrs Hill s'obligea pour la première fois à faire fi du malheur de sa naissance, il n'y pouvait rien, et à lui témoigner un peu de compassion. Elle allait l'interroger sur ses projets et ses intentions. Cela ne pouvait pas faire de mal. Il fallait bien envisager toutes les possibilités. Faire preuve de bon sens, bien que l'expression écorchât ses oreilles.

Elle ne s'attendait pas à ce qu'il s'ouvrît à elle aussi franchement qu'un tournesol au soleil.

— Vous êtes comme une mère pour Sarah, je le sais. Vous souhaitez la protéger, ce qui est admirable. Et j'ai toujours espéré obtenir votre confiance.

Sarah lui avait manqué plus qu'il ne l'aurait cru possible, avoua-t-il. Il avait retrouvé Londres et ses divertissements avec bien peu de plaisir après son court séjour à Netherfield. Ses pensées revenaient toujours ici, vers le Hertfordshire. Impossible de trouver une fille comme elle dans tout Londres.

Il se surprenait lui-même. Cela ne faisait pas partie de ses projets.

Mrs Hill lui prépara un thé. Il le but lentement et révéla la profondeur de son attachement, l'étendue de ses espoirs, l'envergure de ses plans et l'ascension sociale qu'il promettrait à son épouse.

Parce qu'il ne comptait pas rester un valet toute sa vie, oh non, pas lui !

Mrs Hill l'observa avec attention. Il avait les manières d'un gentleman. Lorsqu'on servait à ce niveau, cela vous polissait. Elle n'avait aucun doute, il se débrouillerait dans le monde. Sur un plan purement pratique, il était parfait pour Sarah à qui il pouvait offrir la sécurité. Avec son charme et sa force de travail à elle, la petite entreprise qu'il espérait monter pourrait croître rapidement. Ils mettraient de l'argent de côté. Ils deviendraient, à force d'efforts et d'économies, des personnes de qualité. Leurs noms seraient inscrits au-dessus d'une boutique : *Mr et Mrs Bingley, propriétaires*. Comme ce serait beau. Ils auraient à leur tour des domestiques. Ce serait un mariage presque aussi brillant que celui d'Elizabeth, une ascension sociale.

Mrs Hill offrit ces pensées à Sarah comme s'il s'agissait d'un cadeau.

— Il est vraiment très attaché à toi.

Polly, qui beurrait un muffin, ralentit son geste et regarda les deux femmes tour à tour.

— Une boutique ! s'exclama Mr Hill.

— Il a tout arrangé, je suppose, dit Sarah.

— Ce garçon possède une boutique ? répéta Mr Hill.

— Pas encore, répondit Mrs Hill. Mais il l'aura. J'en déduis qu'il t'en a déjà parlé, n'est-ce pas, Sarah ?

— Lorsqu'il venait autrefois, avant que vous ne m'interdisiez de l'approcher.

— Il a des vues sur un endroit particulier, poursuivit Mrs Hill comme si elle n'avait pas entendu.

— J'ai oublié le nom.

— Spitalfields.

— Berk ! fit Polly[1].

— Mais non, Spital, avec un « a ».

— Il a économisé de l'argent.

— Vraiment ? s'étonna Mr Hill, la bouche pleine.

— Douze livres, déclara Mrs Hill en toisant Sarah. Douze livres, trois shillings et six pence, pour être précise.

— C'est une somme, admira Mr Hill.

— Et il en aura encore plus à l'Annonciation. Il pense quitter le service de Bingley à cette occasion pour se mettre à son compte.

1. Polly entend « spittle » qui signifie salive, bave.

Mr Hill ne put retenir un sifflement.

Polly en profita pour se servir discrètement un second muffin.

— C'est un homme ambitieux, poursuivit Mrs Hill. Un homme qui sait où il va. Un homme qui possède douze livres, trois shillings et six pence et qui te veut, ma chère Sarah.

Elle lui prit la main.

— Comprends-moi bien, ce serait un tel réconfort de te savoir installée, à l'abri, possédant ton commerce, quels qu'aient pu être tes espoirs. Tu aurais ta propre maison, tu ne recevrais plus d'ordres, tu ne serais plus dépendante de la volonté d'autrui.

— Sauf de celle de mon mari.

— Oui, bien sûr, sauf de celle de ton mari.

La sonnette de la bibliothèque les fit sursauter. Ils se levèrent d'un bond. Mr Hill s'essuya la bouche et posa une main sur l'épaule de Mrs Hill.

— Reste ici. Repose-toi un peu.

Il sortit de son pas traînant coutumier pendant que Polly se resservait de la confiture de reines-claudes et que Mrs Hill se tournait vers Sarah.

— Ma chère petite, réfléchis-y au moins. Ce serait une solution pleine de… bon sens.

Encore ce mot qui semblait écorcher sa langue, comme si elle avait la bouche sale.

Polly lécha la cuillère qu'elle venait d'enfoncer dans le pot de confiture.

Sarah croisa les bras et fixa l'intendante d'un œil sévère :

— Le feriez-vous, Mrs Hill, si vous étiez à ma

place ? L'épouseriez-vous après avoir vécu ce que vous avez vécu ?

Mrs Hill hésita un instant puis, les lèvres serrées, secoua la tête.

— Non… Vous voyez bien !

— Si, je l'aurais fait.

— Mais…

— … L'amour ?

Mrs Hill mentit :

— Cela va te surprendre, mais tu verras comme ça compte peu à la fin.

— Vous ne pensez pas ce que vous dites.

— Il t'aime, n'est-ce pas assez ? Il sera bon envers toi. C'est un homme bon.

— Mais il n'est pas James.

Mrs Hill ferma les yeux et poussa un long soupir. Elle ne pouvait discuter plus longtemps. Son garçon… Elle l'avait perdu. Comme un trésor trop précieux pour qu'elle puisse le garder. L'espoir que les confidences de Ptolémée avaient fait naître s'évanouit.

— L'une de vous devra partir, reprit-elle. Tu le sais, n'est-ce pas ? On ne peut pas continuer comme cela indéfiniment. Bientôt, il n'y aura pas assez de travail pour nous tous.

Polly mordit dans son muffin et demanda, la bouche pleine :

— C'est vrai ?

Sarah la regarda.

— Tu as de la confiture sur le coin de la bouche.

Polly s'essuya maladroitement puis reprit :

— Tu vas rester alors. Tu attendras James ici. J'irai travailler chez les Wickham.

— Non ma chérie, c'est hors de question.
— Je me débrouillerai.
— Non, et tu le sais très bien.
Le silence s'imposa. Chacune se plongea dans ses pensées.

CHAPITRE XVII

… Il devait encore apprendre à accepter qu'on se moquât de lui et il était trop tôt pour commencer à le faire.

Des paquets arrivaient tous les jours pour Elizabeth et Jane. Il revenait à Sarah et Polly d'aller les chercher à la poste. Elles s'y rendaient ensemble quand elles le pouvaient au cours de promenades paisibles, agréables, à travers les champs embrumés et les feuilles d'automne emportées par le vent.

La plupart de ces colis contenaient des tissus luxueux destinés aux trousseaux des futures mariées, soies, mousselines et velours, commandés par leur mère. Deux nouveaux bonnets arrivèrent dans des cartons élégants expédiés par Mrs Gardiner qui avait été chargée de les trouver chez une modiste londonienne. Une petite boîte carrée adressée à Elizabeth fut expédiée de Nottingham. Elle contenait un bonnet avec voile, en dentelle de soie, orné d'un motif de feuilles rousses, les bords délicatement festonnés.

— De la part de Mr Darcy, déclara Elizabeth.

Il fallait l'essayer. Sur-le-champ. Sarah l'étala d'abord avec soin sur le lit avant de draper le voile autour du bonnet.

— Il est très lourd, fit remarquer cette dernière en soulevant la parure, un pan de dentelle reposant sur son bras.

— Comme le sont souvent les belles choses.

Elizabeth se contempla dans le miroir.

— C'est magnifique ! admira Sarah.

— Mr Darcy est très généreux.

Elizabeth lui parut soudain distante, froide derrière son voile. Sa maîtresse dut le sentir car elle voulut le retirer.

— Tu peux m'aider ? lui demanda-t-elle. Je ne voudrais pas le déchirer.

Sarah s'attela à la tâche.

— À ton avis, Sarah, c'est comment d'être mariée ? l'interrogea-t-elle.

La femme de chambre croisa son regard dans le miroir. Elle vit son propre reflet, sa robe informe, ses cheveux qui avaient bien besoin d'être lavés.

— J'ose croire que ce sera très plaisant.

Elizabeth hocha la tête, ses boucles soyeuses s'agitant sur sa nuque.

Les gens prétendaient que Mr Darcy se mariait en dessous de son rang. Sarah ne voyait pas les choses ainsi. Les promis se correspondaient parfaitement, comme dans les colonnes d'un livre de comptes bien tenu : le charme d'Elizabeth égalait la richesse de son prétendant qui lui offrait en échange ses propriétés, son prestige. Quand on considérait l'affaire sous cet angle, il ne s'abaissait pas du tout en l'épousant ; et quand on considérait les choses sous cet angle, Sarah ne s'étonnait pas d'être seule.

— J'ai quelques petites idées, reprit Elizabeth. Je me vois vivant à Pemberley, fêtant Noël, Jane et Mr Bingley nous rendant visite au printemps. Je m'imagine assise au piano-forte avec sa jeune sœur…

— Cela paraît bien agréable.

— Mais ce que je ne peux imaginer, ce dont je n'ai aucune idée, c'est comment ce sera au quotidien, jour après jour, juste lui et moi, je ne suis pas certaine de cela… Cela me rend un peu… nerveuse.

Elizabeth posa sa main sur celle de Sarah :

— Je veux que tu viennes avec moi, ajouta-t-elle.

— Comment ?

— À Pemberley. Je veux que tu m'accompagnes. Qu'en penses-tu ?

— Je ne sais pas…

— Tu comprends, il me faut emporter un peu de la maison avec moi. Ce sera un vrai réconfort. Mr Darcy n'y voit aucun inconvénient, et Maman dit que, une fois que Jane et moi serons parties, elle n'aura plus besoin de toi.

Sarah reposa le bonnet sur la coiffeuse. Tout avait déjà été décidé apparemment.

— Tu auras moins de travail qu'ici. Pemberley dispose d'une escouade de domestiques. Tu n'auras pas à porter des seaux ni à allumer de feux ni à ravauder des bas, du moins pas pour toute la maisonnée, seulement les tiens et les miens.

Sarah souleva le voile, le plia et le reposa dans son carton.

— Tu as peur que tes amis te manquent, bien sûr. C'est naturel, tu les connais depuis toujours. Mais à Pemberley, Mrs Reynolds, l'intendante, saura t'apprécier, j'en suis sûre. Surtout lorsqu'elle verra comme tu as été bien formée, comme tu es polie. Et puis cela te permettra de découvrir de nouveaux horizons et nous savons que c'est ce que tu as toujours voulu.

Le voile était rangé dans sa boîte, plié en quatre, telle une feuille de papier blanche. Sarah referma le couvercle.

— Donc c'est d'accord ?

La femme de chambre se tourna vers la coiffeuse. Sa maîtresse attendait sa réponse avec un regard impatient.

Elle hocha la tête.

— Oh, je suis si contente ! Tu seras bien là-bas, tu verras, je te le promets.

Sarah coiffa les boucles d'Elizabeth dont le visage était à nouveau songeur. Ce n'était peut-être pas si simple de connaître un grand bonheur… Une fois atteint, le succès vous plongeait sans doute dans de terribles affres.

Il y eut des larmes dans la cuisine lorsqu'elle leur apprit la nouvelle. Même Mr Hill dut détourner la tête. Ce n'était pas parce qu'ils l'avaient anticipée, cette dissolution de leur petite famille, qu'ils y étaient vraiment préparés.

— Si vous entendez quoi que ce soit, dit Sarah, s'il envoie un mot, s'il revient…

— Je t'écrirai tout de suite, je te le promets.

— Et Polly, il faut prendre bien soin d'elle.

Accordez-lui du temps pour qu'elle étudie et qu'elle joue avec les enfants du village.

Mrs Hill acquiesça la gorge serrée.

— Elle est si jeune.

— Je sais.

— Une vraie tête de linotte.

— Hé !

Sarah prit Polly dans ses bras et la serra contre elle.

— Tu es si belle que j'ai envie de te croquer.

— Non, dit Polly en s'essuyant les yeux. Mais surtout, écris-moi, je déchiffre très bien maintenant, tu sais.

CHAPITRE XVIII

Il fut donc entendu qu'on irait à Pemberley.

La diligence déposa Sarah, les malles et les grandes valises d'Elizabeth, à l'auberge de Lambton. Elle devina quelques maisons à leurs fenêtres allumées, un clocher d'église, un parc, avant d'être appelée par un homme au visage anguleux, muni d'une lanterne. Il lui indiqua la carriole dans laquelle les servants de l'auberge montaient déjà les bagages. Elle grimpa sur le siège du cocher et attendit que ce dernier eût fini de remettre la bâche en place.

Il la rejoignit. Elle ne comprit pas un mot de ce qu'il disait, l'haleine chargée de malt. Le cocher lança ses chevaux et ils s'éloignèrent Ils partirent dans l'obscurité. Au bout d'un moment, il se tut. Ce fut un soulagement. Quelque temps plus tard, ils bifurquèrent à un carrefour et pénétrèrent dans un bois. Ils prirent un autre tournant qui les conduisit devant la loge des gardiens. Le cocher échangea quelques mots avec l'employé qui ouvrit les grilles. Là encore, Sarah ne saisit pas un traître mot de leurs échanges.

La lanterne se balançait au-dessus d'eux éclairant la couverture sur les genoux de Sarah, le visage anguleux du cocher, les crinières et les queues des deux chevaux de trait, mais la route demeurait plongée dans le noir. La douleur était devenue familière ; elle l'avait acceptée. Le long trajet depuis le Derbyshire lui avait donné le temps de mesurer l'ampleur de sa perte, de l'apprivoiser. Tous ceux qu'elle avait aimés, tout ce qu'elle avait connu, lui avaient été retirés. Elle se retrouvait seule avec elle-même. Elle avait toujours souhaité découvrir le monde, mais elle aurait dû se montrer plus précise dans ses vœux, elle aurait dû souhaiter que le bonheur accompagne cette découverte.

La charrette avait parcouru huit cents mètres et Sarah dodelinait de la tête quand un coup de coude du cocher la tira de sa torpeur. Il lui fit un signe du menton. Elle regarda dans la direction indiquée.

Ils avaient quitté la futaie. Le ciel s'étendait au-dessus d'eux. La lune chauve, blanche et froide veillait. Le manoir se dressait de l'autre côté d'une vallée accessible par une route pentue, entourée au loin par de grandes collines boisées. Le reflet de la façade argentée brillait dans un bassin à ses pieds. C'était beau, vaste et étrange.

Sarah ne pouvait quitter la bâtisse des yeux. Elle se retourna sur son siège pour ne pas la perdre de vue. C'était si extraordinaire. Comment tout cela avait-il commencé, la propriété, la richesse et la beauté ? Qui le premier avait construit un enclos et s'était avisé de dire : « Ceci est à moi et à personne d'autre. Ces champs m'appartiennent, ces forêts m'appartiennent, cette eau où la lune se reflète m'appartient et tous les poissons qui nagent dans cette rivière ainsi que tous les oiseaux qui volent dans ces bois ; et même l'air au-dessus de ces bois. Et quand je serai mort, cela reviendra à mon fils ; cela restera toujours entre nos mains tant qu'il y aura des fils pour en hériter. » ? Parce qu'il y avait forcément eu un temps où poissons et oiseaux évoluaient librement, et le monde était jeune quand Adam et Ève furent chassés du paradis, tout interdits et honteux.

Puis Pemberley disparut. La charrette passa sous une longue voûte d'arbres. Ils bifurquèrent, laissant la route qui se dirigeait vers un pont.

Elle demanda au cocher :

— Pourquoi passe-t-on par ici ?

Il s'éclaircit la gorge. Elle parvint à saisir : « domestiques » et « fournisseurs ».

Elle s'emmitoufla dans sa vieille pelisse. Cela faisait trois longs jours qu'elle était sur la route, pourtant, l'idée de l'arrivée s'était éloignée au fur et à mesure qu'ils approchaient. Elle souhaitait que le voyage s'arrête, mais elle ne voulait pas arriver.

Ils franchirent le cours d'eau par un vieux pont délabré à peine assez large pour laisser passer le véhicule. Elle eut un autre aperçu de la maison, de trois quarts cette fois, puis ils pénétrèrent à nouveau dans les bois. Le chemin traça un cercle et ils parvinrent à l'aile de la maison réservée à la domesticité.

Le cocher s'arrêta dans une cour. Un garçon d'écurie vint aussitôt chercher les chevaux. Deux laquais en livrée s'approchèrent, munis de lanternes. Elle aperçut, derrière les fenêtres, des silhouettes qui allaient et venaient telles les navettes d'un métier à tisser. La porte s'ouvrit sur des éclats de rire puis se referma dans le silence. Un valet lui tendit une main gantée et l'aida à descendre de son siège.

Le cocher laissa tomber sa valise sur les pavés. Les servants s'occupèrent des bagages d'Elizabeth. Sarah s'écarta pour ne pas les gêner. Que faire ? Où aller ? Le monde entier lui parut soudain sombre, vaste et hostile. Elle n'en faisait pas partie.

Une femme surgit, l'air affairé. Sarah tira sur ses manches, rajusta sa pelisse, se redressa, très droite, et ébaucha un sourire.

L'intendante, une personne d'un certain âge, à l'allure respectable avec son bonnet en batiste et son joli col impeccable, s'adressa d'abord aux valets en leur indiquant la destination des malles. Elle proposa ensuite au cocher d'aller prendre un rafraîchissement et lui offrit un lit pour la nuit afin de lui éviter la route par ce froid. Chaque action, chaque instruction semblait signifier qu'on était dans un endroit opulent, agréable, où le personnel se montrait d'une grande hospitalité tout en faisant montre d'une grande rigueur.

Sarah resta figée, sa valise à ses pieds, en attendant que tout autour d'elle rentrât dans l'ordre. Les malles disparurent à l'intérieur, les chevaux furent conduits aux écuries. L'on n'entendait plus qu'un bourdonnement provenant de la cuisine. Alors seulement l'intendante se tourna vers elle :

— C'est toi, la femme de chambre de notre maîtresse ?

— Oui, madame.

— Je suis Mrs Reynolds.

Sarah fit une révérence.

— Bien, viens avec moi, nous allons t'installer.

Sarah se baissa pour prendre son bagage.

— Tu aurais dû me le dire, j'aurais demandé à quelqu'un de le porter.

— Désolée.

Elle suivit Mrs Reynolds qui avançait d'un pas vif. Fatiguée, Sarah dut faire un effort pour marcher à son rythme tout en essayant d'écouter ce qu'elle lui disait.

Mrs Reynolds nomma chacune des pièces devant laquelle elles passaient. La salle des bottes, la salle des armes, la salle de distillation, le cellier, le cellier du majordome, la cave à fromage. Puis elle poussa une porte et elles pénétrèrent dans une véritable fournaise où s'agitait un cuisinier hurlant ses ordres aux aides-cuisinières et apprentis qui se précipitaient, en sueur, pour lui obéir, coupant, remuant, battant.

L'intendante considéra la scène sans se départir de son calme olympien, contournant le personnel en pleine activité, faisant un signe au chef, et souriant à une jeune fille. Sarah, quant à elle, ne manqua pas d'être bousculée malgré tous ses efforts pour éviter de gêner.

Elles empruntèrent un couloir. Des bougies brûlaient sur les chandeliers disposés à intervalles réguliers. Sarah passait de l'ombre à la lumière tout en suivant son guide, fascinée par le froissement de ses jupes, le bruit de ses talons sur les dalles de pierre et le flot d'informations s'écoulant de sa bouche alors qu'elle lui expliquait la marche de la maison, la hiérarchie en vigueur et l'usage de chaque pièce. La femme de chambre aurait voulu mémoriser le chemin mais elle ne distingua aucun repère, tout lui paraissait flou.

Elles atteignirent une volée de marches en pierre, empruntèrent des couloirs, grimpèrent d'autres escaliers, de bois cette fois, avant de parvenir sur le palier étroit du dernier étage. Couvert d'une natte de jonc, il débouchait sur un couloir flanqué d'une rangée de portes en bois identiques.

— Par ici.

Elles parcoururent toute la longueur de l'aile. L'intendante s'arrêta si brusquement que Sarah faillit se cogner à elle. La femme tourna une poignée. La porte s'ouvrit sur une pièce étroite contenant deux petits lits et une table de toilette disposant d'un bougeoir, d'une bassine et d'une cruche en terre.

— On t'a préparé de l'eau et un uniforme, ajouta-t-elle en lui montrant une pile bien pliée de vêtements en laine peignée noire et en lin blanc.

— Il faudra peut-être faire quelques retouches… Tu t'en occuperas pendant ton temps libre. Tu trouveras un petit nécessaire à couture sous la table de toilette. Mais cela devrait aller pour l'instant. Tu m'as l'air d'être de la même taille que la femme de chambre de Miss Darcy, Anne. Tu partages ta chambre avec elle. Elle a servi Mrs Darcy jusqu'à maintenant, elle pourra te montrer comment on travaille à Pemberley. Une fois que tu auras fait ta toilette et que tu te seras changée, viens me voir, je te donnerai à souper et je t'indiquerai le chemin jusqu'au cabinet de toilette de Mrs Darcy. Anne aura commencé à défaire les valises, tu pourras l'aider.

— Merci, madame.

— Je pense que tu t'adapteras très bien ici, tu as l'air d'une gentille fille, bien comme il faut.

— Merci, Mrs Reynolds.

Avant de la laisser, l'intendante s'arrêta pour ajouter :

— Nous étions, comme tu peux l'imaginer, inquiets de voir à quoi tu ressemblerais. Nous ne savions rien de toi, ni de la maison où tu as servi. Longbourn est modeste, les critères y sont sans doute différents. Mais je pense que tu conviendras parfaitement ici.

Puis elle disparut en emportant sa chandelle.

Un sentiment de lassitude s'empara de Sarah à la perspective de la journée qui l'attendait. Des heures et des heures et des heures de travail.

Elle s'assit, retira son bonnet et le posa sur le lit. Elle disposait d'un lit à elle maintenant. Elle retira son manteau et contempla ses vieilles bottines posées sur ce tapis inconnu. Un tapis fait par des mains inconnues à partir de vieux tissus inconnus. À Longbourn, elle aurait identifié le spencer, le manteau ou la couverture dont on s'était servi pour le confectionner.

Cela ne servait à rien de s'éterniser là-dessus maintenant.

Elle se leva, trempa un gant de toilette dans l'eau, l'essora et se frotta le cou, la nuque, le visage, les oreilles, puis nettoya ses ongles. Elle attrapa ensuite la clé dans la poche de sa jupe et ouvrit sa valise. Elle en tira son plus beau bonnet, celui que Mrs Hill avait orné pour elle d'un nouveau ruban, le coiffa, et dissimula ses cheveux. Puis elle enfila l'uniforme qui se révéla trop large. Elle regrettait de ne pouvoir changer de chaussures parce qu'elle avait mal aux pieds, mais elle n'en avait pas d'autres. Elle prit sa bougie, ferma la porte derrière elle, et compta les portes jusqu'à l'escalier.

Sarah essaya vraiment d'être heureuse à Pemberley. Comme on le lui avait promis, ses tâches étaient réduites. La maison disposait d'une véritable armée pour aller chercher l'eau, le bois et le charbon, cuisiner, frotter et polir. Elle n'eut jamais l'occasion de voir le seau de nourriture pour les cochons ni même un cochon, pourtant ces créatures devaient bien se trouver quelque part. Elle avait pour seule attribution de s'occuper de Mrs Darcy, de ses vêtements et atours. Mais cela se révéla un travail herculéen.

Elizabeth qui était naturellement charmante, n'avait jusque-là manifesté qu'un intérêt modéré et sain pour son apparence. Un bal valait qu'on fît un effort, mais elle ne s'était jamais beaucoup souciée de ses tenues quotidiennes, prête à se présenter à table le matin, l'ourlet couvert de boue, les joues rosies et le nez brillant ou chez ses voisins dans la robe usée d'une de ses sœurs en toute insouciance. Désormais, elle passait un temps infini devant sa coiffeuse avec toute la solennité et le sérieux que requérait un examen approfondi.

— Qu'en penses-tu ?

— Cela ira très bien.

— Tu es sûre ?

Sarah noua un ruban dans les boucles d'Elizabeth alors que celle-ci se préparait pour le petit déjeuner.

— Bien sûr, vous êtes ravissante.

Le compliment n'arracha même pas un sourire à sa maîtresse.

— Comprends-moi bien, je dois absolument paraître telle qu'il me souhaite. C'est-à-dire parfaite.

— Je suis certaine que vous l'êtes.

— Tu ne comprends pas, Sarah, tu ne comprends vraiment pas.

L'après-midi, Sarah revint la coiffer avant le dîner. Mais Anne l'avait déjà remplacée, armée d'huiles et de perles pour les cheveux. On n'avait pas besoin de ses services. La femme de chambre de Miss Darcy possédait une plus grande connaissance de la mode, ayant passé plusieurs saisons à Bath, Londres et Ramsgate.

Pemberley était magnifique, sans aucun doute. À l'approche de Noël, les terres et les arbres s'étaient couverts de givre. Et pour ceux qui pouvaient sortir s'y promener, cueillir du houx et du lierre afin de décorer les cheminées et les cadres, et du gui pour suspendre aux candélabres, l'endroit devait être bien agréable. Cela ne concernait pas Sarah qui employait ses journées à coudre, enfermée dans le cabinet de toilette de sa maîtresse. Une fois Mrs Darcy habillée pour la journée, Sarah était congédiée et ne revoyait personne avant l'heure du dîner.

On s'aperçut rapidement qu'on ne pouvait lui confier que les tâches les plus simples. Des colis de tissus arrivaient. Sarah déroulait les étoffes, vérifiait qu'elles ne comportaient pas de défauts, humait les parfums des boutiques londoniennes, exotiques, épicés, légèrement poussiéreux, avant de replier les tissus et de les réserver pour la couturière de la ville. Elle ne les revoyait qu'une fois transformés en robes prêtes à être suspendues dans l'armoire. On lui avait réservé le raccommodage et la confection des sous-vêtements. Elle travaillait la soie, la fine et blanche batiste, le linon, sans y trouver le moindre plaisir. Des travaux de débutante tout bonnement ennuyeux : elle cousait des rubans, de la dentelle, raccommodait des ourlets défaits, assurait les coutures des chemises et des jupons. Elle s'évadait en contemplant les pelouses par la fenêtre et la campagne plus loin. Son ouvrage abandonné sur ses genoux, elle regardait le parc, les collines boisées et la vaste étendue du ciel.

Ses mains s'adoucirent. Les heures languissaient. Les jours se traînaient, interminables.

D'autres colis arrivaient de Londres, petits, légers : des bas à repriser, des camisoles à raccommoder qui l'attendaient au fond d'un tiroir.

Son corps s'arrondit aussi : elle n'avait jamais mangé aussi bien de sa vie. Des œufs au petit déjeuner, de la viande et du poisson au dîner, quelque chose de doux et de réconfortant au souper. Mrs Hill était une bonne cuisinière qui préparait des mets simples, mais ici il s'agissait de tout autre chose : un vrai repas était servi dans la salle à manger des domestiques qui ressemblait à une grande caverne. Sarah mangeait avec application, en silence, ne sachant où poser son regard et ne comprenant pas grand-chose aux bavardages des valets à cause de leur accent grossier. Une bonne lui apportait son thé sur un plateau de très mauvaise grâce parce que personne ne voulait servir les domestiques. Sarah rougissait chaque fois que la fille posait le plateau devant elle et la remerciait profusément en l'appelant Lucy sans savoir si c'était bien son prénom.

Elle trouvait quelque consolation dans le fait d'avoir sa propre théière, sa propre carafe de lait et même un petit bol avec trois morceaux de sucre. Elle en gardait toujours deux qu'elle envoyait à Polly, méticuleusement emballés.

Les Gardiner vinrent passer Noël à Pemberley. Sarah, assise près de la fenêtre dans la petite pièce attenante à la chambre de Mrs Darcy, cousait tout en écoutant les bruits assourdis de la famille réunie dans le grand salon en bas : les voix, le piano-forte et les rires des enfants qui couraient dans les appartements.

La demeure était vaste, accueillante, confortable, bien chauffée, largement pourvue en distractions de toutes sortes : art, musique, conversations, livres. Au-delà s'offraient les jardins ordonnés, le parc impeccablement entretenu, les bois et les fermes. Tout semblait si prospère alors qu'elle était condamnée à demeurer assise dans ce fauteuil à coudre un ruban sur un jupon qui ne serait peut-être jamais porté.

Si elle avait pu seulement poser son ouvrage, sortir dans le corridor, ouvrir quelques portes, flâner, examiner les miniatures et les marbres… Si elle avait pu s'évader par l'une des fenêtres à la française et suivre l'allée de gravier qui serpentait entre les haies taillées, puis dans les buissons, se promener à travers les pelouses, descendre sur la rive admirer une truite paresseuse dans le soleil d'hiver puis franchir les barrières, pénétrer dans le bois et gravir les sentiers menant aux collines avoisinantes… Combien de temps pourrait-elle tenir, jusqu'où pourrait-elle aller, avant qu'on ne la renvoie à son petit siège dans son coin ?

Une vue sur les ormes dénudés, une pile de linge à repriser, un fauteuil, un plateau de thé… Voilà tout ce dont elle disposait.

Ce n'était pas mal. C'était même beaucoup mieux que ce qu'elle aurait pu espérer. Mais ce n'était pas suffisant.

CHAPITRE XIX

"... Tu dois être très heureuse..."

Elle ressentit un choc, un choc physique comme lorsqu'on trébuche ou qu'on se cogne contre le rebord d'une table, en apercevant Ptolémée Bingley dans le parc, un beau matin de mars, à la veille de l'Annonciation.

Sarah en lâcha son aiguille qui demeura un instant suspendue au fil puis tomba. Elle se leva. L'équipage des Bingley avançait sur l'allée. La buée que le souffle de Sarah avait formée sur la fenêtre s'estompa. Il n'y avait pas d'erreur possible, c'était bien lui, si reconnaissable malgré la distance. La couleur de sa peau, son allure, sa stature le différenciaient des autres hommes. Elle regarda les jonquilles agitées par le vent, les branches nues des arbres se tordant vers le ciel, les nuages qui s'amoncelaient et se déchiraient. Une nouvelle année commençait et elle ne s'en était même pas aperçue.

Derrière elle, l'horloge sonna la demie de l'heure.

— Ils sont arrivés ?

Sarah se retourna vers Mrs Darcy qui venait de s'installer devant sa coiffeuse.

— Je crois, madame.

Sa maîtresse se leva et s'approcha à son tour de la fenêtre. Sarah se poussa pour lui laisser de la place. Cette visite était attendue de longue date, mais dans son esprit, Ptolémée était occupé à peser du tabac dans une boutique rutilante de Spitalfields. Elle lui avait même attribué une jeune épouse aux joues bien rondes. Elle l'avait imaginé comblé et définitivement installé dans une autre vie.

— Mon châle, Sarah, s'il te plaît.

La femme de chambre ouvrit un tiroir.

— Lequel, madame ?

— Un des nouveaux.

Sarah souleva un châle en cashmere couleur crème aux motifs fleuris. Les Bingley allaient séjourner au manoir deux semaines. Quinze jours de dîners inquiets dans la salle des domestiques et de nervosité à tous les coins, dans tous les couloirs. Ptolémée chercherait à l'éviter, lui aussi. La situation serait sans aucun doute gênante pour tous les deux, mais cela finirait par passer. Du moins pour l'instant, car qui savait ce qui pouvait advenir ?

— Je suis si contente de revoir Jane !

Sarah lissa le châle sur les épaules de Mrs Darcy. Une femme, à l'autre bout du monde, avait travaillé cette étoffe, s'était promenée dans l'air tiède, au milieu de fleurs et de feuilles comme celles-ci, sous des arbres vibrants de cris d'oiseaux.

Elizabeth se retourna.

— Bon, viens maintenant.

— Pardon ?

— Descends avec moi. Et dépêche-toi ! Ne souhaites-tu pas accueillir Jane ?

Quand Mrs Bingley reconnut Sarah parmi la rangée des domestiques qui attendaient sous le vent glacial de mars, elle la salua chaleureusement en l'embrassant sur la joue et lui dit qu'elle espérait qu'elle était heureuse, avant de gravir le perron et d'entrer dans la maison, encadrée par son mari et sa sœur, sans attendre sa réponse.

Celle-ci s'occupa des petits sacs laissés par le cocher, les gants, le réticule, les livres, et les porta à l'intérieur. Elle regarda Ptolémée qui s'affairait, chargé de valises, bavardant avec les autres valets sans lui prêter aucune attention. Elle ignorait s'il s'était attendu à la voir ; la situation resterait embarrassante tant qu'elle ne lui aurait pas parlé.

Pour finir, cette opportunité se présenta bien plus tôt qu'elle ne l'escomptait, c'est-à-dire le soir même, car on dînait tard à Pemberley comme c'était la mode. Il était presque six heures lorsque la famille s'assit à table. Il fallut attendre que tous furent servis avant que les domestiques ne pussent dîner à leur tour. Sarah se retrouva assise à côté de Ptolémée sous le regard féroce de Mrs Reynolds qui était un parangon de bonne conduite et veillait au grain. Anne, toujours en quête d'intrigues et de passions, les observait ainsi que Lucy qui cherchait toujours les ennuis semblait-il, et le garçon d'écurie qui avait pour habitude d'apparaître partout où Sarah passait, lui souriant, lui adressant quelques paroles alors qu'elle rougissait sans comprendre un traître mot de ce qu'il lui disait.

Quand elle eut finalement le courage d'entrer dans la salle à manger, Ptolémée était en train de déplacer une chaise invitant l'une des plus jolies femmes de chambre à s'y asseoir. La seule place vide qui restait se trouvait à sa gauche. Sarah hésita sur le seuil, considéra un instant la possibilité de faire demi-tour et de retourner en courant dans le sanctuaire que représentait la chambre de Mrs Darcy. C'était impossible, tout le monde devinerait ses raisons. Il lui fallait faire face. Elle prit une profonde inspiration et s'avança. Il leva la tête, se raidit, puis se tourna vers sa charmante voisine et lui dit quelque chose qui la fit pouffer et écarquiller les yeux.

Il concentrait toute son attention sur la jeune femme à sa droite qui rougissait maintenant et balbutiait quelques mots maladroits. Sarah avait réagi de la même façon qu'elle lorsqu'il était apparu la première fois à Longbourn, troublée et émoustillée par l'attention d'un homme tel que lui.

Au bout d'un instant, la conversation s'éteignit comme il fallait s'y attendre, cette fille rustre et Ptolémée avaient si peu de choses en commun. Pendant un moment, Sarah fut contrainte de donner la réplique au garçon d'écurie assis près d'elle. Une véritable torture parce qu'il ne savait parler que de lui, de son vieux père et des chevaux, et qu'elle saisissait un mot sur trois seulement. Il finit par se taire au milieu du brouhaha de couverts, de rires, et de raclements de chaise quand une cloche sonna et que l'un d'entre eux dut aller répondre. Elle souleva une main et tâta sa joue brûlante. Elle n'avait pas touché à son assiette.

Ptolémée s'adressa à elle tout bas sans la regarder :

— Vous allez bien ?

— Très bien, merci, et vous ?

Il hocha la tête.

Puis il se tourna de nouveau vers sa voisine de droite et lui demanda s'il lui devait cet excellent bœuf, il n'en avait jamais goûté d'aussi bon, pas même à Londres. Une tentative louable mais ce sujet s'épuisa rapidement. Il ne lui resta plus qu'à réarranger ses couverts d'un air absorbé.

— Je ne pensais pas vous voir ici, reprit Sarah à voix basse, je croyais que vous étiez à votre compte maintenant.

— Oh, vous me connaissez !

Elle se tourna vers lui, il contemplait deux lièvres suspendus par leurs pattes arrière, leur sang dégouttant sur les plats en dessous.

— Je ne veux me fermer aucune porte. Je reste aux aguets.

— Je suis sûre que la chance vous sourira, Mr Bingley.

Il poussa un soupir, secoua à moitié la tête. Elle crut un instant qu'il allait l'accuser de cruauté, d'avoir détruit ses espoirs, son bonheur. Mais il se contenta de la regarder, ses yeux, aussi noirs que le café, toujours aussi beaux, étaient voilés. Il reprit la parole d'une voix entrecoupée par l'émotion :

— Je ne voulais pas... Quand j'ai appris que vous seriez ici, je me suis promis de prendre ma revanche, de vous blesser mais...

— Mr Bingley, je suis désolée, je...

Il haussa les épaules.

— Vous n'y pouvez rien.

Elle croisa ses mains sur ses genoux et les regarda.

— Ce valet, fit-il, ce Smith…

Elle l'invita d'un signe à poursuivre, incapable de proférer le moindre son.

— Vous êtes tout à fait fixée sur lui, personne d'autre ne conviendra ?

— J'ai abandonné tout espoir de le revoir.

— Vraiment ?

Elle se contenta de hocher la tête.

— Mais si vous saviez où il est ? Si vous aviez une chance de le retrouver ?

— Mr Bingley… Ptolémée… Je vous en prie…

— Ce serait plus important que tout ceci ? dit-il en désignant la maison d'un geste de la main. Plus que tout au monde… ?

— Je pense, parvint-elle à dire d'une voix calme, je pense qu'il est mort, mais je n'en suis pas sûre…

— Et si je vous disais que je sais moi.

Le bruit, l'agitation, les domestiques, la cuisine, Pemberley, tout disparut soudain autour d'elle. Il n'y avait plus que ses yeux noirs fixés sur elle.

— Dites-moi la vérité.

— Il est vivant.

— Vous l'avez vu ?

— Du moins, il l'était il y a quelques jours.

— Où ?

La mâchoire serrée, il l'examina longuement puis détourna le regard avant de reprendre en balayant les miettes sur la table :

— Nous traversions les sables en venant d'Ulverston, alors que nous faisions route vers Pemberley, à la fin de notre tour sur la région des Lacs. Et cet homme, ce Smith, il traversait aussi les sables mais du côté opposé, vers le nord.

— Vous l'avez vu…

— Comme je vous vois. Il accompagnait les ingénieurs des ponts et chaussées. Ils formaient toute une troupe avec leur équipement, le convoi des charrettes. On s'est juste croisés, mais je suis sûr que c'était lui et il m'a reconnu, lui aussi.

Sarah se couvrit la bouche pour retenir un cri.

— Voilà, je pensais que vous deviez le savoir.

Elle posa la main sur son bras :

— Vous en êtes sûr, c'était bien lui ?

— Oui.

Il retira son bras et ne la regarda plus une seule fois de tout le dîner. Ils ne se parlèrent plus jamais.

Le jour de l'Annonciation était un jour d'engagements et de licenciements, de fins et de commencements. Un jour où le changement se glissait, insidieux, dans la trame même des heures. Un jour qui exigeait que l'on fît les comptes, que l'on considérât ce qui avait été acheté et vendu et à quel prix. Où chacun se voyait obligé de se demander si cela valait le prix que l'on avait payé.

Le bureau de Mrs Darcy, situé face à la fenêtre, avait été tiré au milieu de son salon. Elle y était assise dans une robe de jour sobre, un châle sur les épaules. Les domestiques faisaient la queue, silencieux, en attendant leur tour. La maîtresse de maison paraissait nerveuse et fatiguée, un grand cahier ouvert devant elle. Mrs Reynolds se tenait à une distance respectueuse au cas où Elizabeth aurait eu besoin de son aide. Après tout, elle officiait pour la première fois.

Les comptes des précédents trimestres étaient tous de la main de Mrs Reynolds : l'écriture de Mrs Darcy n'était pas aussi nette, loin s'en fallait, mais elle accomplissait sa tâche, qui consistait à additionner les sommes et noter les noms, avec beaucoup de soin. Elle souriait à chaque domestique qui s'avançait pour signer le registre puis lui tendait sa petite pile de pièces. Elle faisait de son mieux, Sarah le voyait bien, pour correspondre à ce qu'on exigeait d'elle.

La femme de chambre se présenta à son tour devant elle et fit une révérence.

Elizabeth lui adressa son plus charmant sourire. Des bijoux brillaient à ses doigts tandis qu'elle traçait une croix dans la colonne « Payé ».

— Pardonnez-moi, madame, dit alors la jeune fille.

— Oui, Sarah ?

— Je ne veux pas causer de soucis, mais j'aimerais arrêter.

— Arrêter quoi ?

— Cesser de travailler ici.

— Mais… Pourquoi ?

Le sourire d'Elizabeth se figea.

— Il y a un problème ? demanda alors Mrs Reynolds en s'approchant.

— Elle veut nous quitter ! s'écria Elizabeth en levant les mains au ciel.

— N'es-tu pas bien traitée ? lui reprocha l'intendante d'un ton sévère.

— Si, vous êtes tous très aimables…

— Le travail n'est-il pas assez léger pour toi ? Certainement, tu n'as pas connu de situation aussi confortable que celle-ci et tu n'en trouveras jamais…

— Je sais.

Mrs Darcy semblait stupéfaite et tout à fait troublée.

— Tu n'as pas été appelée à Longbourn quand même ? Est-ce ma mère ou Mrs Hill ?

— Non, rien de cela. Si tel avait été le cas, elles se seraient d'abord adressées à vous, madame.

— Es-tu… ? Son visage s'assombrit, et elle baissa la voix, car cette seule possibilité la remplissait de honte : Es-tu malheureuse ? As-tu le mal du pays ?

— Oui, je crois.

Sarah réussit à convaincre le garçon d'écurie de troquer son sac contre sa vieille valise en bois afin de transporter plus facilement ses maigres possessions. Le pauvre était inconsolable de son départ, heureux toutefois de lui rendre service. Il lui tendit sa musette et elle le remercia d'un baiser sur la joue.

Un sentier parcourait les terres derrière la propriété. Il s'élevait ensuite vers la partie ouest du parc et grimpait dans le bois pour rejoindre une route pour les chevaux de bât qui passait par les collines en direction du nord comme tout le monde semblait le supposer. Sarah la suivrait de ville en ville jusqu'à Chester où elle emprunterait la route de Lancaster puis traverserait les sables à pied. Le cocher des Bingley lui indiqua ce trajet qui lui était familier. Il la considéra cependant comme si elle avait perdu la raison. Une jeune fille comme elle, seule par les grands chemins, préférant le froid et les dangers au confort et à la sécurité de Pemberley !

Une fois dans sa chambre, Sarah rangea ses biens dans la musette et l'enfila sur son dos. Elle lui parut toute légère.

Il y aurait d'autres chemineaux, il y en avait toujours à cette saison d'embauches et de paie qui provoquait de grandes marées de domestiques à travers tout le pays. Elle trouverait d'autres femmes qui voyageraient avec elles.

Mrs Reynolds entra dans sa chambre sans frapper.

— La maîtresse voudrait te parler.

Installée dans le petit salon, Mrs Darcy cousait un petit tissu blanc. Elle renvoya Mrs Reynolds sans quitter son fauteuil près du feu. Elle était un peu pâle et tendue, les mains agrippées à son ouvrage, et, pendant un moment elle se contenta de regarder Sarah en silence. Puis elle marmonna quelque chose, d'un ton si bas, que la femme de chambre ne put l'entendre. Hésitante, elle demeura à sa place au milieu de la pièce, avant de comprendre qu'Elizabeth s'adressait à Mr Darcy, assis dans le fauteuil opposé à celui de son épouse. Elle le remarqua au moment où il se penchait en avant pour répondre. Puis il se leva telle une statue qui aurait pris vie.

Sarah se recroquevilla sous ce regard qui se posait sur elle pour la première fois. Elle se sentait aussi petite qu'une salière. Il s'avança d'un pas énergique et s'arrêta à quelques centimètres d'elle. Elle dut résister à l'envie de reculer et se tint bien droite, les yeux posés sur sa cravate amidonnée tandis qu'il l'examinait d'un air intrigué et légèrement irrité, comme si elle était un objet sans importance qui s'était brusquement arrêté de fonctionner et sur lequel il lui fallait émettre un avis.

— Mon épouse espérait vous garder avec elle dans les circonstances actuelles.

— Je suis désolée, monsieur, de ne pouvoir répondre à ses attentes.

— Vous ne pouvez pas ? Pourquoi ? Ne suis-je pas un bon maître ? N'avez-vous pas la meilleure des maîtresses ?

— Oh si, vous l'êtes tous les deux, monsieur.

— Alors, le bon sens vous ordonne de rester.

— Non.

Il se rapprocha encore.

— Est-ce là votre réponse ?

Sarah se redressa.

— Monsieur, je dois partir.

— Mais j'ai *besoin* de toi ici ! s'exclama Elizabeth en se levant pour s'avancer vers eux d'un pas légèrement hésitant, semblait-il. Tu es si douée avec les petits, Sarah, tu l'as toujours été, déjà avec mes jeunes sœurs alors que tu étais toi-même si jeune.

Sarah examina l'ouvrage que tenait Elizabeth. Un bonnet de nouveau-né. La femme de chambre se souvint que sa maîtresse ne lui avait pas donné de linges à frotter et savonner ces derniers mois. Mrs Darcy attendait son premier enfant, les signes étaient là, le léger renflement à la taille, le corsage qui paraissait plein. Sa jeune maîtresse affrontait sa première grossesse avec les peurs naturelles de circonstance. Sarah éprouva un élan de sympathie mais…

— Je ne vous serai pas d'une grande utilité, miss.

Elizabeth devait traverser cette épreuve comme toutes les femmes dans son état. Si elle survivait, il lui faudrait recommencer en toute connaissance de cause, malgré les horreurs vécues. Parce qu'un homme comme Mr Darcy avait besoin de fils.

Souffrir et prier, c'est tout ce qu'il restait à faire.

— Je ne peux pas vous aider, miss, je suis désolée.

— Madame, la corrigea Mr Darcy.

— Madame.

— Votre décision est irrévocable ?

Sarah risqua un coup d'œil sur le beau visage de son maître, ses pommettes, ses yeux vifs, ses lèvres douces et charnues. Il devait descendre d'une race de géants, ce n'était pas possible autrement.

— Oui, monsieur.

— C'est tout à fait extraordinaire ! fit-il en pivotant sur ses talons et en s'adressant à son épouse. Après tout, je pense que nous ne pourrons pas la faire changer d'avis. Aussi stupide que soit sa décision, aussi austère et incertaine que soit la vie qu'elle choisit, c'est son droit le plus strict. Nous sommes en Angleterre, elle n'est pas notre esclave.

Elizabeth prit les mains de Sarah dans les siennes. L'aiguille la piqua. Lorsque sa maîtresse reprendrait son ouvrage, elle y trouverait une petite tache de sang.

— Mais où vas-tu aller, Sarah ? Comment vas-tu te débrouiller, seule, sans soutien ?

— Je travaillerai, répondit-elle. Je peux toujours travailler.

Elle quitta Pemberley sans témoins, par la porte de service. Son sac à l'épaule, elle traversa la cour et emprunta le sentier derrière la maison qui longeait les lacets du cours d'eau. Bientôt, elle se retrouva au milieu des jonquilles qui tapissaient le sol devant le bois. Elle atteignit l'extrémité du parc. Des marches de pierre, patinées par le temps, avaient été creusées dans le mur d'enceinte. Elle les gravit.

Elle put alors contempler le chemin qui coupait le flanc du coteau pour rallier la route des chevaux de bât. En se retournant, elle aperçut le manoir de Pemberley au loin, silencieux, froid, et les reflets argentés de ses fenêtres sous la fraîche lumière du printemps.

Elle rassembla ses jupes dans ses mains, enjamba le mur et se laissa glisser de l'autre côté.

Fin du volume trois

FINIS

Ce n'est peut-être pas un si grand bonheur après tout que d'obtenir ce que l'on a attendu depuis des années. L'objet lui-même, une fois atteint, n'apporte pas ce qu'on avait espéré. Il s'est fané, usé au fil du temps ; des défauts, négligés pendant des années, deviennent apparents. L'on se retrouve à ne plus savoir quoi en faire.

Ceci ne s'appliquait pas à Mrs Bennet. Son bonheur était parfait, pur, sans mélange. Les mariages prestigieux de ses filles aînées, même si celui de sa cadette l'était un peu moins, lui avaient ôté tout sujet de plainte. Bien au contraire, elle avait tant de bonnes nouvelles à partager lors des thés et parties de cartes, que certaines de ses connaissances jugeaient sa compagnie épuisante. Ces dames, qui avaient si souvent compati à sa douleur, trouvaient bien plus contraignant de participer à sa joie exubérante, ce qui exige une profonde et authentique amitié. Mrs Bennet, heureusement, ne le remarquait pas, mais si cela avait été le cas, elle aurait balayé cette contrariété d'un geste de la main en prétendant qu'elle s'en souciait comme d'une guigne. Elle s'était débarrassée du malheur et, assurée de la sécurité de ses enfants, elle pouvait désormais s'estimer tout à fait satisfaite.

Kitty aussi était enchantée ; elle passait le plus clair de son temps avec ses sœurs aînées et cela pour son plus grand profit.

Mary, qui vivait enfin seule avec ses parents, devint du jour au lendemain ce qu'elle avait toujours rêvé d'être, et qui lui avait valu tant de déceptions : une personne importante. C'était sa compagnie que requérait maintenant sa mère, son avis qui était sollicité sur le moindre sujet. Sans autre fille à la maison pour vider sa bourse, Mrs Bennet veillait à ce que Mary s'achetât des vêtements, des bonnets, des rubans et de nouvelles partitions si vraiment elle y tenait. C'était une enfant douée et intelligente, comme le découvrit sa mère qui était encline à partager cette révélation avec toutes les personnes qu'elle rencontrait. Cela l'ennuyait beaucoup, expliqua Mary à Polly qui l'assistait maintenant pour sa toilette, d'être aussi souvent tirée de ses études pour prendre le thé, regarder une gravure de mode ou accompagner sa mère dans ses visites.

— Allons donc, je ne crois pas que cela vous embête tant que ça, miss…

— Je crois que je m'y ferai, répondit Mary avec un sourire.

La jeune fille s'épanouissait sous l'attention chaleureuse de sa mère. Être heureuse et épanouie était un bon début pour devenir belle. Être heureuse, épanouie, et belle était un bon début pour se faire aimer. C'est du moins ce qu'il semblait à Mary, si bien qu'elle envisageait le monde sous des couleurs plus gaies. Un autre Mr Collins pouvait être espéré.

Mr Hill mourut, comme on le lui avait promis, à Longbourn et comme il l'aurait voulu, dans les bras de son amant, un fermier voisin d'un certain âge, aux mains calleuses. Cet homme, rendu muet par le choc et le chagrin, alla chercher Mrs Hill et la conduisit au lieu de leur rendez-vous, au fond de la petite étendue sauvage. Là, à eux deux, ils parvinrent à lui remettre ses hauts-de-chausses. En larmes, ils le transportèrent jusqu'à la maison puis le montèrent au grenier et l'allongèrent dans son lit afin qu'il mourût comme il avait vécu, avec dignité, et que le mensonge de sa vie fût préservé.

Ils n'avaient pas de nouvelles de Sarah depuis son départ de Pemberley. Elle pouvait aussi bien être morte dans un fossé, avoir déniché James et s'être installée avec lui ou parcourir le pays à sa recherche. Le fait est que Sarah devait savoir que Mrs Hill aurait été plus qu'heureuse de payer l'affranchissement d'une lettre pour la lire. Ce n'était pas si compliqué de se procurer du papier et de l'encre, on pouvait les mendier auprès d'un employeur ou d'un révérend. Un pasteur ne pouvait pas refuser cela à une fille convenable, isolée, traversant une période difficile.

Toutefois les billets à cette époque instable étaient souvent ouverts ; tout le monde pouvait se voir accuser de sédition, de complot, de chantage. Un mot imprudent, un indice sur le lieu où se trouvait un déserteur, aurait été trop risqué. Si Sarah était avec James, elle ne pouvait prendre le risque d'écrire. Et donc, avec le temps, l'idée que l'absence de toute correspondance était un bon signe germa dans l'esprit de Mrs Hill, lui procurant un certain réconfort.

En l'absence de Sarah, Polly devint l'érudite de la cuisine. Elle dévalisa la bibliothèque de la maison faisant la lecture à Mrs Hill, le soir, pour remplir les moments de calme, maintenant qu'il n'y avait plus qu'elles deux en bas. Elle poussa comme une asperge faisant la course dans ses vêtements de seconde main, devenant presque en une nuit, aurait-on dit, une femme. Les employés de ferme, du moins ceux qui appréciaient la gent féminine, s'arrêtaient pour l'admirer, bouches bées, lorsqu'elle les croisait, vêtue des vieilles robes de Mary.

Mais Polly ne s'intéressait nullement à eux. Les hommes, ce n'étaient pas pour elle, ni l'amour, ni aucune de ces bêtises. Elle allait devenir institutrice, dit-elle à Mary qui applaudit l'idée et s'offrit à lui enseigner le français, la géométrie, elle possédait tous les manuels nécessaires, et si elles se mettaient au latin ensemble ?

Des années plus tard, Polly finirait par faire la classe aux enfants des ouvriers agricoles qui se mettraient en rang avant d'entrer, leurs ardoises et leur craie à la main. L'école avait été fondée par Mr Long, mû par la conviction moderne que les enfants devaient être instruits cinq jours par semaine et pas seulement le dimanche. Polly fut la première et, pendant longtemps, la seule institutrice. Son prénom lui avait été rendu, elle était devenue la respectée Miss Mary.

Pour l'instant donc, les pères de ces enfants qui n'avaient pas encore été conçus, pouvaient la contempler tant qu'ils voulaient, elle ne se laisserait pas distraire.

Quant à Mrs Hill, après toutes ces longues années d'attente, elle était enfin en possession de l'objet qu'elle désirait : elle avait Mr Bennet entièrement pour elle. Certains soirs par exemple, quand ces dames étaient sorties, que Polly était absorbée par ses études, Mrs Hill apportait une bouteille de madère et une tranche ou deux de gâteau et s'installait dans la bibliothèque en compagnie de Mr Bennet qui appréciait cet intermède, fatigué de lire alors que sa vue et son intellect diminuaient. Il la regardait de ses yeux chassieux et lui disait :

— Merci, ma chère Margaret.

Puis il lui faisait signe de s'asseoir dans un fauteuil, posait son livre, se versait un verre de vin, prenait un bout de gâteau. Elle le regardait mâcher et boire son vin à petites gorgées. Elle jugeait qu'après plus d'un quart de siècle de silence, il n'était pas vraiment nécessaire de parler.

Un jour, il lui demanda de but en blanc :

— Regrettez-vous parfois, ma chère, que les choses n'aient pas été différentes ?

Elle réfléchit à sa question. Si cela s'était passé autrement, s'ils s'étaient mariés, un domestique lui aurait apporté un verre de vin et une ou deux tranches de cake, elle n'aurait pas eu les mains calleuses, ni les jambes enflées, ni cet immense chagrin qui la rongeait depuis la perte de James. Elle aurait pu garder son enfant, prendre soin de lui, le voir grandir, elle aurait pu avoir d'autres bébés à aimer et câliner qui seraient devenus de jeunes parents à leur tour. La question de l'héritage de Longbourn, qui avait semblé compter plus que tout et ne signifiait plus rien, ne se serait pas posée grâce à la naissance de James.

Mais n'auraient-ils pas de toute façon fini ici, dans la bibliothèque de Mr Bennet, sa famille partie, lui vieillissant, ayant besoin qu'on s'occupe de lui, qu'elle s'occupe de lui ?

Après tout, peu importait la façon d'y arriver, la fin était la même.

Ce n'était pas *la* fin bien sûr, c'était juste *une* fin. La pelote de Mrs Hill s'était peut-être emberlificotée au point de faire un nœud impossible à dénouer, mais d'autres se dévidaient encore. L'une avait roulé à travers les collines sauvages du Derbyshire, puis les sentiers plus doux du Cheshire avant de dériver dans les plaines jusqu'à la mer.

La mer. Sarah la vit pour la première fois alors que les cloches de Pâques sonnaient à toute volée et qu'elle avançait, avec ses compagnons de voyage, sous un vent glacial. Des brebis bêlaient non loin, des agneaux leur répondaient, tandis que l'humidité des marais salants se glissait à travers ses vêtements. Elle aperçut d'abord une douce luminosité dans l'air et, malgré l'épuisement de la longue marche, les nuits de sommeil haché dans les granges et les buissons, réveillée par le froid, les nuits sans sommeil à cheminer dans le noir en faisant confiance au sentier sous ses pieds, elle se sentit plus vivante que jamais. C'était un drap brillant et pâle qui se retirait rapidement comme avalé par une sorte de force irrésistible, laissant une étendue de boue argentée sur des kilomètres et des kilomètres, striée par des rigoles étincelantes et parsemée d'oiseaux criards qui tournoyaient et plongeaient en piqué. Au-delà de la baie, les collines bleu foncé de la région des Lacs s'élevaient, se découpant sombres, sur le ciel. On voyait encore, ici et là, des taches de neige.

— C'est le moment ? Je peux y aller ?

Les yeux protégés par la visière de sa casquette, le guide hocha la tête. Elle se leva, saisit son baluchon et lui tendit un penny. La vase s'enfonçait sous ses pieds, se vidant de son eau. Les traces de pas se remplissaient et s'effaçaient dans les sables. La traversée entre deux marées était risquée.

Une fois parvenue de l'autre côté, elle changea ses bas et épongea ses bottines avec de la mousse.

Elle acheta un petit pain et une tasse de lait dans une boulangerie de la ville la plus proche. Elle mentionna qu'elle avait entendu parler d'une équipe de construction qui était passée par ici récemment. L'employé hocha la tête. Elle s'arrêta de boire : savait-il où ils se dirigeaient ?

Vers Kirkstone, plus au nord. Un peu après Windermere.

Elle but son lait et fourra son pain dans sa poche. La sonnette de la porte retentit alors qu'elle sortait.

C'était une région stupéfiante, voilée par une pluie qui ne tombait pas mais paraissait suspendue dans l'air, rendant l'appréciation des distances aléatoire. Les routes dessinaient des méandres sur les flancs des collines, chaque sommet était un leurre, chaque lac ou mare, une pierre grise à contourner sous le ciel bas. Rien ne pouvait être approché de façon directe, ce qui ralentissait son avancée.

Elle n'aurait su dire quelle distance elle parcourut ni combien de temps cela lui prit. Le temps lui-même était devenu indistinct. Les jours et les nuits se succédaient, le sommeil réduit à une heure volée sur un banc de pierre dans un coin ensoleillé ou recroquevillée sous l'ombre généreuse d'un hêtre, la joue posée sur son bras. Elle se remettait en marche dès le réveil, il n'y avait aucun avantage à rester immobile. Un jour cependant, elle déboucha sur une route toute neuve, des éclats de calcaire crayeux recouvrant ses souliers d'une poussière blanche. D'un côté, une falaise, à pic, et de l'autre, des prés pentus couverts de rochers escarpés, d'éboulis et de fougères. La route grimpait, la menant, à travers des terres désolées et tourbeuses, sur la ligne de partage des eaux, au milieu du cri des courlis, pour finir au sommet, dans un nuage.

Elle entendit alors des voix à travers la brume. Des hommes qui chantaient en soulevant et abaissant leur masse. Elle tourna un coude, impatiente, mais ne vit rien. Puis la route vira après un affleurement. Le chemin dégringolait vers une vallée verdoyante et un lac d'un bleu étincelant miroitait sous le soleil. Elle distingua des silhouettes au loin. Des pioches se soulevaient, des marteaux cognaient contre les rocs, des pelles s'enfonçaient dans les éclats de rocher. Ils se trouvaient à moins de cinquante mètres d'elle maintenant, à l'endroit même où se terminait la voie.

Elle tendit une main et toucha le vide. Des images se bousculaient dans sa tête comme des graines de pissenlit au vent. Parce qu'il était là, devant elle. Il souleva sa pioche et l'écrasa sur un rocher qui se brisa. Puis il recommença encore et encore, dans un nuage de poussière, projetant des gravillons tout autour de lui. Elle l'observa tandis qu'il s'arrêtait et posait son outil. Il défit son foulard et s'épongea le front, le visage, la nuque. Il leva la tête. Elle sentit le moment où il l'aperçut et la façon dont il se figea.

Elle courut vers lui, entraînée par la pente, les pierres glissant, roulant, sous ses souliers.

Il portait une chemise sale, trempée de sueur. Il était maigre, musclé, la peau tannée par le soleil. Elle saisit tout cela en une seule seconde alors qu'elle s'approchait de lui. Son visage profondément marqué, vieilli, résigné, comme s'il avait accepté que sa vie se résumait à ça, que c'était tout ce qu'il aurait jamais.

Elle était tout près de lui maintenant. Elle tendit les bras, posa le bout de ses doigts sur sa poitrine trempée de sueur, la sentit se soulever et s'abaisser. Elle vit battre son pouls dans sa gorge. Elle vit ses yeux s'illuminer. Il voulut la prendre dans ses bras. Elle le repoussa et le prit par les pans de sa chemise en le secouant.

— Ne recommence plus *jamais*, tu m'entends ! Plus jamais.

Des fils qui se dévident séparément s'enroulent parfois ensemble d'un mouvement spontané, sans l'aide d'un fuseau ou d'une quenouille. Ils se lient par la seule force de leur propre torsion. Cette même torsion peut, au cours du temps, emmêler la corde qui en résulte, en faire un écheveau, retournant ainsi au point de départ.

Plusieurs années s'étaient écoulées. Mr Hill se décomposait déjà dans sa tombe, mais Polly n'avait pas fini de grandir et avait encore plein d'aspirations, quand des voyageurs apparurent sur le sentier des vaches et empruntèrent le chemin entre les hautes haies. Pour eux, ces années avaient été remplies de travail, de déplacements, d'amitiés nouées puis abandonnées, de livres empruntés et prêtés. Ils ne s'arrêtaient nulle part très longtemps, faisant partout profil bas en attendant la paix.

Il y avait eu les longues ombres bleutées de l'automne, puis les arbres dénudés, l'hiver. Maintenant, dans les champs, les vaches se tenaient immobiles, des lapins filaient à travers l'herbe puis s'arrêtaient avant de disparaître. La fumée s'élevait des hautes cheminées. Sarah reconnut l'odeur si particulière des jours de lessive. Elle inspira profondément.

— Tu sais ce que disait Héraclite ?

Il cueillit une noisette verte dans un buisson en passant et brisa la coque entre ses paumes.

— Je ne m'en souviens pas.

— Il disait que tu ne peux te baigner deux fois dans la même rivière.

James hocha la tête et regarda sa silhouette menue en souriant, écouta le froissement de sa jupe. Chaque jour passé avec Sarah était un miracle. Il lui offrit le fruit, blanc-vert, laiteux, le premier de la nouvelle année.

— Tiens.

Elle prit la noisette et s'apprêtait à le remercier quand elle aperçut quelque chose. Elle s'arrêta et fit un signe à James – un tissu blanc s'agitait sur la corde à linge… Polly ! Oh, mon Dieu ! cette jeune femme qui décrochait un jupon, c'était la petite Polly qui, remarquant à son tour du mouvement sur le chemin, se figea, puis laissa tomber le vêtement par terre et se précipita vers eux en courant à toute vitesse à travers le paddock.

Sarah éclata de rire et s'élança à son tour à sa rencontre, impatiente de la retrouver. Mais ce geste brusque ne fut pas du goût de tout le monde. À l'intérieur de son châle serré, un petit paquet jusque-là immobile, commença à remuer et à geindre. Sarah s'arrêta et regarda entre les plis le bébé qui, réveillé maintenant, la contemplait, les yeux grands ouverts. Elle lui caressa le front du bout du doigt.

— Ce n'est rien, mon chéri, on est presque arrivés.

Elle pressa la tête du petit sur sa poitrine et se tourna vers James. Il la rejoignit en quelques enjambées, son vieux sac en toile se balançant sur son dos. Elle lui sourit. Il lui prit la main. Et ils s'avancèrent ensemble sur le sentier qui menait à Longbourn.

NOTE DE L'AUTEUR

Les principaux personnages de *Longbourn* ont une présence fantomatique dans *Orgueil et Préjugés*. Ils n'existent que pour servir la famille et le roman. Ils délivrent des billets et conduisent des attelages ; ils sortent faire des courses par tous les temps, même quand personne n'ose mettre le pied dehors. Ils sont le moyen, la « procuration » grâce à laquelle les rosettes pour le bal de Netherfield parviennent à temps aux demoiselles Bennet malgré une pluie battante. Ils sont aussi, en tout cas à mes yeux, des êtres de chair et de sang.

Longbourn fouille dans le passé de ces personnages et les entraîne au-delà du dénouement heureux d'*Orgueil et Préjugés*. Cependant, lorsque les deux récits se chevauchent, j'ai organisé les événements de mon roman de façon à suivre le livre de Jane Austen. Quand un plat est servi dans *Orgueil et Préjugés*, il a été préparé dans *Longbourn*. Quand les demoiselles Bennet participent à un bal dans le roman de Jane Austen, un équipage les attend dans le mien. Je suis intervenue seulement pour donner des noms à ceux qui n'en possédaient pas, le majordome, le valet, la seconde femme de chambre ainsi que pour conférer à Mrs Hill le rôle de cuisinière aussi bien que d'intendante, ce qui n'était pas rare à l'époque, dans ce genre de maison. Mais ce que les domestiques font dans la cuisine, sans être observés, pendant qu'Elizabeth et Darcy tombent amoureux à l'étage, relève, je crois, d'eux seuls.

Une dernière remarque : dans *Orgueil et Préjugés*, James, le valet, n'est mentionné qu'une fois au moment où il apporte une lettre à Jane. Il ne sera plus question de lui par la suite.

REMERCIEMENTS

Je ne sais plus quand j'ai lu pour la première fois *Orgueil et Préjugés*. J'ai l'impression d'avoir toujours aimé ce roman. L'œuvre de Jane Austen est ma première expérience de littérature adulte et m'a procuré une vie de plaisir : c'est le seul livre que je lis et relis. Même après toutes ces années, toutes ces relectures, et même après avoir décousu le dos pour regarder le dessous, je l'aime toujours autant. Je l'admire toujours autant. Et l'habiter de cette manière différente m'a procuré un plaisir sans mélange.

Je suis particulièrement redevable à de nombreux ouvrages. *A Taste of History* et *Jane Austen Cookbook* de Maggie Black, publiés par Maggie Black et Deirdre Le Faye, m'ont fourni des idées pour les dîners. *The Peninsular War* de Charles Esdaile, *The War of Wars* de Robert Harvey, *Redcoat* de Richard Holmes, m'ont apporté des détails essentiels, à la fois militaires et personnels, en ce qui concerne le passage dans l'armée de James, en Espagne et au Portugal. Les *Lettres* de Jane Austen, éditées par Deirdre Le Faye, *Labours Lost : Domestic Service and The Making of Modern England* de Carolyn Steedman, *Behind Closed Doors : at home in Georgian England* de Amanda Vickery, *Life in Georgian Lancaster* de Andrew White et

Decency and Disorder 1789-1837 de Ben Wilson, m'ont offert des informations inestimables sur la vie domestique et sociale de cette période fascinante et instable.

Mais il n'y a pas que les livres. J'aimerais également remercier Daragh, pour m'avoir mis la pression. Saleel qui n'a cessé d'être à l'affût. Diana, Jane et Marianne pour m'avoir encouragée tout du long. Clare pour sa stabilité. Mes parents pour m'avoir laissée jouer en toute liberté quand j'étais petite dans les bâtiments délabrés d'une maison géorgienne voisine comportant une grande cuisine résonante, un cabinet d'aisances désaffecté et une écurie vide dotée d'une soupente à laquelle on accédait par une échelle.

Le Livre de Poche s'engage pour l'environnement en réduisant l'empreinte carbone de ses livres. Celle de cet exemplaire est de :
500 g éq. CO_2
Rendez-vous sur
www.livredepoche-durable.fr

PAPIER À BASE DE FIBRES CERTIFIÉES

Composition réalisée par PCA

Achevé d'imprimer en mai 2015 en France par
CPI BRODARD ET TAUPIN
La Flèche (Sarthe)
N° d'impression : 3011319
Dépôt légal 1re publication : avril 2015
Édition 03 – mai 2015
LIBRAIRIE GÉNÉRALE FRANÇAISE
31, rue de Fleurus – 75278 Paris Cedex 06

71/0004/8